# 人间最美的宋词

陈写意 编著

文匯出版社

**图书在版编目（CIP）数据**

世间最美的宋词 / 陈写意编著 . -- 上海：
文汇出版社，2017.10
ISBN 978-7-5496-2237-5

Ⅰ . ①世… Ⅱ . ①陈… Ⅲ . ①宋词－鉴赏
Ⅳ . ① I207.23

中国版本图书馆 CIP 数据核字（2017）第 174335 号

**世间最美的宋词**

---

出 版 人 / 桂国强
作　　者 / 陈写意
责任编辑 / 乐渭琦
封面装帧 / 姚姚设计工作室

出版发行 / 文匯出版社
上海市威海路 755 号
（邮政编码 200041）
经　　销 / 全国新华书店
印刷装订 / 三河市京兰印务有限公司
版　　次 / 2017 年 10 月第 1 版
印　　次 / 2017 年 10 月第 1 次印刷
开　　本 / 710×1000　1/16
字　　数 / 295 千字
印　　张 / 19

ISBN 978-7-5496-2237-5
定 价：39.80 元

# 导读

在中国诗歌史上，唯一堪与唐诗相媲美的是宋词，将唐诗宋词同类对比就可以清晰地看出宋词对于唐诗的新变，这一新变就在于，宋代文学从严于雅俗之辩转向以俗为雅。苏轼和黄庭坚都曾提出“以俗为雅”的命题，这也大大地扩大了词的题材范围，有浅吟低唱，有大江东去，有柔肠粉泪，有家国愁思，让爱才下眉头，又上心头！

宋代的城市商贾辐辏，朝歌暮舞，弦管填溢，如此繁华的都市生活，滋生了各类以娱乐为目的的文艺形式，成就了宋词最为引人注目的文学样式。宋代文人大多实现了社会责任感和个性自由的整合，他们用诗文来表现有关政治、社会的严肃内容，用词来抒写个人私生活的幽约情愫，所以宋词是一部情史，是用文字开在世间最美的一朵情花。宋词的字里行间充满着轻柔细腻、美丽哀愁。“天不老，情难绝。”“衣带渐宽终不悔，为伊消得人憔悴。”一阕阕精致细腻的文字，一段段人间的悲欢离合，一部部佳作娓娓道来。

宋代立国之初，虽然此间寇准、林逋的词作有较强的可读性，但并没有形成独特的风貌，直至柳永、范仲淹、张先、晏殊和欧阳修等人登上词坛后才大放异彩，具有一定的开拓性和独特性。“无穷无尽是离愁，天涯地角寻思遍。”晏殊抒写的男女相思爱慕与离愁别恨，已过滤了轻佻的杂质而显得纯净雅致，淡淡的忧愁中透露着自我解脱的气度。而柳永在词作中的语言变革更不容忽视，“恁”“怎”“争”“消得”等口语和俚语的反复使用，使词变雅为俗，生动活泼。

在宋代词坛中，不得不提的还有著名大词人苏轼，他学识渊博，思想通达，将儒、道、禅等思想与词作融合。在这种独特的人生哲学思想指导下，苏轼的词呈现出新的艺术境界，可谓“自成一家”，破除了诗尊词卑的观念，提高了词的文学地位，对后人的影响也是无与伦比的。

秦观、黄庭坚、贺铸等也是此期重要的词人，他们的词作是异彩纷呈的北宋词的重要组成部分。黄庭坚的创作之路从初期体现了丰富的人文意向，到晚年的去繁从简，也深刻体现了宋词的演变。

文天祥、张炎、蒋捷等宋末词人为宋词的辉煌画上了圆满的句号。他们多数的作品苦调哀音，字句悲切，但也有如文天祥词作中的民族战歌：“君臣义缺，谁负刚肠。”

宋词词牌种类繁多，常用的词牌有一百多种，如《念奴娇》《菩萨蛮》《西江月》《浣溪沙》等。词牌名有来自乐曲的名称，如《六州歌头》；有摘取词作中的字作，如《西江月》；有原词的题目，乐府的名称；也有出自外域或边地等。随着词的发展，后来逐渐和音乐分离，而成为一种独立的文体。

以上是对词发展变化的简单梳理，全书选择了最具代表性的词人及作品，用优美通俗的文字进行解读鉴赏，从范仲淹、晏殊、晏几道到欧阳修、柳永，再到李清照、辛弃疾、姜夔，完美地展现了宋词演变的全貌。愿读者在宋词中体味宋人的吟哦浅唱、温暖疲惫，在美中抚慰与这世界渐次疏离的自己。

# 目录

## ·第一章　对繁华的追忆·唐入宋的过渡期

## ·第二章　深情存于万事万物·艺术的创造与促进

## ·第三章 照进现实的一道光·宋词的深化与新变

## 第五章　冷月无情的寂寥之美·宋词的落寞

# 第一章

## 对繁华的追忆·唐入宋的过渡期

## 寇准：江南春尽离肠断，蘋满汀洲人未归。

**词人名片**

生卒年月：961—1023

字号：字平仲

祖籍：华州下邽（今陕西省渭南市）

代表作：《江南春》等

**词人小传：**生于书香门第，官至宰相（同平章事）。为人刚直，常直谏，晚年屡遭贬谪，终病逝于贬所，享年六十三岁。

寇准七岁能诗，其七言绝句尤为出众；词作较少，存有五首，也颇有韵味。留有《寇莱公集》。《全宋词》录其词四首，《全宋词补辑》另从《诗渊》辑得一首。

### 江南春

波渺渺①，柳依依②。孤村芳草远，斜日杏花飞。江南春尽离肠断，蘋满汀洲人未归。

**【注释】**

① 波渺渺：指江水烟波浩渺。

② 柳依依：指杨柳轻摇。

**【赏析】**

开篇即描绘出一幅生动清丽的江南暮春图："波渺渺，柳依依。孤村芳草远，斜日杏花飞。"一江春水，烟波浩渺，水面苍茫的暮霭中，可见杨柳依依，轻柔摇曳。

在隐隐的夕阳余晖中，孤零零的村庄寂静无人，只见芳草萋萋好似萦绕天涯，朵朵杏花纷纷飘落。

词人仅用十六字，不但勾勒出江南暮春斜阳的柔美景致，更表达了无限的意境与情思。词中主人公当是一位伤春怀人的女子，她把心中的愁思移情于景物，因而在她眼中，渺渺春水、依依杨柳、萋萋芳草、飘飞杏花，都成了多愁善感的有情者。

“波渺渺”三字，既描写江南烟波浩渺的江水，也指代佳人含情脉脉、望穿秋水的深情眼眸。此三字出自花间派鼻祖温庭筠的名句“过尽千帆皆不是，斜晖脉脉水悠悠”，温词以白描手法描摹出一幅思妇身倚江楼期盼丈夫归来的图景：千帆过尽，没有一艘船上载着自己的爱人，就连那欲落的斜阳也眼中含泪，流淌的江水也无语悠悠。寇词中虽只用“波渺渺”寥寥三字写景，却与温词一样情思无限，意蕴深远。

“柳依依”，“柳”与“留”谐音，古人送行，常折柳相赠以示惜别之意。自《诗经》起，“柳”就成为古诗词离别之作寄托情怀的重要意象，如“杨柳含烟灞岸春，年年攀折为行人”，“西城杨柳弄春柔。动离忧。泪难收。犹记多情，曾为系归舟”。柳色青青，依依摇曳，自然拂人思绪，令人回想起惜别之情。

词人的情感在下一句中更加浓烈。“孤村芳草远”，“孤”者，并非只说江南的村庄，还道出了女主人公孤独的处境、孤寂的心境。从《诗经》的“蒹葭苍苍”开始，萋萋的芳草就与离思别愁结缘，从古延续至今。近代李叔同有脍炙人口的《送别》，其中亦用哀婉的笔触诉尽离别之苦：“长亭外，古道边，芳草碧连天。”“碧连天”的芳草，就像蔓延而去的相思，寇准此词中的绵延“远”去的“芳草”亦含此意。

“斜阳杏花飞”，慵懒的夕阳欲落未落，仿佛迟暮的美人。水乡暮色中，娇美杏花纷纷飘落，如此美景浪漫却也凄婉，女子的如花容颜易逝，就如同风中无力飘飞的落英一般。

前四句中，词人用柔美婉转的笔触抒写女主人公怀人伤春之情思，以情写景，以景传情，经过层层铺陈，情感终于迸发，在最后两句直抒胸臆：“江南春尽离肠断，蘋满汀洲人未归。”江南的春天已经到了尽头，这怨相思、恨别离的百转愁肠也已断开。这情深意切的词句表现出了女主人公的青春年华在漫漫无际的等待中消磨流逝的遗恨。多情的女主人公有意采花赠情人，无奈“人未归”，哀婉的情愫流露无遗。而寇准对“白蘋”与“汀州”的意象情有独钟，在其作品中多次运用，如“烟波渺渺一千里，白蘋香散东风起。日暮汀洲一望时，柔情不断如春水”。

这首词温软清丽，抒发了女子伤春相思之情，寄托着词人的惆怅：英雄易老恰如美人迟暮。

## 踏莎行·春暮[①]

**春色将阑，莺声渐老。红英落尽青梅小。画堂人静雨蒙蒙，屏山半掩余香袅。**

**密约沉沉，离情杳杳。菱花尘满慵[②]将照。倚楼无语欲销魂，长空暗淡连芳草。**

【注释】

① 春暮：春天即将过去，春色渐行。

② 慵：懒、倦，“慵将照”意为连照镜子的心情都没了。

【赏析】

自晚唐五代以来，在花间词派鼻祖温庭筠的影响下，写怀人离思、闺情绮怨题材的词作，往往缠绵艳冶、绮丽香软。寇准所作的闺怨相思之词，改变了温词的“香软”风格，言语晓畅，清丽淡雅，情思委婉，格调高远。宋代胡仔评价寇准的“诗思凄婉，盖富于情者”，用这句话来评价寇准的词作也非常合适。这首《踏莎行》便是能体现寇词“富于情”风格的代表作。

寇准善于用清丽的笔触为读者铺展山水画卷。上阕起始三句便由远而近地勾勒出一幅生动的江南暮春图。江南的春色即将残尽，莺声燕语失了清脆婉转，日渐老涩；往日娇艳如美人面庞的朵朵红英，如今飘离枝头，散落纷纷；只见绿叶阴阴的梅树上，点点青梅稀稀疏疏地斜挂枝头。

首句“春色将阑”总写暮春之情状，次句“莺声渐老”写耳中所闻，三句“红英落尽青梅小”写眼中所见。词人选用“莺声”“红英”“青梅”三个具有典型性的意象，刻画出春天的美景；用“老”“尽”“小”三字加以定位，抒写出春色渐远的情态；“将”“渐”二字用得也颇为考究，将春暮的阑珊衰变写得动意十足。莺歌燕语、红英飘飞之灵动，配以青梅小小、斜卧枝头之娴静，动静结合之中，反而尤显其静，有着“鸟鸣山更幽”一般的效果。

起始三句重在写景，然而精妙的是，词人虽未言情而情自现。春光迟暮，景色衰残，触目伤怀，正如屈原在《离骚》中所感叹：“惟草木之零落兮，恐美人之迟暮。”

华美的厅堂寂静无人、空空荡荡，只闻窗外细雨蒙蒙，滴滴点点，仿佛听得到春光的悠悠流逝；精美的屏风半掩着厅堂内的景象，唯见未燃尽的沉香，从屏风后袅袅升起，依依缭绕，好似心中相思萦绕空中，绵绵不断。上阕后两句，词人将镜头由室外转入室内，用字工巧，以余香之“袅”衬托出画堂之“静”，生动地刻画出华美而空冷的画堂环境，含蓄地表达出女主人公对久客他乡的心上人的渺茫期待与独守闺中、难解寂寥的深深幽怨。

上阕以景传情，情由景生，道出女主人公郁郁幽幽的孤寂情怀；下阕则是寄情于景，情景交融，抒写出伤春女子相思怀远的深深离恨。

想当初，依依惜别时，海誓山盟，密约佳期，情意沉沉，可表天地；到如今，音信全无，等不到鸿雁，盼不回伊人。“沉沉”“杳杳”，巧用叠字，沉郁凝练，可见女主人公的相思离愁悠远绵长、无边无际。女子梳妆打扮自是希望有人欣赏，但伊人不在、别愁满怀，所以没有心情“对镜贴花黄”，即使描出蚕眉、理出云髻，也没有人来赞美。“菱花尘满慵将照”意味着镜匣已经很久未曾打开过了，菱饰也落满灰尘，女主人公连照镜的心都倦了。

怀抱浓浓相思，她默默身倚高楼，举目远望，企盼着能够依稀望见情人归来的身影；然而眼帘中只有暗淡长空，如同此时她内心的凄婉，只有萋萋芳草，绵绵延延到望不见尽头的远方。盼归盼归，且把心儿揉碎。伤怀至极，就连心魂都好像要抽离而去。字字恳切，句句含泪，哀婉之情，溢于言表。

词人用细腻柔美的笔触，以景起，景中含情，寄情于景；又以景结，以景结情。全词情思委婉，风格清丽，堪称闺怨词中的佳作。

## 晏殊：无可奈何花落去，似曾相识燕归来。

**词人名片**

生卒年月：991—1055

字号：字同叔

祖籍：抚州临川（今江西省抚州市）

代表作：《浣溪沙》等

**词人小传：**十四岁即被赐为同进士，出仕真宗、仁宗二朝，官至同平章事兼枢密使。自奉清俭，能荐拔人才，范仲淹、欧阳修等均得其推荐。精于诗、词、散文，生平著述丰富，以词最为突出，继承并发展了晚唐“花间派”和冯延巳的典雅流丽，开创北宋婉约词风，语言清丽，声调和谐，独具特色。据说他一生创作了万余首词，大多散佚，现存一百三十余首，辑录于《珠玉词》。

### 浣溪沙

一曲新词酒一杯，去年天气旧亭台。夕阳西下几时回？

无可奈何花落[1]去，似曾相识燕归来。小园香径独徘徊。

【注释】

①落：凋落、衰败，此处指娇艳的鲜花纷纷扬扬凋零。

【赏析】

作为宋代著名的婉约派词人之一，晏殊的作品既能体现晚唐、五代的哀婉雅致，也蕴含着达官贵人特有的闲散淡愁。词人在本首《浣溪沙》中发出春去花落、物是人非的感叹，又隐含对离愁别绪、相思之苦、年华逝去的遗憾。

在暮春时分，词人徘徊于亭台楼阁之间，看着夕阳西下，看着落花流水，看着燕儿归家。面对这宁静的画面，词人边喝美酒边赏美景，突然想到好花不长开，好景不常在，再美丽的事物终会消散，不觉涌上了哀戚之情，付诸笔端，即成此词。虽然落笔于惆怅主旨，但词人一生仕途无忧，享尽荣华富贵，所以他的哀愁也只是关于韶华易逝、安逸难久的闲愁。

上阕首先写词人的状态，他闲来无事，一边喝着美酒一边听着新曲，轻松惬意。当他漫无目的环视四周时，突然想到去年暮春时分，他也曾在此地饮酒赏花。当时的场景还历历在目，但已经成为不能追回的往事。词人惬意的心境由此发生转折，不禁感叹时间流逝得太快，转瞬之间太阳起起落落，不知已经历了多少轮回。词人虽坐拥财富、权力，却不能停止时间的流转，只能无奈地任由年华一去不复返。“夕阳西下几时回”这一问句，饱含无能为力之感，是词人对逝去事物和光阴的哀悼。

“无可奈何花落去，似曾相识燕归来。”一方面，这两句是眼前真实境况的写照：娇艳的鲜花渐渐衰败凋谢，燕子去了又来，仿佛就是去年那只。另一方面，“无可奈何”与“似曾相识”两词中饱含情感，词人清醒地意识到了美丽的事物终会衰亡，这种趋势不可抗拒。这两句除了花、燕意象，其余皆为虚字，然工整对仗之余，又写出了充实的内容，蕴含深刻的道理，所以明代卓人月在《古今词统》中论及此联时，说“实处易工，虚处难工，对法之妙无两”。

面对落花归燕，触目伤怀的词人“小园香径独徘徊”，一个人在落英缤纷的小径上独自游荡、徘徊，以此来疏解心中的抑郁。“独”字隐有黯然销魂之味。

上阕首句记当日之事，以此引领下文。“去年”句叙明本意，言风景不殊，亭台依旧，是对全篇的总括。“夕阳”句承去年天气而言，写流光易逝，转瞬便换至今年。下阕承前文之意，写出春不能留，花亦随之落去，花既无情，惜花者的叹惋也是空叹。“归燕”句承“旧亭台”之意，写有梁燕前来寻巢，似曾相识，其实这归来的燕子未必就是往日那只，词人此处表面写燕子有情，其实仍旧是写无情。花与鸟不仅不能带给词人丝毫安慰，反而徒增惆怅，让人伤离感旧之念更深更重，唯有徘徊芳径，立尽斜阳。

清代刘熙载《艺概》云：“词中句与字，有似触著者，所谓极炼如不炼也。晏元献‘无可奈何花落去’二句，触著之句也。”这首词语言清丽自然、委婉含蓄，词人从司空见惯的场景里，引申出对人生的思考，将情、景、理完美地融合在一起，既有审美价值，又有警策意义。

## 蝶恋花

槛[①]菊愁烟兰泣露，罗幕[②]轻寒，燕子双飞去。明月不谙[③]离恨苦，斜光到晓穿朱户[④]。

昨夜西风凋碧树，独上高楼，望尽天涯路。欲寄彩笺兼尺素[⑤]，山长水阔知何处！

【注释】

①槛：栏杆。

②罗幕：丝罗的帷幕。

③不谙：不了解，不熟悉。

④朱户：也称“朱门”，指大户人家。

⑤尺素：书信的别称。

【赏析】

“昨夜西风凋碧树，独上高楼，望尽天涯路。”此三句被国学大师王国维称为是治学的三种境界之一。此词虽写的是闺怨，但是意境却深远而丰厚。

上阕写景，将主人公的情感移注于词中的景物之上，烘托离情别恨。“槛菊愁烟兰泣露”，栏槛中的菊花笼罩在薄雾中，仿佛含有愁态一般，兰花上的露珠滚落，也像在默默流泪一样。菊花和兰花本身就包含着一种文化内涵，具有象征幽洁品格的特性。词人又用“愁”与“泣”二字将两种花拟人化，将主观情感融入客观景物，把主人公的品性与心情都刻画分明，含蓄地表现了主人公的哀怨。

“罗幕轻寒，燕子双飞去。”罗幕之间清寒缕缕，梁上燕子南归，双双飞走了。“轻寒”与“燕子”“飞去”说明是初秋时节。新秋轻寒，罗幕冷清，燕子双双而去，景物描写充满凄凉之感，烘托了主人公的哀愁与孤寂。而“罗幕轻寒”与“燕子双飞去”相接，仿似连罗幕中的燕子都受不住这冷清寂寥的气氛，而竟相飞走。燕子不耐孤寂“双飞去”，反衬出主人公的处境与心境，凸显孤独意味。

由清晨转至夜间，只见明月悬空，月光朗照。“明月不谙离恨苦，斜光到晓穿朱户。”明月不懂得离别的苦闷，明亮的光辉斜射朱户，遍洒室内，从夜晚一直到清晓。“离恨苦”，直接点出离别之苦，情感从含蓄隐晦转为直接抒情。这两句表面看来是写主人公无理怨月，实则生动地表达了主人公愁思满怀，对月辗转，备感煎熬，以致彻夜难眠的情形。

从夜晚无眠直至清晓，下阕转而写清晨之景。“昨夜西风凋碧树”，昨夜不仅月明而且西风萧索，以至于今晨看到树木枯黄凋零，不再青翠。“凋碧树”三字，尽绘出西风的肃杀萧索。此句紧承上阕，以追忆的方式补充了上阕末句的景色描写，也描绘了今晨的情形，为下句铺垫了气氛。

“独上高楼，望尽天涯路。”在一片萧索清寒中，主人公清晨起身，便独自一人登上高楼，尽望所有路途。“独上”二字表现出主人公的孤独与清寂，照应上阕的“离恨”，而“望尽天涯路”正是因为一夜相思无际而生登高远望之意。这两句外在的萧索与内在的孤独相应，另外远望带来的寥廓境界又将内在的视域扩展得无际无涯。这种情景描写饱含人生况味，洗尽纤柔浮华，雄浑旷远，满含悲壮，以至于触动读者内心深处，令王国维将其视为治学所追求的极高境界。

远望不得，便想到远寄书信问取音信，可是“欲寄彩笺兼尺素，山长水阔知何处”！想要给思念之人寄去诗笺与信件，以慰藉相思之情，可是万水千山路途遥远，不知所思之人究竟在什么地方。本是强烈思念而起寄书信的愿望，却又不知寄向何方，在这内外相矛盾的情景中，流露出了主人公茫然失落的悲凄之情。

上阕写眼前之景，并在景中注入主人公的主观感情，点出离恨；下阕继“离恨”而绘登高独眺之情，神态生动。全词深婉浑厚，借外物抒写刻画人物形象与内心，抒情委婉，却又寥廓高远。在婉约词中，本词独具特色，显得与众不同。

## 木兰花

池塘水绿风微暖，记得玉真[①]初见面。重头[②]歌韵响琤琮[③]，入破[④]舞腰红乱旋。

玉钩阑下香阶畔，醉后不知斜日晚。当时共我赏花人，点检[⑤]如今无一半。

【注释】

① 玉真：道教中的仙人，此处代指佳人。

② 重头：词曲术语。词的上下阕节拍完全相同的称重头；散曲中以同一曲调重复填写几遍、几十遍，甚至百遍的亦称重头。

③ 琤琮：象声词，形容玉石撞击的声音、金属撞击的声音或流水声。

④ 入破：唐宋大曲的专用术语。大曲每套有十余遍，入破为其中一个音乐段落的名称。

⑤ 点检：检查，细数。

【赏析】

清代张宗橚《词林纪事》云："东坡诗：'樽前点检几人非'，与此词结句同意。往事关心，人生如梦，每读一遍，不禁惘然。"此词系晏殊伤春怀人之作，将昔日欢闹热烈的场景与眼前寂寞冷清的景象对照，表达时光易逝、筵宴易散、好景不长的慨叹情思。结句"当时共我赏花人，点检如今无一半"涵咏的聚散难期之情，令人伤感。

"池塘水绿风微暖"，池塘碧波荡漾，春风微熏，融融暖意吹进心田。词人开篇点出时令为春季，通过"水绿"与"风微暖"等细节描写，表现春光的美好，而水与风连写，营造出风吹池水、波光荡漾的感觉。一句景色描写，却有景致互生之妙，多重意境生发于词句之外，显示出晏殊在造境方面的功力。

面对这美好的春色，作者不禁回想起故人。"记得玉真初见面"一句与上句相连，使上句实景俨然成为虚笔，暗含眼前景色如昔日之景的慨叹。

词人漫步园中，睹景怀人，回忆起以往佳人相伴的种种情形。由“记得”二字引领，以下诸句都是对昔日繁华热闹景象的描绘。“玉真初见面”说明以下皆是词人与佳人初次相遇的情景，“初见面”是所有追忆中含情最深的场景，三字背后暗含初见时的种种情态，选此场景入词，用意深沉。

“重头歌韵响琤琮，入破舞腰红乱旋。”“重头”词回还往复，动人心弦，歌声清朗悦耳，如金玉碰撞之声。繁弦急响如破碎，在这嘈杂的乐声里，女子舞腰旋转，乱红纷飞。这两句写出女子的歌舞绝妙。

顺着上阕对女子歌舞的追忆，词人继而回想当时的场景。“玉钩阑下香阶畔”，此句点出当时歌舞宴会的地点，“醉后不知斜日晚”写宴会歌舞饮宴，直至醉倒，而不觉时间在悄然流逝，渐渐竟已斜阳夕照。从写歌伎到写晚宴，词人都在追忆昔日的宴饮欢聚，随后兀然一转，从一片繁华喧闹的景象里急急回到了眼前，想到“当时共我赏花”的人，如今大半已去，所剩无几。“斜日晚”三字承上启下，表面看来与下句无关痛痒，实则是等到歌饮阑珊之时，词人赫然想到当时一同宴饮之人现今的情状，想到斯人早已竞相离去，从而生出无限惆怅。“斜日晚”联系今昔，暗含情愫，使下阕情感如有线穿梭其中，景断意连，完整自然。

词人以今昔对比的手法，将人生聚散的感慨发于笔端，语言流畅，今昔互见，跌宕有致。

## 踏莎行

祖席①离歌，长亭别宴。香尘已隔犹回面。居人②匹马映林嘶，行人去棹③依波转。

画阁④魂消，高楼目断。斜阳只送平波远。无穷无尽是离愁，天涯地角寻思遍。

【注释】

① 祖席：送别的宴席。

② 居人：留在家里的人，与下句“行人”相对。

③ 棹：船桨，此处代指船。

④ 画阁：装饰华美的房间，此处代指女子闺房。

【赏析】

晏殊五岁能诗，素有“神童”之称，其文采卓然，笔力深厚为当世称道，《宋史》曾有赞誉：“文章赡丽，应用不穷。尤工诗，闲雅有情思。”晏殊是北宋著名的婉约派词人，其词作多旖旎风光，欢趣中深蕴悲切。此首《踏莎行》承续这一传统而来，由景生情，再续别离苦楚。

“祖席离歌，长亭别宴。”“祖席”乃饯别之席，多为分别时的宴会，与“别宴”同义；“离歌”同在强调此词是为分别而作，词中所写为别离场景；“长亭”直接点明分别的地点。前两句以寥寥八字，清楚地点明该作是主人公与他人分别时的画面。“祖席”“离歌”“别宴”三组词语同义堆砌，开篇即将离怨涂抹得浓郁沉重，为下文抒情做铺垫。

“香尘已隔犹回面”，“尘”本凌乱缭绕之象，“香”字点缀，暗含了抒情主人公与离人间深深的情谊，自感尘土中犹有芳香。香尘已把距离隔开，但是两人依然连连回头。“犹回面”三字即刻将两人依依分别、不忍离去的情状勾勒出来。此句虽未直言“回面”的究竟是“居人”还是行人，但由下两句看，应指两人共回，同感不舍。

两人在“香尘已隔”时“犹回面”，接下来开始具体描写居人和行人各自的表现。“居人匹马映林嘶，行人去棹依波转。”居人策马扬鞭，一边走一边回头，终于被树林挡住了视线，连骏马似乎也感同居人离情，隔着林间嘶鸣，凄怨至极；而行人乘船离去，驻足船尾频频张望，最终也随江水的曲折流转而消失不见。“嘶”字借马嘶鸣，传达出居人的哀怨无奈；“转”字借船“依波”而折境，表达出行人依恋难舍的情愫。

上阕自分别的宴会写起，由“犹回面”分述居人和行人的表现，下阕词人将笔力聚焦于居人，详述分别后的情状。

“画阁魂消，高楼目断。”居人策马归后，登楼而望，目送行人远去。“魂消”明晰地表现出居人登高而望的黯然销魂；“目断”承之，更写出居人望眼欲穿、目依波转。两句连缀，居人更增愁苦哀怨。

随后续写居人在“画阁”上看见的景象。“斜阳只送平波远”，阳光斜洒在江波上，遥远不知终极。“斜阳”本为傍晚落日之照，其间暗含迟暮伤感；“只”字贯通，更显寥落孤寂。斜阳余晖也只能伴送“平波”“远”去，离恨无奈在此境中被渲染得浓重异常。

最后，词人在对居人、行人分别情景进行了刻骨描摹后，直接点出两人离愁之苦：“无穷无尽是离愁，天涯地角寻思遍。”“离愁”自有愁绪萦绕，用“无穷无尽”形容，更感此情绵密悠长，难以排遣；“思”念本就难觅难寻，“天涯地角”寻遍，更觉此情缥缈虚幻，无奈恨极。

由“祖席离歌”始，至“天涯地角寻思遍”终，分别生发思念，自然顺畅，合情合理。现代词学家唐圭璋称此词“足抵一篇《别赋》”，不虚此言。景色的变化中暗蕴主人公无尽的离愁别恨，情悠悠恨悠悠，离愁思念交杂其间，尤堪玩赏。

## 踏莎行

**小径红稀，芳郊绿遍。高台树色阴阴①见。春风不解②禁杨花，蒙蒙③乱扑行人面。**
**翠叶藏莺，珠帘隔燕。炉香静逐游丝④转。一场愁梦酒醒时，斜阳却照深深院。**

**【注释】**

① 阴阴：浓密的样子，形容树叶稠密，树荫浓重。

② 不解：不懂得，不理会。

③ 蒙蒙：细密的样子。

④ 游丝：飘荡在空中的蜘蛛吐出的丝线。

**【赏析】**

春已迟暮，愁绪万千，感念青春不再，感慨岁月变迁，这是诗词中常见的感时伤春。晏殊《踏莎行》一词，一改传统，独辟蹊径，于暮春景色里交杂着活泼生趣，莞尔轻愁萦绕心间，神韵卓绝。

春去夏来，词人在这春天即将告别时步出屋内，来到郊野，感受着季节时令的转换。“小径红稀，芳郊绿遍。高台树色阴阴见。”起首三句直接写出词人在郊径所见：小径两旁花儿多已凋谢，红艳的色彩已渐渐消逝，广阔的郊外早被翠绿染遍，高台上更是尽显郁郁葱葱的树色。“小径”“芳郊”“高台”的位置转换体现出作者在空间上的移动；“红”“绿”“树色”的过渡则体现春去夏来植物色彩的步步加浓；“稀”“遍”“阴阴见”的形容也揭示出暮春景色的动态变化。起首三句顺次而下，把一幅暮春初夏的风光图缓缓展开。

“春风不解禁杨花，蒙蒙乱扑行人面。”杨花本就随风而飘、倏忽不定，但是词人却说是“春风不解禁”，即春风不约束杨花，使得它蒙蒙乱飞，直扑行人脸面。自然风景在“解禁”二字衬托下显得趣味横生，主观情感的注入使杨花飞舞的情景更是盎然多姿。一个“乱”字非但不显凌乱繁杂，反而暗含嬉戏游闹之意，似顽童般可爱纯真，“扑”字紧承，更将杨花的随意自然刻画得启人遐想。

上阕描摹暮春初夏郊径自然风光，下阕顺承而来，作者视线由外及内，最后直指内心。“翠叶藏莺，珠帘隔燕。”屋外翠绿的叶子繁茂葱郁，藏住了黄莺的身影；屋内珠帘密密缀连，阻隔了燕子的进入。“藏”字把“翠叶”拟人化，翠叶似与黄莺逗趣，藏住黄莺身影，更显翠叶葱郁；“隔”字呼应，“珠帘”本无意隔绝燕子，但是两句对照，却让珠帘也涂抹上了一丝趣味，宛如在做游戏。此两句前者写外景，后者转内景，视线慢慢回归室内，为下文对屋内景情的抒发做铺垫。

“炉香静逐游丝转。”香炉青烟缓缓升起，与游丝纠缠追逐，两相交织，分不清何为炉香，何为游丝。“逐”字赋予主观情感，“炉香”追逐嬉闹，“转”字承接，“游丝”回应转绕，俨然一派热闹景象。但是细究其下，又暗暗生发出一丝静意，诚如词人自言“静逐”，屋内青烟缕缕，更添静谧。

至此，作者都在细摹自然之景，最后转景入人，将主人公推入到读者视线内。“一场愁梦酒醒时，斜阳却照深深院。”词人愁绪萦绕心头，于是借酒消愁，酒入愁肠，酣然入睡，等到酒醒时分，屋外仍旧斜阳高照。“愁”乃全词词眼，将上下阕情景交融其间，一派游戏之景中隐有愁情暗注；“却”字接续，将初夏白昼漫长表现而出，颇有“人间昼永无聊赖”的意味；“深深”形容庭院而来，更感幽深凄楚之感。

最后两句由景生情，将词人的惆怅、愁绪一语道破。春意远去，时序变化，莫名心生愁意，笑中带怨，闹中带苦，词的意境在结句被推向高潮，又胜在愁浅怨轻，其景的灵动活泼不受妨碍，反而更富动感活力。

## 玉楼春

绿杨芳草长亭路，年少抛人容易去。楼头残梦①五更钟，花底离愁三月雨。

无情不似多情苦，一寸还成千万缕②。天涯地角有穷时，只有相思无尽处。

【注释】

①残梦：不完整的梦境。

②千万缕：千愁万绪、千万念情，指感情的投射。

【赏析】

少女寂寞或少妇相思多被称为“闺怨”，“闺”指女子，“怨”即离别怨恨，晏殊此首《玉楼春》正是闺怨词。词人以男身写女心，将女子的愁绪和思念刻画得有情有致，感人至深。

“绿杨芳草长亭路，年少抛人容易去。”长亭两旁绿杨、芳草郁郁葱葱，一派春意盎然的景象，但是长亭中却在上演离别。“绿杨芳草”的景象恰为渲染反衬“抛人”事而来。此两句直接点明时间是春天，地点是长亭。其中“年少”指女子所恋之人，以青春年少代称男子，准确形象；“抛人”暗指两位恋人的分别，隐隐透露出女子的不满和幽怨。又用“容易去”承接，将男子因为年少轻狂轻言分别之状描画出来。语言平白浅显，暗蕴主人公的怨怼和思念。

“楼头残梦五更钟，花底离愁三月雨”两句承接上句“年少抛人”，女子在梦中都备感凄苦。恋人离开后，午夜时分女子仍然辗转反侧，不得入眠，后来终于进入梦乡，不久又被五更时分的钟声敲醒，睡眼惺忪地望向室外，只见窗外的花朵都在轻柔春雨的吹拂下纷纷飘落。“残梦”两字直言女子被“年少抛人”后心中的寂寞难耐和丝丝愤懑，连梦境都是残破不完整的；而“花底”“三月雨”之照更是情以注之，三月时节，本就春雨绵绵，似雾似线，而花娇弱易逝，在雨水的冲刷下坠落本是正常现象，但在当时女子的情绪感染下，花雨也是“离愁”的载体。词人以“离愁”贯通，将女子的离别和相思坦陈而出，奠定了凄清悲愁的情感基调。

上阕四句由“年少抛人”事件引入，顺承“残梦”“离愁”之象，将女子与恋人分别后的离愁别绪娓娓道来。下阕由情生情，将笔力聚焦在情感的抒发上，采用反语手法将女子的多情一一道出，独辟蹊径，萦回不已。

“无情不似多情苦，一寸还成千万缕。”表面看来，这两句写人之无情，实则是从侧面转入，凝于有情：无情人不必像有情人承受那么多痛苦，一寸芳心化作千丝万缕，皆凝聚着无限悲愁。“一寸还成千万缕”是“有情苦”的表现，女子之所以有这么深的感受，恰是因为她“有情”，此处有“多情自古伤离别”之意。“千万缕”是千万愁绪，是千万念情，是女子情感的投射，是女子芳心无处安放之境。

白居易曾有“天长地久有时尽，此恨绵绵无绝期”流传千古，此处晏殊类比而来：“天涯地角有穷时，只有相思无尽处”。“天涯地角”乃天地的尽头，遥不可及但至少还有极点，即所谓“有穷时”，但是“相思”却无边无际，即“无尽处”。“穷”和“尽”相对，将女子深深的思念蔓延铺展，一语难以道尽。

清代陈廷焯《白雨斋词话》誉其“婉转缠绵，深情一往，丽而有则，耐人寻味”。全词由女子抱怨“年少抛人容易去”而始，却由“只有相思无尽处”而终，情感由怨转念，由愁转思，通过白描手法把女子的意绪宕开，以无怨之思，更表思念之隽永。

## 清平乐

红笺①小字，说尽平生意。鸿雁在云鱼在水，惆怅此情难寄。

斜阳独倚西楼，遥山恰对帘钩②。人面不知何处，绿波依旧东流。

**【注释】**

①红笺：印有红线格的绢纸，多指情书。

②帘钩：挂窗帘的铜钩，此代指窗户。

【赏析】

晏殊描写闺中女子相思愁怨的词作很多，本首《清平乐》是这类作品中的名篇，描绘了女主人公怀人念远的惆怅之情，笔致生动简洁，抒情精致独特。

“红笺小字，说尽平生意。”主人公提笔修书，在红色的信笺上写满自己的相思之情，仿佛将一生的情意都融进了书信中。“红笺”指精美的信纸，以此为书，表现出女主人公对信件的重视，对爱情的美好向往。“小字”，既有字体精美的意思，也暗示了信笺上字的繁多，表明主人公的情意无限，写满信笺也难以诉尽相思。“说尽”句，表面是说在信中主人公诉尽平生的爱慕之意，但暗含难以说尽之意，婉妙地表达了主人公的满怀柔情。

然而书信易修鸿雁难托，“鸿雁在云鱼在水”，鸿雁在云端飞翔，鱼儿在水中遨游，都难以托付以寄相思。此句化用《汉书·苏武传》中“鸿雁传书”的典故与蔡邕《饮马长城窟行》中“呼儿烹鲤鱼，中有尺素书”的句意，状写音书无法寄达的情形。“惆怅此情难寄”，直接表达了主人公音书难以寄到的怅惘失落之情。这两句进一步铺写相思之苦，运典别致，含蕴深厚。

下阕融情于景。“斜阳独倚西楼”，夕阳晚照，斜晖入楼，楼上主人公正独自一人倚在楼头上眺望。此六字点明时间和地点，同时描绘了主人公西楼独倚的情形，表达了她寄相思不得，独上高楼以慰相思的情形，紧承上阕中的“惆怅此情难寄”。远眺中，本想遥遥望见心上人去时的路途，而“遥山恰对帘钩”，却有那遥远的山脉，将视线阻隔，令主人公无法望得更远。夕阳中，主人公独自登高望远以慰藉相思，本就凄清哀婉无限，而遥遥的远山阻隔，使其心境更加凄楚。遥远山峰所阻隔的，不仅是两人的视线与相见的道路，还有二人的情谊。“遥山”句使得抒情又增一层波澜。

远眺本为疏解内心的忧愁，而此时不禁又更增一段愁思，主人公不禁思想，所念之人现在究竟在哪里呢？“人面不知何处，绿波依旧东流”，所念之人不知身在何处，而江水的绿波依旧缓缓东流。两句化用唐代崔护《题都城南庄》诗句“人面不知何处去，桃花依旧笑春风”中的意境，暗含凄凉孤苦，旧情难忘之感，余意不尽，情致别生。

此词抒情蕴藉，用典别致，在多组意象的重叠交织中含蕴主人公悲凉凄苦的感情，营造出离愁别恨百般难寄的意境。词人以淡景写浓愁，青山绿水常在，而鸿雁游鱼难凭，惆怅万端，婉曲细腻，表现了晏殊闲雅从容的独特词风。

## 张先：天不老，情难绝。

**词人名片**

生卒年月：990—1078

字号：字子野

祖籍：乌程（今浙江省湖州市）

代表作：《千秋岁》等

**词人小传：**天圣八年（1030）进士，先后任宿州掾、吴江县秘书丞、嘉禾判官等职，官至都官郎中。因曾任安陆县知县，人称“张安陆”。晚年隐居湖杭，常与梅尧臣、欧阳修、苏轼等同游。词作意韵恬淡，意象繁富，内在凝练，尤善作慢词，与柳永齐名。曾因三处善用“影”字，世称“张三影”。著有《张子野词》，存词一百八十余首。

### 千秋岁

数声鶗鴂[①]，又报芳菲歇。惜春更把残红折。雨轻风色暴，梅子青时节。永丰柳，无人尽日花飞雪。

莫把幺弦[②]拨，怨极弦能说。天不老，情难绝。心似双丝网，中有千千结。夜过也，东窗未白凝残月。

**【注释】**

①鶗鴂（tí jué）：杜鹃鸟。

② 幺弦：琵琶的第四弦，用来指代琵琶。

**【赏析】**

张先《诉衷情》一词以“花不尽，月无穷，两心同”表白了爱情受挫后，坚定不移、忠贞不渝的情怀，而《千秋岁》同样是写爱情受到阻挠后，相爱的人不屈不挠、坚执不舍的品质，比上词情感更为坚决、更为直率。

“数声鶗鴂，又报芳菲歇。”全词以“鶗鴂”声领起，鶗鴂鸣叫本就凄怨哀婉，“数声”之下，更是将词人的悲切表白得直接明晓。同时“又”字接续，把词人与恋人相爱时间之久隐隐道来，但是一个“歇”字转承，则使本来美好的“报芳菲”戛然而止，暗喻自己的爱情也如这鸣声一般匆匆“歇”止。

“鶗鴂”声“歇”，悲情低诉，美好时光匆匆，这让词人备感凄切，于是心生怜惜：“惜春更把残红折”。“残红”喻指词人被阻挠的爱情，同时“红”虽“残”却依旧在，可见这份感情虽遭遇波折，作者却依然坚持；“更”字递进，写出词人幽怨无奈但坚决不舍的情愫。

“雨轻风色暴，梅子青时节。”梅子时节，雨纷纷，本词所写意境乃是“梅子青时节”，此时节里“雨轻风色暴”，表面看来是对时令的真实描摹，细究下，暗隐着爱情惨遭“风色暴”的摧残，其情至此无尽凄楚。

最后化用典故，“永丰柳，无人尽日花飞雪。”其中“永丰柳”化用白居易“永丰西角荒园里，尽日无人属阿谁”而来，“永丰柳”无人问津，其所来所属无人可知，“花飞雪”之境中，此柳更是孤苦凄零。上阕至此，词人爱情受阻的幽怨，和坚守爱情的执着被描摹得入木三分、可歌可泣。

上阕以景引入，下阕以情直言，笔墨宕开，意境尽显。“莫把幺弦拨，怨极弦能说。”“幺弦”是琵琶的第四弦，此弦拨鸣声如泣如诉，幽怨至极，词人在下阕即以此弦开篇，直言“怨”意，其弦可说，其情可悯。“天不老，情难绝”顺承弦下，词人的悠悠深情尽显其中。《乐府民歌》中《上邪》一曲歌道：“山无棱，江水为竭，冬雷震震，夏雨雪，天地合，乃敢与君绝！”与“天不老，情难绝”意境相仿，两人恋情的刻骨铭心一语而出。

两人既已情深如斯，“心似双丝网，中有千千结”则合情合理。“丝”字采用谐音表情，“丝网”乃“思网”，心被思念缠绕，心被情结围接，相糅其中，其深情厚谊早已纠缠不清、言语难尽。情诉至此，被阻之意虽让词人心生怨意，但是对彼此的坚定却丝毫未减。不知不觉，时间就在这思念中慢慢逝去，“夜过也，东窗未白凝残月。”“残月”一方面是对时间的指示，与“东窗未白”呼应，另一方面也是对词人爱情被阻隔的隐喻，虽“残”尤明。

宋代晁无咎曾评价张先词：“子野韵高，是耆卿所乏处。近世以来，作者皆不及。”这首词将张先的“韵高”表现得十分突出，“鶗鴂”声中，“幺弦”拨鸣，“怨极”缓缓流淌而出，“情难绝”隐隐伴随其间，委婉含蓄、隽永绵长，其景动人心脾，其情感人至深。

## 天仙子

《水调》数声持酒听，午醉醒来愁未醒。送春春去几时回？临晚镜，伤流景[①]，往事后期空记省[②]。

沙上并禽[③]池上暝，云破月来花弄影。重重帘幕密遮灯，风不定，人初静，明日落红[④]应满径。

【注释】

① 流景：如流水般逝去的时间。

② 省：醒悟，明白。

③ 并禽：成对的禽鸟，此处指鸳鸯。

④ 落红：落花。

【赏析】

据《古今诗话》载：“有客谓子野曰：‘人皆谓公张三中，即心中事、眼中泪、意中人也。’子野曰：‘何不目之为张三影？’客不晓，公曰：‘云破月来花弄影。娇柔懒起，帘压卷花影。柳径无人，坠轻絮无影。此余平生所得意也。’”张先以“三影”著称，其中尤以“云破月来花弄影”最为闻名，此婉转隽永的名句正出自于本首《天仙子》。

曹操雄心壮志，《短歌行》中感叹：“对酒当歌，人生几何？譬如朝露，去日苦多。慨当以慷，忧思难忘。何以解忧？惟有杜康。”酒能醉人，酒能排愁，宋人蒋捷亦有“一片春愁待酒浇”。借酒消愁，古往今来早已屡见不鲜，但是人们却往往得来“举杯消愁愁更愁”的结果。张先的《天仙子》就是以这种情绪开始。

“《水调》数声持酒听，午醉醒来愁未醒。”数声《水调》悠悠传来，词人听着乐曲不断饮酒，难免大醉；午夜酒醒，满腹愁绪却未有丝毫减轻。开篇就直接点明词人的情绪是“愁”字当道，即使有音乐和美酒相伴，依然无法消解心里的愁绪。

接下来交代了词人究竟为何而愁：“送春春去几时回？”两个“春”字值得细细玩味。作者作本词时，正在嘉禾做判官，彼时他已过知天命的年龄，渐近迟暮。当此时作《天仙子》，“春”中自有对青春岁月的慨叹。因此，此句中第一个“春”字是春天、春光；第二个“春”字则指岁月易逝、年华易老。词人在此感慨青春不再，过往的美好时光恐难再续，嗟叹无奈尽显于此。

午夜时分，作者于酒醉中醒来，躺在床上，周围一片寂静，“临晚镜，伤流景，往事后期空记省。”望着镜面，回忆起往昔的景象，徒增伤悲。“伤”字将词人感怀伤春的意图表露无遗；“往事”一词更是直言此词是对曾经的回顾和追忆；“后期”既是对真实情境的记录，事情只能在后期回忆时才能称为“往事”，同时也使得“往事”更增添了惋惜哀怨；最后以“空”字贯穿，将整首词空寂惘然的情调推向了高潮。

词人在上阕中通过“午醉醒来”“临晚镜”，慨叹青春易逝、年华尽去，其中遗憾追思愈发浓郁，下阕借景抒情，风月间更是无尽悔意。词人在这夜幕中，从屋里走出，到达室外，放眼望去，只见“沙上并禽池上瞑”，沙地上并卧着成对禽鸟，有的鸳鸯已经成双在池塘间瞑睡，一派宁静寂寥的画面在此勾勒而出。

此时，夜幕笼罩大地，萧条凄清，词人笔锋突然宕开，使妍丽素美之景渐渐映入人之眼帘，“云破月来花弄影”。这是张先词作中最为知名的一句，一“破”将风吹浓云，浓云破开一口的景象描摹得准确恰当；“来”字一出，缕缕月光慢慢从这“云破”间渗透而亮的情景跃然眼前；“弄”字点缀，原本静静伫立的花儿在清风吹拂下，摇曳生姿的景观更是缓缓流淌而出。王国维《人间词话》中就说：“‘红杏枝头春意闹’，着一‘闹’字而境界全出；‘云破月来花弄影’，着一‘弄’字境界全出矣。”词人的愁怨在这皎洁妩媚的景色里稍事缓解，盎然春意在此隐隐有所现，美哉乐矣！明代杨慎《词品》曰：“景物如画，画亦不能至此，绝倒绝倒！”

风过景变，但是随着风势越来越大，词人自屋外而回，拉上厚厚的帷幕，以保留屋内烛光，“重重帘幕密遮灯”，“密”字尽显帘幕遮灯的严丝合缝。

“风不定，人初静，明日落红应满径。”“风不定”是风势渐大的表现；“人初静”是夜幕下的万物寂静，词人在这“云破月来花弄影”的景色中心境渐平之象；“明日落红应满径”则是词人的想象，风过庭院，明日小径中一定尽是落红无数。此三句连在一起，“落红”“满径”让词人的感怀伤春“愁更愁”。

岁月静好，只是年华易逝、青春难觅，词人在这“云破月来花弄影”的景色里更感“林花谢了春红，太匆匆”，嗟叹伤情自在其中，愈写愈浓，缱绻难释。

## 菩萨蛮

**忆郎还上层楼①曲②，楼前芳草年年绿。绿似去时袍，回头风袖飘。**

**郎袍应已旧，颜色非长久。惜恐镜中春，不如花草新。**

**【注释】**

①层楼：高楼。

②曲：幽深处。

**【赏析】**

晏殊曾道：“昨夜西风凋碧树，独上高楼，望尽天涯路。欲寄彩笺兼尺素，山长水阔知何处！”柳永也以“伫倚危楼风细细，望极春愁，黯黯生天际。草色烟光残照里，无言谁会凭栏意。拟把疏狂图一醉，对酒当歌，强乐还无味。衣带渐宽终不悔，为伊消得人憔悴”闻名遐迩。这两位词人皆以男性口吻代诉女性闺怨之苦，张先同样如此，以一位思夫盼夫的女性的视角，详诉了一段痴情凄楚的闺情。

“层楼”是闺怨诗词中重要的思夫场所，诚如上文提及的晏殊《蝶恋花》“独上高楼”，柳永《凤栖梧》首句“伫倚危楼风细细”等，女性大多选择在“层楼”登高而望，遥寄相思。此处，词人直言妇人“忆郎还上层楼曲”，站在层楼上歌“忆郎”曲，为全词定下了哀伤幽怨的感情基调。

妇人登“上层楼”后，放眼望去，“楼前芳草年年绿”，芳草总是绿了又败，败了又绿。此处“年年”一词凸显丈夫离开时间很久，恍如隔世。而“芳草”之“绿”又引发了女子对丈夫临行前的回忆，“绿似去时袍，回头风袖飘。”芳草的绿恰如丈夫离开时所穿袍子的颜色，当时丈夫且行且回头，袖子都在风中飘然起舞。此句是女子对昔日丈夫临行时情景的追思，由景引入，自然流畅，妇人对丈夫深深的思念于这自然联想中缓缓流淌而出，令人黯然。

“去时袍”“绿”，那在阔别多年以后的今日又将如何呢？“郎袍应已旧，颜色非长久。”此句是女子对今日丈夫绿袍情形的想象，她认为“郎袍应已旧”，这一“旧”是对上阕中“年年”之境的暗合。岁月“年年”岁岁流转，“郎袍”也在这“年年”中愈“旧”，恐怕颜色早已变得非常暗淡。此句顺承上阕结尾的“绿袍”而来，从回忆中抽出，于时间上落笔，将昔日情景与今日情景并置，两相比对，把女子的愁怨娓娓道出。

绿袍在“年年”中已旧，而人更是今非昔比，“惜恐镜中春，不如花草新。”恐怕容颜早在这岁月的流逝中，渐渐老去，远远比不上花草新鲜永驻啊！这里的“春”字代指青春韶华，“镜中春”是女子容貌姿态的再现。在“年年岁岁”的光阴流逝中，思妇觉得自己早已“朱颜难驻”，“不如花草新”了。词人以“花草”与人比照，既与上阕的“楼前芳草年年绿”遥相呼应，同时以花喻人，更显示出容颜易逝、青春不再，徒留“年年岁岁花相似，岁岁年年人不同”（唐代刘希夷《代悲白头翁》）的哀怨。

女子自“上层楼”，看见“楼前芳草年年绿”，联想到丈夫离开时的绿袍，而在岁月无情的逝去后，发出“郎袍应已旧”的想象，进而思及自身，感慨“镜中春”“不如花草新”。全词层层递进，步步深入，以“绿”字一以贯之，如穿针引线，在颜色的演变中渗透出女子与丈夫的离别之苦，和对丈夫深深的思念。整首词未以女子语气直言“愁”字，但在情景的转换间，已将愁绪隐隐道出，深愁不言，更加感人。

## 一丛花令

**伤高怀远几时穷？无物似情浓。离愁正引千丝乱，更东陌、飞絮蒙蒙。嘶骑渐遥，征尘不断，何处认郎踪？**

**双鸳池沼水溶溶①，南北小桡通。梯横画阁黄昏后，又还是、斜月帘栊。沉恨细思，不如桃杏，犹解嫁东风。**

**【注释】**

①溶溶：水流动的样子。

**【赏析】**

这首词延续了古诗词中常见的主题——闺怨，表现了女主人公在她的情人离开之后，独处深闺的相思与哀愁。全词极其细致地刻画了主人公在情人离去之后对于周边环境及生活的情绪，从而表现出她对爱情的执着和对美好生活的追求。

上阕以情动景，用倒叙手法剖白情人离去后的愁思。起首一句，用“伤高怀远”概括了自己的全部愁绪，把自身经历的长久离别与相思之苦直接倾泻出来，并且询问这种状况“几时穷”。简短的一个问句，竟将千种愁绪毕于一堂，突兀有力，感慨深沉。

“无物似情浓”是对“几时穷”的回答，真挚而浓烈的爱情永远是牵动人“伤高怀远”的缘由，而这种情思却是无穷无尽的。作者以哲思性的话语入题，点明了本词的主旨，更将“闺怨”之情深化。

“离愁”几句承接前文感慨，具体到身边的一事一物。作者采用移情手法，不具体描写主人公的愁思，却说“离愁正引千丝乱”，仿佛是自己的愁思搅动得柳丝飘扬、柳絮纷飞一般。这千般思念之情竟能将周边的环境触动，可见这“离愁”之深沉。“更东陌、飞絮蒙蒙”一句，将主人公之愁绪继续扩展，又引古人“折柳离别”的典故，写出了主人公“见柳相思”之情。

“嘶骑渐遥，征尘不断，何处认郎踪？”此三句为“伤高怀远”的愁绪做注脚：嘶鸣的马儿已经远去了，征途上不断扬起的尘土早已阻隔了视线，到哪里去辨认心上人的踪迹呢？此处又与前文呼应，正因情人远去才“伤高怀远”。

下阕以景解情。主人公登上高楼，看见池水溶溶，小船南来北往，一片自然景象。偏偏池中成双成对的鸳鸯正在适意地游乐，不由得勾起了主人公对于昔日欢聚时美好爱情的遐思。由过往想起今日的孤独，甚至还不如溪水中畅游的鸳鸯，与结尾一句遥相呼应。

“梯横画阁黄昏后，又还是、斜月帘栊。”黄昏后，主人公收回远眺的目光，看到横斜的楼梯和被暮色笼罩的阁楼，想起情人离去后，有多少次在这清冷的月光下，无助地任思念将自己淹没，平添伤感。由“伤高怀远”到“低眉自思”，主人公开始对自身命运进行思考。

“沉恨细思，不如桃杏，犹解嫁东风。”无数个这样的夜晚，相同的寂寞与无聊，主人公对情人由爱到思，由思到恨，甚至“沉恨细思”。这四个铿锵有力的字眼，刻画出主人公的心境。正是由此，不由得让人生出“不如桃杏，犹解嫁东风”的感慨。

主人公回思自己的孤独处境，甚至还不如窗外树上的桃花杏花，它们还懂得在即将凋零的时候嫁与东风，随风飞舞，有所归宿。而自己只能在这里形单影只地老去，言外之意是在感叹自己未能抓住机会找到归宿。这也是主人公对于无法把握自身命运的沉思与自怨自艾，由此更显出“沉恨细思”的分量。

清代贺裳在《皱水轩词筌》中说：“唐李益词曰：‘嫁得瞿塘贾，朝朝误妾期。早知潮有信，嫁与弄潮儿。’子野一丛花末句云：‘沉恨细思，不如桃杏，犹解嫁春风。’此皆无理而妙。”这里所说的无理，于常识中无处可循，于逻辑上解释不通，但是正因这种“无理”的思维，反而更能体现人物的情感与心态。此词之所以传唱千古，正因其以“无理”写“有情”。

## 青门引

乍暖还轻冷，风雨晚来方定。庭轩寂寞近清明，残花中酒[1]，又是去年病。

楼头画角风吹醒，入夜重门静。那堪更被明月，隔墙送过秋千影。

**【注释】**

①中酒：饮酒过量，指因酒醉感到身体不舒服。

**【赏析】**

李清照曾有《声声慢》一词将“愁”字写尽，上阕有“乍暖还寒时候，最难将息。三杯两盏淡酒，怎敌他、晚来风急”，借天气变化抒发愁情难释，而前人作品中早已用过此法，如张先《青门引》即借时令的变化，抒发怨情。

“乍暖还轻冷”，全词以“乍暖”领起，冬去春来，人们渐渐脱下沉重的棉衣，感到暖意拂面，“乍”字将时令变化之快准确地刻画出来。因初春时节，寒意未能尽除，偶有“冷”感，但是此冷含有“轻”意，“还”字转承，将“暖”“冷”并句，写出初春的季节感。暖冷间自有情感注入，此景即是词人感情变化的投射。

春季已来临，竟然还有“轻冷”的感觉，原来是因为“风雨晚来方定”，风雨至晚间才刚刚停歇下来。初春时节本就常有寒流回潮，在这“风雨”中更是备感寒意，其中“方”字表现出词人对天气变化的敏感，也暗暗透露出他细腻伤感的性格。一二句连缀，初春风雨的景象尽在这“暖”“冷”间转换过渡，是词人主观感情的投影，有“如人饮水，冷暖自知”的况味。

“庭轩寂寞近清明，残花中酒，又是去年病。”词人的视线由自然变化转入庭院内，“庭轩”本是静态事物，但以“寂寞”形容，内心深处的寂寞借由景物传递出来。而在寂寞时，酌饮小酒，本为消愁，怎奈置身“残花”间，眼前都是衰败景象，不由得喝过了头，酒入愁肠，徒增伤悲。此情此景去年就曾经历，“又是去年病”可见词人的愁怨不是一时一刻生发而来，而是早已积蓄良久。

虽然借酒未能消愁，但是仍有沉醉之感，风过清醒，更觉静意。“楼头画角风吹醒，入夜重门静。”风过楼头，画角响亮而声，词人醉中惊醒。“吹”非“拂”，更显强劲，以“醒”字缀之，又显刺骨凌厉。词人在酒醉中突然醒来，只感“入夜重门静”。入夜时分，万籁俱寂，风吹而过，自有寒意隐隐入骨；“重门”中与世隔绝，安谧幽暗，更添“静”意。此景静中带寒，寒中带冷，冷中更感沉重。

最后，“那堪更被明月，隔墙送过秋千影。”明月送秋千影而来，以“那堪”做引，词人沉痛悲伤的感情尽深蕴在这二字。“秋千影”是晃动之影，显孤独况味，被明月投射而来，与词境相辉映，黯然寂寥的情绪在影间暗暗勾勒而出。清代黄蓼园曰：“末句那堪送影，真是描神之笔，极希微窅渺之致。”可谓一语中的。

触景伤情、悲景伤春，全词由初春景色引入，接续寂寞庭轩，后由风过楼头来过片，结束于明月送影，词人的感伤愁绪在这景象的转换间点点浸入，步步加浓。

## 张昇：怅望倚层楼，寒日无言西下。

**词人名片**

生卒年月：992—1077

字号：字杲卿

祖籍：韩城（今属陕西省）

代表作：《离亭燕》等

**词人小传：**大中祥符八年（1015）及进士第，历任御史中丞、参知政事兼枢密使，终于太子太师任，谥“康节”。《全宋词》录其词二首。

## 离亭燕

一带江山如画，风物向秋潇洒[1]。水浸碧天何处断？霁色[2]冷光相射。蓼屿[3]荻花洲，掩映竹篱茅舍。

云际客帆高挂，烟外酒旗低亚[4]。多少六朝兴废事，尽入渔樵闲话。怅望倚层楼，寒日无言西下。

【注释】

①潇洒：爽朗萧疏。

②霁色：雨后初晴的景色。

③蓼屿：长有蓼草的小岛。

④低亚：低垂。

【赏析】

此词主旨为“金陵怀古”，词人用冷峻的笔调，描绘出历经六朝风雨的金陵的江山秋景图，抒发了对历史更迭、时代变迁的深刻思考。

“一带江山如画”，首句概括地勾勒出金陵一带的全景图，江水连山，风景如画。“风物向秋潇洒”，金陵秋日景致自有一番特色，高爽脱俗、明丽清雅。

“水浸碧天何处断”一句开始，是对金陵“风物”的具体描写。极目处，江水滔滔一望无际，碧空万里广阔悠远，水天相接、浑然一色，“浸”字用得甚妙，既表现出江水碧空的相合相融，又增添了水入澄空的动态之感。“霁色冷光相射”，晴空澄澈清碧，江水闪烁冷光，天光水色相互映衬，景致萧疏清丽。其中“霁色”写天气之晴朗。

随后两句“蓼屿荻花洲，掩映竹篱茅舍”，词人的笔触由远及近，写到江中小洲的蓼莪与荻花。镜头继续拉近，在摇曳的荻花丛中，隐约可见“竹篱茅舍”的江边人家。

上阕由远及近、由自然之景写到人家，笔调清冷，状景灵动，令金陵江山风致雅丽可见。下阕则由景入情，抒发怀古之思。

“云际客帆高挂，烟外酒旗低亚。”极目远望，客船上高挂着白帆，烟霭朦胧之中，依稀可见酒家的旗子低垂着。这两句虽是写景，却暗含人的活动，由此展开对历史的思考。“多少六朝兴废事，尽入渔樵闲话。”金陵这个地方曾历经六个朝代的变迁，多少王朝兴盛起来，又有多少王朝被历史长河湮没，不论成王与败寇，所有往事故人最终都只是成为“渔樵闲话”，正所谓“是非成败转头空”，引人唏嘘。

“怅望倚层楼，寒日无言西下。”历史之思深沉浓厚，万般思绪化作无言，唯有倚楼望远，只见夕阳沉默西下。用凭栏身姿和日暮景致作结，更增添了怅惘悲凉之感。结句与秦少游《满庭芳》中的“凭阑久，疏烟淡日，寂寞下芜城”词境相仿，不过张词则更具悲凉萧远的风致。另外，前文言“渔樵”有“闲话”，接下便写“寒日无言”，相互比照，更以自然之永恒衬托出人事之无常。

现代学者薛砺若《宋词通论》中评价：“此词于冷隽中寓悲凉之感。阕中如‘霁色冷光相射’，‘寒日无言西下’句，尤觉冷艳触人心目，而语意无穷。”恰到好处地点出了张昇极力营造的词境。

## 宋祁：绿杨烟外晓寒轻，红杏枝头春意闹。

**词人名片**

生卒年月：998—1061

字号：字子京

祖籍：安州安陆（今属湖北省）

代表作：《玉楼春》等

**词人小传：**曾与欧阳修同修《新唐书》。后进工部尚书，拜翰林学士。与兄宋庠并有文名，时称“二宋”。因其词《玉楼春》词中有“红杏枝头春意闹”名句，世称“红杏尚书”。

## 玉楼春

东城渐觉风光好，縠皱[1]波纹迎客棹。绿杨烟外晓寒轻，红杏枝头春意闹。

浮生长恨欢娱少，肯爱千金轻一笑。为君持酒劝斜阳，且向花间留晚照。

【注释】

①縠（hú）皱：即皱纱，有皱褶的纱。

【赏析】

“红杏枝头春意闹”一句流传极广，甚至为词人宋祁赢得了“红杏尚书”的美称，令他名扬词坛。宋祁在上阕毫不吝啬地抒发了对春天的赞美，表现出对自然和生活的热爱；下阕一改上阕明艳亮丽的景色，情感陡转，表达了“浮生长恨”“斜阳晚照”的遗憾，劝诫世人当及时行乐。丽景反而催生了悲情，见词情之曲折深婉，这是本词的艺术特点之一。

“东城渐觉风光好”一句总领上阕，以“风光好”三字概括出东城春日的特点。“渐觉”二字有递进之意，词人虽然没有直接描写春日景色的变化，但从这个“渐”字中，似乎隐约可见春草萌芽，树木吐绿，冰河消融的过程。

接下来，词人开始具体描写风光究竟“好”在何处。他的视线首先停留在河面上。“縠皱波纹迎客棹”，在泛着微波的湖面上，一条条满载着游客的画船缓缓驶过。“縠皱波纹”说明河水已经开冻，暗写春日气候渐暖，也是词人“渐觉”的内容之一。而河面上之所以泛着层层涟漪，一方面可能是因为有风拂过，另一方面则是因为有船只往来。“迎客棹”一句是拟人手法，词人不写舟行于河面，却写河水绽起波澜欢迎游客，显见其心情之愉悦。

“绿杨烟外晓寒轻，红杏枝头春意闹。”远处随风摇摆的杨柳被飞絮缭绕，仿佛笼着一层轻烟，此时还有些料峭的寒意，但已经无法阻拦春意渐浓的趋势。火红的杏花簇绽枝头，闹腾腾的，更衬托出春意盎然。

下阕开始写词人值此美景的心理感受。上阕已经尽显春色之“欢娱”，但过片一句，词人就落笔于“浮生长恨欢娱少”，词意骤然发生了变化。再续“肯爱千金轻一笑”而下，下阕前两句是说：浮生若梦，人生苦短，苦恼多而欢乐少，功名利禄、钱财地位都是过眼云烟，与其吝啬千金，倒不如以其博取佳人一笑。此处已透露出及时行乐，不要辜负大好时光的生活态度。

“为君持酒劝斜阳，且向花间留晚照。”结尾既将情景转回春日出游，情感上又与前两句同调。两句意为：就让我为君端起酒杯，挽留斜阳，希望它能离开得慢一点，多在美丽的花丛间洒下一片阳光吧。表面看来，词人对眼前美景十分留恋，所以希望太阳晚点落山，这样他就可以继续尽情玩乐。但究其深旨，词人因时光稍纵即逝而感伤，有些许畏老之意，但又无可奈何，只好把握当前、及时行乐。

这首词之所以广为流传，恰是因为“红杏枝头春意闹”中的“闹”字。近代学者王国维在《人间词话》中对其大加赞许，称其“著一‘闹’字而境界全出”。但也有学者持反对意见，如清代学者李渔认为：“此语殊难索解。争斗有声之谓‘闹’，桃李争春则有之，红杏闹春，余实未之见也。”又称其“闹字极俗，且听不入耳，非但不可加于此句，并不当见之于诗词”。

从审美角度而言，王国维的评论更为客观。词人采用通感手法，将红杏花开的宁静画面写活，宛然勾勒出繁花满枝的场面，花朵们竞相争艳，仿佛传来了争斗吵闹的声音。一个“闹”字，把视觉形象写出听觉效果，十分生动。

## 欧阳修：人生自是有情痴，此恨不关风与月。

**词人名片**

生卒年月：1007—1072

字号：字永叔，号醉翁，又号六一居士

祖籍：吉水（今属江西）

代表作：《玉楼春》等

**词人小传**：政治上支持范仲淹推行新政；文学上继承韩愈古文运动的精神，推动了宋代诗文革新运动，反对靡丽无实的文风。一生著述宏富，成绩斐然，是北宋文坛的领袖、宋代散文的奠基人，诗、词、散文均一时独领风骚。其词深婉清丽，承袭南唐余风，作品合为《欧阳文忠公文集》。

## 玉楼春

**尊前拟把归期说，欲语春容先惨咽。人生自是有情痴，此恨不关风与月。**

**离歌且莫翻新阕，一曲能教肠寸结。直须看尽洛城花，始共春风容易别。**

【赏析】

宋景祐元年（1034），欧阳修在西京洛阳的任期已满，要回到东京开封。此时他在洛阳已居住了四年之久，离开在即，心中涌起千万思绪，遂创作多首作品寄托感怀，《玉楼春》是其中最著名的一首。

“尊前拟把归期说，欲语春容先惨咽。”上阕开篇两句，直接叙述眼前送别景象对自己情怀的触动。“尊前”两字表明词人正置身送别宴中。他本来想把归期告诉席间众人，但“拟把”二字，有将说未说之意，接下来一句，交代他未说的原因。话刚要出口，令人黯然魂销的离情汹涌而来，让人无语凝噎。“拟把”是词人心中所想，“欲语”则是动作，两词连贯而来，十分流畅，写出词人心理变化的过程，饱含浓情。另外，“春容”本是美好的，但却做出“惨咽”状，对比鲜明，衬托出愁情之深。

“人生自是有情痴，此恨不关风与月。”这是词人的感叹：自古以来人们就是多情的，这份情发于心腑，源自本性，必会因情痴、受情苦，与风月无关，与世间万物都没有关系，因此也是无法避免的。前两句还局限在个人情感的樊笼里，至此笔锋陡然而起，从眼前一事中生发出关于人生的感慨，词情得到了升华，思想得到了深化。

“离歌且莫翻新阕，一曲能教肠寸结。”下阕起首又把情境拉回离别之时。这两句是说：唱完离歌，不必再花费心思谱写新曲了，只现在演唱的这一首，已经让人愁思百结、肝肠寸断了。“且莫”有真切劝诫之意，“肠寸结”把难分难舍的情感推到了高潮，词人俨然已经陷入深深的哀伤之中。

但是，词人的感情至此再生波澜，“直须看尽洛城花，始共春风容易别。”收官处从情感低潮向上扬起，表现出淡然豁达的情怀。看尽洛阳之花，这是虚写，欧阳修想表达的是：即使离别在即，伤感萦怀，也要纵情游玩，不能给自己留下遗憾。词人并非真有闲情逸致去游春赏花，而是想借此排遣伤怀情感，体现出风流不羁、寄放自如的境界。

离别的感伤本是儿女私情，是“小我”的情怀，但词人却能不拘于此，从中反悟出深刻的人生哲理，升华至“大我”的境界，体现了欧词之“深”。

## 采桑子

**群芳过后西湖好，狼藉残红，飞絮①蒙蒙，垂柳阑干尽日风。**

**笙歌散尽游人去，始觉春空，垂下帘栊，双燕归来细雨中。**

**【注释】**

①飞絮：春天柳树的种子，上面有白色的绒毛，随风飞散。

**【赏析】**

欧阳修晚年隐居颍州时，创作了十首关于颍州西湖的组词，皆用《采桑子》词牌，且每篇都用“西湖好”三字开篇。有的描写轻舟沙禽，有的刻画清风明月，有的描绘烟雨霏霏，有的描写绿荷深处，无一雷同。十首词每篇都采用独特的角度，个性的语言，展现出西湖景色的巨大魅力。本词是其中第四首，描写暮春景色，展现词人晚年豁达闲适的心境。

上阕展现了一幅暮春时节百花凋零的景象。“群芳过后”是对此时西湖风景的总体概括，词人分别用“狼藉”“蒙蒙”“阑干”来形容“残红”“飞絮”“垂柳”等意象，营造出悲戚、清寂的氛围。但首句中仍用“好”字赞美眼前景色，并无叹惋，情感与现实情景相悖，两相对比，更能凸显出景色之衰败、人物之豁达。

下阕描写游人归去后的情景。“笙歌散尽游人去”，原本喧闹的西湖一下子安静了下来。“尽”“去”二字相承而来，一方面表现出词人对这次出游十分满意，另一方面又表现出曲终人散的淡淡惆怅。“笙歌”停，“游人”去，词人“始觉春空”，“始觉”二字有顿悟之感，流露出对春日美景的留恋。

“垂下帘栊，双燕归来细雨中。”这两句将人与物、情与景融合在了一起。词人采用了倒装手法，按照正常语序，应为“双燕归来细雨中”，然后词人才会“垂下帘栊”。词人特意将垂下帘子的动作提前，道出他看到双燕归来时的欣慰。

此时宴游已罢，已经看不到游人、画船、湖景，听不到人语、笙乐，让人怅惘，只有翩翩而来的燕子，还能慰藉寂寞的词人，增添几分欢愉。

近代学者刘永济在《词论》中对此词结语评价：“小令尤以结语取重，必通首蓄意、蓄势，于结句得之，自然有神韵。如永叔《采桑子》前结‘垂柳阑干尽日风’，后结‘双燕归来细雨中’，神味至永，盖芳歇红残，人去春空，皆喧极归寂之语，而此二句则至寂之境，一路说来，便觉至寂之中，真味无穷，辞意高绝。”这首小令语言清新俊秀，格调清丽明快，虽绘暮春景致，却无凄冷之意。

## 踏莎行

候馆梅残，溪桥柳细，草薰风暖摇征辔①。离愁渐远渐无穷，迢迢不断如春水。

寸寸柔肠，盈盈粉泪，楼高莫近危阑倚。平芜尽处是春山，行人更在春山外。

**【注释】**

①征辔：远行之马，即古代远行骑的马。

【赏析】

清代冯煦在《宋六十家词选例言》中言欧阳修词“疏隽开子瞻，深婉开少游”。本词便是其“深婉”风格的代表作，题材是很多文人都写过的羁旅相思，然欧阳修构思精妙，更胜一筹。上下两阕可视为两个情境独立的画面，上阕描绘征人远游，写其愁；下阕刻画思妇闺中相思，写其苦。更精妙处在于两阕结尾之句相呼相应，情连愁苦，仿佛将征人与思妇鸳鸯分飞、不断回首的形象生动地置于读者眼前。

上阕着墨写征人思念家乡。“候馆梅残，溪桥柳细，草薰风暖摇征辔。”起首三句渲染出春景明丽，又透出暗暗春愁。柳细草香、溪流风暖，这些带着浓厚春意的景物昭示着万物生发的春季已经到来。然而在这秀丽和美的春景中，又有“候馆”与“征辔”的意象夹杂进来。“候馆”指旅舍，“征辔”指代远行之马，都将征人远游的情景点染出来。春日枝头的点点“残梅”，更显出征人远游的悲寂与落寞。

“离愁渐远渐无穷，迢迢不断如春水。”后两句由景入情，倾诉离愁。词人将离愁比作绵绵无尽的春水，感叹愁思绵长无际，与李煜《清平乐》中的“离恨恰如春草，更行更远还生”意境相类。

下阕塑造出一位登高倚楼、望远思人、默默垂泪的闺中思妇形象，词调深婉柔情。“寸寸柔肠，盈盈粉泪，楼高莫近危阑倚。”思妇在高楼上凭栏而望，思念着远行的爱人，思念与愁苦从“寸寸柔肠”中汹涌而出，她伤心至极，不禁肝肠寸断、泪流满面。

“平芜尽处是春山，行人更在春山外。”眼前虽有娟秀的春山景色，但是那里却没有她思念的游子的身影，那个人已经远行到了她看不到的春山之外了。下阕结尾两句是全词题眼，承接上阕“迢迢不断如春水”的离愁别恨，将游子的思念、思妇的绝望表现得极为酣畅，写出离愁逐步加深的过程。

下阕内容其实是游子想象中的画面，羁旅异乡本就已经十分悲切，这样的想象更令他悲从中来，情难自抑。下阕是对上阕内容的补充和完善，将思念之情进一步深化。

词人通过托物兴怀的手法表现离愁，又用比喻手法化虚为实，把无形的“愁”转化为“迢迢春水”，可观、可触、可感，虚实相映地写出愁之深切。全词层次清晰、情感细腻，曲折委婉地渲染出离别的哀怨，引人共鸣。

## 浪淘沙

把酒祝东风，且共从容，垂杨紫陌洛城东。总是当时携手处，游遍芳丛。

聚散苦匆匆①，此恨无穷。今年花胜去年红。可惜明年花更好，知与谁同？

【注释】

① 匆匆：很快。指与朋友好不容易相聚，又很快分离。

【赏析】

欧阳修步入仕途后，最初担任西京留守推官。在洛阳为官期间，他结交了诸多文人，博得文坛盛名。当时，欧阳修常与梅尧臣、尹洙等以文会友，畅谈人生。这首怀旧词是欧阳修与故人重游洛阳故地时创作的，后世学者认为这位故人当是梅尧臣。面对洛阳美景，词人急欲和人分享，但昔日同游之人大多已经不在身边，这让他不禁回忆过去的美好时光，遂作词寄托思念，抒发对人生聚散的感叹。

唐代诗人司空图《酒泉子》中有“黄昏把酒祝东风，且从容”，欧词上阕前两句从此脱胎而出。欧阳修去掉“黄昏”这一时间定语，添了一个“共”字，词意却因此发生了很大转折：从单纯写人的“从容”姿态，转向希望人与风同感，有人风合一的境界，凸显词人对眼前风光的热爱。

“垂杨紫陌洛城东”，交代词人现在所处地点是“洛城东”，此地有依依杨柳林立路旁，又有姹紫嫣红点缀巷陌，景色非常美丽，是游玩的好地方。“总是当时携手处，游遍芳丛。”这两句说明“洛城东”既是词人现在所处之地，也是“当时”，即往年他与友人携手相游的地方。“总是”两字说明当时词人与朋友出游比较频繁，现在那些人却不能再继续与自己“携手”“游遍芳丛”，隐约有年华逝去难以追返的惆怅。

“聚散苦匆匆，此恨无穷。”下阕开篇直抒胸臆，直截了当地表现词人对人生聚散无常的感慨。相聚本来就不容易，刚刚见面不久又要匆匆分别，这引起了词人心里的“无穷”“恨”。

接下来三句，在时间上跨越了去年、今年、明年三载，情感上由忆春、喜春、惜春等多种滋味交织而成。“今年花胜去年红。可惜明年花更好，知与谁同？”这三句意为：去年我曾和友人一起在这里赏花，与那时相比，今年的花盛开得更加繁茂。想必明年的花会更加绚烂，可是，到时候又能有谁和我一起欣赏呢？词人之所以会有“可惜”之叹，一方面是因为“聚散苦匆匆”，与朋友聚在一起着实不易，另一方面是因为他甚至连自己来年会置身何处也难以把握。词人留恋眼前的美景，更希望能有知己好友与自己同赏芳菲，表现出他对友情的珍视。

词人描写了欣欣向荣、芳菲不尽的鲜花，但寄寓其中的，却是凄凉的离愁别绪。结尾三句，通过对三年间盛开的花进行比较，表现出花事年年不同，人事亦变幻不定的惆怅，大有理趣。词人因惜花而怀友，前欢寂寂，后会悠悠，至情语处以一气挥写，深情如水，行气如虹。

## 浣溪沙

堤上游人逐①画船，拍堤春水四垂天。绿杨楼外出秋千。

白发戴花君莫笑，六幺催拍盏频传。人生何处似尊前？

【注释】

①逐：追赶。指岸上人多喧闹熙攘。

【赏析】

宋仁宗皇祐元年（1049），欧阳修在颍州任职。颍州城西北有西湖，可与杭州西湖媲美。此后一年多的任期内，词人多次泛舟湖上，饮酒属文，留下很多著名的篇章。本首是春日载酒湖上，即景抒情之作。

赏春的雅兴纵穿全词。上阕一句一景，写春日西湖之美；下阕写词人在画舫中宴饮的情景，表达赏春遣怀的豪情。

“堤上游人逐画船，拍堤春水四垂天。”绵长的堤岸上，游人如织，他们紧随逐水而行的画船，欣赏着四周的美丽春光；湖水刚刚消融，春水不停荡漾，碧波拍打着河堤；低垂的天幕仿佛与水面相接，远远望去极为广阔。“逐”字写出岸上的喧闹熙攘，“拍”字写出春水溶溶，“垂”字写出天水相连，整幅画面充满动感。

“绿杨楼外出秋千。”表面看来此句是景语，实则是在写人。掩映着楼台的青翠杨柳间，不时有秋千荡出，词人虽未着墨于人，但随着秋千的起伏，荡秋千者欢快的笑声仿佛也传至耳际。“出”字用得极好，不仅突出秋千，还突出了荡秋千的人。宋代晁无咎说：“只一‘出’字，自是后人道不到处。”

上阕尾句中荡秋千者必是少男少女，与烂漫春光恰好相映生辉。但是下阕首句中，一位白发老者忽然出镜，自有突兀之感。“白发戴花君莫笑”，词人此时已鬓生白发，依然戴花自娱，风流自赏，且劝他人莫笑，表现了词人悠然自得、洒脱不羁的情怀。“六幺催拍盏频传”，此句将画舫上歌舞声弦、觥筹交错的场面展现出来。“催”“频”二字相互呼应，词人在这喧嚣热闹的环境里，反而流露出一丝惬意。

“人生何处似尊前？”词人于收官处发表议论，从一次普通春游中得出关于人生境界的体悟，词旨得到升华。尾句蕴含淡淡的凄然，与“戴花”时流露出的旷达情怀略显矛盾，耐人咀嚼。

上阕以美景写世上儿女何其得意欢娱，下阕写“白发”老者意趣在众人喧嚣之外，其末句蕴含无限凄怆沉郁，妙在含蓄不尽。

## 蝶恋花

庭院深深深几许？杨柳堆烟，帘幕无重数。玉勒雕鞍①游冶②处，楼高不见章台路③。

雨横风狂三月暮。门掩黄昏，无计留春住。泪眼问花花不语，乱红④飞过秋千去。

【注释】

① 玉勒雕鞍：嵌玉的马笼头和雕花的马鞍。

② 游冶：春游。

③ 章台路：汉代长安有章台街在章台下。后来常指歌伎聚居之所。

④ 乱红：零乱的落花。

【赏析】

南宋词人李清照曾作《临江仙》，其词序中称："欧阳公作《蝶恋花》，有'深深深几许'之句，予酷爱之，用其语作'庭院深深'数阕。"说明李清照对欧阳公此词极为钟爱，表达嘉许之情。欧阳修早期词作沿袭"花间词"和南唐传统，常以赏花惜春、闺怨幽会、离愁相思为主题，写得风流婉约，情意缠绵。这首《蝶恋花》即此类作品中最著名的一首。

词人假借女子之口写春怨和春愁，开篇就以问句写出愁情。"庭院深深深几许？""深深深"三个叠字用得奇绝，形成一种逐渐递进的气势，随着语气的加重，意境也由此变得更加深远，给人以紧迫感。三个"深"字一语双关，既写出女子居住的庭院幽深、空旷的环境，另一方面象征着女子内心深沉的愁苦。此句的语气也值得揣摩，王国维称其"问得无端"，同时又引其他诗词与此处类比，称"无计留春住"留得无端，而"泪眼问花花不语"问得无端，说明文人善于移情，往往把个人情感倾注于景物之中，一旦情感起了波澜，则会有"林木池鱼之殃"。

"杨柳堆烟，帘幕无重数。"这两句以具体的景色写庭院之深。首先映入眼帘的是茂密的杨柳，随后视线又被重重帘幕遮挡。一丛丛杨柳与一重重帘幕，将主人公禁锢在孤寂的庭院里。词人采用烘托渲染的手法，营造出幽闭的氛围。

"玉勒雕鞍游冶处"一句切换场景，将女子的丈夫带至读者面前，他骑着骏马正在肆意游玩。接下来，词人没有直接写"游冶处"究竟是何处，而是又将场景切换回女子居住的庭院。"楼高不见章台路"，女子在深深的庭院里登高望远，却始终看不到"章台路"。"章台路"在此指代京城的花柳繁华地，是薄幸的丈夫经常肆意游玩的地方。

“雨横风狂三月暮。”下阕开篇就写出了一幕异乎寻常的春景。正值阳春三月，本是春暖花开、万物复苏之时，女子心中却毫无春的温暖，她眼中只能看到残酷的狂风暴雨。“门掩黄昏，无计留春住。”此处“春”字并不单指春天，也暗喻女子的青春年华。春去会再来，但女子的青春却将在漫长的等待中消耗殆尽。女子虚掩着门，却等不到丈夫归来，春天将逝，红颜将老，饱含无尽悲凉。

结尾两句写出女子的痴情。“泪眼问花花不语”，她“泪眼问花”，词人未明写她所问之内容，但从前文不难联想无怪乎“良人何日归来”此类，“花不语”说明她并未得到想要的答案，内心凄恻彷徨，没着没落。“乱红飞过秋千去”既是对“雨横风狂”真实情景的再现，也表现了女主人公的命运像“乱红”一样悲惨，预示着她青春韶华的一去不返，暗示了人与花同悲欢共命运，笔法深婉曲折，又从容有致。

“首阙因杨柳烟多，若帘幕之重重也，庭院之深以此，即下句章台不见亦以此。总以见柳絮之迷人，加之雨横风狂，即拟闭门，而春已去矣，不见乱红之尽飞乎！”清代黄蓼园在《蓼园词评》将本词细细梳理，道出其逻辑之清晰明了，情意之层层递进，故有“自是一手好词”之评价。

## 诉衷情

**清晨帘幕卷轻霜，呵手试梅妆。都缘自有离恨，故画作，远山①长。**
**思往事，惜流芳②，易成伤。拟歌先敛③，欲笑还颦④，最断人肠。**

【注释】

①远山：形容把眉毛画得又细又长，状如远山。

②流芳：流逝的年华。

③敛：收敛。

④颦：皱眉的样子。

【赏析】

宋词中描写歌女愁思的作品以香艳绵软之风居多，然而欧阳修此作则写得清雅动人、细腻深致、言浅情深。

上阕描写了歌女清晨对镜梳妆、难掩心中离恨的情态。“帘幕卷”，可知女主人公已经晨起。“轻霜”暗透出天气的微寒，同时也点染出女子孤苦无依、心冷意灰的内心世界。“呵手试梅妆”，凉气袭来，她呵出热气暖手，以便描画梅妆，这一句描绘出女子的娇美雅丽。梅妆，指寿阳公主的“梅花妆”。相传宋武帝的女儿寿阳公主一日卧于殿檐下，梅花落于公主额上，点染出五瓣花朵，拂之不去，被宫女竞相效仿，称之“梅花妆”。“梅妆”与“轻霜”相形对比，以妆容芳艳映衬内心孤寂，更显凄婉。

“都缘自有离恨”，女子心中本就有着离愁别恨，这便衬合了前文奠定的清苦词境，也为下文愁画长眉做了铺垫。“故画作，远山长”，女子心中愁思绵长，把眉毛也画得细长舒淡。古诗词中用美人眉黛寄托愁思的作品并不少见，如唐代韦庄的《荷叶杯》有云：“绝代佳人难得，倾国。花下见无期，一双愁黛远山眉。”欧阳修此词妙处在于女子自言“有离恨”，特意将眉毛绘出愁形，可见愁之深切。

下阕写女子迫于生计，卖唱糊口，故而感叹芳华易逝的凄凉心境。“思往事，惜流芳，易成伤。”这三句情感一泻而下，女子追忆往事，感叹时光偷换、红颜易逝，内心涌起阵阵哀伤。“拟歌先敛，欲笑还颦”，身为歌女身不由己，心中充满凄凉苦楚还要强颜欢笑，但始终也掩盖不了眉间的愁思。这种悲伤不能表、哀戚不能言的无奈无助，“最断人肠”。

虽然用词浅近，却将歌女的凄苦形象刻画得十分传神，写人清美而不失芳艳，抒情深婉而又蕴藉，给人以美的艺术享受。

## 南歌子

凤髻①金泥带②，龙纹玉掌梳。走来窗下笑相扶，爱道画眉深浅入时③无？

弄笔偎人久，描花试手初。等闲妨了绣功夫，笑问鸳鸯两字怎生④书？

**【注释】**

①凤髻：状如凤凰的发型。

②金泥带：金色的彩带。

③入时：时兴、时髦。

④怎生：怎样。

**【赏析】**

“前段态，后段情，各尽，不得以荡目之。”这是明代人沈际飞对此词的评价。词中所写男女情深意浓，虽不似花间词有温香玉软之媚态，字里行间也流露着柔情蜜意。词人着墨于细节描写，于细枝末节中流露真情，尽现新婚夫妇的恩爱情态。

“凤髻金泥带，龙纹玉掌梳。”前者指女子发髻上有凤钗和金丝带做装饰，后者写的是指女子使用的、大小如手掌般、雕有龙纹的玉梳。这两句中所写俱是闺阁之物，带有浓重的脂粉气息。女子新婚燕尔之际精心梳妆打扮，侧面衬托出她的娇美之容、款款之态，透露着新妇对丈夫的浓浓爱意。

“走来窗下笑相扶，爱道画眉深浅入时无？”这两句紧承上文而出，写女子梳妆完毕后，迫不及待地走向窗下，挽起丈夫的胳膊，娇嗔地问道：“你看我的眉画得入时吗？”“走”“笑”“扶”几个连续的动词，将女子“为悦己者容”的心情刻画出来。“爱”字更是直白地表达了女子对丈夫的情意。而她对丈夫的问话，既展现女子爱美的羞怯，也有渴望得到丈夫夸赞的娇嗔，富有浓郁的生活气息。

下阕开启另一个场景：女子写字绣花。新妇声称要写字，却一直依偎在丈夫怀中，迟迟没能下笔；说是要绣花，却因为沉醉于新婚之乐，荒疏了针线，只好又放下针线执起画笔，笑问丈夫：“‘鸳鸯’二字怎么写呢？”这一阕虽言写字绣花，着墨却全在乎夫妇二人如胶似漆、形影不离的新婚生活，连写字时，女子都依偎在丈夫的怀里撒娇，至于绣花一处，她断然不是因为耽于快乐才忘记了“鸳鸯”二字该怎么写，女子之所以这么问，有打情骂俏之味，同样也是在向丈夫撒娇。“偎”“试”二字，写出女子婀娜、典雅的姿态，“弄笔”“描花”的桥段，则把二人情笃意真的内心世界展现出来。

这首词雅俗并用，语言活泼，造意也令人耳目一新，勾勒出女子娇美玲珑的形象，写出其娇嗔可爱的性格。清代贺裳在《皱水轩词筌》中云："词家须使读者如身履其地，亲见其人，方为蓬山顶上。如欧阳公'弄笔偎人久，描花试手初'……真觉俨然如在目前，疑于化工之笔。"

## 玉楼春

**别后不知君远近，触目凄凉多少闷。渐行渐远渐无书，水阔鱼沉①何处问。**
**夜深风竹敲秋韵②，万叶千声皆是恨。故③欹④单枕梦中寻，梦又不成灯又烬。**

**【注释】**

① 鱼沉：古人有鱼雁传书之说，鱼沉指无人传信。

② 秋韵：此处指秋风吹过竹林的声音。

③ 故：特意、有意。

④ 欹（qī）：倚、依。

**【赏析】**

夜色已深，凄厉的风阵阵卷过竹林，竹叶簌簌作响。独居闺房的女子难以成眠，斜倚着枕头，望着渐渐燃尽的油灯，思念着远方的情郎。词人在这首《玉楼春》中描写了一个独倚空床，夜不成寐的思妇形象，隐约可见五代花间词的遗风。

上阕直接以思妇为第一人称抒情。"别后不知君远近，触目凄凉多少闷。"上句言明情由何而生，是因为"君"之一别，再无消息。"远近"二字细致地刻画出思妇对丈夫极为牵挂的心理，同时也暗指两人心理上的距离，表达了对于"君"是否挂念自己的担忧。正因如此，才有下句"触目凄凉"，所感皆是苦闷的感叹。"多少"二字意为"不知多少"，言其数不胜数，表明思妇不能言表、只可意会的凄苦感受。

"渐行渐远渐无书，水阔鱼沉何处问。"先继前文而写，说"君"别之后越走越远，也是指他与思妇联系越来越少，渐渐地竟连书信也没有了。三个"渐"字叠用，言思妇时时牵挂，同时也将由近及远的心理感受细致呈现。"水阔鱼沉"运用象征的手法："水阔"是指对方"渐行渐远"，体现出思妇的茫茫无从之感；"鱼沉"对应"渐无书"，指"君"离开后，杳无音信。"何处问"用反问语气，写思妇寻不见人，访不得路，只剩下一声嗟叹，悲苦难言。

下阕借景言情。"夜深风竹敲秋韵，万叶千声皆是恨。"此处虽是写景，却不是亲眼所见，而是听觉上的感受。夜深人静时，秋风乍起，竹叶相互敲打之声清晰可闻。入秋时节出现这样应时的景物本来十分寻常，但是这声音传入思妇耳中，再入心中，便如词中所言"皆是恨"。"恨"字与上阕开篇"触目凄凉"相应，"凄凉"之感并非单纯由景物带来，而在于思妇内心愁苦已极。

"故欹单枕梦中寻，梦又不成灯又烬。"这两句写思妇独处闺中的情景。前文已言明夜深，结尾两句进一步表达思妇的愁苦心情。思妇为挣脱清醒时不能排解的怨恨、忧愁，想要尽早入睡，所以特意斜靠着枕头，想要到梦中寻那个离自己而去的人，可是辗转反侧梦竟不成，而在深夜中唯一陪伴自己的一盏孤灯也渐渐熄灭了。上句中"单枕"强调其孤独，下句连用两个"又"字说明思妇心里的忧郁不堪已经不是一日两日了，"灯又烬"这一细节也暗示着希望的破灭，有万念俱灰之感。

## 王安石：六朝旧事随流水，但寒烟衰草凝绿。

**词人名片**

生卒年月：1021—1086

字号：字介甫，号半山老人

祖籍：临川（今江西省抚州市）

代表作：《桂枝香》等

**词人小传：**自幼博览群书，善写诗文，为"唐宋八大家"之一。熙宁二年（1069），主持变法。晚年退居江宁（今江苏南京）城外半山园，自号半山老人。《宋史》《东都事略》有传。有《临川先生集》一百卷存世。词存二十九首。

## 桂枝香

登临送目，正故国晚秋，天气初肃。千里澄江似练，翠峰如簇。征帆去棹残阳里，背西风，酒旗斜矗。彩舟云淡，星河鹭起，画图难足。

念往昔，繁华竞逐，叹门外楼头，悲恨相续。千古凭高对此，谩嗟荣辱。六朝旧事随流水，但寒烟、衰草凝绿。至今商女，时时犹唱，后庭①遗曲。

【注释】

①后庭：即陈后主所作的《玉树后庭花》，是一首艳曲，被视作亡国的象征。

【赏析】

《桂枝香》是王安石的代表作品，作于他罢相出任江宁知府时期。词以壮丽的山河景色为背景，通过对六朝统治者荒淫无度、国家兴衰交替的历史往昔的遥想和追忆，表达作者对自己所处时代和社会现实的担忧和不满。以古喻今的手法，彰显出王安石对国家兴亡的关注，以及作为政治家的深切忧患意识。全词笔力遒劲、气魄逼人，堪称登临作品中的领军之作。

上阕描绘登临高处所见景物。词人登上高处，放眼远望曾经的六朝古都——金陵。深秋时节，天气渐渐转凉，万物开始凋敝，周围的景色也变得冷清肃杀。绵延千里的长江如一条长长的丝带，碧绿的山峰高低起伏，一座挨着一座。夕阳西下之时，船只平稳地行驶在江面上，河岸边商铺的酒旗也在随风飘扬。再加上绘着多彩图案的小舟，以及翩翩起舞的白鹭，这一幕幕美丽的景色真是动人，甚至无法把它们收入画中。

寥寥数十字写景，用字精准凝练，以有限的语言写无限的美景。金陵是六朝古都，每一寸土地都充满了凝重的历史气息。作者登临远眺整个金陵时，恰逢深秋，“自古逢秋悲寂寥”，秋是最容易引发人感伤情绪的季节，一个“肃”字足见作者此时的心绪。

接下来三句，描绘了金陵城中蜿蜒的江水、连绵的群山、林立的商铺、游弋的船只。一件件景致被作者描摹得唯美动人，让读者如入画中，但作者却说“画图难足”，可见金陵景色之绝妙。

随后，作者从眼前景色联想到了曾繁华至极的前朝。当时，曾有多少人竞相追逐荣华富贵，吃喝享乐，可最终他们也逃不过灰飞烟灭的结局。看如今，六朝的往事已如流水般匆匆而去，只有一草一木皆如往昔。但那些秦淮河畔的歌女，还在不时吟唱《玉树后庭花》这一亡国曲。

下阕的前三句以“念往昔”开头，作者在面对前朝遗迹时，与古今对话，由此及彼，无限感伤。至后两句，作者提到前朝旧事已经远去，当下的世人却不知借鉴，仍沉浸在贪图享乐的风气之中。结尾的三句话看似平淡，语气也未见波澜起伏，但实则借古讽今，具有极为深刻的寓意，体现出王安石对国家前途深深的忧虑之情。

在北宋词坛，词作为“诗余”，意在抒发离愁别绪或儿女情怀，题材的局限性很大。但王安石把“怀古”这一重大的历史题材带入词中，使得词坛一扫之前凄迷单薄的婉约词风。因此，王安石这首“开风气之先”的词在北宋词坛占有重要地位。

## 渔家傲

平岸小桥千嶂抱，柔蓝一水萦花草。茅屋数间窗窈窕。尘不到，时时自有春风扫。

午枕觉来闻语鸟，攲[①]眠似听朝鸡早。忽忆故人今总老。贪梦好，茫然忘了邯郸道。

【注释】

①攲（yǐ）：古通“倚”，斜靠着。

**【赏析】**

北宋时期，城市经济和思想文化都达到了空前的繁荣状态，整个社会对文人的重视程度大大提高。词在经历了唐五代的初始时期后，进入到发展的繁盛时期，摆脱了“词为艳科”的桎梏，以表现闲情逸趣的闲逸词开始成为词人钟爱的题材，创作趋势愈加繁盛，作品大量增加。

这首《渔家傲》便是王安石的一首闲逸词。根据词中所提到的“小桥”“茅屋”等意象，可以看出这首词大约作于王安石晚年退隐赋闲时期。此词通过描绘平常的山水景色，抒发了作者在隐逸之后笑看风云变幻、淡然自处的情怀，与作者其他风格雄壮的豪放词不同，表现出一种恬淡安静、潇洒超脱的美。

作者用茅屋和午梦来勾连全文，以景物开头，以情感结尾，情与景融会交融，自然贯通，毫无矫揉造作之感。

词作描写了一处优美的景致：岸边的小桥被群山所围绕，一江春水被美丽的花草环绕，小桥边的几间茅屋，窗明几净，没有半点尘埃，仿佛和煦的春风时刻都在打扫。作者午睡醒来，听到外面的小鸟在叽叽喳喳地叫，好不热闹，不禁想起以前在朝为官时，要听着鸡鸣起床赶往朝堂的情景，同时也想到过去那些老朋友恐怕也已人到暮年。人生还是在梦中好，可以忘记那些功名利禄。

开头的两句话，据吴聿在《观林诗话》记载，王安石“尝于江上人家壁间见一绝，深味其首句‘一江春水碧揉蓝’，为踌躇久之而去，已而作小词，有‘平岸小桥千嶂抱，柔蓝一水萦花草’之句。盖追用其词。”经过作者的改造后，原诗句的内容得到了丰富，景致描绘得更加细腻动人，用词也更精准生动，“柔”“窈窕”等语，给这首小令平添了些许韵味。

醒来后听见鸟语，作者的思绪又被带到过去，眼前的鸟语花香与过去的朝堂生活，真是今非昔比，令他不由得生出恍如隔世的感觉。

作者在退隐金陵之后心绪慢慢平静，对仕途也已心生厌倦，开始在自然中寻觅新的乐趣。在看透世间万事，经历过大风大浪之后，王安石的这类作品往往沉淀着他对人生的思考，以及对当下生活的满足，表现出一种空灵恬静之美。

## 浪淘沙令

**伊吕[1]两衰翁，历遍穷通[2]。一为钓叟一耕佣。若使当时身不遇，老了英雄。**
**汤武偶相逢，风虎云龙。兴王只在笑谈中。直至如今千载后，谁与争功？**

【注释】

① 伊吕：伊尹与吕尚。伊尹，原名挚，本为奴隶，商汤娶有莘氏之女，他作为陪嫁之臣到了商地，后帮商汤灭了夏朝。吕尚，即姜子牙，晚年在渭水河滨垂钓，遇到周文王并受到重用，辅佐周文王、周武王灭商建周，封于齐，为周代齐国的始祖。

② 穷通：穷，处境困窘。通，处境顺利。

【赏析】

嘉祐三年，王安石入三司度支判官，主持新政变法，意气风发，踌躇志满。他所作的这首小令，以古人自况，来展现自己立志实行新法，以求建功立业、报效国家的政治抱负。

上阕主要讲伊尹、吕尚二人的前半生，即未建立功业之前的故事。伊尹和吕尚前半生过得贫困潦倒，后半生逐渐走向成功。最初，伊尹是一个种地的农民，天天耕作不休；吕尚只是一个捕鱼人，常在渭津垂钓。假如不是后来遇到好机缘，或许直到他们老去，也不会有人知道他们的过人才能。

从叙述中不难看出，伊尹和吕尚两人都是旷世奇才，早年都混迹于市井之中，从事着最底层、最简单的劳动，无人知晓他们的才干。但二人都不急于显露于人前，明白“大隐隐于市”的道理，在尘世之中磨炼砥砺自己的心性，等待赏识自己的人出现。

千里马遇到伯乐才能被认出，有才能的人也需要与真正了解、赏识人才的人相遇，方能得到发挥才能、一展抱负的机会。后来，伊尹和吕尚二人终于时来运转，碰到了赏识他们的明主。伊尹被成汤赏识，委以重任，得以相助成汤推翻夏朝的统治，建立商朝。吕尚在溪边垂钓，吸引了周文王，文王视他为奇人，礼遇有加，吕尚也没有辜负文王的赏识，最终辅佐文王完成讨伐纣王、开创周氏天下的伟业。

贤明的君主与忠诚贤德的大臣相遇，就如同《易》中“云从龙，风从虎”一样，相互信任，相互扶持，相得益彰，在谈笑间就可轻松成就霸业。“直至如今千载后，谁与争功？”从那时起到现在已过去了几千年，后世中有谁能和他们一较高下呢？

作者以伊尹和吕尚自况，表面说二人的发迹史，实则讲述自己此时的心境。这时，作者如同他二人一样遇到了明主，明主支持他的政治主张，委以他主持变法的重任，词的最后一句“谁与争功”，看似没了下文，实际上作者的答案已经呼之欲出。他希望自己今后也像伊、吕二人那样相助帝王，成就一番事业，青史留名，成为后人景仰的楷模。作者的雄心与抱负由此展露无遗。

以古喻今，借史咏今，是王安石擅长的题材。本词意境雄浑旷达，底蕴深厚，风格沉稳大气，是北宋早期豪放词的力作。

## 范仲淹：人不寐，将军白发征夫泪！

**词人名片**

生卒年月：989—1052

字号：字希文

祖籍：吴县（今江苏省苏州市）

代表作：《渔家傲》等

**词人小传：**北宋著名政治家、思想家、军事家、文学家。为官清廉、体察民情，以天下苍生之福祸为己任。庆历年间，升任为参知政事（副宰相），主持庆历新政。为人刚正，屡遭奸佞排挤，多次被贬，政治生涯几起几落。皇祐四年卒，年六十四，谥“文正”。文学造诣很高，工于诗词散文，文风俊逸，风格旷达。有《范文正公集》二十卷。存词五首。

## 渔家傲

塞下秋来风景异，衡阳雁去无留意。四面边声[①]连角[②]起。千嶂[③]里，长烟落日孤城闭。

浊酒一杯家万里，燕然未勒归无计。羌管[④]悠悠霜满地。人不寐，将军白发征夫泪。

【注释】

① 边声：马嘶风号之类的边地荒寒肃杀之声。

② 角：军中的号角。

③ 嶂：像屏障一样并列的山峰。

④ 羌管：羌笛。

【赏析】

范仲淹不仅是北宋著名的政治家、文学家，还是一位杰出的军事家。宋仁宗时期，西夏大军时常侵犯宋朝延州（今陕西西安附近）等地，宋军节节败退，边关告急。康定元年（1040），仁宗任命范仲淹为陕西经略副使兼知延州。词人此时已年过半百，他毅然奔赴边地，领兵戍守四年之久。几乎家喻户晓的《渔家傲》便是他在边塞军中所作，表达了守边将士保家卫国的英雄气概，以及思念家乡的凄苦心情。

上阕勾勒出辽远萧瑟的边地秋日风光，用“雁去”“边声”“连角”“长烟”“落日”等富有边塞特征的意象，含蓄地表达出词人沉郁、苍凉的心境。

“塞下秋来”四字点明时间地点。秋风扫过边塞，词人眼前呈现出一幕与内地迥异的秋日风光，故而用“风景异”三字概括而出。“异”字用得极好，首先，明示边塞内外风景有“异”，含有惊异之情；其次，当时正处于两军交战的危急情势下，此时的边塞与其他时候也有“异”；再者，词人在边关的心境与在内地为官时也有“异”，揭示出词人关心时局、无法平静的心情。

“衡阳雁去”是“雁去衡阳”的倒文。诗词中，鸿雁意象常用来寄托思乡之情，词人选用鸿雁入词，可见其内心对家乡深切的思念。雁是候鸟，每逢秋季，北雁南飞，相传至衡阳时“歇翅停回”，故衡阳又雅称“雁城”。词人用展翅南飞，毫“无留意”的鸿雁，象征戍边将士的盼归之心，十分形象。

“四面边声连角起。千嶂里，长烟落日孤城闭。”这几句描写了傍晚时分塞外战地的萧凉景象。雁鸣、马嘶、风吼、胡笳等多种边声与军中号角声交织在一起，更显战地浓重的苍凉氛围。崇山峻岭环绕着城门紧闭的延州，只见狼烟直冲天空，落日却垂落天际。“长烟落日”四字，颇有唐代诗人王维“大漠孤烟直，长河落日圆”之神韵。“千嶂里”的宏阔意境与“孤城闭”的封闭环境，形成鲜明的对比，隐隐显出战争形势的危急。

下阕由景转情，抒发思乡之情。此时范仲淹已年过半百，远离家乡，长期守边，故而“浊酒一杯家万里”一句，把浓浓的思乡之情寄于杯酒之中。“一杯”之中，寄托着“万里”情思，既见对比又见夸张手法，写出了作者心中无法消解的愁绪。乡愁已让人十分难耐，更让人无奈的是归期难测。

“燕然未勒归无计”，“燕然”是古山名，《后汉书·窦融传》有云：“（窦宪）与北单于战于稽落山，大破之。虏众崩溃，单于遁走……宪、秉遂登燕然山，去塞三千余里，刻石勒功，纪汉威德。”范仲淹化用这一典故，是为了说明敌军未平、战争未胜，归乡之日遥遥无期。

“羌管悠悠霜满地”，塞外秋霜满地，凉寒肃杀；深夜里传来阵阵羌笛声，凄凄切切，令人心生苍凉。“人不寐”，实际上也是“人难寐”，词人之所以彻夜难眠，是因为他心中充满战乱悲情、思乡离情和报国激情。“将军白发征夫泪”一句是说：战争延年，忧国忧民的将军黑发渐白，思乡镇边的将士也流干了眼泪，把愁情之深写得极为感人。

宋代魏泰在《东轩笔录》中说：“范文正公守边日，作《渔家傲》乐歌数阕，皆以‘塞下秋来’为首句，颇述边镇之劳苦，欧阳公尝呼为穷塞主之词。”可惜这组词中至今只留下了一首，管中窥豹，亦可见范仲淹边塞词的手法之高超、情感之深挚。在范仲淹之前，唐五代及北宋初期词人均未用词这一形式反映边塞生活，范公开此先河，标志着北宋初期词风的嬗变，已隐约展露后世苏轼、辛弃疾豪迈词之风。

## 苏幕遮

碧云天，黄叶地，秋色连波，波上寒烟翠①。山映斜阳天接水，芳草无情，更在斜阳外。

黯乡魂，追旅思，夜夜除非，好梦留人睡。明月楼高休独倚。酒入愁肠，化作相思泪。

【注释】

① 烟翠：水上的雾朦胧，隐约地笼罩着岸上的绿树。

【赏析】

“范希文《苏幕遮》一阕，前段多入丽语，后段纯写柔情，遂成绝唱。”此评语出自清代邹祗谟的《远志斋词衷》。词人用深婉秀丽的文辞，描写秋日幽美阔丽的景致，高远意境中饱含愁思，恰如欧阳修《六一诗话》中所言：“状难写之景如在目前，含不尽之意见于言外。”

“碧云天，黄花地，西风紧。”这是元代王实甫《西厢记》中“长亭送别”一折的开篇，明显脱胎自范仲淹此词。上阕写秋景，气象阔远，景致秾丽，由秋景暗透思乡之情。起首两句“碧”对“黄”“云”对“叶”“天”对“地”，对仗工整，工巧练达，色泽稠丽，是描写秋景的佳句。词人由上至下，由天及地，俯仰之间勾勒出苍茫秋景。“秋色连波，波上寒烟翠”两句表明，词人的视线不再上下移动，而是望向远方碧天阔野相连之处。湛碧的云天、满是黄叶的大地延展向远方，似乎在天地尽头与浩荡碧波相连一处，秋水上朦胧烟霭，隐约笼罩着一层翠色、一丝寒意。

上阕结尾三句，词人又在前文勾勒出的秋景图里添加了芳草、斜阳的意象，并用它们把宏阔的山、水意象连接起来，把诸多有代表性的秋景融为一体，交相辉映。同时，这三句还带有强烈的感情色彩，词人怨“芳草无情”，实则是词人心中有情、多情、重情，暗透远人离恨、乡思情思。

下阕用“黯乡魂，追旅思”两句直抒胸臆，把思乡之情、羁旅愁思直笔道出。“乡魂”“旅思”是互文手法，皆言思乡，更显思乡羁旅之情怀凄然哀怆。

“夜夜除非，好梦留人睡。”唯有在夜晚的好梦中才能暂时忘记思乡愁苦。但是，就连这样的“好梦”也不是经常能有的。“明月楼高休独倚”说明愁思满怀，夜不能寐，“好梦”自然就成了词人的奢念。“休”字说明词人也不想倚楼独望，但心中思乡的怅惘情怀无计可消，有无可奈何之意。为了一解心中郁结，词人想借酒消愁，谁料“酒入愁肠，化作相思泪”，更添乡思之苦。

相较而言，范仲淹的《渔家傲》一词流传更广，其寄托政治情怀的文章也多名作，故而范公给后世留下了慷慨博大的英雄情怀。本词中的情思细腻委婉、缠绵悱恻，与其别篇名作风格大相径庭，无怪乎会有清代人许昂霄惊叹此乃“铁石心肠人”所作的“销魂语”（《词综偶评》）。

## 御街行

纷纷坠叶[①]飘香砌。夜寂静，寒声碎。真珠帘卷玉楼空，天淡银河垂地。年年今夜，月华如练，长是人千里。

愁肠已断无由醉，酒未到，先成泪。残灯明灭枕头攲，谙[②]尽孤眠滋味。都来此事，眉间心上，无计相回避。

【注释】

①坠叶：飘落的树叶。

②谙：熟悉。指一个人尝尽了孤愁的滋味。

【赏析】

本词主旨是伤秋怀人，上阕写秋声秋景，下阕写愁思离情。字里行间虽充满柔情愁绪，但并不软媚，反而因用词素雅笔触清刚，显出旷达的意境、高远的情调，是一篇刚柔并济的佳作。

“纷纷坠叶飘香砌”，秋夜秋风中，泛黄的树叶纷纷飘落在阶上，未着“秋”字而秋意甚浓。上阕描绘了一幅清丽素净的秋夜图景。“香”字点出秋日的独特气息，秋日之“香”不俗艳不奢靡，是落花的幽香，是落叶的清香，写出了秋夜的清爽幽丽。

“夜寂静，寒声碎。”“寒声”指的是秋夜里黄叶落地的声音，这细细碎碎的叶落声中带着秋的丝丝寒意，故以“寒”点出其特点。此处补叙上句，说明“叶落香砌”并非亲眼所见之景，而是由听到的沙沙“寒声”感知的。秋夜虽静，但也听得到秋声；“声碎”却依然能够传入耳中，更凸显了秋夜的静寂，宛见“鸟鸣山更幽”的意境。

“真珠帘卷玉楼空，天淡银河垂地。”空旷静寂的玉楼上，轻挽珠帘，独望夜空，只见银河淡淡，斜垂大地。“真珠”“玉楼”，辞色绮丽，可见词人思念的是一位女子，充满细腻的柔思。“天淡银河垂地”将秋日夜空的旷远广阔勾勒出来，意境疏阔，“银河垂地”既有形象又显气势，可谓惊人之语。

“年年今夜，月华如练，长是人千里。”年年岁岁，秋夜如是，月光清净，皎洁如练；然而人隔千里，无法相聚相会。上阕结尾三句既写秋景，又含秋思，抒发了人去楼空、物是人非之感。

下阕以“愁”字始，直言愁思。而解忧之物，正是美酒。范仲淹存世词作不多，其中三首皆有酒、泪，如《苏幕遮》中“酒入愁肠，化作相思泪”。此作中则作“愁肠已断无由醉，酒未到，先成泪”，酒还未入愁肠，相思泪已经夺眶而出，更见愁之深、情之切。

“残灯明灭枕头欹，谙尽孤眠滋味。”夜已深，窗外月明如练，屋内昏灯如灭，两相照应，更有凄冷孤寂之感。孤枕欹斜，愁人独倚，长夜无眠，尝尽了孤愁滋味。结篇两句愁情清隽，与柳永《婆罗门令》中“空床展转重追想，云雨梦、任欹枕难继”神韵相当。

“都来此事，眉间心上，无计相回避。”相思怀人的愁情，怎样回避也无济于事，它无孔不入，不是萦绕心头挥之不去，便是深锁眉间化之不及。这三句词浅而情深，后来被李清照《一剪梅》化用为“此情无计可消除，才下眉头，却上心头”，乃千古名句，为人称道。

全词以景起，以情结，以秋声写秋景，以秋景写秋思。词人炼字精准，取其中“碎”“垂”二字，可见婉约缠绵又带有豪气，激越中有清婉，壮阔中有柔情。

## 柳永：衣带渐宽终不悔，为伊消得人憔悴。

**词人名片**

生卒年月：约 987—约 1053

字号：字耆卿，原名三变，后改名永

祖籍：崇安（今福建省武夷山市）

代表作：《蝶恋花》等

**词人小传：**官至屯田员外郎，故世称“柳屯田”。天性风流，好出入市井，喜寄情风月，终身潦倒。是北宋婉约派词人中最具代表性的人物，自称“奉旨填词柳三变”。用词晓畅，音律谐婉，善用俗语，多写歌伎舞女，常以羁旅之思入词，为慢词的兴起和发展做了很大贡献，其作品在当时流传很广，人称“凡有井水饮处，即能歌柳词”，可见柳词影响之大。其词对后世词家及金元戏曲、明清小说有重大影响。存世的 213 首作品，多收录于《乐章集》。

### 蝶恋花

伫倚危楼①风细细，望极春愁，黯黯②生天际。草色烟光残照里，无言谁会凭阑意？

拟把③疏狂图一醉，对酒当歌，强乐④还无味。衣带渐宽终不悔，为伊消得人憔悴。

【注释】

① 危楼：指高楼。

② 黯黯：迷蒙不明。

③ 拟把：打算要把。

④ 强乐：勉强行乐。

【赏析】

本词最显著的成就，在于塑造了一位用情至深、满怀思念的志诚男子形象。相较于数量众多的表达女子伤春情怀或相思情意的闺怨词，写男子日暮倚楼望春、思念爱人的作品比较罕见，故而本篇更显得熠熠生辉。

上阕描绘了一幅远人孤身凭栏望春图。主人公登上高楼，目极远方。“伫倚”二字写出主人公登楼已久，一定是心中有所思量。“风细细”三字将景物勾勒出来，增添了些许动感。首句一出，一位身倚高楼、清风中衣角飘飞的文人骚客形象便跃然纸上。

主人公在高楼伫立已久，让人对他的所望所思不由生出好奇，下一句“望极春愁”给出了答案。“春”字点明节令，可见主人公久倚高楼所思的是黯然春愁，但是这“愁”是思乡之愁，还是怀人之愁，并未写明，而是用“黯黯生天际”暗表这春愁的怅然悠远。

“草色烟光残照里”，春草萋萋，蔓及天涯，最易惹离思别愁，由此可推测出主人公的“春愁”是离别之愁。“残照”说明已是日暮时分，连天芳草在沉沉暮霭中呈现出朦胧如雾的光色，夕阳的斜晖笼罩高楼，更增添了一份惆怅感伤。此番春暮凭栏图，前文寇准在词中亦曾做过描绘：“倚楼无语欲销魂，长空暗淡连芳草”（《踏莎行・春暮》）。凭栏人多愁思，凭栏人常无言，柳词中的主人公也不例外。“无言谁会凭阑意”，形单影只，满怀愁思无人倾诉、无人理解，只好默默无言，更增添了“春愁”的深切和苦意。

下阕“疏狂一醉”“对酒当歌”，词境顿转，由哀婉转而疏阔，直抒胸臆。主人公不堪春愁煎熬，想要借豪饮而酣醉，酣醉以忘忧，想要借高歌而纵情，纵情以暂欢。然而愁思郁结，即使纵酒高歌也无法消解，只落得“强乐还无味”的结果。

“衣带渐宽终不悔，为伊消得人憔悴。”结尾这两句终于点破“春愁”的具体内容，为了远方爱人，哪怕被相思之苦折磨得瘦削、憔悴，也绝不后悔，表达出主人公对感情的忠贞和执着。这两句被后人传诵成为千古名句，王国维在《人间词话》中谈到“古今之成大事业、大学问者，必经过三种境界”，“衣带渐宽终不悔，为伊消得人憔悴”为其中第二重，被引申为坚毅执着精神的写照。

## 雨霖铃

寒蝉凄切[①]，对长亭晚，骤雨初歇。都门[②]帐饮无绪，留恋处，兰舟催发。执手相看泪眼，竟无语凝噎[③]。念去去，千里烟波，暮霭沉沉楚天阔。

多情自古伤离别，更那堪、冷落清秋节！今宵酒醒何处？杨柳岸，晓风残月。此去经年[④]，应是良辰好景虚设。便纵有千种风情，更与何人说？

**【注释】**

①凄切：凄凉急促。

②都门：指汴京。

③凝噎：形容哽咽难语的样子。

④经年：指一年或多年。

**【赏析】**

清秋的傍晚，一场暴雨刚歇，在凄切的秋蝉声中，柳永将要离开汴京南下，在长亭中与恋人依依惜别。江淹《别赋》中曾云：“黯然销魂者，惟别而已矣。”自古以来，离情别恨是文人墨客写诗创词的重要题材。柳永的《雨霖铃》将离别之情渲染得极为浓重，是抒写离情别绪的千古名篇。

上阕采用白描手法，尽情铺陈离别场景；下阕则重在抒情，寓情于景，虚实结合。整首词格调缠绵委婉，凄恻动人。

起首三句，道明时间、地点、景物。凄冷的清秋，秋蝉鸣响，黄昏将近，一场暴雨之后，词人在长亭中与恋人送别。此处环境勾勒得恰到好处，未曾离别，愁绪已生，离愁皆暗含于景物之中。“都门”三句，写离别时的心情。帐中设宴，无奈离别在即，食不知味。“留恋处，兰舟催发。”正留恋情浓之际，那边却兰舟催发，这是何等的煎熬！此处柳永以极其精炼的笔墨，刻画了情人离别时的矛盾心态，仅七字，就让欲留不得、欲离不舍的缠绵情态跃然纸上。随后喷薄而出的“执手相看泪眼，竟无语凝噎”更把离情推至高潮。离别迫在眉睫，只能悲咽无声，相看泪眼。“执手”两句历来为人称道，与苏东坡的《江城子》中“相顾无言，惟有泪千行”有异曲同工之妙。

接着，以“念”字起首，遥想离别之后，“千里烟波，暮霭沉沉”，楚天空阔，然自己孑然一身，漂泊无依。此处既有身世之感，又含有相思之情。自身前途未卜，情人又相见无期，实乃一片愁云惨雾。

上阕已将离别场景描绘得生动无比，宛在目前；下阕则直抒胸臆，升华主题。下阕首句以情语起，先作泛论：“多情自古伤离别”；再谈及个别：“更那堪、冷落清秋节”，层层渲染，步步递进。到此处，离情似乎已被道尽写透，谁料他笔锋一宕，开始描述别后的虚景：“今宵酒醒何处？杨柳岸，晓风残月。”扁舟夜发，词人在酒醉清醒之后，已是拂晓，惊起之后难觅情人踪迹，眼前唯有对岸杨柳、晓风残月而已。凌晨凉风拂面，一轮残月挂在当空，清冷的岸上几株杨柳孤零零地立着，此景甚是凄凉。寥寥几语，词人与情人离别之后的凄清冷落心境全出矣。

清人刘熙载在《艺概》中说：“词有点，有染。柳耆卿《雨霖铃》云：‘多情自古伤离别，更那堪、冷落清秋节。今宵酒醒何处？杨柳岸，晓风残月’。上二句点出离别冷落，‘今宵’二句乃就上二句意染之。点染之间，不得有他语相隔，隔则警句亦成死灰矣。”细品起来，这段话为确评。前两句作为点缀，以百川下海之势倾泻离愁之苦；后两句紧接渲染，以晓风残月之景烘托词人心境，衔接自然，前后照应，浑然一体，点染技巧极为高超。

“此去经年”四句将别后想象的情景由近景拉至远景，由“今宵”至“经年”；由“千里烟波”到“千种风情”，由“无语凝噎”到“更与何人说”，虚景与实景相互映衬，不仅丰富了词的内容，亦开阔了词的意境。“良辰好景虚设”一句，烘托了词人与情人离别后愁绪满怀、孤单萧索的心境。以问句结尾，极尽渲染之能事，突出了词人对情人的爱之深、念之切。

全词清丽哀婉、曲折回环，是柳永词中含蓄婉约的代表。宋代俞文豹《吹剑录》载：东坡在玉堂，有幕士善歌，因问："我词何如柳七？"对曰："柳郎中词，只合十七八岁女郎，执红牙板，歌'杨柳岸，晓风残月'。学士词须关西大汉、铜琵琶、铁绰板，唱'大江东去'。"从中足见此词在柳永词作中的地位。

另外，在语言表达上，《雨霖铃》以铺叙为主，白描见长，无论是勾勒环境，还是描摹情态，都惟妙惟肖，生动自然。此作在当时传唱广泛，风靡一时，是宋元时期流行的"宋金十大曲之一"。

## 八声甘州

对潇潇暮雨洒江天，一番洗清秋。渐霜风①凄紧，关河冷落，残照当楼。是处②红衰翠减，苒苒③物华④休。惟有长江水，无语东流。

不忍登高临远，望故乡渺邈⑤，归思难收。叹年来踪迹，何事苦淹留⑥？想佳人、妆楼颙望⑦，误几回、天际识归舟。争知我，倚栏干处，正恁⑧凝愁。

**【注释】**

① 霜风：指秋风。

② 是处：到处。

③ 苒苒（rǎn）：渐渐。

④ 物华：美好的景物。

⑤ 渺邈：渺茫遥远的样子。

⑥ 淹留：长期停留。

⑦ 颙望：抬头凝望。

⑧ 恁：如此。

【赏析】

潇潇暮雨飘飘洒洒地落在苍茫的江面上，把一番秋景洗得更加清冷高拔。凉风一阵紧过一阵，河山凄凉，残阳斜照。词人伫立江边，放眼望去，触目所及尽是衰红败绿，万物凋零的景象，只有无边无际的长江，年复一年日复一日地，无言地向东方奔去。此乃柳永《八声甘州》上阕描写的景象，即他在羁旅途中所见之景，极易引发愁情。《八声甘州》在柳永的羁旅行役词中十分有名，也是极富柳词艺术风格的代表作，历来备受文人墨客的追捧。

“对潇潇暮雨洒江天”，一个“对”字将登临之情态写出，而所对之景，是暮雨潇潇，遍洒江天，无垠无际，词人极目之情境可想而知。“洒江天”三字，气度宏阔，与“一番洗清秋”相接，天地之间萧瑟寒凉的气势浑然而出，夺人心神。紧衔“暮雨洒江天”之势，词人以一“渐”字领起“霜风凄紧，关河冷落，残照当楼”三句，将秋中景物复经雨涤，霜风愈加寒凄，关山江河愈加苍凉的画面动态地呈现出来。经一番秋雨，秋寒更切，秋风更紧，秋暮更近，一“紧”字表现出了秋气苦苦紧逼，失落游子不胜其苦的情态。“残照当楼”把环境氛围烘托得更加凄凉无限，仿似天地之无限凄凉都随着残照扑入楼中，落入词人心怀之间，苍茫悲凉。

“是处红衰翠减，苒苒物华休。”“红衰翠减”，即残红败绿，万物凋零。“苒苒”二字，描绘了“霜风凄紧”下万物渐渐衰败的情状，与“渐”字遥相呼应。而“物华”之后着一“休”字，感慨蕴藉，悲情怆然。面对天地万物芳华的转瞬而逝，长江之水只是沉默无言，滔滔东流而去，永不停留。“惟有长江水，无语东流。”作者将短暂与永恒并提，生出无限人生感慨，引出更加深刻的人生哲思，更显出百感交集的复杂心理，与以往只是铺写羁旅的词相比，“长江”两句使此词的深度与高度超出于同类作品之上。

继上阕对景色进行渲染烘托后，作者于下阕转而抒情。“不忍登高临远”，本已置身高处，却说“不忍”，把词人的情感表达得更加含蓄曲折。“望故乡渺邈，归思难收”道出“不忍”之因，远望故乡，渺渺茫茫，遍寻无着，归途远阻，而想要归乡的情思却一发难收，令人煎熬难耐。

词人由自身的情状，联想到了盼自己归来的佳人。“叹年来踪迹，何事苦淹留？”

这两句意为：她一定经常感叹，别离经年，游子踪迹难定，不知为何事久留他乡？想到她数次于“妆楼”之上远望，无数次看到天边船只，误认为是爱人归来，最终却一再失望而归。“误几回”三字灵动情深，佳人的期盼与失落都含括其中，意蕴丰富动人。“争知我，倚栏干处，正恁凝愁。”此句情深语切，感慨悲凉。“争知我”三字，将虚构的佳人深情与作者现在的倚栏愁思融汇一体，虚实相融，难分难解。

北宋词人苏轼以“不减唐人高处”高度赞美了这首传诵千古的名作，可见该作的开阖气度、境界手法都十分不凡。柳永以白描的手法、通俗的语言，构架出紧凑的章法，铺叙展衍，语浅情深，把复杂多变的情感波动表达得流畅清晰，也使《八声甘州》名噪古今，闻名遐迩。

## 玉蝴蝶

望处雨收云断①，凭阑悄悄，目送秋光。晚景萧疏，堪②动宋玉悲凉。水风轻、蘋花渐老，月露冷、梧叶飘黄。遣③情伤。故人何在？烟水茫茫。

难忘。文期酒会④，几孤⑤风月，屡变星霜。海阔山遥，未知何处是潇湘？念双燕、难凭远信，指暮天、空识归航。黯相望。断鸿声里，立尽斜阳。

【注释】

①雨收云断：雨停云散。

②堪：可以。

③遣：使得。

④文期酒会：文人们相约饮酒赋诗的聚会。

⑤孤：通“辜”，辜负。

【赏析】

柳永一生虽曾步入仕途，却只做了几任小官，其余时间多混迹于市井青楼，四处漂泊。因羁旅之思甚重，又时常面临离别之境，屡作怀旧、怀归、怀友之作。

这首《玉蝴蝶》就是一首抒发羁怀的词作。词人以白描和铺叙手法为主，通过描写湘中秋景和忆旧，将离别怀人的情思融入景色描写中，抒发了羁旅孤苦无依的漂泊之感，感人至深。

开篇以总括的方式写出。“望处雨收云断”，“望处”即所望之处，点出作者是在凭栏远望，与下句“凭阑”二字互相应对。“雨收”，即秋雨停住，点出是雨后凭栏，“云断”写出浓云消退的情形。“收”与“断”二字，表现出雨后云雨消散的过程，也把全词景色放置于秋雨洗刷后的大环境中。“凭阑悄悄，目送秋光。”“悄悄”既含有悄然情伤的情态，也暗含默然无语的惆怅之感。“凭阑悄悄”紧承“望处雨收云断”，而最后将情感推送落于“目送秋光”之上。语句之内的空间转换自然，“目送”与“望处”隔“凭阑悄悄”而相应，情景融合，恰到好处。

“晚景萧疏，堪动宋玉悲凉。”这两句用宋玉悲秋的典故，直接抒发出悲秋之情。“水风轻、蘋花渐老”与“月露冷、梧叶飘黄”，两句对仗工整，细腻地刻画出了秋中水、风、月、露、蘋花、梧桐等湘中秋季最有代表性的景物，营造出凄清的情境。“轻”“冷”二字，虽是形容水月风露，但更在状秋之清冷的同时，表达了词人内心的清冷之状，“渐老”二字更是将浮萍漂泊、年华老去的感慨，转化于衰败飘荡的“蘋花”之上。而“飘黄”二字，将枯黄的梧桐叶纷纷飘落，在空中翻舞的形态描绘出来，以形、色绘出动感的姿态，十分传神。

面对这清婉凄凉的景色，作者孤寂难消，由此而“遣情伤”、忆故人。“故人何在？烟水茫茫”紧承上阕景色描写中蕴含的情感抒发，引领下文，起到了统摄全篇，点明情感的作用。“茫茫”二字形容“烟水”，既是写景，又兼含情，将故人远隔难遇与作者内心茫然凄恻之感都表达出来，带给读者景与情的双重艺术享受。

下阕“难忘”二字承上阕“故人何在”的情感诱因，领起以下对旧情旧景的追忆。“文期酒会”，作者回忆起曾经与故人以文相会、饮酒言欢的旧事，又联系到如今孤旅漂泊的境遇，便觉“几孤风月，屡变星霜”。“几孤”与“屡变”极言相隔之久，而“孤”与“变”把词人在孤独行旅中心如浮萍、难以安定的情态描摹一二，并与“海阔山遥，未知何处是潇湘”一起遥应上阕“烟水茫茫”，将迷茫怅惘的情感进一步深化。

“念双燕、难凭远信，指暮天、空识归航。”此处从友人的角度着笔，表现了友人空盼作者回乡的心情。“念”与“难凭”，“指”与“空识”，两两相对，折射出作者音信难寄，归途远阻的情形，倍增落寞无寄之感，感情真挚而深沉。“黯相望”又转向作者自身，他在“断鸿声里，立尽斜阳”，与友人一样在苦苦相思，遥想对方。词人在斜阳余晖的映照下久久伫立，听着孤鸿声远，沉浸在回忆和思念之中不知如何才好，一个“尽”字，既写出他伫立时间之久，也表现出愁情之深。结尾处有鸿雁悲声回旋，有夕阳残照不去，还有无边的愁思萦绕其间，有声有形有情，凄婉哀怨，韵味无限。

全篇以抒情为主，层次递进，条理井然，把景与事、人与我、时间和空间，浑然融会为艺术整体，声情跌宕。语句短促凝重，濡染苍莽横绝，修辞平隽，雅俗共赏。

## 鹤冲天

**黄金榜①上，偶失龙头②望。明代③暂遗贤，如何向？未遂风云便，争不恣④狂荡。何须论得丧⑤？才子词人，自是白衣⑥卿相。**

**烟花巷陌，依约丹青屏障。幸有意中人，堪寻访。且恁偎红倚翠，风流事，平生畅。青春都一饷⑦。忍把浮名，换了浅斟低唱！**

**【注释】**

① 黄金榜：皇帝的文告称皇榜，因用黄纸书写，又称黄榜。

② 龙头：指状元。

③ 明代：开明的时代。

④ 恣：放纵，尽意。

⑤ 得丧：得失。

⑥ 白衣：古代平民服白色，指代平民，亦指无功名或无官职的士人。

⑦ 一饷：同“一晌”，指一会儿。

**【赏析】**

这首《鹤冲天》背后还有一则故事，据说宋仁宗因词中“忍把浮名，换了浅斟低唱”之句，在放榜时将柳永从榜单上划掉，并说道“且去浅斟低唱，何要浮名”，自此柳永便自称“奉旨填词柳三变”。词人的不羁性格可见一斑，其流连坊曲、寄情风流的生活情状也在词中有所表现。

“黄金榜上，偶失龙头望。”开篇便显现出词人狂傲的风貌。词人的目标是夺取殿试头名状元，即使落榜也只是“偶失”而已。“明代暂遗贤”，“明代”，即开明时代，仁宗朝自称清明盛世，但词人称“明代暂遗贤”，既是自况，也隐隐透露出对所谓“清明盛世”的讽刺。“暂遗”二字，十足地显示了词人的狂傲自负。“如何向？”既然已经“暂遗”，那以后的去向又如何呢？“未遂风云便，争不恣狂荡。”既未能金榜题名，乘风破浪，那就一任自己狂放吧。

步入仕途，施展一番抱负，是封建时代多数文人的梦想，而词人在此径不通的情况下，走向了另一个极端，开始沉浸于为传统文人所不齿的放荡生活。“何须论得丧”，放下科场的得失，自在而为。“才子词人，自是白衣卿相”，狂放自高之态高标而出，词人不屑世俗，自称是虽无官职但才华无比的平民卿相。

上阕大发狂言，自封“白衣卿相”之后，下阕具体写词人的狂放之事。“烟花巷陌”中“幸有意中人，堪寻访”，幸而能寻访到做知己的意中人。平生的畅快之事便是如此了——“且恁偎红倚翠，风流事，平生畅”。“青春都一饷”，“一饷”二字极言青春短暂。“忍把浮名，换了浅斟低唱！”怎忍为了追求一世浮名，而抛弃在良宵美景里饮酒作乐的生活呢？“偎红倚翠”与“浅斟低唱”都是对上阕“争不恣狂荡”的具体描写。词人恃才负气的行为，实是对科举落第的不满，虽然词中句句写自身，但处处含有对不平世事的讽刺。

词人的狂放行为虽不被世俗所容纳，但这行为背后却蕴有深意。词人虽终日“偎红倚翠”，但交往的却是“意中人”，是懂他、理解他的佳人。而“青春都一饷”更表达了词人对科考误人的不满。狂荡的词人遵循自己的原则，出入“烟花巷陌”，这种矛盾的行为与心理，显示出其内心的纠结与痛苦，表现了科考落第带给他的苦恼与困扰，以及为摆脱这些苦恼而做出的苦苦挣扎。

通篇是牢骚语，却又透露出自我安慰的意味，是一篇剖析封建落第文人复杂内心的词作。表面上词人对科考不屑一顾，看似十分豁达，但他又自封“白衣卿相”，足见对功名利禄并未完全放下。柳永既叹息年华在科考中渐渐蹉跎，表现出强烈的不满，但又无法彻底摆脱，只能在名利纠葛的旋涡里，以放浪形骸的行为宣泄不满，于惊世骇俗的举止中寻找精神寄托。

## 望海潮

东南形胜[1]，三吴都会，钱塘自古繁华。烟柳画桥，风帘[2]翠幕，参差[3]十万人家。云树绕堤沙，怒涛卷霜雪，天堑[4]无涯。市列珠玑[5]，户盈罗绮[6]，竞豪奢。

重湖叠巘[7]清嘉[8]。有三秋桂子，十里荷花。羌管弄晴，菱歌[9]泛夜，嬉嬉[10]钓叟莲娃。千骑拥高牙[11]。乘醉听箫鼓，吟赏烟霞。异日[12]图[13]将好景，归去凤池夸。

【注释】

① 形胜：指地理形势优越。

② 风帘：挡风的帘子。

③ 参差：估计。

④ 天堑：天然形成的堑壕，形容地势险要。

⑤ 珠玑：珠宝。玑，不圆的珠子。

⑥ 罗绮：绫罗绸缎。

⑦ 巘：小山。

⑧ 嘉：美好。

⑨ 菱歌：采菱时唱的歌。

⑩ 嬉嬉：快乐的样子。

⑪ 牙：牙旗。

⑫ 异日：改日。

⑬ 图：谋取。

【赏析】

除表达世俗真情与漂泊落拓之外，柳永还有一类歌颂承平气象的作品，而这类颂圣词的成就丝毫不显逊色。《望海潮》即这类词中的名篇，也是极富代表性的柳词佳作。柳永曲尽铺排之能事，将杭州的繁华胜景渲染得壮丽辉煌。

气势宏大是该篇作品的一大特点，笔法大开大阖，开篇三句“东南形胜，三吴都会，钱塘自古繁华”以宏博之势开题，写出盛世繁华气象，字字力透纸背，底气十足。“东南形胜”，指出杭州地理位置在东南，且景色优美；“三吴都会”，三吴旧指吴兴、吴郡、会稽，泛指江浙一带，而都会指大城市，说明杭州是三吴地区的重要都市。“钱塘自古繁华”对前两句做出总结，并以“自古”二字写出杭州的历史悠久，正是因为 “三吴都会”的社会地位与“东南形胜”的自然环境，才使杭州自古便是繁华之地。

总括之后，作者紧扣“形胜”与“繁华”，开始从多方位各角度细细描摹杭州胜景。“烟柳画桥”写桥柳，绘街巷之美；“风帘翠幕”写帘幕，绘住宅之精；“参差十万人家”一句转重，突出人口繁多，表现了都市的热闹富庶与安定。以上写“繁华”。

“云树绕堤沙”，钱塘江上，绿树绕堤，葱茏茂密犹如云雾。“绕”字妙写绿树掩映长堤的迤逦之态。“怒涛卷霜雪，天堑无涯。”钱塘江中，波涛滚滚，卷雪吞霜，浩荡澎湃，深如无底天堑。以上绘“形胜”。

“市列珠玑”，市场繁荣，尽列珠玑；“户盈罗绮”，户户富足，人人着罗绮。“竞豪奢”，一个“竞”字将人人比富、户户斗阔的情状描绘出来，写出了整个杭州比攀富贵，讲究奢华的情形。以上进一步铺展“繁华”。

“重湖”即西湖，湖中白堤将西湖分成了里湖和外湖，故称“重湖”。“叠巘”指重重叠叠的山岭。“清嘉”点出了湖光山色，清丽美妙。“三秋桂子”写山中桂花，补“叠巘”之景。“十里荷花”写湖里荷花，补“重湖”之景。青山之中，桂花飘香，碧水之中，荷花十里，作者将西湖上最有代表性的两种花，以工整的对仗句写出，互生文意，展现出西湖四季的美景。这既是再次描写杭州“形胜”，也是描写杭州市民游玩之地的优美，隐隐将“繁华”之意含入景内。

“羌管弄晴，菱歌泛夜，嬉嬉钓叟莲娃”，湖中羌管菱歌日夜荡漾，采莲游女、垂钓渔翁穿梭其上，其乐融融。“弄晴”与“泛夜”二句是互文，写出了西湖日夜欢快热闹而又闲逸安详的情形。“弄”字点出羌管悠扬，仿似与西湖晴日相戏。“泛”字点出湖上舟行，菱歌飘洒之态。以上写平民百姓之乐。

“千骑拥高牙。”浩浩荡荡的达官贵人骑着骏马，高高的牙旗簇拥着他们，声势显赫。“乘醉听箫鼓，吟赏烟霞。”仕宦达贵宴饮湖上，箫鼓悠扬，乘兴吟咏美景，啸傲山水，一派融融之象。此写达贵之乐，笔调华丽，洒落雄浑，令人艳羡。“异日图将好景，归去凤池夸。”作者以达贵归朝，将好景画成图画，献于朝廷之上作为结语。“好景”二字将“形胜”与“繁华”尽含其中，而“夸”字显出此繁华佳境在朝堂之上都是可以夸耀的，尽显杭州繁盛之态。

南宋陈振孙《直斋书录解题》中称柳永把“承平气象，形容曲尽”，全词色彩典丽奢华，笔致波澜起伏，铺排有序，渲染浓烈。上阕以“形胜”“繁华”点睛总起，后又纷纷描绘，至下阕将“形胜”与“繁华”融合写出，表现了杭州“形胜”与“繁华”的相容相长，不可分割。词中音律协调，用语优雅唯美，情致迤逦婉转，于恢弘开阔的气象中，融入细腻优美的描写，将杭州的特色表现淋漓。艺术手法独特，既有夸张，又含实语，点面俱到，明暗互生，给读者带来无限的诗意享受。

## 定风波

自春来，惨绿愁红，芳心是事可可[①]。日上花梢，莺穿柳带，犹压香衾卧。暖酥消[②]，腻云亸[③]，终日厌厌倦梳裹。无那[④]！恨薄情一去，音书无个。

早知恁么，悔当初、不把雕鞍锁。向鸡窗[⑤]、只与蛮笺[⑥]象管[⑦]，拘束教吟课。镇[⑧]相随，莫抛躲。针线闲拈伴伊坐，和我，免使年少光阴虚过。

【注释】

① 是事可可：对所有事情都毫不在意，缺乏兴趣。

② 暖酥消：脸上的油脂消散。

③ 亸（duǒ）：下垂的样子，此处形容头发散乱。

④ 无那：无奈。

⑤ 鸡窗：指书窗或书房。

⑥ 蛮笺：即蜀笺，唐代时指四川地区所造彩色花纸。这里用来指代纸张。

⑦ 象管：象牙材质的笔管。

⑧ 镇：镇日，整天。

【赏析】

柳永以一个平民女子自诉的方式来写闺怨，表达了对爱情的大胆追求与赞美，表现了与文人士大夫正统价值观相异的平民审美趣味，感情真挚，表现大胆，具有很强的艺术感染力。

“自春来”，自春回之后到现今，表示时间跨度比较长，与“惨绿愁红”相接，暗含幽怨之气，表明女主人公内心的幽怨积蓄已久。“芳心是事可可”，点出“惨绿愁红”的原因。本是锦绣灿烂的春天，在词中主人公的眼里却笼罩着惨愁之情，正因为主观的“是事可可”，才有了客观事物的“惨”与“愁”。“日上花梢，莺穿柳带，犹压香衾卧。”春日迟迟，花梢日暖，莺鸟欢飞，穿梭于花红柳绿之间，如此佳景，而主人公却“犹压香衾”，无心下床梳裹，出门观赏。

“暖酥消，腻云亸，终日厌厌倦梳裹。”进一步刻画女子的慵懒倦怠神态，肌肤消减，发髻歪斜，整日意兴阑珊，无心整理妆容。接下来写她心思倦怠的原因：“无那！恨薄情一去，音书无个。”只因薄情郎一去之后，音信无一寄至。

上阕先以“芳心是事可可”总起，然后分别描述，日高“犹压香衾卧”以及“终日厌厌倦梳裹”都是对“芳心是事可可”的进一步充实，而末句点出原因，并起到了引出下阕的作用。

过片“早知恁么，悔当初、不把雕鞍锁”句，与上阕相继，转合自然。“恁么”二字将上阕描写的情形全部带入下阕，意思是早知“薄情一去，音书无个”，真后悔当初没有把马鞍锁住。“把雕鞍锁”即指留住情郎，不让其远行的意思。男子远行多为功名利禄，而这个女子却要锁住马鞍，不让对方离开，体现了女子更加重视真情、不屑于名利的品质。

女子不想让情郎远行，而是希望把他留在身边，“向鸡窗，只与蛮笺象管，拘束教吟课。”即把他拘束在书房里，铺展诗笺，手握笔管，读书吟课。女子自己则“镇相随，莫抛躲”，与其相依相随，“针线闲拈”，伴其身旁。“和我，免使年少光阴虚过”意为：跟我一起，珍惜这年少光阴，温存相伴，不使青春虚度。在女主人公看来，因追逐功名而负情薄幸，才是辜负光阴、虚度大好年华的行为，两情相守的时光最值得珍惜。在封建正统文人看来，这种思想有些离经叛道，是不思进取的，但柳永不仅将其入词，还大加褒扬，表达出对世俗真情的赞同与珍惜，极富个性。

上阕以景物衬托情感，通过外在描写刻画人物，而下阕则采用让主人公自己言说的方式，使感情表达得更加直露热烈，主人公形象也更加生动可感。通过这篇作品，能看到柳永对下层人物的同情和尊重，也正是因为这份尊重，其作品中的市井女子显得生动真切，有血有肉。

## 昼夜乐

洞房①记得初相遇。便只合②、长相聚。何期小会幽欢，变作离情别绪。况值阑珊春色暮。对满目，乱花狂絮。直恐好风光，尽随伊归去。

一场寂寞凭谁诉。算前言、总轻负。早知恁地③难拚④，悔不当时留住。其奈风流端正外，更别有，系人心处。一日不思量，也攒眉⑤千度。

**【注释】**

① 洞房：深邃的住室。后多用以指妇女居住的闺阁。

② 只合：只应该。

③ 恁地：这样地。

④ 难拚：指难以离愁摒弃。

⑤ 攒眉：皱着眉头，形容痛苦的样子。

【赏析】

青楼花巷、女子闺情是柳词中常见的主旨。本首《昼夜乐》描写的就是闺中思妇伤春怀人、追忆往昔的情境，言辞婉约，辞色绮丽，情调幽长。

上阕从往昔的美好回忆写起，借女主人公之口，通过第一人称叙述，将昙花一现却又刻骨铭心的爱情故事娓娓道出。

“记得”二字将追忆的画卷铺展开来。女主人公与情人初次相遇的地点是“洞房”。“洞房”即深邃的住室，此处指女主人公的闺房。在古代，男子不能随意进入女子闺房，但这首词中情侣初会便幽欢于闺房，可见他们一见钟情、彼此倾心，也显示出市民爱情的大胆开放。“便只合，长相聚。”由于初见的愉悦幽欢，令女子心中认定今后应该会“长相聚”。谁料到此次欢聚之后，承续而来的竟然是“离情别绪”！“何期”犹言岂料，说明女主人公没有料到会是此般情形，未曾想初见的幽欢却变成了长久的分离。词境由此急转直下，引入下文愁境。

“况值”将情境从回忆拉回现实。长相厮守的愿望无从实现，女主人公心中溢满愁苦，此时又看到暮春时分满目凋零的景象，难免触景伤情。“乱花狂絮”四字，既描绘出花朵零落、柳絮纷飞的暮春景致，又可见思念情人的女子心中的纷乱寂寥。

“直恐好风光，尽随伊归去。”“伊”指女主人公日夜思念的情郎。女子“直恐”这大好春光，也会像情郎一样离她远去。事实上，让她害怕的并非春光的流逝，而是心上人的离开。春光逝去还可再回，四季变换、冬去春来是自然法则，但是“伊人”一去，就归期难测了，甚至可能永远不再回来。这两句表达出女子强烈的感情，她既留不住情郎，也留不住春光，心中漾满无奈且无助的凄凉情绪。

下阕起句“一场寂寞”，是对上阕女子悲戚现状的总括。她不仅寂寞难挨，更令人难过的是这份苦闷无处倾诉、无人诉说，只能默默承受。起往昔“前言”，却“总轻负”，此处是说往日的山盟海誓都没能兑现。

“早知恁地难拚，悔不当时留住。”早知道现在这么难过，真后悔当初没有将他留住，可见女子心中十分懊悔，暗透出情人远离也许是因为女子伤害了他的感情。“其奈风流端正外，更别有，系人心处。”失去才知珍惜，回想他举止风流可爱、人品也端正，惹人相思、令人难忘。正因如此，才令女主人公“一日不思量，也攒眉千度”。结句甚妙，写出了女主人公既思念旧情，又因现状感到懊恼的复杂心理。即使“不思量”，她已然愁眉紧锁，“攒眉千度”，如果再日日把心上人放在心头，愁思岂不更加深浓？词人从反面落笔，衬托出女主人公相思之深，别有新意。

柳永在这首词里写出了欢聚时的快乐，也表现出了离别后的相思，欢乐越是令人心醉，相思就更加刻骨铭心。上下两阕中都既写往昔，又写今日，在今昔穿梭的时空里，诉尽闺中女子的苦恼，唱出了愁肠百结又曲折婉转的闺情恋歌。

## 迷神引

**一叶扁舟轻帆卷。暂泊楚江①南岸。孤城暮角，引胡笳怨。水茫茫，平沙雁，旋②惊散。烟敛③寒林簇，画屏展。天际遥山小，黛眉④浅。**

**旧赏轻抛，到此成游宦。觉客程劳⑤，年光晚。异乡风物，忍萧索、当愁眼。帝城赊，秦楼阻，旅魂乱。芳草连空阔，残照满。佳人无消息，断云远。**

**【注释】**

① 楚江：泛指南方的河流。

② 旋：随即。

③ 敛：收起，散尽。

④ 黛眉：女子的眉毛。

⑤ 劳：困顿疲惫。

**【赏析】**

柳永五十岁以后才成此作，其中自然寄寓着历经半生宦游坎坷后的不满与苦闷，不过，因此时作者阅历已丰厚，早已淡然。《迷神引》仍以羁旅行役、宦游无果为主旨，可看出词人虽牢骚连连，而写景抒情却比其他同类作品更显平静淡漠，更为轻松明亮。

“一叶扁舟轻帆卷。暂泊楚江南岸。”起句直接写出词人收帆泊舟楚江南岸。“一叶扁舟”可见词人是独行，舟船轻小，所以是“轻帆”。“暂泊”，暂时停泊，说明词人暂时停靠楚江以过夜，也暗示了羁旅浮萍，难以长期驻留的情状，但这两句叙事写景，平静淡然，毫无凄苦之感。“孤城暮角，引胡笳怨。”孤城之上，画角送暮，胡笳幽怨，直接点出时间是暮晚，景色凄凉苍茫。而“引”字用得神妙，“暮角”“胡笳”声声凄凉，本是客观之景引逗得行人生出幽怨之情，但词人却以“暮角”引出“胡笳”声“怨”，既表达了作者的情感又省去了笔墨，更使景色倍增艺术感染力，带给读者诗意享受。

“水茫茫，平沙雁，旋惊散。”江水茫茫，平沙上的雁群，被画角声惊起，纷纷飞散。“烟敛寒林簇，画屏展”与“天际遥山小，黛眉浅”两句对仗工整，簇簇林树被寒烟笼罩，犹如画屏，天边远山似有若无，好似美人淡淡的黛眉。胡笳鼓角中，江水茫茫，寒林漠漠，远山淡淡，本是一片凄凉之景，但在词人眼里“寒林”如画屏，“遥山”如眉黛，而平沙惊雁，也不是孤雁而是雁群。这些带有些许闲逸赏观之情的比喻与描写，都显现了词人历经漂泊，对孤独境遇习以为常，甚至生出一些无可奈何的淡然与平静。

词人在上阕以白描手法来描写景色，用种种形象来表达复杂的人生浮沉情感。而下阕转入抒情，直接表达自身的感受。

“旧赏轻抛，到此成游宦”二句直抒宦游感慨，并总领下阕，以下则层层铺叙宦游的艰辛与落拓。旅途劳苦，年华蹉跎，衰衰老矣，面对“异乡风物”，怎忍萧索满眼。“帝城赊，秦楼阻”，帝都遥远难期，秦楼阻隔难回，遥扣下阕开篇语，前行无期，后望难回，既是旅途的客观情状，也是词人宦游生涯的写照。“旅魂乱”，面对无始又无终的难堪情状，游子的心情十分烦乱。

宋官制中，低级职官转为京官很难。朝廷又有禁令，严禁朝官出入青楼坊曲与歌伎往来，否则会被弹劾。柳永青年时代常常流连坊曲，与很多身份低微的歌伎真诚相交，互为知己，但此时他身为一个小小的地方官吏，既难升迁，又不得不与曾经过从甚密的歌伎断绝关系，因此感叹“帝城赊，秦楼阻”。“旧赏”与“游宦”难两全，而词人在“帝城”与“秦楼”之间两两相较，一个是遥遥追寻的地方，一个是真情缱绻的处所，都令他难以割舍，却又都无希望。“芳草连空阔，残照满”，“佳人无消息，断云远”，此两处一个暗充“帝城赊”，一个明补“秦楼阻”，并圆满全篇。

词人将自己一生的宦游生活与矛盾心理都缩写于《迷神引》中，把落拓而又两难舍弃、两难得到的尴尬感情表达了出来。作为封建时代的文人，理应在仕途上崭露头角，但对于柳永这位风流不羁又敏感多情的文人来说，最能表现其才华的却是为歌姬舞女所作的坊曲，这不是传统文人该走的道路。在这种两难境地中，柳永走完了他波折坎坷的一生，至死穷困潦倒，竟要由他生前结交的歌伎出钱埋葬，可见其人生的悲剧色彩。

## 忆帝京

薄衾小枕凉天气，乍觉别离滋味。展转数寒更，起了还重睡。毕竟不成眠，一夜长如岁。

也拟待、却回征辔①；又争奈、已成行计。万种思量，多方开解，只恁寂寞厌厌地。系我一生心，负你千行泪。

【注释】

① 征辔：古人远行出门骑的马。

【赏析】

柳永擅长以白描手法铺排男女之情，通常写一方对一方的思念，但此词却同时描写男女两位主人公的情感，显得新颖别致。

“薄衾小枕凉天气”，初秋天气渐凉，一床薄被一方小枕，伊人独自眠睡。“薄衾”，说明虽到初秋但是仍有夏意，睡觉时只需一床薄被；“小枕”二字说明女主人公是独眠。“乍觉别离滋味”，在这微凉的初秋，女主人公孤枕难眠，心中突然生出一番别离滋味。“乍觉”二字表现出了因为被某种情状触动，突然内心波澜顿起的一瞬情状，而且也隐隐透露出二人是新近离别，而女主人公此时忽觉孤独，方才体味出离别滋味。

“展转数寒更，起了还重睡。”心中被别离之情缠绕，不觉辗转反侧，难以入睡。“起了还重睡”一句抒情荡漾，离情绕怀，本是难眠，而又想入睡，睡而复起，起而复睡，在这个矛盾而又反复的行为中，女主人公心中的纠结情形表现了出来，情致摇曳。“毕竟不成眠，一夜长如岁。”反反复复中，最后还是不能安睡，只得尽数寒更，方觉度日如年。词人寥寥数笔，便将女主人公辗转反侧，思情缭绕的情形表现得生动细致。

上阕写“乍觉别离滋味”之后，女主人公离愁绕怀之状，层层刻绘中荡出层层波澜，显示出情感的递进，直至“夜长如岁”而结束，将女主人公的寂寞之情、相思之苦都表现了出来，细致有情。而下阕一转，词人将视角切换到了远在天边的男主人公身上，将其游子思归情形绘于读者眼前。

“也拟待、却回征辔；又争奈、已成行计。”男主人公也曾想过要掉转马头，回到佳人身旁，只是怎奈早已定下行程计划，不能不踏上征程。此处与上阕“乍觉别离滋味”相呼应，再次说明二人刚刚分别不久。“也拟待”三字，描绘出男主人公心念佳人，又万般无奈的纠结情思。

归而不成，行而思归，如此只好“万种思量，多方开解”，然而千般思想之后，仍是无计可施，无法摆脱这两难的情形，于是只能“寂寞厌厌地”。“厌厌地”三字表现了游子失落无奈的颓丧情态。

“系我一生心，负你千行泪。”这两句是全词最为感人的情话，柔情缱绻，却又伤心悲凉。“系我一生心”有两种解释，一种是女子一生心系游子，另一种是游子一生将女子放于心间，但不论哪种，都表现了二人两情相悦、缱绻缠绵之情。而“负你千行泪”一语与上句相接，将两情永隔、彼此相系，却又只能相负的情形描写出来，而“千行”之泪更是令人备感凄绝。

这首词把男女两情相系的至情，以如话家常的语言描写出来，平白质朴，却蕴含着炽烈的感情。语言流畅自然，抒情曲折委婉，结句感人至深，艺术手法十分成熟。

## 少年游

长安古道马迟迟①，高柳乱蝉嘶。夕阳鸟外，秋风原上，目断②四天垂。

归云一去无踪迹，何处是前期③？狎兴④生疏，酒徒⑤萧索，不似少年时。

【注释】

①迟迟：缓慢行走的样子。

②目断：极目望到尽头。

③前期：从前的期约。

④狎（xiá）：亲近而态度不庄重。

⑤酒徒：酒友。

【赏析】

清淡婉转，手法朴素，语言清丽，是这首词作的显著特点。柳永在低回的抒情中，抒发了自己失意无着的淡淡情绪，是一种意志难成的惆怅之悲，是内心真情流露之作。

以“长安古道马迟迟”句开篇，一下子便将沧桑萧瑟之感烘托出来。马儿缓缓独行于古道之上，此意境不仅包含孤独羁旅之感，还有仕途失志之悲。而句中“长安”，既含寓意又是写实，含义多重，值得深味。“长安”曾是汉唐之都，诗词中常借“长安”来暗指京城，而“长安道”更是利禄争逐之路，曾有无数车马驱驰其上，得势失势交替而行，往来中见人生浮沉。柳永以“马迟迟”来接“长安古道”，隐诉对仕途意兴阑珊的心情。而“长安道”中加一“古”字，更暗示出争名夺利的情形古而有之。词人骑马在路上“迟迟”而行，形象失意寥落，内心意冷情懒。

“高柳乱蝉嘶”，以“高”写“柳”，不仅描绘出秋天叶落后柳树愈显高远的萧瑟疏落，也暗暗烘托出秋高寂寥的氛围；以“乱”字写蝉声，不仅写出了季候转换时景物的特征，蝉声的嘈杂，更衬托出人物内心纷乱烦扰的情感。而以“蝉嘶”代“蝉鸣”，更显出了蝉声在词人听来不是悦耳之音，而是扰人的噪鸣，衬托出作者的扰攘心绪。通过将客观事物进行主观化的描写，使这些事物蕴含了深厚的情感，有物我相会的效果，并暗暗透出凄凉萧索的况味。

“夕阳鸟外，秋风原上，目断四天垂。”此写秋日原野上的辽阔萧瑟，景象本就辽远，又被妙笔挥写得传神生动，营造出了苍茫辽阔的意境，有低沉而冲淡的美感。“夕阳鸟外”，将秋日黄昏，翔鸟回旋日下的景色一笔绘出。“秋风原上”，风起草低，原野空落，一眼望去，风动的迹象满眼可见，词人将两个名词相并，一“秋风”，一“原上”，二者互生意境，使得原野上的秋风，秋风下的原野，都历历在目，仿似触“目”可及。“目断四天垂”，词人的目光随着“秋风”“原上”而尽，只见四方天空仿佛垂落在边际，此句绘出天边低垂，天地相接之貌。

上阕以长安为背景，绘出一幅秋风萧瑟图，图中有古道、瘦马、高柳、蝉鸣、夕阳、翔鸟、秋风、原野、垂天，诸种景物互相交错，把氛围烘托得既萧瑟又清远，既惆怅又淡然，为下阕抒情定下基调。

下阕从写景转而写自身，开始追思。“归云一去无踪迹，何处是前期？”“归云”貌似紧承上阕“四天垂”之句，却在信手拈来中暗含了别意。词人以“归云”暗示曾经的游冶狎兴、愿望期待与欢爱誓约，如今这一切都“一去无踪迹”，那茫然无落之情必然生出，而“何处是前期”则是顺情而发。曾经的期许誓约都已经落空，而如今毫无着落的自己，对未来的期愿又在哪里呢？

“狎兴生疏，酒徒萧索，不似少年时。”荡开上句“何处是前期”的茫然，再次细写现状，曾经的“狎兴”早已阑珊，而疏狂的“酒徒”也早已残损零落，这些曾经失意时的狂放消遣，如今已引不起词人的兴致，再也不能慰藉失意人了。“不似少年时”一句将整个下阕的含义深化。词人少年时，不以失意为意，狎兴酒醉，狂欢作乐，呼朋唤友，幽期密约，以此种种表达对世俗的傲视，而今少时已过，老大无成，仍旧失路无期，昔日少年态、少年心早已难为，傲视之态更是无心再续。柳永把自己落拓无成、年华凋零的惆怅之情表露无遗，使人唏嘘。

这是柳永对自己坎坷人生的自写自画，他于秋景中触目伤怀，把老大无成之悲与茫然无期之感融入词里，寥寥落落，低回冲淡，具有平而不浮之美，值得细细品读。

# 第二章

# 深情存于万物·艺术的创造与促进

## 苏轼：明月几时有，把酒问青天。

**词人名片**

生卒年月：1037—1101

字号：字子瞻，号东坡居士

祖籍：眉山（今属四川省）

代表作：《水调歌头》等

**词人小传：**嘉祐二年（1057）进士，官至翰林学士、知制诰、礼部尚书。他仕途坎坷，一生多次遭到贬谪，在黄州、惠州、儋州等贬地创作了大量文学作品。卒后追谥“文忠”。

苏轼是北宋文坛巨匠，诗、词、文皆精。其词开豪放一派，是豪放之宗，与辛弃疾并称“苏辛”。其词作内容广泛，风格多样，既有豪放特点，又显婉约词风，苏轼自谓“刚健含婀娜”。苏词遣词驰骋，意境超脱，“以诗为词”，侧重表现作者的精神与情趣，解放了词体，亦开拓了词境。存词三百七十八首，结集于《东坡乐府》。

### 水调歌头

丙辰①中秋，欢饮达旦，大醉，作此篇。兼怀子由②。

明月几时有？把酒③问青天。不知天上宫阙，今夕是何年。我欲乘风归去，又恐琼楼玉宇④，高处不胜⑤寒。起舞弄⑥清影，何似⑦在人间！

转朱阁⑧，低绮户⑨，照无眠。不应有恨，何事长向别时圆？人有悲欢离合，月有阴晴圆缺，此事古难全。但⑩愿人长久，千里共婵娟⑪。

**【注释】**

①丙辰：指宋神宗熙宁九年（1076）。

② 子由：指苏轼的弟弟苏辙，字子由。

③ 把酒：端起酒杯。

④ 琼楼玉宇：由美玉堆砌成的楼宇，指代词人想象中的仙宫。

⑤ 胜：承担、承受。

⑥ 弄：赏玩。

⑦ 何似：哪里比得上。

⑧ 朱阁：朱红的楼阁。

⑨ 绮户：华丽的门窗。

⑩ 但：只。

⑪ 婵娟：指月亮。

**【赏析】**

《水调歌头》，词牌名，又称《元会曲》《台城游》《凯歌》《江南好》《花犯念奴》等。唐朝时有大曲水调，是由许多乐曲组成的大型歌舞剧目，大曲的首章即为歌头，此词为依唐人曲名而另制新曲。

此词作于丙辰年，即宋神宗熙宁九年（1076）的中秋节。这时期，苏轼由于反对新法，受到当权变法者的排挤，于是自求外放，辗转在各地为官。当他得知多年未见的弟弟调职到山东济南后，思亲之情油然而发，遂向朝廷请求调任至山东与弟弟团聚。转任山东密州太守之后，仍未能与久别七年的胞弟相见。这年中秋之夜，酒酣之际，苏轼仰望天上明月，对弟弟的思念之情愈发浓厚，遂赋成此词。

在传统的诗词意境中，明月是最能引发文人情思的意象之一，而中秋之月，无疑更让人浮想联翩，情思浮动。皎洁的圆月，寄托着多少人的美好祝愿。这首《水调歌头》上阕着重描绘天上情景，暗寓出仕、入仕的矛盾心理；下阕侧重写月光沐浴下的人间，抒发了作者对宇宙人生的哲理性感悟。全篇以明月为描绘对象，大开大合，气象雄浑，营造了一种飘逸开阔的意境。

上阕以"明月几时有"开头，起首即体现了不凡的气魄，隐然有李白《把酒问月》中"青天有月来几时？我今停杯一问之"的豪迈。追溯明月的起源，这既是词人对宇宙的思索，又饱含他对明月的赞美及向往。接着继续追问“不知天上宫阙，今夕是何年”，苏轼的思绪飘飞在浩瀚缥缈的宇宙。“我欲乘风归去”三句，跌宕起伏，迥然多姿。他想飞去天上的月宫，又畏惧高处的寒冷，表达了对天上月宫的疑虑、向往之情。“起舞弄清影，何似在人间。”这两句是说：既然疑虑重重，还不如在人间对月起舞、自得自乐。

词人受道家思想影响至深，面对着天上悬挂的圆月，思绪翻飞，幻想着超然物外，羽化登仙，但天上月宫毕竟过于冷清，不如留在人间，享受这凡尘中的热闹。这说明作者徘徊于“出仕”与“入仕”，亦即“退”与“进”、“仕”与“隐”之间，举棋不定。最终由于对人生的执着和人间生活的热爱，“入仕”思想战胜“出仕”念头。上阕从词人对天上月亮的无尽想象，写至人间的大醉起舞，充满浪漫主义的夸张色彩。

下阕着重描写月光的移动。皎洁的月光转过朱红的楼阁，穿过雕花的门窗，照见了屋子里的失眠人。这几句妙在借月光的移动，将词人的视角从天上转入人间的凡俗生活，为后文将人间悲欢离合与月亮阴晴圆缺联系起来埋下伏笔。“不应有恨，何事长向别时圆？”此处追问月亮是不是对人间有恨，总是在人们离别的时候才圆，明写月亮本无恨，暗写人们不能团圆的伤痛。

然而，词人并没有深陷于离愁，而是笔锋一转，“人有悲欢离合，月有阴晴圆缺”将人间的悲欢离合与宇宙自然现象相提并论，词境顿开，气象豪迈，一扫咏月词的低沉哀伤，展现了词人乐观旷达的胸怀。结尾两句传颂至今，“但愿人长久，千里共婵娟。”“婵娟”原本是美好的意思，此处借代月亮。词人希望亲友长久健在，能够在千里之外共赏同一轮明月。他从自己对亲人的思念出发，转而祝福世上所有与自己同受别离之苦的人能共享明月，升华了全词主题。

赏月词往往孤寒凄清，苏轼仕途本不得意，又苦于不能见到亲人，孤独苦闷自然更添一层，但是该作基调却奔放豪迈，飘逸清旷。北宋胡寅曾在《酒边词序》评价此词“一洗绮罗香泽之态，摆脱绸缪宛转之度；使人登高望远，举首高歌”。

全词运用形象的描绘和极富激情的浪漫想象，以咏月为中心表达了“乘风归去”与“人间起舞”、出仕与入仕的矛盾和困惑，更寄寓着词人乐观旷达的人生态度、对生活的美好祝愿以及对人间的无限热爱。词风清新旷远，意境跨越极大，将天上与人间、月光与“无眠人”、空间与时间等范畴联系起来，从个性推及共性，把自己对胞弟的思念升华到具有普遍性的感情，情景交融，理趣兼备。

苏轼仰观宇宙、俯察人间、纵横捭阖，生动地塑造了一个孤高傲世、乐观旷达的抒情主人公形象。整首词弥漫着浓厚的哲理思索的意味，笔墨自由地出入于宇宙、自然、人生之间，浩瀚雄浑、灵动飞扬，并于虚实之间，迸发出奋发向上的精神。南宋胡仔《苕溪渔隐丛话》说：“中秋词，自东坡《水调歌头》一出，余词尽废。”实乃确评。

## 念奴娇·赤壁怀古

大江[①]东去，浪淘尽、千古风流人物。故垒[②]西边，人道是、三国周郎赤壁。乱石穿空，惊涛拍岸，卷起千堆雪[③]。江山如画，一时多少豪杰！

遥想公瑾当年，小乔[④]初嫁了，雄姿英发。羽扇纶巾[⑤]，谈笑间、樯橹[⑥]灰飞烟灭。故国[⑦]神游，多情应笑我、早生华发[⑧]。人间如梦，一樽[⑨]还酹[⑩]江月。

【注释】

① 大江：长江。

② 故垒：古代军营外修建的营垒。

③ 堆雪：比喻浪花。

④ 乔：三国时乔公的小女儿，貌美且多才，嫁与周瑜为妻。

⑤ 纶巾：古代配有青丝带的头巾。

⑥ 樯橹：代指曹操的水军战船。樯，挂帆的桅杆；橹，摇船的桨。

⑦ 故国：指旧地，即当年的赤壁战场。

⑧ 华发：斑白的头发。

⑨ 樽：酒杯。

⑩ 酹（lèi）：把酒浇在地上祭奠。此处指洒酒酬月，寄托感情。

【赏析】

这首豪放词流传甚广、影响深远，一扫北宋词坛盛行的缠绵婉约之风。全词笔力雄健、气象开阔，被誉为“千古绝唱”。宋神宗元丰五年（1082）七月，苏轼贬居黄州，游览黄冈城外的赤壁矶时，怀古抚今，遂有感而发。

上阕立足写景，描绘了赤壁矶雄奇壮阔的自然风景，为后文集中笔墨描写英雄人物做了铺垫。“大江东去，浪淘尽、千古风流人物。”起首三句，将浩荡的长江与千古风流人物联系起来。辽阔的历史时空中，众多的英雄豪杰，这一切尽概括在寥寥几字中，气势非凡，意境开阔，体现了词人广博的胸襟与气度。“故垒西边，人道是、三国周郎赤壁。”此处既合了“赤壁怀古”的题旨，又为下阕对周公瑾形象的精细刻画埋下了伏笔。

“乱石穿空，惊涛拍岸，卷起千堆雪。”这三句生动描绘了赤壁风起云涌的自然风景：陡峭林立的悬崖刺破苍穹，惊天的骇浪击打着江岸，汹涌的江涛卷起千万堆的雪浪，这是何等壮阔伟岸的景象！“穿”“拍”“卷”等一系列动词的运用，既独具匠心又生动传神，犹如将一幅浩瀚江景画展现在读者面前。“江山如画，一时多少豪杰。”面对如画江山，词人发出对历史的喟叹，干脆利落地总述上文。

上阕以浓浓的笔墨描绘了赤壁惊心动魄的奇伟景观，把读者带到千古兴亡的历史氛围之中，也为众多英雄人物的出场渲染气氛；下阕则以精细的笔触刻画了周公瑾风姿英发、年少有为的儒将形象，并抒发了词人怀才不遇、蹉跎时光的抑郁情怀。

下阕以“遥想”二字总领下文，采取不同视角把才气横溢、意气风发的周瑜刻画得栩栩如生。首先，在生活细节方面，“小乔初嫁了”，以美人衬托英雄的儒雅风流；其次，在肖像仪态方面，以“雄姿英发”“羽扇纶巾”形象描绘了周瑜的儒雅装束和翩翩风度；最后，在功绩伟业方面，以“谈笑间、樯橹灰飞烟灭”勾勒了周瑜指挥赤壁之战的潇洒从容。

据史载，周瑜二十四岁即被授予建威中郎将，并于次年助孙策取得皖城之战的胜利，后娶小乔。建安十三年（208），而立之年的周瑜被任命为左都督，带兵与刘备共同抗曹，以其杰出的军事才能指挥了史上著名的赤壁之战。

苏轼将十年的事情集中在一起写，时间跨度极大，足以见其对选材加工的良苦用心。“谈笑间，樯橹灰飞烟灭”用淡然的口吻描述那场轰轰烈烈的战争，举重若轻，极其恰当地展现了周瑜在赤壁之战中运筹帷幄、决胜千里的大将之才。作者从不同视角全方位地塑造了周瑜这一广为人知的英雄人物，浓浓的笔墨渲染，突出这一历史人物在词人心中的重要地位。

最后，词人将笔触转到现实，词风亦随之抑扬顿挫。“故国神游，多情应笑我、早生华发。”由周瑜的年少有为、意气风发反衬词人时光虚掷、壮志未酬，抒发怀才不遇的沉痛与郁愤。其中“多情应笑我，早生华发”运用倒装，将“多情”前置，使自嘲的语气更为强烈，文字背后蕴含的苍凉意味也更加深刻。词人感慨身世，发出人生短促、命运无常的喟叹，感情深沉。而“人间如梦，一樽还酹江月”则借酒抒情，叹人生如梦，虽美好却短暂，不如对月饮酒，尽情享受当下的生活。“酹”是酒洒地的意思，以此结尾，余音袅袅，语短情长。

苏轼在黄州期间，常常在旧城营地躬耕农事，四处游历，在祖国的大好河山和历史人物的激发下，写下了一系列名篇。所谓“诗穷而后工”，郁积的感情闸门一旦被打开，遂犹如万马奔腾的江水滔滔直下。

《念奴娇・赤壁怀古》是苏轼豪放词的代表，笔力遒劲，气势千钧。之所以能雄视千古，关键在于其磅礴的气势、雄放的笔力和沉郁的情感，词人将写景、叙事、抒情熔为一炉，思通古今、雄浑苍凉、昂扬顿挫。瑰丽雄险的赤壁场景、英姿勃发的周郎，非胸怀旷达之人不能描画其万一。尤为可贵的是苏轼乐观旷达的品质，尽管他的仕途颇为不顺，却没有一味陷于失意情绪，而是用豪壮的笔调抒发胸中块垒。

## 浣溪沙

**簌簌[1]衣巾落枣花，村南村北响缫车，牛衣[2]古柳卖黄瓜。**

**酒困路长惟欲睡，日高人渴漫思茶，敲门试问野人家。**

**【注释】**

①簌簌：飘落。形容枣花纷纷落下的声音。

②牛衣：指乡下农夫穿的粗布衣服。

**【赏析】**

这是苏轼在徐州所作《浣溪沙》组词中的第四篇，描述了在谢雨归途中的见闻。与其他四篇一样，本篇乡土气息浓郁，感情真挚朴实。

上阕由所见写起。首句中，“簌簌”表枣花纷纷飘落的样子，词人当行于枣林之中，所以有枣花落在衣巾之上，可见词人主动与自然相亲近。“枣花”也一并交代了时节，久旱逢甘霖之后，枣树终于花开满枝。接下来“村南”一句写所闻，词人听到从村南到村北，也就是整个村中，都有缫车纺动的声响，一来表达愉悦的心情，二来也暗表春雨后蚕茧终得丰收，家家户户都忙于煮茧缫丝，呈现出一派农忙的欢悦景象。这两句声情并茂，用两处代表丰收的细节言出久旱逢雨后轻松愉快的心情。“牛衣”一句颇有画面感，勾勒出一位穿着粗布衣服，在古老的柳树下卖黄瓜的农民形象，有黄瓜卖售，还是言丰收。

上阕通过对细节的描绘，展开了一幅欣欣向荣的初夏画卷，景物鲜活，流露出词人的欢愉。

过片写回词人自己，“酒困路长惟欲睡”，由于酒后的困倦之意，再加上路途尚远，词人的困意渐浓，这时日近中午，天气也越来越热了，故又口渴难耐，“日高人渴漫思茶”，想要饮茶解渴醒神。这两句描述了词人因酒意与日近正午的困乏，究其深意，当是说词人上任徐州太守一年来，先遭洪涝，又遇大旱，如今雨后的乡野重见生气，词人终于可以松口气，歇一歇。人倦口渴，只好“敲门试问野人家”。词人身为一方父母，却以“试问”之礼，往叩“野人”之门，“野人”即乡野贫薄之家，徐州太守到这样一户人家讨水喝，此为亲民之举，可见其平易谦逊之态，也表现出词人与平民百姓没有隔阂。

全词洋溢着淳朴的乡间气息，表达了词人轻松释然的心情。

## 江城子·乙卯[①]正月二十日夜记梦

十年生死两茫茫，不思量，自难忘。千里孤坟，无处话凄凉。纵使相逢应不识，尘满面，鬓如霜。

夜来幽梦忽还乡，小轩窗，正梳妆。相顾无言，惟有泪千行。料得年年肠断处，明月夜，短松冈。

**【注释】**

①乙卯：指熙宁八年，即公元 1075 年。

**【赏析】**

此词为苏轼悼亡爱妻王弗所作。唐圭璋《唐宋词简释》中评价此词：“此首为公悼亡之作。真情郁勃，句句沉痛，而音响凄厉，陈后山（陈师道）所谓‘有声当彻天，有泪当彻泉’也。”“乙卯正月”，指熙宁八年（1075）正月，其时苏轼正于密州知州任上。作此词时，苏轼年已四十，因反对新法而备受当权者压迫，又忆及亡妻，心情悲苦无依，此作正是这种心情的侧面写照。

苏轼的发妻王弗才貌双全，年方十六时，与苏轼喜结连理，伉俪情深。苏轼的《亡妻王氏墓志铭》记载，王弗“侍吾先君、先夫人，皆以谨肃闻”。苏轼与人交谈，王弗立于屏风之后，待客人走后，即向苏轼分析客人之人品行为，提醒丈夫不要被奸邪谗佞之辈蒙骗，对苏轼帮助很大。然而王弗二十七岁时不幸去世，对苏轼的打击十分强烈，以至于多年之后依然无法忘怀。

上阕写实，抒发爱妻逝去后十年的相思之情。“十年生死两茫茫”写自己与亡妻天人永隔已经十年，互相遥思却又无对方消息。“茫茫”二字，细腻地表现出作者因思念亡妻而生出的怅惘之情。“不思量，自难忘”写作者即使不用思量，而亡妻的形象与旧时相处的情节也历历在目，难以忘怀。此三句曲折婉转，将作者十年来苦思之情描写得深沉而悲切。

沉痛的哀思由“千里孤坟，无处话凄凉”二句倾泻而出。爱妻逝去的十年中，作者风尘仆仆，千里折转始终困顿不堪，如今处在离乡千里之遥的地方，想去爱妻的坟上痛陈相思之情，竟也无法做到。实则天人永隔，岂是“千里”所能比拟，作者此处的慨叹将生死隔离之现状忘却，显出爱妻在其心中之永生，二人之间仿佛只有地理距离。此种思绪，尤其令人感动。

作者随后又写，即使两人此时相逢，恐怕爱妻也认不出自己了。因为经过十年风霜相侵，自己已经满脸沧桑、鬓角斑白了。“尘满面，鬓如霜”是对自身情况的描写，暗含着处境艰难、宦途险阻之意。悼亡之情与身世之悲互相映衬，更显凄苦。

下阕由实及虚，回归主题，写作者之梦境。“夜来幽梦忽还乡，小轩窗，正梳妆。”作者夜里入梦，隐约间回到故乡，进入当年与爱妻同处的爱巢之中，爱妻像往常一样正坐在窗前梳妆打扮，此种情境，正如昨日一般。

久别相见，原本是一件十分快乐的事情，然而作者与爱妻却“相顾无言，惟有泪千行”！此处有“无声胜有声”之境，千般愁绪、万种情思俱在“千行泪”中，其哀痛心情深婉动人。

结尾作者由梦中醒来，回到现实，发出了“料得年年肠断处，明月夜，短松冈”的痛叹。想来在那千里之外的短松冈上，明月照着爱妻的孤坟，她一定也因思念自己而肝肠寸断。此处转换立场，写王弗思念自己，更反衬出作者的心境，悲痛绝伦、无法自抑。

今人惠淇源《婉约词》有评曰：“通篇采用白描手法，娓娓诉说自己的心情和梦境，抒发自己对亡妻的深情。情真意切，全不见雕琢痕迹；语言朴素，寓意却十分深刻。”作者虽长于豪放词，却也有情意婉转、哀怨凄沉的婉约词风，此词即为其中集大成者。

## 蝶恋花·春景

**花褪残红青杏小，燕子飞时，绿水人家绕。枝上柳绵吹又少，天涯何处无芳草！**

**墙里秋千墙外道，墙外行人，墙里佳人笑。笑渐不闻声渐悄，多情却被无情恼。**

【赏析】

花虽凋零，但青杏新生。燕子在天空中掠出一道道弧线，环曲而行的流水盘绕着村落人家。柳絮被轻风拂走，天涯各处长满茂盛的芳草。这便是苏轼一次寻常赏游所见，他由此次遭遇入手，记录了春光纵逝、佳人难寻的伤感遗憾。而词中又蕴含着作者备受贬谪、飘零无依，一片丹心无人知的苦闷与悲伤。

全词词意婉转、词情动人，于清新中蕴含哀怨、于婉丽中透出伤情，令人不忍卒读。其中又多佳句，据清代张宗橚《词林纪事》卷五引《林下词谈》记载："子瞻在惠州，与朝云闲坐……命朝云把大白，唱'花褪残红'。朝云歌喉将啭，泪满衣襟。子瞻诘其故，答曰：'奴所不能歌，是'枝上柳绵吹又少，天涯何处无芳草也。'' "足见其中妙句给人印象之深刻。

上阕写春光易逝带来的伤感，不过妙在没有拘泥于状景写物，而是融入自身深沉的慨叹。"花褪残红青杏小"表明写作时正值春末夏初，玩味此句，含意颇丰：一则，繁花落尽，青杏尚小，伤春之情溢于言表；另则，又可视为把凋零之花与新生之杏做对比，可见旷达意味，恰是"天涯何处无芳草"之豁达语的伏笔。

"燕子飞时，绿水人家绕"点出写作地点。"人家"二字既为写景之着落，又为下阕的"佳人"出现做铺垫。"绕"字既写燕子绕舍而飞，又写绿水绕舍而流，情景逼真写实，更增添了春逝之感慨。此两句将视线远移，描绘出"小桥流水人家"的情境，只见晴空中晓燕环飞，潺潺而流的溪水环绕着一处农舍。此情此景虽然令人心旷神怡，然而伤春之情却未能完全排遣殆尽。

"枝上柳绵吹又少，天涯何处无芳草！"这两句中的景致和首句相契合，写枝头上的柳絮已经被风吹得越来越少了，但天涯到处都布满茂盛葱郁的芳草。词人先写柳絮纷飞漂泊、落花残红殆尽，萧然悲怆之感充斥字里行间，可见内心之凄苦，印证着他一生屡遭贬斥的遭遇，但他没有完全沉溺其中，而是忽然又转作旷达语，有一波三折之妙。

下阕写得遇佳人却无缘一晤，自己多情却遭到无情对待的悲哀。“墙里秋千墙外道，墙外行人，墙里佳人笑”写作者行至“绿水人家”，沿着小道缓缓前行，可以看见院墙里面高高的秋千架，然而荡秋千者却无法看到，只能隔着高高的围墙，听见佳人的笑声。此处以声影形，通过墙内佳人欢快的笑声来衬托其形象，给自己和读者留下广阔的想象空间。墙虽然遮挡住向内张望的视线，然而由笑声中传递出来的快乐与活力却奔放而出，令人牵肠挂肚。

于是作者站在墙外，静静地聆听，默默地想象着墙内的形象，然而笑声忽断，“笑渐不闻声渐悄”，欢快的笑声没有了，甚至连一点说话的声音也都没有了，悄然寂静，一下子将作者刚刚提起的一丝愉快之情打破，于是词人不由得发出了“多情却被无情恼”的感慨，只叹相思无处可寄。

清代李佳《左庵词话》说此词“亦寓言，无端致谤之喻”。苏轼一生曲折坎坷，多次遭贬，空有一腔忠贞热忱、雄心壮志而不受朝廷重视，正是自身“多情”为国却被朝廷“无情”抛弃。这正是本词深层蕴意所在。

以伤春之情起首，而以“多情却被无情恼”之怅恨之情结束，其情缠绵悱恻，其语空灵清透。清人王士禛《花草蒙拾》称赞道：“‘枝上柳绵’，恐屯田（柳永）缘情绮靡未必能过。孰谓坡但解作‘大江东去’耶？”

## 江城子·密州出猎

老夫[①]聊发少年狂，左牵黄[②]，右擎苍[③]，锦帽貂裘，千骑[④]卷平冈。为报[⑤]倾城随太守，亲射虎，看孙郎[⑥]。

酒酣胸胆尚开张，鬓微霜，又何妨。持节[⑦]云中[⑧]，何日遣冯唐？会[⑨]挽雕弓如满月，西北望，射天狼。

【注释】

①老夫：词人自称。

②黄：黄狗。

③苍：苍鹰。

④千骑（jì）：形容随从众多，也暗指词人知州的身份。

⑤报：报答。

⑥孙郎：孙权。郎是古人对少年男子的美称。

⑦节：兵符。

⑧云中：地名，在今山西大同一带。

⑨会：应当。

【赏析】

苏轼词豪放恣肆、气象恢弘，开豪放一派，虽历经千古而流传不朽，本词是其豪放词中传世最广、最为出色的作品之一。宋神宗熙宁八年（1075）深秋，苏轼任密州知州时，因大旱而去常山祭祀求雨，回返途中与众人会猎于铁钩。归来之后曾作诗《祭常山回小猎》抒发豪情，其后意犹未尽，由会猎联想自己的壮志雄心，欲建功立业于边疆，因而又作《江城子·密州出猎》一词以记之。

《与鲜于子骏书》中记载："近却颇作小词，虽无柳七郎风味，亦自是一家。数日前，猎于郊外，所获颇多。得作一阕，令东州壮士抵掌顿足而歌之，吹笛击鼓以为节，颇壮观也。"由此可见当日会猎的胜景，更可见词之气势非凡。

上阕描写会猎的壮观景象，起首一句"老夫聊发少年狂"即为本词奠定了奔放豪爽的格调。"老夫"是作者自指，其实苏轼作此词时才年近四十，用"老夫"自称，含有时不我待之意。"聊"字有姑且、索性之意。一个"狂"字既使词调陡然高昂绝伦，又写出作者意气风发的姿态。

"左牵黄，右擎苍，锦帽貂裘"着重刻画作者与众人会猎时的装束。作者既已发"少年狂"，自然会着少年游猎的装束，他左手牵着黄狗，右手架着苍鹰，而随从的众人也"锦帽貂裘"，整装待发，声势十分豪壮。"左牵黄，右擎苍"出自《南史·张充传》："充字延符，少号逸游……逢充猎，右臂鹰，左牵狗。"在这样的气势下，作者与众人扬鞭跃马，千骑共进，浩荡驰骋于平冈之上。"千骑"既写出浩大声势，也能点明作者的身份。宋代傅干《注坡词》曰："古者诸侯千乘，今太守，古诸侯也，故出拥千骑。"

"为报倾城随太守，亲射虎，看孙郎。"作者兴致昂扬，欲唤出倾城人众跟随自己身后，看太守如何像当年的孙郎一样亲自射杀猛虎。"孙郎"指三国吴主孙权，《三国志·吴主传》："（建安）二十三年，权将如吴，亲乘马射虎于庱亭（今江苏丹阳东）。马为虎所伤，权投以双戟，虎却废。"作者以孙权射杀猛虎之事，比况自己的英武豪情，将狩猎的场面进一步刻画出来，酣畅淋漓，令人神胆俱振，而作者之"狂"也由此可见一斑。

下阕紧承上文，以虚映实，作者由会猎的恢弘壮烈，产生了建功边疆的豪情，更显壮志之狂放。作者慨然而叹："酒酣胸胆尚开张，鬓微霜，又何妨。"太守此时酒意酣浓，雄心烈胆刚刚被激发起来，即使两鬓生霜，又算得了什么呢？"鬓微霜"与"老夫"相呼应，以"老"对"狂"，更显壮怀。

借着酣浓的酒意，作者忍不住疾呼："持节云中，何日遣冯唐？"朝廷何时才能明了自己的雄心壮志，让自己奔赴边关建功立业、抵御外侮呢？此处以汉文帝遣冯唐赦魏尚之事，表达自己渴望得到朝廷重用，并最终建功立业的心迹。据《史记·冯唐列传》记载，汉文帝时魏尚为云中守，抵御匈奴，颇有战功，却因"坐上功首虏差六级"被削爵罢官。冯唐向文帝劝谏，于是文帝遣冯唐为史，持节赦免魏尚，重建功勋。

"会挽雕弓如满月，西北望，射天狼"中的豪情壮志溢于言表。此处意为：假使朝廷能够派遣自己奔赴边关，我一定拉起犹如满月的硬弓，射向西北入侵的豺狼。"天狼"，星斗名，《晋书·天文志》："狼一星，在东井东南。狼为野将，主侵略。"此处作者以天狼星代指扰乱北宋边关的西夏国。

上阕由会猎入笔，下阕却将笔意落于抵御外侮一事，起承转合间毫无阻滞，一气呵成，作者之匠心独运，由此可见。全词意境开阔、词调豪迈、感情奔放、形散意合，又旁征博引，大量引用典故逸事，将雄心壮志宣泄殆尽。

## 定风波

三月七日沙湖道中遇雨。雨具先去，同行皆狼狈，余独不觉。已而遂晴，故作此。

莫听穿林打叶声，何妨吟啸且徐行①。竹杖芒鞋轻胜马，谁怕？一蓑烟雨任平生。

料峭春风吹酒醒，微冷，山头斜照却相迎。回首向来萧瑟处，归去，也无风雨也无晴。

【注释】

① 徐行：缓慢行走，指词人在风雨飘摇的竹林中慢慢走着。

【赏析】

元丰二年（1079），苏轼因被诬作诗“谤讪朝廷”遭御史弹劾，被捕入狱，史称“乌台诗案”。他在狱中饱受折磨，几近生死边缘，后又被贬为黄州团练副使——一个毫无实权的闲职，相当于被朝廷流放在外。虽然怀才不遇、抱负未展，但词人并未因此产生消极避世的想法，依然有旷达超脱的胸襟，以及超凡超俗的人生理想。被贬至黄州三年后，即元丰五年的一个春天，苏轼外出途中偶遇一场风雨，他借由这件寻常小事赋成此作，饱含哲理。

“莫听穿林打叶声，何妨吟啸且徐行。”开端即以挥洒自如的笔调展现词人胸中不萦怀外物，视周遭风雨如无物的旷达情怀，奠定了昂扬乐观的基调。“莫听穿林打叶声”，一句从触觉、听觉两重感官渲染风狂雨骤的恶劣环境，反衬作者光风霁月的心态。“何妨吟啸且徐行”一句，形象地描绘了词人在风雨飘摇的竹林中缓步行走，悠然从容地吟诗诵词的场景。

“竹杖芒鞋轻胜马，谁怕？”强调了词人面对艰难淡然处之的生活态度，“竹杖”“芒鞋”象征平民生活，屡入苏轼诗词，如“芒鞋青竹杖，自挂百钱游”

（《初入庐山》）、“不问人家与僧舍，拄杖敲门看修竹”（《寓居定惠院》）。本词中以竹杖芒鞋的平民生活与肥马轻裘的贵族生活作对比，表现了词人傲视权贵、甘于淡泊的伟岸人格。

“一蓑烟雨任平生”用寥寥七字简练概括了词人对淡泊人生的向往，也表达了搏击风雨、笑傲人生的豪迈与喜悦之情。由眼前风雨联想到整个人生，不仅拔高了词境，也升华了主旨。此处的“一蓑烟雨”，既实指周遭这场急风骤雨，也象征着人生的风雨。“任平生”是词人绝不向现实妥协的宣言，表达了他要坚定、乐观、豁达地面对人生各种苦难的志向。此句中的意象，还易使人想到唐代柳宗元《江雪》中“孤舟蓑笠翁”之句，以及张志和《渔父词》中“青箬笠，绿蓑衣，斜风细雨不须归”的名句，隐含挣脱樊笼、回归山水的怡然自乐。

下阕主要描写雨停放晴的景象。“料峭春风吹酒醒，微冷，山头斜照却相迎。”料峭的春风吹醒了酒醉的词人，正感微微冷意时，山头那边的阳光斜照过来，让他顿感温暖。此处宛有“山重水复疑无路，柳暗花明又一村”之妙，阐述了“祸兮福之所倚，福兮祸之所伏”的道理。人生充满机遇转化，寒冷之后会有温暖，逆境中蕴含着无限希望，所以不能一味地消沉悲苦，而要对未来充满希望。这体现出苏轼在历经磨难与打击之后，依然秉持通彻而达观的人生态度。

“回首向来萧瑟处，归去，也无风雨也无晴。”此处蕴含两重意思，既写雨过天晴的真实天气，也抒发词人的人生感慨。回首观望来路，风雨已过，一片晴空。词人本已达到超脱物外、浑然忘我的境界，所以无论风雨还是晴天，都没有在词人心中留下痕迹，他的心境澄澈、空明。结尾一句，历来被人所称道，与“宠辱不惊，看庭前花开花落；去留无意，望天空云卷云舒”有着同样旷达潇洒的境界，一简洁一舒缓，却都是历经喧嚣之后渴望天人合一、回归自然的大彻大悟。结尾不仅点破题旨，还起到了升华主题的作用。

被卷进政治旋涡，体验过仕途凶险、人心险恶之后，词人仍能“不以物喜，不以己悲”，这种宠辱不惊、淡泊从容的人生态度实在难得。全词言简意赅，内涵丰富，意境深邃，长短句错落有致，读来朗朗上口，有种抑扬顿挫之美，令人心胸开阔、豪气顿生。

## 永遇乐

彭城[1]夜宿燕子楼，梦盼盼，因作此词。

明月如霜，好风如水，清景无限。曲港跳鱼，圆荷泻露，寂寞无人见。紞如[2]三鼓，铿然[3]一叶，黯黯梦云惊断[4]。夜茫茫、重寻无处，觉来小园行遍。

天涯倦客，山中归路，望断故园心眼[5]。燕子楼空，佳人何在，空锁楼中燕。古今如梦，何曾梦觉，但有旧欢新怨。异时对、黄楼夜景，为余浩叹。

**【注释】**

①彭城：徐州。

②紞如：击鼓声。

③铿然：形容声音清越。

④惊断：惊醒。

⑤心眼：心愿。

**【赏析】**

自熙宁四年（1071）之后，词人仕途多舛，屡被调动，生活也难以稳定。此词作于从密州调任徐州时，苏轼借梦古人关盼盼以怀古，抒发内心空幻的情怀。彭城，指徐州，苏轼曾任徐州知州。燕子楼，唐代贞元年间张愔曾经镇守徐州，在此地建造燕子楼以居家妓关盼盼。张愔死后，盼盼感念旧情，终身不嫁，居燕子楼十年而亡。白居易《燕子楼三首·序》中写道："张尚书宴予，出盼盼以佐欢。欢甚，余因赠诗云：'醉娇胜不得，风溺牡丹花。'"

上阕以景抒情，把作者的梦境一笔带出。起首"明月如霜，好风如水，清景无限"三句写道；皎洁如霜的明月悬挂在清空，清风如水般拂过，令人感到神清气爽，静谧的夜景让人陶醉。此三句采用白描手法，以平淡的语句写静谧的夜景，而"无限”一词又给人留下遐思的余地。

紧接着，作者描写静夜中的动景：“曲港跳鱼，圆荷泻露”中，鱼跃与露泻俱是轻微之极的声音，作者以有声之物来写静景，更衬托出夜的静谧。“寂寞无人见”是说跳鱼和圆荷的寂寞有词人见证，但他自己的寂寞又有谁能够明了呢？人物的静夜幽思跃然纸上。

“紞如三鼓，铿然一叶，黯黯梦云惊断。”三更的鼓声乍然响起，一叶梧桐落地，铿然作响，竟然惊断了词人的幽梦。梦断而神伤，作者心中的凄楚更深。“紞如三鼓”，指三更鼓声；“梦云”，借楚怀王梦朝云暮雨之事，暗示自己梦见关盼盼的情节。

随后写醒来之后的情形：“夜茫茫、重寻无处，觉来小园行遍。”作者梦醒，在茫茫的夜色中游荡，想寻找到梦中的景致，然而纵使将“小园行遍”，却再也寻觅不到，只能黯然神伤。

下阕紧承着上文之梦觉神伤，抒发感慨。“天涯倦客，山中归路，望断故园心眼”写作者之乡思之情。作者因反对新法而遭受排挤，政治上十分失意，对仕途也产生了厌倦，希望能够回归故乡，隐居田园之。然而事与愿违，只能“望断心眼”，空余希望而已。

“燕子楼空，佳人何在，空锁楼中燕”三句怀古伤今，作者思归而未能如愿，只能空余愤恨。看着空空荡荡的燕子楼，佳人已无处觅芳踪，只有燕子盘桓其中，萧索之感油然而生。清代冯振《诗词杂话》评其“化实为虚，不着迹象”，很是贴切。

作者感叹道：“古今如梦，何曾梦觉，但有旧欢新怨。”古往今来所有的事情都如梦幻一般，又有几人能看空一切而“梦觉”呢？正是由于未曾了断“旧欢新怨”，所以才无法得到解脱，只能徒增伤感罢了。作者由关盼盼伤情而死，联系到自己经历的千万往事，不由感慨“人生如梦”。此三句把失意之情糅于其中，表达了欲退而不得退的愁苦。

“异时对、黄楼夜景，为余浩叹。”结篇处意为：多年后，当后人面对黄楼夜景凭吊自己的时候，恐怕也会像我此时凭吊关盼盼一样，徒作慨叹吧。“黄楼”，在徐州城东门上，苏轼守徐州时率领徐州军民抗击洪水后，拆霸王厅而建造以镇水患，象征着苏轼在徐州建立的功业。苏轼《送郑户曹》诗曰：“荡荡清河堧，黄楼我所开……他年君倦游，白首赋归来。登楼一长啸，使君安在哉？”正是对此三句最好的注解。

作者以古事叹息今朝，又由今朝联想未来，词意超迈，意蕴深远。身世沉浮之感慨、宦途蹉跎之失意、人生无常之感伤融为一体，激发出“人生如梦”的痛呼，具有强烈的虚幻感，表达了作者渴望彻底摆脱凡俗困扰，向往虚无人生的态度。

## 洞仙歌

江南腊尽，早梅花开后。分付新春与垂柳。细腰肢①、自有入格风流。仍更是、骨体清英雅秀。

永丰坊那畔，尽日无人，谁见金丝弄晴昼？断肠是飞絮时，绿叶成阴，无个事、一成消瘦。又莫是东风逐君来，便吹散眉间，一点春皱。

【注释】

① 细腰肢：指柳枝迎风摇摆，像少女娇柔纤细的腰一样。

【赏析】

苏轼善于咏物，将自己的思想情感与人生志趣寄托于所咏之物上，以细腻笔触与深厚情感刻画出所咏之物的形象。本篇即为一首咏柳词，作者借咏婀娜多姿的垂柳，赞美多姿多才的佳人，抒发对佳人命途多艰的同情。

上阕描写垂柳之婀娜多姿与骨骼雅秀。“江南腊尽，早梅花开后”点明季节时令。“腊尽”“早梅”当在初春时节，万物复发，杨柳吐枝，引出下文所咏之物。“分付新春与垂柳”指早梅花迎春而来，又将新春传递于杨柳新芽，进而万物齐发，春天的意味就更浓了。“分付”二字采用拟人手法，更增添词之妙韵。

“细腰肢、自有入格风流”传神地刻画出垂柳迎风摇摆，仿佛娇柔少女的纤腰一般。作者准确地抓住垂柳的特色，写垂柳随风摇摆，自有一番独特风流。李商隐《赠柳》诗曰：“见说风流极，来当婀娜时。”苏轼词中的垂柳即在婀娜间显“入格风流”，“入格”是合格之意。

“仍更是、骨体清英雅秀”紧承上文对垂柳外像的描写，从内在角度深层次地刻画垂柳的清秀骨骼。由此，作者完成了对垂柳形象的整体刻画，赞其高洁雅致、清秀俊挺。

下阕转而写垂柳由凄苦境遇引发的无边愁绪。“永丰坊那畔，尽日无人，谁见金丝弄晴昼？”这里写的是垂柳寂寥无依的境况。“永丰坊”，唐孟郊《本事诗》记载：“白尚书姬人樊素善歌，小蛮善舞。常为诗曰‘樱桃樊素口，杨柳小蛮腰。’年既高迈，而小蛮方艳绝，因为杨柳枝词以托意曰：‘一树春风千万枝，嫩于金色软于丝。永丰坊里东南角，尽日无人属阿谁。’及宣宗朝，国乐唱是词，上问：‘谁词？永丰在何处？’左右俱以对之，遂因东使命取永丰柳两支，植于禁中。”

作者化用白居易诗意，写永丰坊旁边的垂柳姿容虽然俊美，然而它尽日迎风摇曳却无人过往，又有谁能欣赏到阳光照耀下垂柳的丰饶姿态呢？垂柳虽才高姿艳，然而处于边角之地，总是乏人问津，落寞之情油然而生。此处既是写柳，又是喻人。

“断肠是飞絮时，绿叶成阴，无个事、一成消瘦。”随着季节的变化，垂柳虽然枝叶更为繁盛，绿叶成荫，然而柳絮飘飞，却又无所事事，只得眼看着姿容渐瘦，则更令人为之“断肠”。“绿叶成阴”，杜牧《叹花》诗：“自恨寻芳到已迟，往年曾见未开时。如今风摆花狼藉，绿叶成阴子满枝。”作者取其诗意，言待知音者寻春，已然绿叶成荫，芳华不再。感叹时光之飞逝，而容颜易老不及把握之感。

结尾更写出柳树前途之未卜和境遇之迷茫。“又莫是东风逐君来，便吹散眉间，一点春皱。”“春皱”指柳叶因春而皱，暗含春愁之情。恐怕只有东风的到来，才能吹散无限愁思，而展眉舒笑。但问题在于，这东风何时才来呢？“莫是”二字，道出无尽的迷茫。

全章表面咏物，实则写人。以垂柳的风姿刻画佳人的形象，人柳合一，物情融合，极富情趣。

## 满庭芳

蜗角[①]虚名，蝇头[②]微利，算来着甚干忙。事皆前定，谁弱又谁强。且趁闲身未老，须放我、些子[③]疏狂。百年里，浑教[④]是醉，三万六千场。

思量，能几许？忧愁风雨，一半相妨。又何须抵死，说短论长。幸对清风皓月，苔茵展、云幕高张。江南好，千钟美酒，一曲《满庭芳》。

【注释】

① 蜗角：蜗牛角，极言微小。

② 蝇头：本指小字，这里指微小。

③ 些子：一点儿。

④ 教：使。

【赏析】

诗歌历来被认为是抒情言志的文学体裁，能否用诗歌发议论，人们为此争论不休。清代沈德潜在《说诗晬语》中说："人谓诗主性情，不主议论，似也，而亦不尽然。试思二《雅》中何处无议论。老杜古诗中，《奉先咏怀》《北征》《八哀》诸作，近体中《蜀相》《咏怀》《诸葛》诸作，纯乎议论。但议论须带情韵以行，勿近伧父面目耳。"这段话的意思是：诗歌不是不可以发议论，但要避免以说教的面目出现，行文之处须带着情韵，才不会令读者生厌。词也同此理，苏轼的《满庭芳》就是一首"带情韵以行"的议论词。

从内容看，此词当作于苏轼被贬黄州之后。全词以议论为主，由于融入了词人自己的身世之感以及对人生的领悟，显得情感浓郁、真实感人。苏轼结合自己的身世遭遇来写，既有对现实生活的厌倦，又有对理想生活的向往。词人的命运、悲欢、无奈，皆生动可感，于字里行间塑造了一位既愤世嫉俗又飘逸洒脱的主人公的形象。

上阕以“蜗角虚名，蝇头微利”来讽喻世人热衷世俗、追求功名利禄的行为和心态，形象生动。此处典故源自《庄子》中的寓言：“有国于蜗之左角者，曰触氏，有国于蜗之右角者，曰蛮氏。时相与争地而战。”古往今来，人们争名夺利，相互倾轧，迷失在追求世俗名利的欲海中而不自知。历经了人世浮沉的苏轼却保持着清醒的眼光，嘲之为“蜗角虚名、蝇头微利”，并以“算来着甚干忙”否定了这种蝇营狗苟的尘俗人生。

随后词人又叹：“事皆前定，谁弱又谁强。”世间名利得失，前世已定，勉强不得，得者就未必强，失者也未必弱，根本无须计较。此句饱含词人对北宋政治派系内部倾轧的厌倦和批判，也是他洞悉人生后的感慨。随后，作者呼出“且趁闲身未老，须放我、些子疏狂。百年里，浑教是醉，三万六千场”，他希望能趁着自己还未年老，摆脱尘世羁绊，放纵自我、寄情山水。一个“闲”字表明了作者不得重用、赋闲在偏远地区的悲愤；一个“浑”字则抒发了他以沉醉替换痛苦的悲愤。词人用极度夸张的手法，写自己在一百年中，要大醉三万六千场，天天沉醉在酒乡，词人以这种奇特的想象表达出对现实的强烈不满。

下阕起首，笔调即转入低沉。“思量、能几许”说的是人生几何，怎能天天买醉，醉不省事呢？何况“忧愁风雨，一半相妨”，词人于宦海中沉沉浮浮，辗转流离，大起大落，几度忧患。想来万千念想皆尽成灰，当初凌云壮志如今皆化流水。壮志难酬的苦闷与哀痛让苏轼不由对人生生发出失望的情绪。“又何须抵死，说短论长”把词人满腹不平愤激之气，溢于笔端。

下面笔锋一转，词境顿然开阔。“幸对清风皓月，苔茵展、云幕高张。”词人并未一味作愤世嫉俗语，而是寄情山水，将满腔抑郁不平之气化解在对美好河山的欣赏中。结尾“江南好，千钟美酒，一曲《满庭芳》”表明词人从苦闷的情绪中解脱出来，放眼江南好风光，吟诗作曲，怡情山水，从而获得了精神的超脱与解放。综观全词，词人“满心而发，肆口而成”（北宋张耒《贺方回乐府序》），浅俗的语言中透着词人的匠心独运，生动地塑造了宠辱不惊、超然物外的主人公形象。

全词融抒情于议论，夹自叙于说理，语言俚俗易懂，塑造了词人疏狂放纵、傲视权贵的形象。另外，此词多处运用比喻、夸张的手法，使情绪的表达更为饱满，而且使词作内涵更为丰富，意蕴更为深邃。如将世人热衷的名和利分别比喻成“蜗角”和“蝇头”，充分体现了作者对世人热衷于功名利禄的世俗心态的嘲讽，而“浑教是醉，三万六千场”则运用夸张的手法，表达出苏轼渴望长久地沉醉酒乡、不问世事的心情。情绪跌宕起伏，词境大开大合，情理兼备。

## 望江南·超然台作

**春未老，风细柳斜斜。试上超然台上看，半壕春水一城花。烟雨暗千家。**

**寒食后，酒醒却咨嗟[①]。休对故人思故国，且将[②]新火[③]试新茶。诗酒趁年华。**

**【注释】**

① 咨嗟：叹息。

② 将：用。

③ 新火：古代清明前两天禁火，称寒食。寒食后所燃之火称新火。

**【赏析】**

苏轼《超然台记》记载：“余既乐其风俗之纯，而其吏民亦安予之拙也，于是治其园圃，洁其庭宇……园之北，因城以为台者旧矣，稍葺而新之。时相与登览，放意肆志焉……方是时，余弟子由适在济南，闻而赋之，且命其台曰超然。以见余之无所往而不乐者，盖游于物之外也。”超然台，在密州北城，苏轼命人重新修葺，并以“超然”命名。

熙宁九年（1076），作者登超然台而望，只见春景怡然，妙趣天然，不由生出思乡之感。然而他没有完全拘泥在悲戚的乡情里，反而由此感慨抒发出旷达超然、用舍由之的人生志趣。

上阕描写登超然台之所见，浑篇写景，为下阕抒情做铺垫。

“春未老，风细柳斜斜。”起首点出季节特征。虽然已是暮春时节，然而景致绚丽，微风徐徐，杨柳依依，并未显出半分的老态来。

“试上超然台上看，半壕春水一城花。烟雨暗千家。”作者迈步登上超然台，只见台下半渠春水缓缓而流，放眼之处，满城尽是春花盛开。春雨微微、烟雾弥生，将千家万户笼罩于其中，蔚为秀丽。春水、春花、春雨三景，将暮春时节的胜景逐一勾勒出来，犹如一幅呈现在读者眼前的泼墨山水画。

下阕由登临而抒情，由抒情而言志，点出词之主旨。“寒食后，酒醒却咨嗟”是说寒食节之后，作者饮酒作乐，酒醒之后却嗟然而叹。“寒食”，据《荆楚岁时记》所载：“去冬节一百五日，即有疾风甚雨，谓之寒食，禁火三日，造饮大麦粥。据历合在清明前二日。”寒食节也相传为晋文公纪念割肉救己的介子推所设。寒食过后正是清明扫墓时节，而作者身处万里之外，不得还乡，因而“酒醒却咨嗟”，此处暗含思归不得归的情绪，抒发对故国、故人的思念。

“休对故人思故国，且将新火试新茶”掉转笔锋，写既然不能回归故里，索性不耽溺于怀思故人、故国之情中，且用新火来煎煮新茶，聊以自解。

最后，作者以“诗酒趁年华”为全词结尾，点明主旨。春未老而作者年华亦未老，世事纷纭而自身又无法掌控，何不趁着年华尚轻而作诗饮酒以自娱呢？“超然台”之名正是得之于作者“无所往而不乐者，盖游于物之外也”的情致，此句所要表达的，正是作者神游世外、超然洒脱的自适情怀。

## 晏几道：落花人独立，微雨燕双飞。

**词人名片**

生卒年月：约1030—约1106

字号：字叔原，号小山

祖籍：抚州临川（今江西省抚州市）

代表作：《临江仙》等

**词人小传**：著名词人，与其父晏殊齐名，世称“二晏”，词风哀感深婉，雅俗皆宜。为人孤傲，曾因郑侠上书反对王安石变法之事，受到牵连下狱。晚年家贫。有《小山词》一卷。

## 临江仙

**梦后楼台高锁，酒醒帘幕低垂。去年春恨却来时。落花[①]人独立，微雨燕双飞。**

**记得小蘋初见，两重心字罗衣。琵琶弦上说相思。当时明月在，曾照彩云归。**

**【注释】**

①落花：意味春天已去、春光不再，繁花都要落了。

**【赏析】**

晏几道所作《临江仙》“梦后楼台高锁”一篇，历来被视为代表他最高艺术成就的词作。全词多用虚笔的手法，情思细腻而浓厚，独具小山词的意蕴风格。陈廷焯评此词：“既闲婉，又沉着，当时更无敌手”（《白雨斋词话》）。

“梦后楼台高锁，酒醒帘幕低垂。”以前种种难以忘怀的往事都已消逝得无影无踪，如今梦觉酒醒，只见“楼台高锁”“帘幕低垂”，一片空寂，作者不由自主地怀念起久别的歌女小蘋来。

“去年”一句，预示着“春恨”将随着冬去春来，年复一年地袭上心头：去年已逝的春天，今年再次来到了人间；去年的春恨，自然也随之来到人的心间。曾经的欢愉已为曾经，而如今只有孤身一人感叹过往，令人悲从中来。“去年春恨却来时”一句，有承上启下的作用。它说明楼空人去已是去年的往事，今年忆起，此恨依然，从而过渡到了眼前的春景。

“落花”二句以“独立”之“人”，对比“双飞”之“燕”， 有学者评点此句时说：“无知之燕，犹得双飞；有情之人，反而独立”，比照之下，可见人之难堪。

“落花”意味着春光逝去，“微雨”则说明天色阴沉。这两句是本词的点睛之笔，因其景极凄婉，情极哀切，所以谭献《复堂词话》评它们是“名句，千古不能有二。”

下阕转写记忆中那动人的一幕。初次相见时，小蘋穿着“两重心字罗衣”，式样很美，因而使人难以忘怀。她用琵琶献艺，传递着内心的倾慕，演奏着两人的心心相印。

“琵琶弦上说相思”一句说明她所弹奏的乐章能够传达相思之情，这正与白居易《琵琶行》“低眉信手续续弹，说尽心中无限事”有异曲同工之妙。作者边说着自己今年和去年的“春恨”，边说“初见小蘋”就从琵琶弦上暗递出“相思”之情，别后的互相思念之苦由此可知。

最后两句写“明月”依然，而“小蘋”安在，将词意进而推进。李白《宫中行乐词》有云：“只愁歌舞散，化作彩云飞。”此处不但引用其词，而且借用了其意。以“彩云”指代小蘋，既可避免重复，也可借此暗示她的轻盈柔美，同时表现出作者对宴会难逢、好景不长、佳人似彩云易散的无限感慨。

微雨过后，明月当空。眼前的月亮就是“当时”的月亮，故用“在”，又用了“曾”，当时的明月，曾经照着她回去，如今月色依旧，而人呢？早已不知所终，只留下作者的孤影和无尽的悲叹。

“当时明月在，曾照彩云归”与“梦后楼台”一句呼应，表达一种梦醒之后的悲凉和怅然。晏几道的《小山词》中多用“梦”这一字眼，或实指梦境，或暗指人生这场大梦，此词中的“梦后”，两种含义兼而有之。梦醒的空寂与寥落，与词人对感情的执着与沉迷交融在一起，词意丰厚，意境深远。

## 虞美人

曲阑干外天如水，昨夜还曾倚[①]。初将明月比佳期，长向月园时候望人归。

罗衣著破前香在，旧意谁教改？一春离恨懒调弦，犹有两行闲泪宝筝前。

【注释】

①倚：靠着，写女子昨夜还在栏杆站着，凝望着天空皎洁的月光。

【赏析】

此词用浅显的语言道出了无比深沉哀婉的怀念之情，将女主人公苦恋苦思的情怀表现得细腻深婉，是一篇怀人的佳作。

"曲阑干外天如水，昨夜还曾倚"一句，写女主人公倚栏望月的情景。昨夜，女子还倚着栏杆站了好久，呆呆地望着那清澈如水的天空和皎洁的月光。她深信月圆之夜乃是人间团聚的佳期，因此每逢良辰美景、花好月圆之夜，她便在这个地方边倚着栏杆边久久凝望。她的内心有一个期望，那就是希望她的情人能够早日归来。"初将明月比佳期"中的"初"字，体现出女子对这种期盼心情的深刻铭记。她第一次这样深信，然而现实却让她失望了。

"罗衣著破前香在，旧意谁教改？"女子身上的那件丝绸衣服都已经破旧了，这说明时间已经过去很久了，但是她的情人却还没有回来，女子的期待落空，心里有了些许怨恨。"谁教"二字，用得真切，足以表现女子怨恨之深。爱之深恨之切，即使恨之入骨，但是爱犹存心中。旧时在一起的点点温馨实在难以忘怀，女子还依稀能闻出衣服上留有的丝丝香气，她不敢相信他的情谊会这么快改变。

此处的"前香在"与晏几道《鹧鸪天》一词中"醉拍春衫惜旧香"的"惜旧香"有着相同的意境，都以衣服上残留香气的时间来衬托情人忘情之快，都有幽怨的情绪在其中，也暗示了词人对香气的留恋，体现其痴情不改。此处女主人公明明知道希望已经落空，却不忍心面对现实，依稀挂念残留的美好，可见情感之深。

"一春离恨懒调弦，犹有两行闲泪宝筝前。"以"一春"点出此恨之长，以"懒调弦"道出心中的不悦和愁苦。女子本来是喜欢弹古筝的，但是内心的深深别愁使她失去了弹奏的情绪，就连琴弦都懒得碰。"两行闲泪"表明女子为春思愁情所困，恨意绵绵的情态。

从倚栏杆凝望到对筝落泪，一个痴情的思妇形象生动地出现在读者面前，从始至终，词人对女子心理活动的描写都是丰富而细腻的。整篇词以通俗的语言，真挚的感情，哀婉的情调，向读者展现了一个痴情女子复杂的内心，其怨别的情怀令人动容。

## 鹧鸪天

彩袖殷勤捧玉钟，当年拚却醉颜红。舞低杨柳楼心月，歌尽桃花扇底风。

从别后，忆相逢，几回魂梦与君同。今宵剩把银釭①照，犹恐相逢是梦中。

【注释】

①釭：灯。

【赏析】

本篇突破了词人多写感伤之作的惯例，转而写词人与情人久别后又重逢的欣喜之情。该词分为三个部分，先写词人与情人分别以前的欢乐时光，再写别离之后的无限怀念，最后写他与情人重逢的激动心情。

“彩袖殷勤捧玉钟，当年拚却醉颜红。”词人回忆当年的景象，女子手捧着玉盅来敬酒，衣着华丽而人多情，这不可抗拒的魅力使得他举起杯中的酒痛饮，心甘情愿被醉意熏得满脸通红。“彩袖”指歌女，这是一种借代的手法，交代出该女子的身份，同时也暗示出女子与词人之间的特殊情谊。“拚却”二字，用得表现力十足，刻画出作者当时的心态：为了心中的爱慕，拼命一搏。起首一句交代两人两情相悦的感情，继而引出之后的故事。

“舞低杨柳楼心月，歌尽桃花扇底风”两句是词人笔下的名句，描写歌女尽心尽力献艺的情景：她纵情地跳舞，直到柳条掩映的楼台上月儿渐渐西沉；她婉转地歌唱，直到那桃花图案的歌扇已无力再摇摆。这两句写得工整而细致，极其生动地表现了宴会上的场景。

“从别后，忆相逢，几回魂梦与君同。”用字简洁而直率，包含着词人内心蕴藉的感情。无限的情事藏纳在其中，相忆之苦无法用言语表达。此处的“魂梦”，点出作者平日里对恋人魂系梦绕的深刻思念，同时又为结尾句的“犹恐相逢是梦中”一句设下了伏笔，文心细致，感情真挚而强烈。

“今宵剩把银釭照，犹恐相逢是梦中。”末尾两句着重写了重逢的欣喜。自从分别之后，词人无数次地回想他与女子共处的美好时刻，想起自己曾多少次与她在梦境里相逢。而如今，女子就站在他面前，他却迟疑了，不敢相信这是事实，他手持着灯台，将自己渴望已久的恋人照了又照，只怕这仍是梦境。这两句所描写的心理历程十分细腻曲折，以此来烘托重逢后的惊喜，匠心独运，将自己复杂难言的心绪，描摹得俨然如见，而且也恰好与之前的别前欢愉、别后怀念、渴望重逢相贯通。

整首词工整而不呆板，用词精巧，韵味十足，将刻骨的思念和意外重逢的欣喜表现出来，是词人所写爱情词中的代表作。

## 蝶恋花

醉别西楼醒不记，春梦秋云，聚散真容易。斜月半窗①还少睡，画屏闲展吴山翠。

衣上酒痕诗里字，点点行行，总是凄凉意。红烛自怜无好计，夜寒空替人垂泪。

【注释】

①半窗：一半敞开的窗户，指作者望着斜月，久久不能入睡。

【赏析】

开篇“醉别西楼醒不记，春梦秋云，聚散真容易”，提及醉别的“西楼”。作者在那个畅饮欢宴之地所度过的如梦般缥缈的时光，清醒过后便无从记起，如失忆般让人琢磨不透。烙在心底的那份情感，如今也成为不可复得的梦。“春梦秋云”引自白居易的《花非花》：“花非花，雾非雾。夜半来，天明去。来如春梦不多时，去似朝云无觅处。”作者借用该诗的诗意，叹离散之易，而重逢遥遥无期。

晏几道当时正流连于歌酒之中，生活趋于颓废，因而内心充满了无限的惆怅和悲凉。其自作《小山词序》中说自己的词：“所记悲欢、合离之事，如幻，如电，如昨梦、前尘。”这种评价十分贴合此词细腻、沉郁、悲凉的感情基调。

“斜月半窗还少睡，画屏闲展吴山翠”两句转写现今的实景。透过半开的窗户望着斜月，辗转不能入梦，心事重重的情形突出了作者内心深深的愁思。画屏上悠闲地展开一片翠绿色的江南山水，这样一幅景象呈现在一个无眠人的面前，让人产生一种“画屏不解人意”的怨恨之情。

“画屏闲展吴山翠”句中的一个“闲”字，衬托出作者心情的烦乱。月亮依旧在，如同往日一样，而逝去了的欢愉景象和作者所怀念的故人都已不在。上片的几个虚词乃是点睛之笔，生动而传神，“真”“闲”二字，用得深刻而自然，恰好与该词忧郁的感情基调相契合。

“衣上酒痕诗里字，点点行行，总是凄凉意。”作者看着依稀存留的酒痕，便想提起笔，在文字中寄托心中的情怀。然而点点滴滴，字里行间，全是凄凉。“衣服上的酒痕”与上文相照应，这是西楼欢宴时留下的点点痕迹。此时在作者眼前，只有这酒迹是真实的，那些美好的往事都成为虚无，如同薄云，疏散，变淡，渐渐消失。

“红烛自怜无好计，夜寒空替人垂泪。”此句运用了拟人的手法。在作者笔下，红烛也是有感情的，它也会为人而感伤。作者不说自己寒夜无眠，也不说自己潸然落泪，而将这一切都拟成红烛的所为，借用杜牧《赠别》“蜡烛有心还惜别，替人垂泪到天明”中的诗意，将自己的感情加以渲染和深化。

此词一如往昔地贯穿着晏几道词的悲情风格，充满词人无处排遣的惆怅和凄凉。词的语言简洁明了，将叙事与抒情完美地融合成一体，感情细腻真挚。

## 采桑子

西楼月下当时见，泪粉偷匀。歌罢还颦。恨隔炉烟看未真。别来楼外垂杨缕，几换①青春。倦客红尘，长记楼中粉泪人。

【注释】

① 几换：指季节的变化、时间的逝去，这里暗示作者的心态及哀愁之意的表露。

【赏析】

晏几道因为思念曾经相见过的一位歌女而作这首《采桑子》，词中表达了他对这位女子深深的相思。起句写道“西楼月下当时见”，那是他们第一次相见。他们相见于西楼的月光之下，女子的情态让作者长久难忘。

当时作者参加一次宴饮，闲暇之余，作者独自走到了西楼外，看见一位女子正在偷偷擦拭着脸上的泪珠。“泪粉偷匀”这一句是作者对女子的深刻记忆，虽然是初见，但是女子当时的容貌已经烙印在了作者的心里。女子落泪的原因作者没有写，但可以确定的是女子并不快乐，从“偷匀”二字，即可窥见女子遭际处境里的辛酸。

“歌罢还颦”，这是作者仔细观察的结果，同时也交代了女子的身份：她是一个歌女。作者一直注视着这位女子，发现她在献完了歌之后，脸上恢复了原先的苦闷，从而可以体会出女子的身不由己：她在献艺的时候不得不收好自己的情绪，露出虚假的笑容。这句描写为全词笼罩上一层伤感的气氛。

女子的一颦一笑，只因为隔着厚厚的帘子而未能真正看得清楚，作者写“恨隔炉烟看未真”一句，显得意味深长。其实作者是在怨恨自己与女子相隔太远，无法知道女子为何而忧伤。作者对这位歌女是很用心的，这份感情中既有同情的成分，又有深深的爱慕。

上阕主要写回忆。作者将这份深藏心底的回忆描写得非常细致，将女子的神态以及自己的心情都描写得非常清晰。下阕开始抒情，表达词人内心的相思。

“别来楼外垂杨缕”是说自从作者与女子分开，便总是不时地想起西楼外那些垂柳。他想象中它们应该已经随着季节的变化而修枝换叶好多次了。“几换青春”暗指时间的逝去，也暗示自己正在渐渐走向衰老，哀愁之意表露无遗。

“倦客红尘，长记楼中粉泪人。”最后两句将作者的感情推向高潮。“倦客红尘”是作者对自己的称谓，表现出他久历世事之后的疲惫。作者曾经付出了很多的感情，可是并没有收获，此时的他已经不再抱有幻想了，但仍然将曾经那个拭着泪水的女子记在心中。“粉泪人”与开篇当中的“泪粉偷匀”相照应，说明作者对初见女子的情景始终念念不忘，表现出他的痴情与专情。

词的结构、语词都无奇特之处，但作者却将这份看似普通的感情表现得很有艺术魅力。从头至尾，作者的语气都是平淡而真挚的，词中没有豪言壮语的承诺，没有痛彻心肺的别离，但作者对女子的执着与深情却令人震撼。

## 秦观：夜月一帘幽梦，春风十里柔情。

**词人名片**

生卒年月：1049—1100

字号：字少游、太虚，号邗沟居士

祖籍：高邮（今属江苏省）

代表作：《八六子》等

**词人小传：**少有才名，研习经史，喜读兵书。熙宁十年（1077），谒苏轼于徐州，苏轼认为他“有屈、宋姿”。元丰八年（1085）进士及第。后累迁秘书省正字，预修《神宗实录》。与黄庭坚、晁补之、张耒同游苏轼之门，人称“苏门四学士”。

绍圣元年（1094），坐元祐党籍，出为杭州通判，再贬监处州（今浙江丽水）酒税。后再贬雷州（今广东海康）。徽宗即位，允其北归，后卒于北还途中，年五十二。存《淮海集》《淮海居士长短句》。其诗、词、文皆工，而以词著称。词属婉约派，内容多写男女情爱，颇多伤感之作。词存九十首。

## 八六子

倚危亭，恨如芳草，萋萋刬[①]尽还生。念柳外青骢[②]别后，水边红袂分时，怆然暗惊。

无端天与娉婷，夜月一帘幽梦，春风十里柔情。怎奈向、欢娱渐随流水，素弦声断，翠绡香减，那堪片片飞花弄晚，蒙蒙残雨笼晴。正销凝，黄鹂又啼数声。

【注释】

① 刬（chǎn）：同“铲”。

② 骢（cōng）：青白色的马。

【赏析】

从艺术上来讲，《八六子》是一首构思很精致的词作，词人回首往时之缠绵、伤感今之茕独。“倚危亭，恨如芳草，萋萋刬尽还生”是写词人现在的心境。独倚危亭，令人不禁产生一种孤独萧索的悲凉感。将这种感觉与芳草意象相连接，只用一个“恨”字，既写出了萋萋芳草的形神，又将芳草“刬尽还生”的意象与作者的离情别绪连在了一起，情感的缠绵难解被很好地表现出来。

“念柳外青骢别后，水边红袂分时”是回忆离别场景。正是相去离别时候，水边柳旁，骢青袂红，佳人依偎身旁。鲜明的色彩感让这幅回忆中的图画显得清晰、生动，也使得它在整个上阕的意象结构中格外惹眼。回忆之后，作者突然跌回到现实当中，不由得“怆然暗惊”。“暗惊”二字，表现出词人长久为离别所苦的怨恨之意。

下阕情景不似“念柳外青骢别后，水边红袂分时”那样具体、鲜明，而是更情绪化、更流畅。“无端天与娉婷，夜月一帘幽梦，春风十里柔情”化用杜牧《赠别》“春风十里扬州路，卷上珠帘总不如”的诗句，写的是往昔的缠绵之事。对杜牧诗的化用，使得词句比《水龙吟》中“香囊暗解，罗带轻分”的写法看起来更加含蓄。

这一次怀旧，引起的是“怎奈向、欢娱渐随流水，素弦声断，翠绡香减”的伤感。“素弦声断，翠绡香减”用香艳、清晰的意象对“欢娱渐随流水”的感叹进行深化和实化。“片片飞花弄晚，蒙蒙残雨笼晴”则既是对“往昔如梦”这一慨叹的渲染和拓展，又是词人勾连回忆与现实的手法。“飞花”与“残雨”既是实景，又带有虚幻迷蒙的色彩，蕴含着词人惆怅的心绪。

“正销凝，黄鹂又啼数声”化用了杜牧“正销魂，梧桐又移翠阴”的词句，先写词人“销凝”沉思，再写他听闻黄鹂啼鸣，再次形成从回忆到现实的转向，也颇有“怆然暗惊”之感。

词所写的题材虽是婉约词常见的男女离别与追忆，但词人在谋篇结构时，考虑到了思绪转换与情感渐进的关系，使得全词的叙述生动而不凝滞。

## 踏莎行

**雾失楼台，月迷津渡，桃源望断无寻处。可堪孤馆[①]闭春寒，杜鹃声里斜阳暮。驿寄梅花，鱼传尺素，砌成此恨无重数。郴江幸自绕郴山，为谁流下潇湘去？**

**【注释】**

①孤馆：旅馆，指作者在郴州居住的地方。

**【赏析】**

绍圣四年（1097），秦观被贬郴州，作此词表达他的迷茫与愁绪。这首名作的意境十分凄婉，所取意象、典故都切其愁绪。

“雾失楼台，月迷津渡”，首句写景在虚实之间。词人可能看见烟雾笼罩楼台、月光模糊了渡口的景象；也可能只是用这样的意象来渲染一种隐秘、昏暗的气氛。这些景象引起了他“桃源望断无寻处”的感慨。“桃源”，借用陶渊明《桃花源记》中的典故，指代与世俗世界隔绝的理想境界。提及“桃花源”，是为了表现词人对理想精神家园的向往。

可见，在头三句中，词人表现的是对现实的不理解和抵触。而“可堪孤馆闭春寒，杜鹃声里斜阳暮”中的情感更进一步，表现出比较具体的思乡、怀旧之情。“孤馆”可能是实指词人在郴州居住的旅馆，“孤馆闭春寒”则是对贬谪生活孤苦、凄凉的表达。

“杜鹃声”一般是指杜鹃的悲啼。李时珍《本草纲目》说“杜鹃出蜀中……春暮即鸣，夜啼达旦……其声哀切”，又说“其鸣若云‘不如归去’”，道出了这种意象的内涵。“暮”字叠于“斜阳”之后，是对日暮情景的强调。黄昏时分本就使人起凄凉之情，又云“不如归去”，作者的孤独与思乡之甚，可见一斑。之后，下阕开篇用了两个典故，对这种情感做了进一步表达。

“驿寄梅花”，典出《荆州记》：“宋陆凯与范晔相善，自江南寄梅花与晔，并赠诗曰：‘折梅逢驿使，寄与陇头人。江南无所有，聊赠一枝春。’”后世常用这个典故写朋友思念之情。“鱼传尺素”，古人把尺素结成双鲤鱼的样子，来传递两人间的思念之情。“砌成此恨无重数”中的“此恨”，是说别人赠梅、传情的举动，使作者更添离愁别恨。

“郴江幸自绕郴山，为谁流下潇湘去”是作者对无情自然景物的诘问。郴江源自郴州的黄岑山，流入湘江一条叫耒水的支流；郴山具体指的是哪座山很难查实，大概是指当时郴江环绕流经的某一座山；潇湘指湘江，湖南有潇水和湘水，在零陵合流为湘江。这句词的意思是，郴江本来环绕着郴山，两相依依，为什么要远流到湘江中去呢？作者通过这一诘问，既把自己的思归之情融入到自然中去，又将自然的永恒与平静汇入到自己的情感中来。

词由蒙蒙迷雾中起意，于斜阳哀啼中见情，在梅花尺素中生恨，终结于郴江下流之无奈、感叹。词的结尾没有王维《终南别业》“行到水穷处，坐看云起时”那样的高远，有的只是愈发深沉的痛苦和责问。“为谁流下潇湘去”，既是对眼前的郴江和坎坷仕途的责问，也是面对自然的博大永恒，难以抑制的追询和求解。词人情绪虽沉重，却没有因情伤意，所以，这首《踏莎行》仍保持了词境的浑融和完整。

## 鹊桥仙

纤云弄巧，飞星传恨[1]，银汉迢迢暗渡。金风玉露一相逢，便胜却人间无数。

柔情似水，佳期如梦，忍顾鹊桥归路。两情若是久长时，又岂在朝朝暮暮。

【注释】

①飞星：流星。

【赏析】

《鹊桥仙》这一词牌，本是为了歌咏牛郎、织女故事而作的乐曲，这首词用其本意，描写牛郎、织女七夕相会的故事，通过对牛郎、织女坚贞爱情的抒写和议论，表达了他对坚定不移的爱情的赞美和向往。

“纤云弄巧，飞星传恨，银汉迢迢暗渡。”“纤云弄巧”，是说织女手巧心灵，将缕缕云彩做出美丽的形状。“飞星传恨”则是词人的假想：牛郎、织女一年不得相会，必然有无限的相思和忧愁。“银汉”即银河，《古诗十九首》“迢迢牵牛星，皎皎河汉女。……河汉清且浅，相去复几许。盈盈一水间，脉脉不得语”也写牛郎织女的故事，其中的“河汉”与“银汉”同义。不过，《古诗十九首》是通过讲河汉清浅，人犹不得相会来讲牛郎、织女的相思，秦观则是通过强调银汉的“迢迢”，即遥远来突出他们的距离。

“金风玉露一相逢”暗指七夕相会。李商隐《辛未七夕》诗“由来碧落银河畔，可要金风玉露时”，金风本义秋风，玉露即秋天的白露，可见合用金风玉露来暗示七夕相会是古已有之的写法。另一方面，金风玉露的“相逢”又模糊地暗示了情人相会的场景，在这个意义上，“金风玉露”又是对“牛郎织女”的暗喻。这种色彩鲜明而指向模糊的写法，使得全词的抒情更加生动，更加浑然。

“便胜却人间无数”，是说天上的牛郎织女一年一次的相逢，就要胜过人间无数朝夕相处的情爱。从这句词中可以看出词人对天长地久、矢志不渝的爱情的赞美，也从侧面衬托出牛郎织女相会之不易、情意之真切。

“柔情似水，佳期如梦，忍顾鹊桥归路”继上阕“相逢”写来，是对相会情景的记叙。“柔情”是写情之柔，也是写情之长久与延绵。“忍顾”，即不忍顾、怎忍想到回去归途之意。这句词描写情人离别前的依依不舍，暗示约会结束的时辰已到，为七夕相会的场景画上了句点。

“两情若是久长时，又岂在朝朝暮暮。”这一句将议论与抒情融为一体，是全词的画龙点睛之笔。从内容上讲，这两句仍承接上阕“金风玉露一相逢，便胜却人间无数”之意。不过从艺术效果上来看，上阕两句表现的是牛郎、织女爱情的纯洁无瑕和情人相会的激情和缠绵，而下阕这两句则是相会结束后本应有些忧愁、却又显得平淡的回思，相比之下，语气更坚定、意义更深沉，议论气息也更浓。

词人之所以选取牛郎、织女的意象，还用这样两句词结尾，都是要表现他的爱情观：人间的许多情侣朝夕相伴，最后难免一别；牛郎、织女虽然不能朝暮相随，但他们的爱情反而能够天长地久。这样，抒情中就有了睿智的议论。飞星、银汉意象造成的巨大空间感和七夕神话传说带给人们“久长”的时间感，都使词人笔下的理想爱情在无限深远的境界中得到了深化。

## 满庭芳

晓色云开，春随人意，骤雨才过还晴。古台芳榭，飞燕蹴红英。舞困榆钱自落，秋千外、绿水桥平。东风里，朱门映柳，低按小秦筝。

多情，行乐处，珠钿翠盖，玉辔红缨。渐酒空金榼[①]，花困蓬瀛。豆蔻梢头旧恨，十年梦、屈指堪惊。凭阑久，疏烟淡日，寂寞下芜城。

【注释】

①榼（kē）：古代盛酒的器具。

【赏析】

秦观词中，有好几首写扬州游乐的词，如《望海潮》《梦扬州》，这首《满庭芳》词也是如此，但词的主旨却是抚今追昔，抒发往事难堪之恨。词人感叹旧日繁华生活的消逝恍如梦境，由今写到昔，又从往昔回到时下，充分表现出今与昔的对比，以及在这种对比之下词人难以自禁的感伤情绪。

“晓色云开，春随人意，骤雨才过还晴。”开篇三句写天气。早晨天色渐明，云气渐散，春天也遂人的意愿，停罢骤雨，还至响晴。“古台芳榭，飞燕蹴红英。舞困榆钱自落，秋千外、绿水桥平”这几句，则写眼下的景物，并渐渐从今之气象转入回忆之中。

“古台芳榭”指昔时华丽的亭台宇榭，“飞燕蹴红英”用杜甫《城西陂泛舟》“鱼吹细浪摇歌扇，燕蹴飞花落舞筵”的诗句，又本自何逊《赠王右丞僧孺》“轻燕逐风花”的诗句，讲的是燕子嬉戏、追逐落花的春日妙景。“榆钱”“秋千”“桥”“水”，可见这几句写的还是当下的春色。

“东风里，朱门映柳，低按小秦筝”则开始写人事，亦介于今昔之间。“东风”是春日乐景，“朱门映柳”写富贵人家的庭院掩映于柳丝之中，亦是乐景。“低按小秦筝”既承接上句，写富贵人家的宴乐，又是对下阕写昔时行乐的铺垫。

黄蓼园《蓼园词选》中对此词上阕的词意，有一层叙事的阐发：“‘雨过还晴’，承恩未久也。‘燕蹴红英’，小人谗构也。‘榆钱’，自喻也。‘绿水桥平’，随所适也。‘朱门秦筝’，彼得意者自得意也。”把上阕写景之辞引申为词人的身世之叹，亦可为一家之言。

“多情，行乐处，珠钿翠盖，玉辔红缨”写往昔富贵游乐时的情形。“珠钿”是用珠宝做成的花状首饰；“翠盖”是用翠鸟羽毛装饰成的华丽车盖，陆机《前缓声歌》“肃肃霄驾动，翩翩翠盖罗”也是这个意思，在这里都用来指代富家妇女的出行游乐；“玉辔”指用玉石装饰的缰绳，“红缨”指马胸前的红色革带，在这里都用来指代乘马男子的抖擞面貌。可见这几句所描述的是男女骑马乘车，共同出游的景象。

“渐酒空金榼”，这句承接上两句富贵人家的状貌，写往昔宴饮之乐。“花困蓬瀛”是说酒宴繁花之乐，令人沉醉，仿佛困于蓬瀛仙境一般欲回归而不得。

“豆蔻梢头旧恨，十年梦、屈指堪惊”将上文所述繁华和欢乐皆总括为往昔一梦。杜牧有诗句“十年一觉扬州梦”，此处词人化用，且加上“屈指堪惊”四字，表现出怀旧惊心之感。繁华似梦，梦醒后，只留下无尽的凄清和悲凉，“屈指堪惊”者，便是由此而生悲时之感。

“凭阑久，疏烟淡日，寂寞下芜城。”从对往事的追忆和感叹中回到当下。词人独自凭栏，看到时光流逝，以往的那些执着也都消逝在时间的长河中，就如同眼前的“疏烟淡日”一样模糊、平淡了。“寂寞下芜城”，是往昔和历史留下的悲叹，“芜城”即扬州，鲍照有《芜城赋》感叹扬州战乱之后的荒芜，后世即以芜城指代往日繁华、今夕荒凉的扬州古城，也用以表达怀古伤今之感。

## 虞美人

碧桃天上栽和露，不是凡花[①]数。乱山深处水萦回，可惜一枝如画为谁开？

轻寒细雨情何限，不道春难管。为君沉醉又何妨，只怕酒醒时候断人肠。

【注释】

① 凡花：不是一般的人物，作者赞美宠姬碧桃美似天仙。

【赏析】

皇都风月主人《绿窗新话》中引杨湜《古今词话》，记载了这首词的创作背景：“秦少游寓京师，有贵官延饮，出宠妓碧桃侑觞，劝酒惓惓。少游领其意，复举觞劝碧桃。贵官云：‘碧桃素不善饮。’意不欲少游强之。碧桃曰：‘今日为学士拚了一醉！’引巨觞长饮。少游即席赠《虞美人》词曰：‘碧桃天上栽和露……’。阖座悉恨。贵官云：‘今后永不令此姬出来！’满座大笑。”

可见这首词应该是元祐年间（1086—1094）秦观居京师时，在某贵官宴席上赠主人侍姬碧桃所作。

“碧桃天上栽和露”借对仙桃的吟咏，赞美宴席主人的宠姬碧桃是天上和露而栽的仙桃，是无比高贵、纯洁之花。“不是凡花数”，夸赞碧桃是天上仙，不是一般的凡花俗物。开头的这两句，极尽赞美之能事。

“乱山深处水萦回，可惜一枝如画为谁开”是先扬后抑之笔。前两句盛赞碧桃的非凡，这两句则写碧桃生于乱山深水萦回处。本来是身份高贵的仙桃，开得美丽如画，却苦于生不逢世、长错了地方。实际上，这两句词是对碧桃卑微身世的慨叹：本应享受高贵生活的仙桃，最终却成了别人家里的侍妾。与前两句对照来看，前两句对碧桃的夸赞越高，这两句产生的悲剧效果就越强烈。

下阕由写桃花喻美人渐渐转入直写美人。“轻寒细雨情何限，不道春难管”还是双关词句。春季为鲜丽的桃花降下轻寒细雨，是春之情，此情甚浓，不可为之限。观者只知春之有情，不知春情亦自难管束。“不道”，即不知的意思。《诗词曲语辞汇释》：“犹云不知也，不觉也，不期也。”李商隐《赠歌伎》诗有“只知解道春来瘦，不道春来独自多”的诗句来形容女子无伴相思而至于瘦，诗中的“不道”与此词同意。

“为君沉醉又何妨，只怕酒醒时候断人肠”则是直白的抒情了。“为君沉醉”所夸赞的对象即是美人，应和了当时“劝酒”“拼了一醉”之事，亦可见此诗是即席而作，且抒情甚浓、表意甚真，怪不得贵官有“今后永不令此姬出来”之语了。

## 减字木兰花

天涯旧恨，独自凄凉人不问。欲见回肠，断尽金炉小篆香[①]。

黛蛾长敛，任是春风吹不展。困倚危楼，过尽飞鸿字字愁。

【注释】

① 篆香：一种刻制成篆文模样的香。

【赏析】

思妇等待游子归来，这一古老的诗题在秦观笔下得到了缠绵委婉的表达，《减字木兰花》一词，着重摹写思妇哀伤、孤凄的情感状态，词风清丽，且不乏情感的力度。

开篇写“天涯旧恨”，讲的是游子长期远离家乡的愁苦。“天涯”极言离家远游之处的遥远，《古诗十九首》有“相去万余里，各在一天涯”，也是这个意思。“独自凄凉”者，可能是游子，也可能是思妇，但“人不问”三字，与后文“困倚危楼”相照应，也与思妇诗词中常见的场景相当，因此应该是指思妇。由此，“天涯旧恨”也应该理解为思妇与游子距离遥远的相思之恨，而不应理解为游子在外的思乡之苦。

“欲见回肠，断尽金炉小篆香。”进一步描写“旧恨”与“愁肠”。“回肠”描写愁肠的回环曲折，而“金炉”中的“小篆香”则是对“回肠”的比喻：盘香的形状与人的“回肠”十分相似，而篆香渐渐燃尽、烟灰渐渐断裂的形象，则对比出女子柔肠寸断。她心中的相思之意、惆怅之情如此深切痛彻，以至于“黛蛾长敛，任是春风吹不展”。

这两句是从正面写思妇的形貌。“黛”是写眉毛的颜色，“蛾”是比喻眉毛的形状，都是古人在文学作品中为了衬托女子的美貌而惯用的手法。“黛蛾长敛”，就是眉头常常紧锁的意思。女子眉头深锁，连春风也抚不平，表现出女子在春风中愁眉不展的神态，暗示“对景难排”（李煜《浪淘沙》）之恨。

“困倚危楼”，一个眉头紧锁的思妇昼夜守候在高楼之上，远望游子归来。此处的“困”，是人之困，亦是情之困。思妇在高楼上眺望远处的天空，看见的是“过尽飞鸿”。“过尽”描写的是动态过程，思妇所见的是一群群鸿雁不时飞过长空的景象。而“字字愁”，是对这个动态过程瞬间的捕捉。“字”，是指大雁成群飞过时队伍所呈的“人”字形。思妇独倚危楼，所思的是人，而看见大雁排成“人”字的队列，不只增加了相思之愁，更平添了一种凄凉之感。

悲苦的情感、细腻的意象，这种风格是秦观词最为常见的特征，也是婉约词最为常见的特征。词人通篇所写，都是愁苦、断尽回肠之辞，且以真切、主观笔法写出，读之令人动容。

## 黄庭坚：醉舞下山去，明月逐人归。

**词人名片**

生卒年月：1045—1105

字号：字鲁直，号涪翁，又号山谷道人

祖籍：原籍金华（今属浙江），祖上迁家分宁（今江西省修水市），遂为分宁人。

代表作：《水调歌头》等

**词人小传：**早年仕途顺畅，晚年坎坷，最后卒于宜州（今广西宜山）贬所。与张耒、秦观、晁补之同为苏轼门生，有“苏门四学士”之称。尤长于诗，世号“苏黄”。书法上颇有造诣，与苏轼、米芾、蔡襄并称“宋四家”。早期词风艳丽，后期转向瘦硬刚健。著有《豫章先生文集》三十卷、《山谷琴趣外编》三卷。

### 水调歌头

瑶草一何碧，春入武陵溪。溪上桃花无数，枝上有黄鹂。我欲[①]穿花寻路，直入白云深处，浩气展虹霓。只恐花深里，红露湿人衣。

坐玉石，倚玉枕，拂金徽。谪仙何处？无人伴我白螺杯。我为灵芝仙草，不为朱唇丹脸，长啸亦何为？醉舞下山去，明月逐人归。

【注释】

①欲：要想，这里指作者穿走花丛去寻找去往白云深处的仙境。

**【赏析】**

《水调歌头》记叙了黄庭坚神游桃花源的感受。

“瑶草一何碧，春入武陵溪。溪上桃花无数，枝上有黄鹂。”仙草十分娇嫩，簇拥在一起，青翠欲滴，词人在春色正盛时进入武陵人捕鱼时误入的桃花源中。桃花源中，有一条蜿蜒清澈、缓缓流淌的小溪，小溪边的景色美不胜收。溪水清冽见底，溪边树木丛生、桃花遍开，枝头有叽叽喳喳的黄鹂鸟在鸣叫。

东晋时期的大诗人陶渊明在辞官归乡之后，创造出了一个桃源仙境，令之后历朝历代的文人墨客都为之向往，希望能真正去到那桃花源中，过着远离尘世、安逸悠闲的生活，不理世俗烦扰之事。黄庭坚在游玩之时，偶然发现了一个犹如桃花源一样的胜地。步入其中，词人好似进入梦中的仙境，这里的小溪、树木、花草、虫鸟都让人流连忘返。

“我欲穿花寻路，直入白云深处，浩气展虹霓。”身处这美景中，作者意欲穿过花丛，想要寻找一条道路去往那白云深处。古人认为，仙人们都居住在云雾缭绕的天宫之中，所以词人希望去往仙境，寻到仙人，此处作者的归隐之心表现得尤为明显。但接下来两句“只恐花深里，红露湿人衣”表现出词人的矛盾心理：希望归隐，又对尘世有所留恋。此句与苏轼诗句“又恐琼楼玉宇，高处不胜寒”有异曲同工之妙。

来到这恍如仙界的山谷中，词人被美景所陶醉，“坐玉石，倚玉枕，拂金徽”，躺在玉石上想要饮酒作乐，但却少了个志同道合陪伴的人。“谪仙何处？无人伴我白螺杯。”在词人心中，谪仙人李白是最好的陪伴人选，但李白这位不羁的仙人又在何方呢？找不到他，谁来陪自己共饮美酒？

“我为灵芝仙草，不为朱唇丹脸，长啸亦何为？”词人想要成为仙界中一棵灵芝仙草，不想再做尘世之中追逐名利的凡夫俗子，但情绪立刻便急转直下，他想，就算自己愤世嫉俗又能怎样，最终还是得回归尘世之中，继续做一名凡夫俗子。最后，“醉舞下山去，明月逐人归。”伴着清冷的月色，词人酒醉之后飘飘然地下山，又回到了俗世之中。

词的整体风格颇有李白诗的仙风道骨之感，表现了作者既希望归隐仙界的洒脱，又徘徊在尘世中不舍离去的苦闷。但总体看来，全词仍不失豪迈之气。

## 虞美人·宜州[1]见梅作

天涯也有江南信，梅破知春近。夜阑风细得香迟，不道晓来开遍向南枝。

玉台弄粉花应妒，飘到眉心住。平生个里愿杯深，去国十年老尽少年心。

【注释】

①宜州：今属广西省河池市。

【赏析】

词题“宜州见梅作”，交代了地点和事件。“宜州”这一地点暗示出词人被贬的遭际和处境，“梅”则点出季节时序。既是遭贬，也就免不了抒写抑郁苦闷之情。这首词末句“去国十年老尽少年心”即表达了词人的怨愤，但综观整首词，这种情绪却并不多见。相反，词以“宜州见梅”为引，抒发欣喜、乐观之情，表现出词人旷达、自适的胸怀。

起句“天涯也有江南信，梅破知春近”，写词人突然逢梅的惊喜。宜州在今广西境内，地处偏僻，远离京师，因而词人称之为“天涯”。如此偏远之处，竟也有梅花绽放。词人欣喜之余，自然联想起“江南”之春。将“天涯”与“江南”对比，其中蕴藏这样一层含义：即使身在天涯海角，也能知春、欣赏春色、感受春意，与身处江南无异。此句颇有苏轼《定风波》（常羡人间琢玉郎）中“此心安处是吾乡”一句的淡远情怀。

“夜阑风细得香迟，不道晓来开遍向南枝”续写梅花带给词人的惊喜。上句写梅树长出花苞，此句则写梅花一夜绽放。先写闻香：夜深人静之时，天地俱寂，幽香阵阵；后写见花：早晨起来，才知道梅花已开遍南枝。梅花自有开谢的规律，但此句从词人的主观感受入手，将梅花开放的过程写得颇有波澜，突出了梅开的惊艳与词人乍见之下的欢喜。

下阕“玉台弄粉花应妒，飘到眉心住”一句，暗含南朝宋武帝之女寿阳公主梅花落额的典故。用典是词人善用的手法，有时难免有堆砌之病，且造成词意晦涩，文脉不畅，李清照即批评“黄即尚实故，而多疵病”。但此处用典却十分精当贴切。当时寿阳公主因梅花落在眉间，印上花印，看起来十分美丽，后来她便照着梅花的形状来妆扮自己，这就是“梅花妆”的由来。

词人由梅开想到女子的“梅花妆”，想象自然，过渡合理。女子爱梅花之美，因而以梅贴额进行妆扮，这种爱美之心正与词人见梅的喜悦心情相重叠。细细品味，还可感受到老病多愁的词人获得片刻解脱的安然心境。

然而想象过后，词人并未乘兴游赏，而是转入深沉的感慨：“平生个里愿杯深，去国十年老尽少年心。”词人已届花甲之年，早已失去少年时的意气风发、裘马轻狂。那种辄遇美景的新奇感受还在，然而那种想要尽情尽兴、一醉方休的心情却不会再有了，因为心已经老了。词句中所流露的沉痛感、沧桑感，撼人心怀。

## 念奴娇

八月十七日，同诸生步自永安城楼，过张宽夫园待月。偶有名酒，因以金荷酌众客。客有孙彦立，善吹笛。援笔作乐府长短句，文不加点。

断虹霁雨，净秋空，山染修眉新绿。桂影扶疏，谁便道，今夕清辉不足？万里青天，姮①娥何处，驾此一轮玉？寒光零乱，为谁偏照醽醁②？

年少从我追游，晚凉幽径，绕张园森木。共倒金荷，家万里，难得尊前相属。老子平生，江南江北，最爱临风笛。孙郎微笑，坐来声喷霜竹。

【注释】

① 姮（héng）娥：即嫦娥。

② 醽醁（líng lù）：美酒名。

**【赏析】**

黄庭坚在元符元年（1098）由黔州贬谪到偏远的戎州，这首词就是他在戎州时所写。当时的黄庭坚已五十多岁，晚年一连遭到贬谪，本该是抑郁沉闷之时，但通过这首《念奴娇》可以看出，此时的他非常乐观，能以积极的心态去面对挫折，人生态度豪迈而豁达。

面对当空的皓月，黄庭坚诗兴大发，“断虹霁雨，净秋空，山染修眉新绿。桂影扶疏，谁便道，今夕清辉不足？万里青天，姮娥何处，驾此一轮玉？寒光零乱，为谁偏照醽醁？”前三句写秋日雨后初晴之景：半隐半现的霓虹高挂在刚刚雨过天晴的空中，雨后的空气格外清新，翠绿的树木环绕群山，把一座座山峰装点得犹如美人额上修长的秀眉。

以下数句别出心裁，以三个问句描摹出一幅月下秋景图：中秋佳节刚过，月亮上的桂树还是枝繁叶茂、阴影浓郁，是谁在疑问，今晚的月光不够明亮？广阔的天空无边无际，好似有万里之遥，那在这广袤的星空中，嫦娥究竟身在何方，在哪里乘着明月飞翔呢？映照在大地上的月光忽明忽暗，零散错乱，它播洒光辉是为了照耀哪家的美酒呢？

作者一连问了三个问题，让人联想到黄庭坚的老师苏轼在《水调歌头》中写过的“明月几时有，把酒问青天”的诗句。黄庭坚与苏轼的豪放词风一脉相承，词人一再设问，显现出他此时心境的开阔，以及想要探寻星空奥妙的浪漫情怀，且使全词气势波澜，作者的豪情逸兴皆显露于此。

欣赏过美丽的月色，接下来就该摆酒设宴、共叙豪情了。词人带领着他的朋友与晚辈们，找到了一个绝佳的去处：“年少从我追游，晚凉幽径，绕张园森木。”

下阕数句描绘了寻觅与宴饮的过程：“我的晚辈们追随着我，在这带有丝丝凉意的夜晚，顺着清幽的小路，绕到了树木繁盛的张家园林。大家一起举起荷叶形的酒杯吧，能在这离家万里之遥的地方相遇相聚，把盏同欢，多么难得。我这一生中，祖国大江南北几乎都走遍了，可无论身在何处，我最喜爱的还是临风飞扬的刚健之曲。孙兄听闻此言，微笑着拿出笛子，立即演奏了一曲美妙的乐曲。”

找到了这样一个树木环绕、开阔静谧之所，大家都开始举杯邀月，尽情畅饮。

看着相聚的亲朋好友，词人生出了“家万里，难得尊前相属”的感慨，这其中暗含着黄庭坚心底的孤苦与落寞。但很快，词人就跳出了感伤，他想起自己最喜爱的刚健之曲，“老子平生，江南江北，最爱临风笛。”这三句是全词最为精彩壮阔的词句，作者心底的豪情由此顿发。他的朋友听闻此言，立刻就开始演奏。在这激昂的乐曲声中，黄庭坚深受鼓舞，虽身处逆境，但仍乐观旷达。

词以笛声结尾，声远，意远，神思更远，让人于笛声中体会到词境的雄浑潇洒和作者的豪情满怀。

## 南乡子

重阳日，宜州城楼宴集，即席作。

**诸将说封侯，短笛长歌独倚楼。万事尽随风雨去，休休，戏马台南金络头。**

**催酒莫迟留，酒味今秋似去秋。花向老人头上笑，羞羞[①]，白发簪花不解愁。**

【注释】

①羞羞：自嘲，作者写花嘲笑人不知羞，其实是体现他心境的开阔、插花自乐的心态。

【赏析】

由词序可知，这首词是词人在宜州任上所作。宜州地处西南，是黄庭坚晚年的贬谪之所，也是他的长眠之地。晚年的黄庭坚，因屡遭贬谪，四处徙转，饱经风霜，词风经由早年的艳丽转向瘦硬刚健，题材也由男女艳情转向对人生际遇的感慨和思索。这一首《南乡子》作为黄庭坚生命中创作的最后一首词，在艺术形式上颇有返璞归真的味道，内容则体现了词人晚年超然迈拔的心境。

起首“诸将说封侯，短笛长歌独倚楼”一句，暗藏词人对自己半生遭际的感慨：功名只如梦一场。但其中也蕴含着一种不屑功名、孑然独立的姿态。席上众人都兴致勃勃地谈论建功立业之事，词人却独自长倚楼边，一“短笛”，一“长歌”，烘托出热闹中的幽冷寂然。

词人晚年仕途颇多坎坷，因而对功名之事看得较淡；且又学佛好禅，因此心性渐渐趋于淡泊。在词人看来，功名并不值得留恋，因为“万事尽随风雨去”，没有什么可以长留。“休休”二字，体现出词人对世事的看透和倦怠之意。

“戏马台南金络头”一句，则用南朝宋武帝在登位之前，于重阳节置酒戏马台，会宴同僚的典故。此处用典的用意在于，以早已变作尘土的历史往事，来反证前一句“万事尽随风雨去”，由此引申出“眼下的名利荣辱，也总有一天会灰飞烟灭”的道理。

“身后功名空自重，眼前樽酒未宜轻。”这是黄庭坚诗作《和师厚郊居示里中诸君》的诗句，同样表达出他对功名的轻看。此词下阕“催酒莫迟留，酒味今秋似去秋”与这句诗意义相近，都是劝人不要枉费眼前的大好时光。虽然年岁又长了一岁，生活也仍旧如故，但是今秋杯中的酒味并不比去年淡薄。言下之意是，只要能自得其乐，就能享受到酒中真味。

末句写黄花，这是重阳佳节的一景。晏几道《阮郎归》（天边金掌露成霜）中就有“兰佩紫，菊簪黄”的句子。词人此处写头插黄花，与晏词中热闹中衬悲凉的情感氛围不同，“花向老人头上笑，羞羞，白发簪花不解愁”一句，表达的是一种自嘲和自适的情怀。句中写花嘲笑人不知羞，实则是词人的自我嘲笑。这种嘲笑中不无慨叹之意，但更多的却体现出词人心境的开阔。“羞羞”二字极富情趣，将一位老人插花自乐、又笑自己浑不知羞的心态表现得十分贴切。

## 定风波·次高左藏使君韵

万里黔中一漏天，屋居终日似乘船。及至重阳天也霁，催醉，鬼门关外蜀江前。

莫笑老翁犹气岸，君看，几人黄菊上华颠？戏马台南追两谢，驰射，风流犹拍古人肩。

【赏析】

本词有小序为“次高左藏使君韵”，高左藏使君指当时的黔州太守高羽，可见此词作于黄庭坚被贬官后寓于黔州之时。

从词作内容看，这首词当写于重阳节当天。黄庭坚所在的黔州地区，位于四川腹地，四川多雨，黔州也常常大雨倾盆。上阕首句“万里黔中一漏天，屋居终日似乘船”，作者描绘的正是黔州的多雨。“漏天”是当时人们对多雨地区的一种称呼，而黔州地区就好似天空中漏了个大洞一样，终日大雨不断，屋子里也浸满雨水，待在屋中就好像坐在船中一样。此句中，作者运用夸张的手法极言雨势之大。对艰苦的自然环境进行描写，反映的是作者此时心中的痛苦与压抑：天空是阴沉的，心中自然也是苦闷的。

“及至重阳天也霁，催醉，鬼门关外蜀江前。”等到了重阳节这一天，老天似乎也肯开恩展露笑颜了，连日的大雨之后终于放晴，作者的心情也随之变好，情绪高涨地与朋友把酒言欢。开怀畅饮的地点正是在蜀江边的鬼门关前。鬼门关又名石门关，在四川奉节县境内，因两座大山夹持相对如门一般，故名之曰“鬼门关”。这一名字突出了此地地势的险要，也可看出作者心中的豪情万丈。面对这大自然的险峻奇观，作者心中郁结的愤懑抑郁之情也一扫而空，随蜀江水而去。

古人非常重视重阳节，在这一天有许多传统习俗，如登山、赏菊、插茱萸等。“莫笑老翁犹气岸，君看，几人黄菊上华颠？”词人对友人道：“不要笑话我已进入暮年却不服老，仍旧气势高昂，品格傲岸，你们看看，有几个人能像我一样把黄花戴在头上？”一句反问，气势十足，让人不得不佩服他的勇气与洒脱。词人就这样头戴黄花、神清气爽、怡然自得地在奔流不息的江岸边吟咏诗句，他的不羁、自然和豪情于此处展现无遗。

“戏马台南追两谢，驰射，风流犹拍古人肩。”此处，词人用更加自负的口吻宣布自己不仅要于现世中独立，还要效仿古人，与前辈一较高下。这句词引用了宋武帝在重阳时节于徐州彭城县戏马台与宾客吟诗作乐的典故。作者摩拳擦掌也想加入当年那场盛宴，与谢灵运、谢朓两位大家一起纵马驰骋，比诗论文。末尾一句“拍古人肩”，意思即为追随古人的豪迈气概。词人此刻已完全抛下了个人的得失荣辱，只希望如古人一般洒脱豁达，与他们一起去寻找人生的真正旨趣。词中表现出一种老当益壮的豪迈奋发之情。

## 周邦彦：并刀如水，吴盐胜雪，纤指破新橙。

**词人名片**

生卒年月：1056—1121

字号：字美成，号清真居士

祖籍：钱塘（今浙江省杭州市）

代表作：《少年游》等

**词人小传**：元丰初，“游太学，有俊声”。神宗时擢为试太学正。元丰四年（1081）出为庐州（今安徽合肥）教授。绍圣四年（1097）还朝，任国子监主簿。徽宗即位，改除校书郎，进徽猷阁待制，提举大晟府。后提举南京鸿庆宫，辗转避居于钱塘、扬州、睦州（今浙江建德）。卒年六十六。《宋史·艺文志》著录其《清真居士文集》十一卷，已佚。今词有《清真集》，陈元龙注，题作《片玉集》。周邦彦“负一代词名”（张炎《词源》卷下），他精通音律，善于融化前人诗句入词，词风浑厚和雅，缜密典丽，对后世影响较大。

### 少年游

并刀[①]如水，吴盐胜雪，纤手破新橙。锦幄初温，兽烟不断，相对坐调笙。低声问：向谁行宿？城上已三更。马滑霜浓，不如休去，直是少人行。

**【注释】**

①并刀：指并州（今山西太原一带）生产的刀，以刀刃锋利著称。

【赏析】

这首小词的内容，是兼写交游、欢宴的场景，及男女间的温存情感，和欢会之后的空虚与孤寂之感。有的刻本题下有“感旧”二字词题，度之以周邦彦的生平，也颇合词旨。

“并刀如水，吴盐胜雪，纤手破新橙”写情人双双共进时新果品，单刀直入，引入情境。“刀”为削果用具，“盐”为进食调料，本是极寻常的生活日用品。而“焉得并州快剪刀”“吴盐如花皎白雪”，“并刀”“盐吴”借作诗语，点出其物之精，便不寻常。“如水”“胜雪”的比喻，使人如见刀的闪亮、盐的晶莹。这两句造型俱美，而对偶天成，表现出铸辞的精警。紧接一句“纤手破新橙”，则前两句便有着落，决不虚设。这一句只有一个纤手破橙的特写画面，没有直接写人或别的情事，但蕴含十分丰富。谁是主人，谁是客人，一望便知。这对于下片一番慰留情事，已是一幅色泽美妙的图画。“破”字清脆，运用尤佳，与清绝之环境极和谐。

“锦幄初温，兽烟不断，相对坐调笙。”续写欢宴冶游的场景。华美的帷幄方才有了些温度，兽炉中燃烧的烟香萦萦不断，环绕在楼阁之内，歌舞伎女对面而坐，相互调整笙弦的音调。“锦幄”本是锦织的帷幄，这里指华美景致的帷帐，点明欢会的地点是在楼阁之内；“兽烟”是兽形香炉中燃烧的香料；“坐调笙”写欢宴时从容不迫、典雅华美的氛围，见王建《宫词》“院院烧灯如白日，沉香火底座吹笙”的诗句。

下阕写欢会后事，“低声问：向谁行宿？城上已三更”就是说宴会之后，已是夜静更深，方才热闹非凡，现在我却向何人去求一席之地来留宿一晚呢？“谁行”就是谁家、谁处之意。下阕这样一转，使全诗的气调从上阕的华美、悠游变成了下阕的冷清、迷茫。

“马滑霜浓，不如休去，直是少人行。”前路难期，不如罢休归去，就算有人夜行，也只是三三两两而已。“马滑”，见杜甫《放船》诗“直愁骑马滑，故作泛舟回”，写愁迷无法，只得归去；“霜浓”，见贺力牧《关山月》“雾暗迷旗影，霜浓失剑莲”。二者都是抒发主人公在阴暗中的迷失之感，与“不如休去”相承接。“直是少人行”，则是反复浸染、再度开阖的笔法。

词人安排结构，是以上下两阕为对立对比之文，来体现自身迷离凄惑的情感。但没有故意放大情感、无病呻吟，而是极节制地描绘欢游与迷失时的心理状态，真实且感人至深。词人渲染气氛笔法收放自如，胸有成竹，全词的色彩柔和多样，轻起沉收，颇见功力。

## 兰陵王·柳

柳阴直，烟里丝丝弄碧。隋堤上、曾见几番，拂水飘绵①送行色。登临望故国，谁识京华倦客？长亭路，年去岁来，应折柔条过千尺。

闲寻旧踪迹，又酒趁哀弦，灯照离席。梨花榆火催寒食。愁一箭风快，半篙波暖，回头迢递便数驿，望人在天北。

凄恻，恨堆积！渐别浦萦回，津堠岑寂，斜阳冉冉春无极。念月榭携手，露桥闻笛。沉思前事，似梦里，泪暗滴。

【注释】

① 绵：柳絮，指柳絮飞扬拂过水面，好像为行将话别的人们送上祈福。

【赏析】

周邦彦素来喜爱以低沉伤感的格调叙写飘零不偶的主题。《兰陵王》是周邦彦自创的新声，借咏柳以抒发离别之情。整首词分为三阕，极尽婉转曲折，先写柳荫景致，再写别时意绪，最后引发无尽离恨。

全词以柳起兴，从不同的视角观察了柳树之景。“柳阴直”是侧写，柳树的阴影笔直向前，可以从中感受到柳树成行排列的景象。“烟里丝丝弄碧”是以近距离视角观察，写柳丝吐芽，泛出碧色，婀娜多姿的柳条随风摇摆，仿佛丝线般柔软。身处其间的词人，在一片片摇曳的碧色中心醉神迷。然而，短暂的沉浸过后，送别的主题隐隐浮现。

“隋堤上、曾见几番，拂水飘绵送行色。”在绵延的长堤上，又一幕离别为柳荫所见证，柳絮飞扬拂过水面，仿佛为行将话别的人们送上最后的祈福。杨柳常驻于此，似乎也浸染上人的心性情感，为人的悲欢离合而情动。

“登临望故国，谁识京华倦客？”词人此时的发问别有深意，由依稀送别的场面引发了故国之思。常年飘零在外，有谁能懂得其中的疲惫呢？内心激情消退时，身上只落满簌簌风尘。半生起伏后，只向往一方静谧的故土。

“长亭路，年去岁来，应折柔条过千尺。”此句对首阕词进行了总结。在路边长亭，年复一年，相似的送别一次又一次上演，但人却总是不同，人们折断柳条，亲手把它交给即将远行的人，也把自己一副牵挂的心肠深深依附其中。柳条折断了还会再生新枝，离去的人呢，是否还会迎来重逢？那折断的千尺柳条，是否知道为何世间总有那么多的离别？

送别的友人渐次离去，自己的内心，也从外界的浮躁喧嚣中归于平静。在即将启程前的一刻，词人终于可以回顾以往，重新梳理自己的人生。“闲寻旧踪迹，又酒趁哀弦，灯照离席。梨花榆火催寒食。”“闲寻”是指平静、空闲下来的内心开始回忆，“旧踪迹”是词人以往的人生历程。然而，首先映入脑海的竟是以往那些离别的场景：在哀怨离歌中的对饮；昏暗灯光下的道别离席；寒食节即将来临，岁月已然呼啸而去。

终于启程上路了，“一箭风快”，船顺风而行，像风中的箭一般，“半篙波暖”，长篙半没，搅动一泓微暖的春波。“回头迢递便数驿，望人在天北。”蓦然回首，已经荡过数个驿站，渐行渐远，对自己翘首相望的人，在天的北端，留下一抹难辨的身影。

随着路途的渐远，内心的凄恨不断堆积。小船荡过水面，留下水波回旋，天色已晚，经过的渡口归于沉寂，红日西斜将落，春天也迎来了季节的更替而逐渐衰亡。词人面对广袤的暮色，再次陷入了回忆和沉思。“念月榭携手，露桥闻笛”，曾经在台榭上携手赏月，在被露水打湿的桥头聆听笛声，而这一切，再也回不去了。词人心念及此，悲从中来，恍惚如同梦中，黯然泪下。至此，词人深深的人生失意和漂泊之感尽露笔端。

## 浪淘沙慢

晓阴重，霜凋岸草，雾隐城堞[1]。南陌脂车[2]待发，东门帐饮乍阕。正拂面、垂杨堪揽结。掩红泪、玉手亲折。念汉浦、离鸿去何许，经时信音绝。

情切。望中地远天阔。向露冷风清，无人处，耿耿[3]寒漏咽。嗟万事难忘，惟是轻别。翠樽[4]未竭，凭断云、留取西楼残月。

罗带光销纹衾叠，连环解、旧香顿歇。怨歌永、琼壶敲尽缺。恨春去、不与人期，弄夜色、空馀满地梨花雪。

【注释】

① 城堞：城墙。

② 脂车：车轴涂上油脂的车。

③ 耿耿：明亮的意思。

④ 翠樽：指绿色的酒杯。

【赏析】

从词意来看，此词当作于词人晚年离京南去后的一个春天。宣和二年（1120），周邦彦曾任顺昌知府，词作或作于任上。

首三句“晓阴重，霜凋岸草，雾隐城堞”描摹景物，破晓时天气阴冷，岸边青草覆霜，城垣被重重雾气笼罩。“雾隐城堞”，化用杜甫《暮寒》诗“雾隐平郊树，风含广岸波”的句子，“城堞”泛指城墙，指代自郊野望去城池的外貌。起首这样写，烘托阴冷凄寒、雾锁重墙的气氛，奠定了全词的基调。

“南陌脂车待发，东门帐饮乍阕。”南边路上，脂车待发，东门帐里，饯别终了。“脂车”，古人为了远行，在车轴上涂一层油脂；“东门帐饮”用《汉书·疏广传》中众人为疏广、疏受送行，“供帐东都门外，送者车数百辆，辞决而去”的典故。词人写离去与送别的场景，为下文写行路之上的景色和心情做了铺垫。

“正拂面、垂杨堪揽结。掩红泪、玉手亲折。念汉浦、离鸿去何许，经时信音绝”融会情景于一体，写杨柳拂面，离情依依，飞鸿离汉浦而去，词人与恋人也从此失去了联系。“垂杨拂面”“汉浦离鸿”连用温庭筠《题柳》“杨柳千条拂面丝”、《古诗十九首》“阳春布惠泽，枝叶可揽结”和陆琼《长相思》“鸿已去，柳堪结”的诗意，既表现春意，又透露出思念离人的心绪；“红泪”用王嘉《拾遗记》中薛灵芸泪凝如血的典故，表悲伤之情。

接下来词人又回到意象的描写，“情切。望中地远天阔。向露冷风清，无人处、耿耿寒漏咽。”先伏下情感，回到眼前的情景中去，写情深意切时，望见地远天阔的无限自然，感受到清冷的气息，明亮的夜漏，在这春寒天气里发出呜咽的声音。“耿耿”就是明亮的样子。这几句词化用柳永《二郎神》“乍露冷风清庭户，爽天如水，玉钩遥卦。……极目处，乱云暗度，耿耿银河高泻”的词意，而稍稍改变了意象的色彩，表现出独特的春寒感受。

“嗟万事难忘，惟是轻别。翠樽未竭，凭断云、留取西楼残月。”由情入景。“万事难忘，惟是轻别”是词人“情切”处，翠纹杯中酒尚未空，望见空中丝丝断云，一弯残月，又想起了昔日欢饮同醉的情人。夏宾松有“雁飞南浦砧初断，月满西楼酒半醒”的残局传世，词人化满月为残月，更符合此词的风格和意象色彩。

“罗带光销纹衾叠。连环解、旧香顿歇。怨歌永、琼壶敲尽缺。”先连写秀丽的锦织没有了光彩、美好的衾被被折坏了纹路、原本成对的玉连环被拆散了、送给情人的异香已经不再芬芳，词义环环相扣、层层递进，往昔美好的回忆已经破败不堪；又写哀怨的歌调久久地萦绕，甚至将唾壶都敲打坏了。“怨歌永”用梁简文帝《筝赋》“奏相思而不见，吟夜月而怨歌”的诗句，“琼壶敲尽缺”用《晋书·王敦传》王敦吟唱诗乐、击打唾壶为节奏使得壶边尽缺的典故。

词人或寄托、或用典，把感伤怨恨之情放到深沉遥远的历史环境或精美明丽的物象当中，造境优雅深沉，表达感情也因此更加深邃。结尾“恨春去、不与人期，弄夜色、空余满地梨花雪”则将情感渐渐铺开、铺平，从怨歌到满地梨花，实现了情感由自我到自然的外化与升华，也使词作中物境与情境的边界更加模糊。“梨花雪”用无名氏《无双歌》“庭下梨花雪四垂”和毛熙震《菩萨蛮》“梨花满地飘香雪，高楼一夜风筝咽”的诗意，表达怨恨又归于平淡的春情。

## 苏幕遮

燎沉香，消溽暑①。鸟雀呼晴，侵晓窥檐语。叶上初阳干宿雨，水面清圆，一一风荷举。

故乡遥，何日去。家住吴门，久作长安②旅。五月渔郎相忆否？小楫轻舟，梦入芙蓉浦③。

【注释】

① 溽暑：潮湿闷热。

② 长安：这里代指汴京。

③ 芙蓉浦：荷花池。

【赏析】

此词作于周邦彦熙宁七年（1074）五月游长安时。周邦彦于熙宁六年（1073）春游荆州，七年（1074）春离开荆州，三月至宜城，三月底四月初至长安，词说“五月渔郎相忆否”，点名时令在五月，是时至长安已月余。

上阕写景，先说“燎沉香，消溽暑。鸟雀呼晴，侵晓窥檐语”。沉香四溢，解暑日湿热，鸟雀欢鸣，呼喊晴日，侵晨向檐下人语。头几句描绘溽夏的氛围，用鸟雀意象，写内景。

“叶上初阳干宿雨、水面清圆，一一风荷举”写外景。荷叶依依，清圆可爱，在水面上，初生的旭日照干了昨夜蓄积的雨露。“初阳”就是旭日，“宿雨”指昨夜之雨，江总《诒孔中丞奂诗》有“初晴原野开，宿雨润条枝”的句子；“清圆”就是风度清润、形态圆正的样子，常用来形容荷叶、月亮等自然意象，这里说“水面清圆”，实际上是描绘宿雨过后，荷叶圆正清润，亭亭而立，迎风摇摆于水面之上的姿态。

下阕抒发思乡之情，先从叙述羁旅开始。“故乡遥，何日去。家住吴门，久作长安旅。”故乡遥遥，家人远在东南钱塘吴地，自己却羁留在西北的长安。“家住吴门”，“吴门”本指春秋时期吴国都城（苏州附近），后泛指吴越地区，张先《渔家傲》词有“天外吴门天雪路，君家正在吴门住”的句子。词人写羁旅的状况，为最后的抒情做铺垫。

最后抒情亦假托意象，“五月渔郎相忆否？小楫轻舟，梦入芙蓉浦。”“五月渔郎”用李白《子夜吴歌》“镜湖三百里，菡萏发荷花。五月西施来，人看隘若耶”的典故；“芙蓉浦”，孔颖达引郭璞疏《诗经·陈风·泽陂》“彼泽之陂，有蒲与荷”句曰：“今江东人呼荷华为芙蓉”。三句都写江南水景人情，呼应“家住吴门，久作长安旅”，表达思乡之情。

这首小词写乡情，含蓄隽永。用语清简，取象意味悠长，情感全在不经意间流露。“故乡遥，何日去。家住吴门，久作长安旅”虽是实写，却全用客观的词汇，既点明词旨，又不失清雅。

## 琐窗寒

暗柳啼鸦，单衣伫立，小帘朱户。桐花半亩，静锁一庭愁雨。洒空阶、夜阑未休，故人剪烛西窗语。似楚江暝宿，风灯零乱，少年羁旅。

迟暮，嬉游处，正店舍无烟①，禁城百五②。旗亭唤酒，付与高阳俦侣③。想东园、桃李自春，小唇秀靥④今在否？到归时、定有残英，待客携尊俎⑤。

【注释】

① 无烟：代指寒食这一天。

② 百五：即寒食节。

③ 高阳俦侣：即酒友。

④ 小唇秀靥：即言女子容貌之美。

⑤ 尊俎：尊，盛酒的器具；俎，盛肉的器具。

【赏析】

综观词意，这首词应当作于政和二年（1112）三月初，当时五十七岁的周邦彦正春游汴京。上阕首句至“夜阑未休”写客居京城的境况；下阕亦写旅居的情况，“想东园”至结句想象回到故乡的情况。

“暗柳啼鸦，单衣伫立，小帘朱户”写词人在汴京时所住馆舍周围的环境。“暗柳”指暮春时柳叶的颜色由新绿转深，点明时节。正值暮春，深绿色的柳叶与乌鸦的啼鸣，显出凄凉暗淡的景色。词人身着朝服，久久地立在门前，远望馆外的情形。

“桐花半亩，静锁一庭愁雨。洒空阶、夜阑未休”的外景，是词人在“小帘朱户”前“伫立”时所见。庭院里，桐花飘落，春雨绵绵，愁思亦绵绵不绝，词人静立期间，但见其景，难言其情。空有雨洒空阶，无人相与，直到夜将尽时。

“故人剪烛西窗语”是全词的机杼。“暗柳啼鸦”至“夜阑未休”的描写，夜色渐行渐深，皆为“剪烛西窗语”而来；后文“零乱”的感慨、“想东园”的眺望，也皆由此起。这句诗化用自李商隐《夜雨寄北》“何当共剪西窗烛，却话巴山夜雨时”的名句。

“似楚江暝宿，风灯零乱，少年羁旅”是词人对自己羁旅生活的感慨。“暝宿”就是夜宿；“风灯零乱”描写夜宿的景象，化自杜甫《船下夔州郭宿雨湿不得上岸别王十二判官》“风起春灯乱，江鸣夜雨悬”的诗句。至此，上阕将词人在京城客舍所见之景、所感之情尽数写出。

“迟暮，嬉游处，正店舍无烟，禁城百五。旗亭唤酒，付与高阳俦侣”，这几句走出了“剪烛西窗语”的悲苦，暂时回到眼前的情景，写京城宵禁和放荡不羁的酒徒。“迟暮”指暮年、晚年，也指岁月流逝、青春不再，屈原《离骚》“惟草木之零落兮，恐美人之迟暮”；“高阳俦侣”指嗜酒而放荡不羁的人，用《史记·郦生陆贾列传》中郦生“高阳酒徒也”的典故。

“想东园、桃李自春，小唇秀靥今在否？到归时、定有残英，待客携尊俎”写词人对回归家乡之后的想象。东园之桃李、秀色之佳人，可还在否？等到归去时候，定有落花流水，与客共饮。“想东园、桃李自春”句，用阮籍《咏怀诗》之三“嘉树下成蹊，东园桃与李”的诗句；“小唇秀靥”都是代指美人；“尊俎”指“尊”和“俎”，是盛酒肉的器皿，《礼记·乐记》有“陈尊俎”的说法。

这首词层次分明，结构圆满。自“东园”以下，别出一重境界，使之愈深愈远；“少年”“迟暮”对比，大开大合，是结合上下阕的关键。一篇之中，时间、地点几度跳跃，可见词人笔力。

## 蝶恋花

月皎惊乌栖不定，更漏将残，辘轳[①]牵金井。唤起两眸清炯炯，泪花落枕红绵冷。

执手霜风吹鬓影，去意徊徨，别语愁难听。楼上阑干横斗柄[②]，露寒人远鸡相应。

【注释】

① 辘轳：象声词，形容车轮或辘轳转动时发出的声音。

② 横斗柄：北斗斜横，意思是天亮了。

【赏析】

此词妙处有二，一是以男女两人在离别中的心境为切入点，体现了“一种相思，两处闲愁”的零落；二是词人通过罗列意象的手法，从侧面拼接，多角度渗入，塑造了主人公处于憔悴煎熬中的形象。

“月皎惊乌栖不定，更漏将残，辘轳牵金井。”天色由深夜逐渐泛白，“月皎惊乌栖不定”的意思是乌鸦因为皎洁的月光而不安，难以入眠。“更漏”是古代用来计时的一种器具，随着水滴的漏下计算时间的流逝，“更漏将残”意为水快要漏光，一夜又将过去。“辘轳”是井边用来汲水的滑车，人在清晨时要来井口打水，滑车发出声响，预示着一天的开始。词人连用三个意象，简洁明确地勾勒出了时间的演进。

辘轳转动打水的声音，也唤醒了深闺中的女子。“唤起两眸清炯炯，泪花落枕红绵冷。”一双明眸清澈有神，玲珑晶莹。红绵包裹的枕上泪痕点点，又湿又冷。眼睛之所以是“清炯炯”的，是因为整夜被泪水冲刷。而浸透了泪水的绵枕，好似女儿破碎的心一般，不能回到原来的样子了。将上阕五个意象连接，即能清晰地再现词人所写情事：一位美丽动人的女子为离别之情所苦而独自泪流到天明。

随后词人转换视角，以即将远行的游子的眼睛，见证这场令人心碎的分离。“执手霜风吹鬓影”是男子对赶来为自己送别的女子的印象，如霜般凄冷的风吹拂着她的鬓发，憔悴而使人哀怜。男子心怀去意，却又难舍难分，因而几度徊徨。离别的话语包含至深的真情，搅动心中愁绪翻滚。

词人没有再具体写男子狠心放手、迈步启程的那一瞬，而是越过了很长一段时间。“楼上阑干横斗柄”说的是夜空之中，北斗星横斜低落，仿佛就在楼顶之上不远。“露寒人远鸡相应”则意味着一夜又尽，清晨的露水寒冷如霜，人渐行渐远，只有早上打鸣的公鸡与人相呼应，更衬托出一片寂寥冷清。

词人将别前的暗自心伤、别时的难分难舍以及别后的孤独寂寞巧妙贯串起来，只截取极富代表性的片段进行描写，给予人极大的想象空间。词人在意象选择上也独有匠心，赋予“物”以人性，通过“物”的动作来映衬人心的失落和难安。

## 瑞龙吟

章台路，还见褪粉梅梢，试花桃树。愔愔坊陌人家[①]，定巢燕子，归来旧处。

黯凝竚[②]，因念个人痴小，乍窥门户。侵晨浅约宫黄，障风映袖，盈盈笑语。

前度刘郎重到，访邻寻里，同时歌舞。惟有旧家秋娘，声价如故。吟笺赋笔，犹记燕台句。知谁伴、名园露饮，东城闲步。事与孤鸿去。探春尽是，伤离意绪。官柳低金缕。归骑晚，纤纤池塘飞雨。断肠院落，一帘风絮。

【注释】

① 愔愔：幽深的样子。

② 竚：同“伫”。

【赏析】

关于此词的写作时间，有两种说法：近人陈思《清真居士年谱》定于绍圣三年（1096）；王国维《清真先生遗事》则定于绍圣四年（1097），按此词当作于周邦彦在京城做国子监主簿时，这两种说法都有可能。词写思念、怀旧之情，层次清晰，多用典故而不生硬。

“章台路，还见褪粉梅梢，试花桃树”是写时节，也是思念之情的开端。“章台”是春秋战国时期的宫殿名，后来汉代长安有章台街在章台之下，相传韩翊赠妓女柳氏诗“章台柳，章台柳，往日依依今在否？纵使长条似旧垂，亦应攀折他人手”，借“章台柳”表达多年不见的挂念。后来，“章台”就成了妓女所居之地的通称。“褪粉梅梢，试花桃树”指梅花凋落、桃花开苞，暗喻冬去春来，与前文“章台柳”相应，看似有情，实为人事变幻无常的无情语。

“愔愔坊曲人家，定巢燕子，归来旧处”还是写故人。幽深的坊曲人家，又一年燕子归来，而今年词人亦如燕子归来，却不知佳人尚在否。“坊曲”是指唐代妓女的居所；“定巢燕子”写时序，化用杜甫《堂成》诗“暂止飞鸟将数子，频来语燕定新巢”。

“黯凝竚，因念个人痴小，乍窥门户”写抒情主体黯然出神、无所凭附的状态。“黯凝竚”一词，在《诗词曲语词汇释》解释说：“均为黯凝魂或黯销魂义，总之为出神至极之辞。”这三个字是全词情感表达的关键，词人要表达的不是单纯的怀旧或伤情，而是黯然凝神伫立的情态所表现出来的情意。江淹《别赋》曰“黯然销魂者，唯别而已矣”，本词中的“黯凝竚”，是对江淹“黯然销魂”情感体验的升华。

“侵晨浅约宫黄，障风映袖，盈盈笑语”是“乍窥门户”的后语，描写坊曲女子清晨梳妆玩笑的媚态。“浅约宫黄”是涂上薄薄一层宫黄的动作，古代女子在眉额间涂上一层黄色，以为装饰，叫作“宫黄”。“障风映袖”是女子为遮晨风举起袖子的动作，“盈盈笑语”充满动感，与“黯凝竚”形成直接的对照。

“前度刘郎重到，访邻寻里，同时歌舞。惟有旧家秋娘，声价如故。吟笺赋笔，犹记燕台句。知谁伴、名园露饮，东城闲步。事与孤鸿去”都是用典，追忆往事，作第三阕起首，平平写出，既将抒情推向高潮，又渐渐抚平情感，往事都逐孤鸿而去，归于无情。

“前度刘郎”用刘义庆《幽明录》刘晨、阮肇两人天台山与仙女游乐的典故；“旧家秋娘”用杜牧《杜秋娘》诗序载唐代歌女杜秋娘的典故；“燕台句”用李商隐为柳枝作《燕台诗》的典故；“东城闲步”则用杜牧《张好好诗序》载与张好好的故事。用语虽平淡，但以四重典故写对往事旧情的追忆和难以平复的心情，使词的情感层层涌积而上。

“官柳低金缕。归骑晚，纤纤池塘飞雨。断肠院落，一帘风絮”是结句，是词人春愁的消解和归宿。“官柳”泛指大道上的柳树。“低金缕”是柳枝在夕阳下随风摇曳的情貌；“纤纤池塘飞雨”是“纤纤雨飞池塘”的倒装；“风絮”是风吹柳絮的样子。这三重意象都不是乐景，但所衬亦非哀情。词人在这里说的“断肠”，不是因怀旧而伤情，而是对往事意义不明的一种叹息，是与这三种情境相合的一种情绪表达。

周济《宋四家词选》评价这首词“不过桃花人面，旧曲翻新耳。看其由无情入，结归无情，层层脱换，笔笔往复处”，可以说是得其要旨了。

## 花犯

粉墙低，梅花照眼，依然旧风味。露痕轻缀。疑净洗铅华，无限佳丽。去年胜赏曾孤倚，冰盘同宴喜[①]。更可惜、雪中高树，香篝熏素被。

今年对花最匆匆，相逢似有恨，依依愁悴。吟望久，青苔上、旋看[②]飞坠。相将见、翠丸[③]荐酒，人正在、空江烟浪里。但梦想，一枝潇洒，黄昏斜照水。

【注释】

①燕喜：宴饮之乐。

②旋看：不时看。

③翠丸：这里指梅子。

【赏析】

“梅花”历来便是文人墨客喜好咏叹的对象，无论其外观还是性格，都被赋予极高的评价，为文人们所喜爱。

起笔一个“粉”字便给全词一种温馨之感，对梅花的描写也从此起笔，“粉墙低，梅花照眼，依然旧风味。”院落一圈粉色的围墙低矮地圈着，梅花鲜艳亮丽的色彩晃人眼目，映在墙上，显得墙壁越发粉嫩。词人并没有点明梅花的颜色，但从“照眼”二字可想象到，作者所见的梅花定是光彩夺目的。

接下来开始对梅花进行正面描写。“露痕轻缀，疑净洗铅华，无限佳丽”三句是对天生丽质梅花的赞誉。清晨的微露打在那娇艳的花瓣上，荡涤附着在上面的灰尘，使其更加洁净亮丽。词人抱持着欣赏的态度，以“无限佳丽”四字集中赞美梅花，写出了它独放枝头，洗净铅华，无与伦比。

词人见眼前美景，引发对往昔的追忆。“去年胜赏曾孤倚，冰盘同燕喜。”依稀还记得去年赏花时独自一人倚在墙边静静观赏的情景，幸而有美酒相伴，同享喜悦时刻。“梅花香自苦寒来”，梅花多开于腊月，“冰盘”二字既点明了时间又使行文显得优雅。插入去年赏梅的回忆并非虚笔，它不但体现出作者对梅花的喜爱，且使文章跌宕起伏，有层次感。

去年梅花盛开时还伴着柳絮般的雪花，厚厚的雪花压在树枝上，分不清花与雪的确切界限，“香篝熏素被”，尽管梅花被雪花覆盖着，但一缕缕清新的幽香时不时传来，就像香熏过的被子，沁人心脾。梅花怒放时，常常伴随着或大或小的雪，王安石也曾咏叹过“遥知不是雪，为有暗香来”。“更可惜”三字的转折，表达出词人的思想感情：尽管去年与今年的梅花所呈现的状态不同，但其神韵和风采“依旧”在此。

“今年对花最匆匆，相逢似有恨，依依愁悴。”转笔写今年，与上阕形成鲜明对比。词人以饱含深情的笔触借景抒情，人生如白驹过隙，转眼又是一年，花开花谢太匆匆，再想起自己辗转浮萍的身世，不禁勾起几多感伤之怀，所以也无心赏花，只是匆匆瞥一眼罢了。就连梅花也仿佛了解词人满眼满脸的离愁别绪，显得憔悴无神。词人运用夸张拟人手法，赋予梅花人的感情，可以感知人的喜怒哀乐，拉近了人与梅的距离。

“吟望久，青苔上、旋看飞坠。”这三句继续状眼前之物。词人呆呆地伫立在那儿，看着花谢花飞花满天，盘旋飘落青苔间。词人见花生情，一股浓浓的深愁苦恨油然而生。此词的特殊之处在于，花儿的“喜怒哀乐”随词人的情感而不断变化，即词人将梅花作为一个情感寄托的工具，分寸掌握得恰到好处，笔法令人佩服。

紧接着词人展开联想，想象未来之事。“相将见、翠丸荐酒，人正在、空江烟浪里。”这两句给人以出乎意表之感，词人写过去、现在和将来，使整个篇幅完整统一，迂回圆润。词人想到，当把酒煮梅，梅子所有的青涩酸楚都溶到酒里之时，自己却早已远离这片喜人之地，泛一叶扁舟于碧波江渚上。

这一去不知何时是归期，“但梦想”写出对未来的无可掌控，流露出几许无奈，所以只能寄托梦境，“一枝潇洒，黄昏斜照水”，在黄昏中与那潇洒生长的枝丫，俊逸灵动的梅花相会。词人的视觉串换于昨日、今日、明日之间，使全词意境唯美且思路脱俗。

## 夜游宫

叶下斜阳照水，卷轻浪、沉沉千里。桥上酸风射眸子①。立多时，看黄昏，灯火市。

古屋寒窗底，听几片、井桐飞坠。不恋单衾再三起。有谁知，为萧娘②，书一纸。

【注释】

①酸风射眸子：寒风凛冽，刺人眼目。

② 萧娘：此处代指词人思念的情人。

【赏析】

这首词用李贺《金铜仙人辞汉歌》的典事，描写的景色是清寒的秋天，词旨则主要表达感怀伤旧、离别情思。作词的时地，当在周邦彦熙宁七年（1074）游长安时。

“叶下斜阳照水，卷轻浪、沉沉千里”写眼见之景：秋叶飘零，斜阳夕照，渭河轻轻浪卷，沉沉郁郁，烟波浩渺，至于千里。欧阳修《渔家傲》词有“荷叶田田青照水，孤舟挽在花阴底”的句子。花阴叶下，有异曲同工之妙。作者观景的视角由“叶下”出，因此本是高爽的秋景，在作者笔下却只显出沉郁、哀婉的一面。“沉沉”谓江水烟波浩渺之态，谢朓《出藩曲》：“渺渺苍山色，沉沉寒水波。”偏重描述一种静态的美感。

“桥上酸风射眸子。立多时，看黄昏，灯火市。”长久独立桥上，刺人的寒风，令双眼难以睁开，看黄昏市集，灯火通明，似乎与我之悲戚全然在两个世界。“酸风射眸子”，用李贺《金铜仙人辞汉歌》中“魏宫牵车指千里，东关酸风射眸子”的诗句，意象奇特，在词中淡雅、静郁风格中独立标杆，给人以感官上的刺激；“灯火市”写热闹的市集灯火通明，与王建《江馆》诗“客亭临小市，灯火夜妆明”的诗境颇为合拍。

“古屋寒窗底，听几片、井桐飞坠。”老房当中，破窗之下，井边桐树几片枯叶飞落，却能听见入泥之声。“古屋”“寒秋”，历来是诗人词人营造荒芜、寂静氛围时常用的意象；“井桐”即井边桐树，“井桐飞坠”，谓桐叶飘落。桐叶轻缓而落，其声岂可得闻？更不要说只有“几片”，词人这样写，仍然是在渲染孤寂的氛围。

“不恋单衾再三起。有谁知，为萧娘，书一纸。”有谁知道，在这凄寒苦雨之夜，我不留恋那薄薄的一层被褥，几次起身，全是为了寄给心上人的一纸书信。“单衾”实际上是以衾被单薄，虚衬秋夜之寒，前文“几片井桐飞坠”，亦喻秋寒苦雨凄凉夜之义；“萧娘”用《世说新语·黜免》篇桓公入蜀得猿子、其母断肠和《南史·临川靖惠王传》的典故，指词人心爱的女子。这几句结尾，写在孤苦凄寒的秋夜，词人再三起身，不恋单衾，全为了一封寄托相思的书信。

上阕先渲染出秋日冷清的氛围，写“酸风射眸子”，自是悲语，又写“立多时”与“灯火市”相对照，自然是词人心中郁积，但不言究竟是何郁积。到下阕，写生活的环境，悲戚之情由景中出，比上阕“沉沉千里”更进一层。末一阶段终于道出，前文所透露的孤独与凄清，都是“为萧娘，书一纸”的缘故。这样的结构将词旨层层剖开，亦使得词意与情感的传达呈渐入佳境之势。

## 解连环[①]

怨怀无托。嗟情人断绝，信音辽邈。纵妙手、能解连环，似风散雨收，雾轻云薄。燕子楼空，暗尘锁、一床弦索[②]。想移根换叶，尽是旧时，手种红药。

汀洲渐生杜若[③]。料舟依岸曲，人在天角。谩记得、当日音书，把闲语闲言，待总烧却。水驿春回，望寄我，江南梅萼。拚今生，对花对酒，为伊泪落。

【注释】

① 连环：连在一起的玉环，极难解开。这里比喻相思难解。

② 弦索：指弦类乐器。

③ 杜若：一种香草。

【赏析】

以“解连环”为题写婉曲回环的相思之情，十分贴合。在此词中，周邦彦将对旧日情人的回忆和今时的细腻情感糅合在一起，回环反复，缠绵曲折，颇有“弦泉幽咽”之境界。词句依托《解连环》的牌子，巧妙地引典故入词，脱胎换骨，颇得江西诗派做法。

开篇直写强烈的情绪和将要吟咏的主题：“怨怀无托。嗟情人断绝，信音辽邈。”悲怨的心情无处寄托，只得嗟叹自己与往昔的情人情意断绝、音信不通。一般来讲，词的开头就抒情，如果笔力不够，后文将难以铺张，故不是一般写法。但此处词人先将怨愤至极的情绪抛出，既能迅速抓住读者心思，也便于后文情思的转折。

“纵妙手、能解连环，似风散雨收，雾轻云薄。”连环难解，非人力可为，就算有妙手能解得了连环，也难解往日深情——男女相悦，总是藕断丝连，好比雨停风息之后，仍有轻轻的云雾残留、缭绕。“解连环”巧托词牌名，用《战国策·齐策六》的典故：“齐君王后当国，秦遗齐玉连环，使解之。君王后引椎碎之，而谢使者曰：‘谨以解矣。’”以连环之难解，衬托“妙手”之神奇，又反衬情爱之难解。

词人沉湎于对旧情的怀念，“燕子楼空，暗尘锁、一床弦索。”故人已逝，孤魂也已不再，层层灰积，掩盖了一弦索器乐的光泽。“燕子楼空”，用白居易《燕子楼三首并序》中盼盼挂念旧爱而不嫁、独守空楼十余年的典故，燕子楼是盼盼重情的象征，此楼尚空，可见人事变幻；“暗尘锁”，锁的是“一床弦索”，“暗尘”比喻尘土遮蔽了光彩，使之灰暗。写这样的破败景象，接续前言连环难解，衬托出词人胸中的无奈和凄清。

“想移根换叶，尽是旧时，手种红药。”想想庭中草木，绿叶蜕换，然一眼望去，竟满是当年同情人亲手栽种的芍药花。“移根换叶”谓移植，用谢灵运《塘上行》“幸有忘忧用，移根托君庭”的诗句；“红药”即芍药花，见证旧时爱情，引起词人今日之相思。上阕结尾此句，仍是触今怀旧、追忆感伤之语。

“汀洲渐生杜若”用屈原《九歌·湘君》“采芳洲兮杜若，将以遗兮下女”和谢朓《怀故人诗》“汀洲有杜若，可以赠佳期”的诗句，“杜若”是一种香草，这里用所见之汀洲渐渐生出杜若，来表达心中情意的萌动。“料舟依岸曲，人在天角”写两人相隔的是天涯海角的距离。“舟依岸曲”，出自陆倕《以诗代书别后寄赠诗》“归舟随岸曲，犹闻歌棹音”的诗句；“天角”，犹言天涯海角。

“谩记得、当日音书，把闲语闲言，待总烧却。水驿春回，望寄我，江南梅萼。”由相隔之远，又忆起当日互通音信时的书信，虽想烧毁以了思念，总还是不舍。水路驿上，又觉春意，盼望此时，可收到情人的一枝梅花，送我江南春色。“江南梅萼”，用《太平御览》引盛弘之《荆州记》中陆凯赠范晔梅花与“折花逢驿使，寄与陇头人。江南无所有，聊赠一枝春”诗的典故，表达对情人芳信的无端期待。抒发这种无望之望，是周邦彦词的典型做法之一。

结句“拚今生，对花对酒，为伊泪落”又是酣畅的抒情，与上阕开头“怨怀无托”的迷茫相比，情感发展到了拚却此生、为君一醉的高潮。“对花对酒，为伊泪落”是将花、酒、人纳入了统一的生命体验，是词人无奈相思之情已入绝境的最后迸发，也是词人脆弱而美丽心灵的真情咏唱。

词从情中写出景，又在景中设情，浑融一体，仅在无端联想中，亦见真情流露。词人用意象，极尽缥缈幻想之能，又丝丝入人心扉，回环往复，终能归一。在周邦彦词中，是意象缥缈的极致。

## 尉迟杯

隋堤路。渐日晚、密霭生深树。阴阴淡月笼沙，还宿河桥深处。无情画舸，都不管、烟波隔南浦。等行人、醉拥重衾，载将离恨归去。

因思旧客京华，长偎傍①、疏林小槛欢聚。冶叶倡条②俱相识，仍惯见、珠歌翠舞。如今向、渔村水驿，夜如岁、焚香独自语。有何人、念我无聊，梦魂凝想鸳侣。

【注释】

① 偎傍：相互依偎的样子。

② 冶叶倡条：比喻任人玩赏攀折的花草，借指妓女。

【赏析】

此词抒写“离恨”。词人之所以突出一个“恨”字，不仅仅在于感慨不断的离别折磨人心，更从一次次送人和被送中体悟到了羁旅行役的不易和人生沉浮的悲凉。不能掌控自身命运的怨怼袭上心头，化出无限恨意。

思路上，仍是从具体情境拓展思绪，生发感喟。开头点出长堤话别的场面，由于古时长堤修于城外，往往成为送别的场所，久而久之，它也成为诗词中象征离别的固有意象。“渐日晚、密霭生深树。阴阴淡月笼沙，还宿河桥深处。”天色渐晚，浓浓的雾霭笼罩着堤坝上的树木，惨淡的月光铺在岸边沙地之上，词人寄身一叶扁舟，停留在河桥之下。

“无情画舸，都不管、烟波隔南浦。等行人、醉拥重衾，载将离恨归去”写出了具体的离别情景。无情的画舫不去理会那笼罩水面的烟波，待到送别的人醉酒入眠之后，带着那背负着满腔离恨的人渐渐远去。其实，真正无情的，不是那冰冷无意志的画舫，而是人躲不开、逃不掉的命运。但词人深知抱怨时运于事无补，只好把满腹的委屈，发泄在那艘画舫上。

人影已经远远不见，但回忆却在脑中愈加明晰。“因思旧客京华，长偎傍、疏林小槛欢聚。冶叶倡条俱相识，仍惯见、珠歌翠舞”正是词人对旧有生活的回顾，头一句，化用杜甫“每倚北斗望京华”诗意，随后的“偎傍疏林”“小槛欢聚”和“珠歌翠舞”都是词人京华生活的内容。“冶叶倡条俱相识”写的则是词人和歌伎的交往。

往事如过眼云烟，一去不复返，而今词人只得自己品尝孤独。“如今向、渔村水驿，夜如岁、焚香独自语”写出一种孤寂感和封闭感。在依傍水边的小渔村中，面对漫长如岁的夜晚，词人与香烛对坐，喃喃低语，陪伴他的只有烛光下映出的昏黄影子。“有何人、念我无聊，梦魂凝想鸳侣。”这是词人思绪的展开，他期盼着有人能够体会到自己百无聊赖而不可得的心境，只能让自己的心魂，再一次回到梦中人的身边。

艺术上，运笔极为恬淡，读来仿佛声声叹息。词人挥毫之间，各种意象渐次而出，引领读者在一个个场景中穿梭。然而贯穿全篇的，自始至终仍是那一股如泣如诉的伤情。

## 关河令

秋阴时晴渐向暝①。变一庭凄冷。伫听寒声②，云深无雁影。

更深人去寂静。但照壁孤灯相映。酒已都醒，如何消夜永！

【注释】

①暝：昏暗的样子。

②寒声：秋天的声音。

【赏析】

词中书写孤寂感受，这种孤寂可能出于人生失意、官场沉浮或是情路坎坷。词人身处萧瑟之中，满怀愁绪难以排遣自解，只好化作笔下种种景观意象，作为内心情感的外在表现。

“秋阴时晴渐向暝。变一庭凄冷。”交代了所处季节。“向暝”，变得昏暗之意，点出天色渐晚。“秋阴时晴渐向暝”写出了深秋节气，天色阴沉，白天格外短暂，暮色渐浓，一片昏暗。“变一庭凄冷”交代了词人所处地点乃是一所庭院。凄清寒冷，既是天气给人带来的身体感受，也是此时人心境的写照。

“伫听寒声，云深无雁影。”词人独自伫立在庭院中间，感受灌注身心的寒冷。“伫听寒声”点出词人久久站立，意绪延展。所谓“听寒”，既是感受秋意悲凉，又是品味内心萧瑟。寒风凛冽，吹过耳畔，不觉间黯然销魂。仔细分辨，方才觉得远方大雁的哀鸣隐约传来，如泣如诉，急忙翘首相望，但见云层重重弥漫铺排，寻不得一丝雁影。伫立庭中的词人，在向远方无尽延展的天际面前，显得如此渺小，如此单薄。

“更深人去寂静。但照壁孤灯相映。”入夜，一切归于寂静，方才的“寒声”早已消散。这里“人去”二字值得品读，本就孑然一身的词人，却要说“人去”，无从得知词人笔下的所去之人是谁，只知道此时的他，身处陋室，真正陪伴他的，只有一盏孤灯，以及孤灯映照在壁上的影子。

“酒已都醒，如何消夜永！”“但愿长醉不愿醒”是词人此时最恰切的心态，然而，酒意终究还是消去，无法浇灭内心积压如山的愁绪，词人环顾四周，茫然无措，不知如何度过这漫漫长夜。

词表面是在描写环境，但字字皆是词人内心的抒写。周济在《宋四家词选》中评价此词“淡永”，可谓一语中的。平淡的语调，平常的景物，却化作无限隽永的意境，直指人灵魂深处的孤独。

## 西河·金陵怀古

佳丽地，南朝[1]盛事谁记？山围故国绕清江，髻鬟对起；怒涛寂寞打孤城，风樯遥度天际。

断崖树，犹倒倚；莫愁[2]艇子曾系。空余旧迹郁苍苍，雾沉半垒。夜深月过女墙来，伤心东望淮水。

酒旗戏鼓甚处市？想依稀、王谢邻里，燕子不知何世；入寻常巷陌人家，相对如说兴亡，斜阳里。

【注释】

① 南朝：吴、东晋，南朝宋、齐、梁、陈等六朝的统称。

② 莫愁：代指金陵的女子。

【赏析】

“金陵怀古”这一主题，在中国诗词史上司空见惯，如何写得不落窠臼，就成了古代文人们共同的课题。周邦彦这首《西河》，格调慷慨，气势宏阔，一方面化用前人诗句，把唐代诗人刘禹锡的《石头城》和《乌衣巷》熔铸其中；同时开拓意境，通过对金陵古城沧桑变迁的书写，寄寓深刻的古今盛衰兴亡感触。

全词结构清晰，先写金陵山川，再写莫愁湖光，最后深入乌衣古巷，由远及近，兴亡之感也愈加浓厚。

开头点明金陵乃是胜地，但很快由扬转抑。“佳丽地，南朝盛事谁记？”感叹曾经的辉煌已经无人记得，只剩下如今一片破败的景象。“山围故国绕清江，髻鬟对起；怒涛寂寞打孤城，风樯遥度天际”一句写山水，出自刘禹锡“山围故国周遭在，潮打空城寂寞回。”在这里“故国”指金陵；“髻鬟对起”形容山峦隔江而对，如同妇女髻鬟；“风樯”指舟船。全句意为：山峦依旧围绕着金陵古城，隔江而对如同妇女髻鬟，汹涌的浪涛拍打古城墙，一片片舟楫摇向远方，直达水天相接之处。

“断崖树，犹倒倚；莫愁艇子曾系”是对古代莫愁女之事的回顾。词人感叹道，悬崖峭壁上的老树依然倒挂在那里，莫愁女的小船曾经也系在那里。乐府诗《莫愁乐》唱道：“莫愁在何处？住在石城西，艇子打两桨，催送莫愁来。”然而，莫愁游湖的景象早已不复，现在只“空余旧迹郁苍苍，雾沉半垒”，旧时古迹已经满眼郁郁葱葱，再也不能看清全貌，弥漫的雾色淹没了半壁城池。随后又是化用刘禹锡诗句，“夜深月过女墙来，伤心东望淮水。”以拟人手法写月色，衬出词人的伤古悼今。

词人随后深入乌衣巷，试图缅怀当年繁华。“酒旗戏鼓甚处市？想依稀、王谢邻里。”面对林立的亭台楼阁，词人不禁陷入对以往的遥想，希望能够在脑海中浮现王、谢两大家族相邻而居的繁盛。但是不知何时，“旧时王谢堂前燕，飞入寻常百姓家”了。诗人身处当下，看到在天空中成双成对的飞燕，在斜阳的余晖中叽叽喳喳不知在说些什么，于是，无不嘲弄道：“它们或许也是在谈论古今兴亡之事呢！”

除了准确化用前人诗意并自铸伟词之外，此词还运用多重视角，既描绘了富有层次的金陵景致，又抒发了沉郁顿挫、慷慨悲凉的感情，“骨气奇高、辞采华茂”（钟嵘《诗品》评曹植诗）。

## 贺铸：一川烟草，满城风絮，梅子黄时雨。

**词人名片**

生卒年月：1052—1125

字号：字方回，号庆湖遗老

祖籍：山阴（今浙江省绍兴市），出生在卫州共城（今河南省辉县）

代表作：《青玉案》等

**词人小传：**太祖孝惠后族孙。年十七，宦游京师，授右班殿直。元祐中，通判泗州，迁宣德郎，改判太平州。致仕后，居苏州、常州。后卒于常州僧舍，年七十四。博学多识，尤善度曲，曾与人言："吾笔端驱使李商隐、温庭筠，常奔命不暇。"常以旧曲填新词，并更改调名。著有词集《应湖遗老集》。曾自编词集为《东山寓声乐府》，今存者名《东山词》。其词善于锤炼字句，又常用古乐府及唐人诗句入词，风格多样，内容多写闺情柔思，也多感伤时事之作。词存二百八十三首。

## 青玉案

凌波不过横塘路，但目送、芳尘去。锦瑟华年谁与度？月桥花院，琐窗朱户，只有春知处。

飞云冉冉蘅皋①暮，彩笔②新题断肠句。若问闲情都几许？一川③烟草，满城风絮，梅子黄时雨。

【注释】

① 蘅皋：水边高地，香草丛生。

② 彩笔：喻文采斐然。

③ 一川：满地。

【赏析】

此词煞尾的一句"一川烟草，满城风絮，梅子黄时雨"在当时传唱一时，贺铸也因此得了个"贺梅子"的雅号。江西诗派祖师黄庭坚在读过此词后亦爱不释手，每每于案前翻阅，并曾写下《寄方回》一诗，以表达自己对贺铸这首词的赞许。

词作开首一句"凌波不过横塘路"，让人想起曹植在《洛神赋》中所描绘的那位"凌波微步，罗袜生尘"的绝代神女。可惜词人笔下姿态轻盈的凌波仙子正在匆匆离横塘远去。美女离去，词人心中自有万般不舍，却无法挽留，只能无奈地目送其踏"芳尘去"，空留词人独自想象她超凡曼妙的身姿。

美人远去，词人心中的留恋、伤感之情自是无以言表，于是叹惋道：“锦瑟华年谁与度？”此时词人心中的孤独苦闷之情被油然激发，想自己“锦瑟华年”之时，竟是独居在这种“月桥花院，琐窗朱户”的住所，将自己的青春年华在这种与世人隔绝的状态下消磨，无人理解，无人倾诉。词人借抒发对美人的相思向往，来表达自己人生道路的迷茫和理想无法实现的苦楚。

下阕中的“飞云”与上阕的“凌波”相呼应，将美人的飘忽不定，比作笼罩着香草的冉冉暮云。此情此景勾起词人心中的痛楚，于是词人提起饱含辛酸的笔触，又一次地写下“断肠句”。其实他本是常题“断肠句”的，可这里却用了一个“新”字，十分耐人寻味。本是满心愁怨，他却要把愁怨说成“几许”“闲情”，可见是常常这样，所以已经不觉为奇，只觉得这都是“闲愁”罢了。词人愈是掩饰，愈是表现了他多年来心中的苦闷和愁绪之频、之多。

“一川烟草，满城风絮，梅子黄时雨。”这是本词的亮点。连续将断肠之愁比喻成一川杂乱的烟草，满城凌乱的风絮和江南梅雨时纷纷不休的细雨，意境邈远，充满了烟雨江南的朦胧画意，形象地将心中纷乱无形的愁苦之情描述成具体可感的事物。

屈原创立了“香草美人”的象征体，而结合贺铸一生经历来看，词中所写对美女的情思亦是作者对官场得意的追求。贺铸一生怀才不遇，虽为皇亲，却未曾身居过要职，因而常有壮志未酬、雄才未施之恨。但此时的贺铸已是晚年，年华就如这可望而不可即的窈窕美女，飘忽远逝，曾经的追求也无法再实现，因此词中充满了哀愁和悲戚。

贺铸的这首《青玉案》意蕴至深，感情真切，具有很高的艺术价值。难怪黄庭坚会赠以“解作江南断肠句，只今惟有贺方回”的赞许。

## 半死桐

重过阊门[①]万事非，同来何事不同归？梧桐半死清霜后，头白鸳鸯失伴飞。

原上草，露初晞[②]。旧栖新垅两依依。空床卧听南窗雨，谁复挑灯夜补衣！

【注释】

①阊门：这里代指苏州。

②晞：干，蒸发。

【赏析】

贺铸与妻子赵氏曾在苏州居住，二人相濡以沫，同甘共苦，感情深厚，后来赵氏病故于苏州。数年后，当作者再经此地时，不由得触景生情，想起了死去的妻子，于是写下了这首《半死桐》，以此抒发对亡妻深深的怀念之情。

词人途经苏州城西门“阊门”时，想到自己深爱的妻子已不在人世，顿生物是人非之感，悲从中来，继而生出“重过阊门万事非”的感叹。此时的词人悲情难抑，伤感万分，他想到爱妻曾与自己同来此地，如今却不能再同归此地，痛苦抑郁之情一时难以排解，“同来何事不同归”一问，正是词人内心苦闷的爆发，哀婉地表现出他心中的无限情思。

“梧桐”“鸳鸯”历来用于写情，但是词人却把看似普通的意象形象化，使之与自己悲哀的感情和谐交融在一起。“梧桐半死清霜后，头白鸳鸯失伴飞”二句，以“梧桐半死”“鸳鸯失伴”来比喻丧偶的自己。“清霜”二字透露出秋天梧桐枝叶凋零后的荒凉萧瑟，这也正是词人丧妻后的心理写照。贺铸创作该词时已年近五十，到了“头白”之年，所以“清霜”用得十分精恰，形象地刻画出了词人此时孤独悲凉的境况。

“原上草，露初晞”暗喻夫人去世之事，与“梧桐半死”相照应，原草晞露也正是荒郊坟场的常景。有了这层铺垫，再引起下一句“旧栖新垅两依依”就显得顺理成章了。二人曾经共住的“旧栖”还在，只是如今只剩词人自己独居，爱妻已深埋“新垅”之中。“旧栖”“新垅”，形成鲜明的对照，但是“依依”二字又将二者紧密联系在一起，这一句虽透着无限凄凉，却深深表现了词人对妻子的一往情深。

“空床卧听南窗雨，谁复挑灯夜补衣”二句，看似朴实平淡，实则真实可感，且将全词的情感推向了最高潮。词人独自躺在空床上，难以入眠，听着淅淅沥沥、悲悲切切的雨声，想起爱妻曾在夜里为自己“挑灯补衣”，如此贤惠的妻子，如此无微不至的体贴，到如今却只能空成回忆，凄凉、寂寥、痛苦，种种感情向词人一齐涌来，令他叹惋神伤，感慨万千。

词人将对往昔幸福温馨的追忆与对今朝寂寞孤苦的感慨相结合，两相进行对比，婉转哀怨地传达出深厚的夫妻感情，营造出了荡气回肠的哀亡之音。

## 踏莎行

杨柳回塘，鸳鸯别浦[①]，绿萍涨断莲舟路。断无蜂蝶慕幽香，红衣[②]脱尽芳心苦。

返照迎潮，行云带雨，依依似与骚人语。当年不肯嫁春风，无端却被秋风误。

【注释】

①别浦：河流入江海之处。

②红衣：指荷花瓣。

【赏析】

在《踏莎行》词中，作者借莲花不被游人欣赏的遭遇，娓娓道出对自己平生志向落空的无奈和悲凉，情感细腻柔润，真挚动人。

“杨柳回塘，鸳鸯别浦，绿萍涨断莲舟路”中的“回塘”指曲回的水塘，“别浦”是河流入海之处。词的前两句共写了四种意象，杨柳树、池塘、鸳鸯和入海的水道，这显然给莲花的登场做了必要的铺垫，首先说明其生存环境的优雅。鸳鸯结对在曲回的池塘里嬉戏，周围环绕着茂密的杨柳，柔枝下垂，不经意间点动水面，一圈圈波纹荡漾开去。碧绿的浮萍长势旺盛，几乎把采莲人摇船的水路都给阻塞了。这个“断”字写得尤为传神，让人仿佛感受到植物正在生发的动态，情致自然地蕴于其中。

“断无蜂蝶慕幽香，红衣脱尽芳心苦”两句当中，词人开始吐露自己的主观情感。这里也有一个“断”字，不过与上句用作动词的“断”不同，此“断”是副词，一定、绝对的意思。这一句是说，尽管莲花长在如此生意盎然的环境当中，浮动的幽香却没有能够吸引蜜蜂蝴蝶前来嬉戏耍闹，也就更没有游人驻足观赏，莲花最终只落个形单影只的结局。

“红衣”是莲花粉红色的花瓣，这里用了拟人的修辞手法，把出淤泥而不染的莲花看作亭亭玉立的少女，纯净而美好。可这样的“红衣”却摆脱不了衰败的命运，它们直到凋落殆尽，显露出内部苦涩的莲蓬，才算完成了这一季的生长。这也正如女性容颜老去，繁华散尽而无人拾取，只得消受心中那份难以明说的苦涩。作者在这两句当中，抒发了自己不被知遇的苦闷，他哀叹自己空有满腹乾坤却不得施展，只能在平庸的生活中逐渐衰老下去，就像水中无人欣赏的莲花一样悲哀而无奈地挺立着。

“返照迎潮，行云带雨，依依似与骚人语”三句中，外部自然环境有了变化，夕阳照映在水面之上，泛起粼粼的波光，上涨的潮水也通过细长的水道涌了过来，飞逝的流云夹杂着淅淅沥沥的小雨，打在莲花和浮萍上，它们微微颤动着，仿佛在低声耳语，而这耳语的对象，正是“骚客”，也就是词人。它们也许在痛诉自己无人问津、余红空落的苦闷，也许在感叹随时可能被风雨侵袭的可怜命运。莲花向词人诉苦，词人也向莲花坦露自己的不平，词人将自己完全纳入莲花在微风中依依而舞的意境中，达到了物我合一的境地。

“当年不肯嫁春风，无端却被秋风误”两句是词人结合莲花的生长习性，对自身遭遇发出的含蓄感叹。春天万物复苏百花齐放，可莲却不同于一般花草的媚俗争宠，而是默默地等待着夏的到来。然而肃杀萧瑟的秋风在莲花长势旺盛的时节就将它吹败，终究给它个孤单落寞的收场。这也正暗合了作者自己的入仕经历，当年清高的自己不肯与世俗合污，又不懂得如何明哲保身，屡遭冷遇之后，只得空怀抱负愤恨离去。“无端”就是“没有缘由”，说明词人此刻依旧无法释然于自己不被重用，无奈年华逝去，自己如今只能行吟莲花，空叹哀愁。

与贺铸同时代的周敦颐也喜欢莲花，他的名篇《爱莲说》中有“予独爱莲之出淤泥而不染，濯清涟而不妖”的句子，可见“莲”这一意象自屈子《离骚》中“香草”植物开始，作为一种高尚品性的象征，已经走入文人的精神境界之中，包含着深厚的审美情蕴。

## 石州引

**薄雨收寒，斜照弄晴，春意空阔。长亭柳色才黄，远客一枝先折。烟横水际，映带几点归鸿，东风销尽龙沙[①]雪。还记出关来，恰而今时节。**

**将发。画楼芳酒，红泪清歌，顿成轻别。回首经年，杳杳音尘都绝。欲知方寸，共有几许新愁？芭蕉不展丁香结。枉望断天涯，两厌厌风月。**

**【注释】**

① 龙沙：指塞外的荒漠。

**【赏析】**

贺铸擅长言情，他的言情词大多娓娓道来，平实细腻且婉曲深长。《石州引》词写他与一位深爱的女子之间缱绻的相思情意，写景、叙事、抒情，既各自独立，又相互融会，且能做到交杂而不乱，足见贺铸摹情笔法的高妙。

“薄雨收寒，斜照弄晴，春意空阔。”蒙蒙细雨过后，寒气有了收敛，雨后开始放晴，斜阳普照，广阔的春色遍布大地，虽还有些许凉意，但是春天已经到来，到处一片欣欣向荣之感。“长亭柳色才黄”，在这美好的早春时节，词人多希望能和情人一起共度，但事与愿违，“远客一枝先折”，表现出有情人折柳惜别的依依不舍之情，也表达了词人对离自己而去的情人深深的思念。

词人伫立在江畔，遥望江上烟霭朦胧，又“映带几点归鸿”，鸿雁已归来，人却未归，而且连一封书信都未捎来，暗指出词人心中的怅然。词人想起去年这个时节，他正由塞北出关，正逢入春时节，塞外大漠的景象是“东风销尽龙沙雪”，广袤而开阔。“还记出关来，恰而今时节”两句收结以上景物，使之与词人物是人非的慨叹联结起来。

“将发”二字，回忆自己即将踏上征程离去的情景。他想起伊人为他饯别时，

“画楼芳酒，红泪清歌”，佳人在画楼上举杯清歌，唱到断肠处泪水止不住地流，和着脸上的胭脂，看起来好像“红泪”一般。只有词人与这佳人心意相连，遂而结合相通。那一夜后的执手轻别，令他们再也不得相见；如今再“回首经年”，也找不到佳人的一点点音信，往事只能在记忆中回味。“顿成轻别”沉痛地表达了词人对那场离别的悔恨。

“共有几许新愁”中“共有”二字说明愁不是词人独有，“新愁”二字则更进一步说明这愁不是一日两日，而是日日翻新，是层层旧愁堆出许多新愁。“芭蕉不展丁香结”引用唐代李商隐《代赠》一诗中的名句，芭蕉因愁而不展，丁香密集而生，愁绪繁多。词人在此处以芭蕉喻自己，以丁香喻情人，表现了二人固结不解的相思愁绪。

二人都不知彼此身在何处，相思难寄，“枉望断天涯”，心中历尽了千般煎熬，故生出“两厌厌风月”的怨恨。无辜的“风月”本是幽静美丽之物，只是有情的两人太过伤悲，无心赏风月，且容易睹物伤情，因此“风月”只会让他们觉得可厌。

陆机在《文赋》中有言：“惟片言而居要，乃一篇之警策”，这篇《石州引》在结构上虽并无多少新奇之处，但是语句凝练，字字珠玑，词中许多意象是由唐诗中脱化而来，景物描写真切不虚，情感的表达收放自如。

## 感皇恩

**兰芷满汀洲，游丝横路。罗袜尘生步，迎顾。整鬟[①]颦黛，脉脉两情难语。细风吹柳絮，人南渡。**

**回首旧游，山无重数。花底深朱户，何处？半黄梅子，向晚[②]一帘疏雨。断魂分付与，春将去[③]。**

【注释】

① 整鬟：古时妇女的一种发式。

② 向晚：傍晚。

③ 春将去：把春带去。

【赏析】

这是一首书写寂寞的心曲，这寂寞由词人邂逅一位美女而引起，深层来源则是词人政治抱负无法施展的怨愤。

“兰芷满汀洲，游丝横路。”发端二句，词人描绘了一幅美丽清新的春景图。沙洲边的兰芷香草生机茂盛，横塘路上游丝飘荡，词人身处如此清幽舒雅的环境中，忽然见到一位婀娜的美女迎面走来。“罗袜尘生步”这句巧改曹子建《洛神赋》中“凌波微步，罗袜生尘”的文字，将女子轻盈曼妙的步态和温柔超凡的身姿刻画得形象生动，与前两句的景色描写相结合，营造出一种缥缈神幻的意境。

美女“整鬟颦黛”，娇羞妩媚，她的眉目让词人深感二人心中都有着千万句脉脉含情之语，可是不知到底有何在阻隔，竟使二人难诉情肠。微风吹拂着柳枝，伊人南渡，在漫天飞舞的柳絮中消失了倩影，令词人备感失望、落寞和哀伤。

词的下阕追想旧事，“回首旧游，山无重数。花底深朱户，何处？”写词人自从与美女分别后，终日思念，不得释怀。他一次次地回首远眺旧地，可惜“山无重数”，无情地遮蔽他的视线；而香闺居所里，美人早已不知去向。此处语意双关，表面是写追求美人不得，实际亦是在抒发自己空有一番抱负，却被重重阻力所碍，充满理想却郁郁不得实现的苦闷和压抑。

令贺铸获得“贺梅子”称号的《青玉案》一词，其中那句“一川烟草，满城风絮，梅子黄时雨”家喻户晓，这里他再次用到“梅子”这个意象，“半黄梅子”点名时节已是暮春，这样的时节自会让人生出伤春之意，更何况词人又遇到这等难以排遣的心事，伤心之情自然更加深重。“向晚一帘疏雨”又加了一层凄凉寒意，词人难抑一腔无奈之情，只好把寂寞的断魂交给春带去，情无归宿的悲哀溢于言表。

贺铸写词，历来清幽深沉，善于把情和景有机统一，且多使用象征，尤其是“香草美人”的象征艺术。这首词的上半阕就很好地体现了这些特点。词人将自己的理想比喻成曼妙的仙女，将对理想的追求幻化成对美人的渴慕，深情动人。

## 减字浣溪沙

秋水斜阳演漾金，远山隐隐隔平林。几家村落几声砧。

记得西楼凝醉眼，昔年风物似如今。只无人与共登临。

【赏析】

贺铸一生历经人生起落，在创作上诗、词、文兼工，其诗词作品或直抒胸臆，或委曲传情，都深挚婉转而富有气度，体现大家风范。

《减字浣溪沙》一词，论名气不如《半死桐》（重过阊门万事非）和《青玉案》（凌波不过横塘路），但是极好地体现了贺铸写词情感纯熟、内蕴丰厚的特点。词作笔法虚实相间，语言深婉密丽，由展现词人登高远眺之景发端，引出离别后的凄苦和对旧人的怀念。通过眼前之景与回忆之景的对比，表现出"无可奈何花落去，似曾相识燕归来"的惆怅心境。

"秋水斜阳演漾金，远山隐隐隔平林"描绘出一片流光溢彩的景象：斜阳映照在秋水上，金色的光辉与微微起伏的波浪相融会；一片片树林平展向前延伸，和远方隐隐横亘的山峦相谐。随后"几家村落几声砧"，赋予静谧的景色一丝生气。星星点点的村落分布在辽阔的大地上，单调的砧杵捶衣之声，隐隐约约，断断续续。声与色形成动静对照，颇有意趣。

上阕三句，在表现视听之余，蕴含了深切的情感。秋水、斜阳、远山、平林、村落、砧声，与词人心中情感结合并加以外化，在伤心人的笔下，深秋晚景被赋予浓重的抒情性。尽管下阕才揭示出词人郁郁寡欢的症结所在，但是，无论是景色的选择，还是气氛的渲染，都体现出词人的心境，并为全词预设了一个情感和心理的基调。

下阕抒发词人的凄凉心境和对过往生活的思念。"记得西楼凝醉眼，昔年风物似如今"展现了词人过往生活的欢乐与尽兴。西楼之上，酒酣耳热，醉眼蒙眬中，曾凝望“昔年风物”。而今物还在，人已非，无处话凄凉。曾经的一切并没有大的改变，只是没有了那个相伴的人。当前风物映入眼帘，过往欢乐现于心目，昔日的惬意尽皆化作今日的愁思。

“只无人与共登临”点出了今昔之不同，道出了伤心的缘由，是全词的词眼。由此，上阕中所写景物，皆成为词人内心感触喷薄而出的铺垫，与下阕抒情相连，既赋予了词作丰富的“味外之旨”，又将词人的一片伤心剖白得动人心魄。

古代的词论家往往对这首词赞赏有加，如陈廷焯评曰：“只用数虚字盘旋唱叹，而情事毕现，神乎技矣。”他又说：“贺老小词，工于结句，往往有通首渲染，至结处一笔叫醒，遂使全篇实处皆虚，最属胜境。”

观此词下阕，在短短数两三句中，词人通过“记得”“只无”打通今昔时间脉络，使人心神穿梭于不同时间，却又身处同一空间，面临相似景物，恍惚不知今夕何夕。结尾一句，猛然点醒，道出郁结所在，由虚入实，余韵袅袅，曲意深幽。可见陈廷焯此言，实为确评。

## 天门谣·登采石峨眉亭

牛渚天门险，限南北、七雄①豪占。清雾敛，与闲人登览。

待月上潮平波滟滟，塞管轻吹新《阿滥》。风满槛，历历数、西州②更点。

【注释】

① 七雄：指以金陵（今南京）为都城的六朝和南唐。

② 西州：指西州城，在今江苏南京鸡鸣山南。

【赏析】

《天门谣》原名《朝天子》，是一首咏史怀古的词作，因贺铸词中吟咏天门而得名。第一句中所提到的“牛渚”缘于采石矶三元洞西南一洞名，民间传说古时此洞曾出金牛，因此被称为牛渚矶，这一带也因此被概称为牛渚。又因其地势险要，所以向来为兵家必争之地。唐代诗人李白《望天门山》中“天门中断楚江开，碧水东流至此回”两句描写的就是此处景观。

“牛渚天门险”，词的发端就点出了牛渚、天门地理形势的险要。紧跟二句“限南北、七雄豪占”，更显其气势的磅礴。因为南北朝以长江为界，所以称“限南北”，在江南立国有东吴、东晋、宋、齐、梁、陈再加上南唐共七国，所以称“七雄豪占”，这二句道出了此处的历史地位，语词雄浑，显出一股豪迈之气。

如今这块历史军事重地已经恢复了平静，由轻云薄雾笼罩着，成为闲人们登临游览的地方。“清雾敛，与闲人登览”二句与前三句形成鲜明对比，由紧张转入闲适，由壮阔转入宁静。“雾”本就给人虚无缥缈的感觉，而站在高山之上历览古迹，云雾缭绕的景观更容易使人产生遐想，让人生出回到金戈铁马、气吞山河的古战场的幻觉。“与”字用得巧妙，不写人遇雾，而写雾在陪着闲人游览，显得活灵活现。

“待月上潮平波滟滟”，写天门山涧下的江水平静东流的景象。滟滟清波荡漾，映在水中的明月也跟随细浪一起摇曳，在这宁静的江月美景下，一首羌笛曲《阿滥》在空谷中远荡。羌笛一般是用于军营中的，例如唐代诗人王之涣的《凉州词》中就写道“羌笛何须怨杨柳，春风不度玉门关”，还有宋代词人范仲淹《渔家傲》中“羌管悠悠霜满地”，也用到了这个意象。

羌笛声音低沉凄凉，所以常用于表现边关战士生活的艰苦和不易，《阿滥》就是这样一首曲子。而词中却说“塞管轻吹新《阿滥》”，“新”字意味深长，羌笛奏的军乐已不像当初那样悲凄了，可是词人身处古迹之中，自会吊古伤今，心头的滋味又是一“新”。

“风满槛，历历数、西州更点”三句点出词人此时所处的时间、环境和登临的心境。词人迎着寒冷的山风站在高山之上俯瞰，“历数”着夜晚的更鼓之声，久久游览，不舍离去。由上文可知，词人初登此地时尚是白昼，此时却已听到了夜晚的更鼓，可见他的流连忘返。

人与景，古与今的完美合一，让人深切感受到词人登临天门山后所产生的复杂情感。全词意境萧索清幽，又不失豪迈壮阔，体现出词人胸中深沉的怀古抚今情怀，但这种情怀又隐藏于字里行间，并未明确道出，因而使词境显得杳渺深远。

## 张耒：情到不堪言处，分付东流。

**词人名片**

生卒年月：1054—1114

字号：字文潜，号柯山

祖籍：楚州淮阴（今江苏省淮安市）

代表作：《风流子》等

**词人小传：**苏轼评其文似苏辙，汪洋淡泊。诗学白居易、张籍，题材多写下层人民生活，风格浅白平易。词风与秦观、柳永相近，香艳婉约。著有《柯山集》五十卷。赵万里辑为《柯山诗余》一卷。

### 风流子

木叶亭皋[①]下，重阳近，又是捣衣[②]秋。奈愁入庾肠，老侵潘鬓，谩簪黄菊，花也应羞。楚天晚，白蘋烟尽处，红蓼水边头。芳草有情，夕阳无语，雁横南浦，人倚西楼。

玉容知安否？香笺共锦字，两处悠悠。空恨碧云离合，青鸟沉浮[③]。向风前懊恼，芳心一点，寸眉两叶，禁甚闲愁。情到不堪言处，分付东流。

**【注释】**

①亭皋：水边的平地。

②捣衣：其实就是“洗衣”，洗衣过程中用棒槌敲打衣物之意。

③ 青鸟沉浮：音信全无。

【赏析】

张耒作为“苏门四学士”之一，作诗著文皆可圈可点，深得其师苏轼赏识。与其文风的汪洋淡泊和诗风的平易通俗不同，张耒的词作十分艳丽，且长于抒情，文字细腻，情意缠绵，属典型的婉约词路。此篇《风流子》，题材不出游子思妇的老套，却写得别致生姿，风流高远。

南朝诗人柳恽《捣衣诗》中有“亭皋木叶下，陇首秋云飞”之句，此词首句“木叶亭皋下，重阳近，又是捣衣秋”，既用柳恽其句，也用其意，但经张耒一番经营，却自有其神韵。词人先将清秋的萧条景物点染出来，再写重阳佳节临近，思妇捣衣，寄于游子，暗示离别之遥、之久。如此便将秋意与离愁结合起来，使情与景交融为一体。

下句直接言愁，却多用典故表现，使词意婉转曲折。“奈愁入庾肠，老侵潘鬓，谩簪黄菊，花也应羞。”“庾肠”是用六朝时期庾信羁留北朝不得南归的典故，“愁入庾肠”，极言离愁深重。“潘鬓”指中年白头。西晋潘岳《秋声赋序》中有“晋十有四年，余春秋三十有二，始见二毛”之语，后世遂以“潘鬓”言早生华发。“老侵潘鬓”一句，犹言人因愁而白头。

“谩簪黄菊，花也应羞”脱胎于苏轼《吉祥寺赏牡丹》中“年老簪花不自羞，花应羞上老人头”一句，但意味却大不相同。苏诗流露出幽默、调侃、旷达的意趣，此词却以“谩簪”二字，劝白头人莫戴黄花，只恐被花嘲笑，流露出一种悲凉的况味。

接下来重新回到景物描写上。“楚天晚，白蘋烟尽处，红蓼水边头。”天色向晚，白蘋洲和红蓼渚笼罩在烟水之中。“芳草有情，夕阳无语，雁横南浦，人倚西楼”一句，历来为评家注目。“芳草”与“有情”，“夕阳”与“无语”，均是将景语与情语杂糅，景语平常，但因添了情语，而显摇曳多姿；且用在上阕末尾，词意一顿，便有浑然不尽之意。

芳草、夕阳仍与离愁相关，人见芳草萋萋而起离愁，见残阳如血而生别恨，这都是诗词中惯用的意象，但在词人妙笔之下，却别具韵致。“雁横南浦，人倚西楼”乍见亦寻常，人倚楼，是因相思，这也是诗词中常见之景，但与前面“芳草”“夕阳”句结合来看，“人倚西楼”的画面便蕴含了无限情思：见芳草而生情，万种离愁别绪涌上心头，却只能面对天边的余晖默然无语。更兼“雁横南浦”，一横一立，相映成景。入秋之后，大雁南飞，人却不得归，隐约点出遗恨之意。

下阕以问句开端：“玉容知安否？”游子倚靠西楼，遥想远方玉人，想知道她如今是否安好。承接上阕之景，融景入情，笔力甚健。

“香笺共锦字，两处悠悠”一句，将一种相思、两地情意表现得亲昵缠绵。“空恨碧云离合，青鸟沉浮”写二人分离，信音难递之恨。“空”字将恨的程度再深入一层。恨既徒劳，又有徒劳之恨，真是“此恨绵绵无绝期”。

词人极写愁之绵密后，又以“向风前懊恼”一句，想象思妇之情状，深婉入情。末句“情到不堪言处，分付东流”不着激越之语，却将全词情感渲染得越发浓厚。上阕是见夕阳而无语，此处则是“不堪言”，不是不说，而是太过复杂，不知该如何诉说，也是因离愁太深，不忍说，也不敢说。“分付东流”四字，一如李煜“问君能有几多愁，恰似一江春水向东流”词意。李词言家国怅恨，感慨遥深；而此词结句言离愁，亦有情深难尽的慨叹。

## 秋蕊香

帘幕疏疏风透，一线香飘金兽①。朱栏倚遍黄昏后，廊上月华如昼。别离滋味浓于酒，著人②瘦。此情不及墙东柳，春色年年如旧。

【注释】

① 金兽：铜香炉，铸成兽形。

② 著人：使人。

【赏析】

作为苏轼的门生，张耒与黄庭坚、晁补之一样，受苏轼牵连，仕途坎坷，因遭贬谪而辗转各地。其诗文对此境况多有表现，但他流传下来的词作却很少流露贬谪情绪。这首《秋蕊香》是他因思念一位歌伎而作，词中并不直言自己的思念之情，而是从对方的角度来写相思，将他与歌伎之间的深情和离愁，写得柔婉动人。

“帘幕疏疏风透，一线香飘金兽。”起句写闺房景象。“金兽”是指兽形香炉，从稀疏的帘幕中吹进来的风，吹得香炉中燃起的一线烟雾轻轻摇动。“透”字体现出闺房的空寂冷清，“一线”二字细腻地表现出女主人公内心的轻微涟漪。独坐闺中的女子因忍受不住心中情丝摇曳，所以“朱栏倚遍”，起身走至廊上，倚着栏杆，痴痴望着黄昏景色，直到天上明月朗照，将整个回廊照得亮如白昼。

从“黄昏后”到“月华如昼”，说明女子倚栏之久，思念之久。她或许想起自己曾经与他“人约黄昏后”，在美好的夜里一起赏月的情景，因此久久流连，不舍得离去。整个上阕，纯用景语描写闺房景象和女子倚栏的场景，无一处言情，却将女主人公的依依深情表现得如泣如诉，缠绵悱恻，可见词笔之深婉。

下阕以“别离”二字起首，直接抒写离情，但词人选取的角度却十分别致。先说“别离滋味”，这种滋味本是难以言明的，正如李煜《相见欢》（无言独上西楼）词中所言：“剪不断，理还乱，是离愁。别是一番滋味在心头。”但词人却别出心裁，说“别离滋味浓于酒”，别离的愁绪比酒更浓烈，以至于借酒浇愁也无济于事。这种以实比虚的手法，使看不见摸不着的情绪一下子变得鲜明可感。

接下来的一句“著人瘦”，将离愁描写得更加生动。愁滋味不仅比酒更浓，而且能使人变得消瘦。这本是对“衣带渐宽终不悔，为伊消得人憔悴”（柳永《蝶恋花》）这一别后情境的沿用，但词人不说人因愁而瘦，而说愁“著人瘦”，更显愁之深重，以及人为愁所困的无奈。

“此情不及墙东柳，春色年年如旧。”末句是对“此情”的描述。词人不直接写情深，而是再次用实物来比照。女主人公叹息自己的情意比不上墙东的柳树，因为柳树年年迎春而发，翠色如故，但她与离人之间的感情，却不知能否“年年如旧”。这种感叹委婉地表现出女子对离人的想念，以及这份想念背后的忧愁。而这些心绪又都来自于她对离人的深情厚谊。层层转折之下，情之深刻如现目前。

此词短小精练，构思新巧，曲意含情，浓婉中见真挚，深得小令工整清丽的风致。

## 晁补之：狂歌似旧，情难依旧。

**词人名片**

生卒年月：1053—1110

字号：字无咎，号归来子

祖籍：济州巨野（今属山东省）

代表作：《水龙吟·次韵林圣予惜春》等

**词人小传：**著有《鸡肋集》七十卷，词集六卷，名《晁氏琴趣外篇》。诗、文皆有造诣。文纵横捭阖，诗骨格高俊。王灼《碧鸡漫志》谓其词“学东坡，韵制得七八”。

### 水龙吟·次韵林圣予惜春

问春何苦匆匆，带风伴雨如驰骤。幽葩细萼，小园低槛，壅培未就。吹尽繁红，占春长久，不如垂柳。算春常不老，人愁春老，愁只是、人间有。

春恨十常八九，忍轻孤①、芳醪②经口。那知自是，桃花结子，不因春瘦。世上功名，老来风味，春归时候。纵樽前痛饮，狂歌似旧，情难依旧。

**【注释】**

①孤：即“辜”。

②芳醪：指美酒。

**【赏析】**

词一起笔，“问春何苦匆匆，带风伴雨如驰骤。”似是言春愁春恨，实际上整首词抒写的却是解愁之理。首句“问春”，表达世人常有的惜春之情。“何苦”二字，体现出恨春早归之情。“带风伴雨”四字，直接引出下文：“幽葩细萼，小园低槛，壅培未就。”一夜风雨过后，园中落了满地还未长大的小花。

寻常写惜春，多写开到极盛的花被风吹雨打，凋落成泥，以极盛至极衰，凸显春逝之后的残败景象，由此渲染愁情恨意。此处却写“细萼”小花，由春意未炽便已凋零，言自然无常之理，同时也暗暗呼应后文所写人生之“春归”，以示老大无成之恨。

“吹尽繁红，占春长久，不如垂柳”一句，开始翻出新意。“吹尽繁红”四字，不露消沉意味，反而经由下文“占春”之语，表现出一种生命自然起落的兴味和理趣。春意在此处消了，又会在彼处“长久”，因此恼春、惜春都大可不必。这是从景物描写上暗示自己的想法。下句“算春常不老，人愁春老，愁只是、人间有”则直抒己见，点明春愁的来源，表达放适自然的生命意绪。用语浅显，词意却显得婉转多姿。

春永远都会再来，因此永远都不会老去，人以为春会老而兀自生愁，只是因为心中有愁而投射于景物罢了。由此，词人将愁绪归结于人，再次为后文叹惋人生暮年、一事无成埋下伏线。

下阕再来一层转折：先写“春恨”，后解此恨。“春恨十常八九，忍轻孤、芳醪经口。”即使不因春而生愁，人间之恨事亦常在，内里心事遇外在残景，只能借酒浇愁。“那知自是，桃花结子，不因春瘦。”桃花消瘦，并非因为春意凋残，而是为了孕育出秋天的果实。此处呼应前文“春常不老”之意：世人皆因花瘦而感伤，却不知花开花谢本是平常。

但是，尽管词人明了个中道理，却仍免不了慨叹：“世上功名，老来风味，春归时候。纵樽前痛饮，狂歌似旧，情难依旧。”其实，人们何尝不知道春来春去乃自然之理，只是难抑心中愁苦悲情罢了。人生得失盛衰，亦如春之来去，虽是平常道理，人身处其中，却难以看透。词人叹息青春不再，功名未成，人生浮沉，此情想要消除，谈何容易。

这首词不同于一般惜春的作品，借惜春之意来表达人生易逝的感慨，而是反其道而行之，以惜春无用之理来表达暮年之悲叹，十分别致。

## 洞仙歌·泗州中秋作

青烟幂[①]处，碧海飞金镜。永夜闲阶卧桂影。露凉时，零乱多少寒螀[②]，神京远，惟有蓝桥路近。

水晶帘不下，云母屏开，冷浸佳人淡脂粉。待都将许多明，付与金尊，投晓共流霞倾尽。更携取胡床[③]上南楼，看玉做人间，素秋千顷。

【注释】

①幂：遮掩。

②寒螀（jiāng）：寒蝉。

③胡床：也叫交椅、绳床。一种坐具，可折叠。

【赏析】

词写中秋月夜之景，作于徽宗大观四年（1110），其词情之旷达，气象之雄阔，可与苏轼词比肩。篇中多化用前人诗文或前朝典故，又能与月夜的主题融合无际，显得风姿摇曳，思致浑然。

起笔处状写月升的景象，出语不凡：“青烟幂处，碧海飞金镜。”“青”“碧”“金”三字，造成一种色调上的强烈对比，凸显天幕的清澈疏朗。在无边无垠的天际，从遮蔽着月亮的云影中，“飞”出了一轮“金镜”。将圆月比作一面闪耀着金色光辉的镜子，既表现其明亮，又显示其皎洁。用一“飞”字，将月光瞬间洒遍大地的景象描写得动态十足。

“永夜闲阶卧桂影”一句，写地上看月之人在庭院阶前信步闲走，流连于美好的月色，不忍离去。“卧桂影”既指桂树在月光照射下，于庭前投下树影，又指月中桂树随着月光的铺泻，在人间留下光影。寥寥三字，蕴含现实之景与神话之境，亦实亦幻，美不胜收。

词人沉浸于美景之中，浑然不觉“露凉”。在这清寂的时刻，耳边“零乱多少寒蛩”。寒蝉的鸣叫声声入耳，越发显出月夜的静谧冷寂，而身在其中的词人，心境亦孤冷凄清，由此引发“神京远，惟有蓝桥路近”的慨叹。

唐传奇中有书生裴航蓝桥遇仙人的故事，裴航为与仙人结为夫妇而接受寻找玉杵捣药的考验，后来月宫中的玉兔被他的诚心打动，下凡帮助他捣药。“蓝桥路近”即用这一典故，表示月亮离人很近之意。“神京远”写当下处境，似是消沉之语，但接下来立刻以一句“惟有蓝桥路近”冲淡沉郁气氛。值此中秋之夜，月与人相伴，便已足够，没有必要为了那些尘俗之事伤神烦心。词人生命暮年旷逸绝尘的心境，由此句可窥一二。

李白有“却下水晶帘，玲珑望秋月”的诗句，将水晶与月光并置，中间以“玲珑”二字点缀，营造出柔美、晶莹、透澈的氛围。词人在下阕起始处，化用李白诗句，以一句“水晶帘不下”，写月光朗照室内的景象。卷起水晶帘子，打开云母屏风，月光照进来，“冷浸佳人淡脂粉”，照在佳人脸上，和着轻抹淡扫的脂粉，流转生姿。

“待都将许多明，付与金尊，投晓共流霞倾尽”一句，写筵席上饮酒赏月的情景，思路却新颖奇崛。词人沐浴在美妙的月光下，恨不得将如银的光辉和着酒一起饮下，颇有李白“举杯邀明月”的豪兴，却多了一分婉转清雅。“投晓”二字，暗示词人准备通宵达旦欣赏月色，品饮美酒，以免辜负这大好的月夜。

然而，即使“共流霞倾尽”，词人也仍觉得不够尽兴，因此有了下句“更携取胡床上南楼，看玉做人间，素秋千顷”。他想如古人那样，携着胡床登上高高的南楼，从高处俯视笼罩在月光之下、像玉一样的人间，欣赏大地上无垠的清秋素妆。

整首词先写庭中望月，次写宴集赏月，末写高处俯瞰月夜之景，既写出月色之美、月光之形，还写出月的神韵风骨，其中又饱含人对月的喜爱流连。细笔摹写处，文字精致华美，词情豪逸壮阔。

## 忆少年·别历下[1]

无穷官柳，无情画舸，无根行客。南山尚相送，只高城人隔。
罨画[2]园林溪绀碧，算重来、尽成陈迹。刘郎鬓如此，况桃花颜色。

【注释】

① 历下：今山东济南市历城区，当年词人曾在这里为官。

② 罨画：色彩驳杂的画，形容园林色彩纷呈。

【赏析】

这首词作于哲宗绍圣二年（1095）初，是词人谪贬应天府（今河南商丘），告别历下时的抒怀之作。

上片写离别的情景。起首三句细笔轻描，强调离人的凄凉落寞，“无”字三用，更增悲情。“南山”两句，点出题旨。“南山尚相送”，但无奈“高城”使“人隔”，悲切之情，令人断肠，有情之物与无情之人对比鲜明，更显离愁之深。

下片抒发人生感慨。“罨画”句写历城风光秀美，使人留恋。“算重来”二句，是词人对人事变迁的预想，满含哀叹。“刘郎”句出自刘禹锡《戏赠看花诸君子》诗：“玄都观里桃千树，尽是刘郎去后栽。”把感慨推向极致，极言离别的愁苦和蒙冤的怨恨。个中孤单落寞，感人肺腑，令人回味无穷。

这首词丽而不艳，清雅深婉，情意缠绵，韵味十足，令人回味无穷。

# 第三章

# 照进现实的一道光·宋词的深化与新变

## 李清照：寻寻觅觅，冷冷清清，凄凄惨惨戚戚。

**词人名片**

生卒年月：1084—约1155后

字号：号易安居士

祖籍：济南章丘（今属山东省）

代表作：《声声慢》等

**词人小传：**其父李格非为元祐“后四学士”之一，其夫赵明诚为金石考据家。李清照生活在两宋之交，词风受时局影响深远：早期词清新婉丽，写少女的明快生活与婚后相思情意，南渡之后词风大变，多悲叹身世、感怀国事，格调深沉而感伤。其语言清丽浅近，是婉约派的代表人物。著有《词论》，提出“词别是一家”的观点，反对以作诗文之法作词。词作主要集于《漱玉词》。

### 声声慢

寻寻觅觅，冷冷清清，凄凄惨惨戚戚。乍暖还寒时候，最难将息①。三杯两盏淡酒，怎敌他晚来风急？雁过也，正伤心，却是旧时相识。

满地黄花堆积，憔悴损，如今有谁堪摘？守着窗儿独自，怎生得黑！梧桐更兼细雨，到黄昏、点点滴滴。这次第②，怎一个愁字了得！

**【注释】**

①将息：调养休息。

②次第：情形。

**【赏析】**

梁启超先生曾为《声声慢》作过批注：“此词最得咽字诀，清真不及也；又：这首词写从早到晚一天的实感。那种茕独凄惶的景况，非本人不能领略，所以一字一泪，都是咬着牙根咽下。”之所以“茕独凄惶”，一方面因为丈夫逝去，词人独自一人，形影相吊，心中哀婉深重；另一方面，北宋灭亡多年，南宋朝廷苟且偷安，无心收复失地，词人颠沛流离，亡国之痛、飘零之感萦绕不去，更添愁苦。本词以浓重黯然的笔墨、悲抑难捺的情思，把国破、家亡、夫死、人老的痛苦一一道出，饱蘸血泪。

“寻寻觅觅，冷冷清清，凄凄惨惨戚戚。”起篇尤为绝唱，词人连下十四个叠字，为前人所未曾行，且后人难以效仿，自是神来之笔。明代吴承恩说：“易安此词首起十四叠字，超然笔墨蹊径之外。岂特闺帏，士林中不多见也。”从音律来说，此三句宛似“大珠小珠落玉盘”，节奏急促，令人读后有凄厉、彷徨之感；从结构上来说，起篇即用七组叠字，出奇制胜，非同凡响；从内容上来说，首句言人物动作，次句交代所处环境，三句写人物心情，传达出词人丰富而微妙的心理活动，见百转千回之妙。

开篇叠字之妙，再多赞誉也不为过。但与形式技巧的精湛相比，更能撩动读者心弦的，是“寻寻觅觅”却无处可寻，“冷冷清清”却无人相慰，“凄凄惨惨戚戚”却无可奈何，最终只能把满腹辛酸“咬着牙根咽下”。

“乍暖还寒时候，最难将息。”接下来两句以“天气”指代时间，说明正是秋季，为下文描写“鸿雁”“黄花”“梧桐”等意象做好时间铺垫。秋季的天气一会儿冷一会儿热，在这种时令，最难保养将息。“三杯两盏淡酒，怎敌他晓来风急？”词人饮了几杯淡酒，却根本无法抵御早上冰凉入骨的冷风。从“怎敌他”一句来看，饮酒似是为了御寒，但酒素来被视为解忧之物，古人有“何以解忧，惟有杜康”之说，且从李清照的诸多词作中可知，她本就是个爱酒之人。当“凄凄惨惨戚戚”的心情无处寄托时，她以酒解愁也属自然，未明言这层目的，即不愿言愁，反而显得愁绪更浓厚，更深重。

“雁过也，正伤心，却是旧时相识。”此三句正常语序应为：“正伤心”“雁过也”“却是旧时相识”，词人有意把“鸿雁”这一意象提前，一方面承接“风急”，有疾风送雁之意；另一方面在前文的浓愁与此处的“伤心”之间，做了短暂的缓冲，使情感流变呈现出一波未平、一波又起之状。词人本伤心欲绝，抬头又见到云中过雁，依稀是旧日替自己传锦书递相思的那只。此处言外之意是：只可惜，旧情难却，斯人不在，纵有音书也再无人可寄，含蓄引出悼亡意味。

上阕以举头望雁作结，下阕以低头赏花开启。“满地黄花堆积”写菊花之盛、之多，“憔悴损”写人之憔悴、凋零，怒放的菊花与憔悴的赏花人之间形成鲜明对比，以花之生气勃勃反衬人物的形容枯槁。接着，词人以反诘语气把上阕结尾处的悼亡情思进一步加深：“如今有谁堪摘？”现在，还有谁和我一起赏花、摘花呢？既有“如今”之叹，必有“往昔”作为暮景，词人并未明写昔日是谁陪自己一起赏菊，却能令读者立刻联想到赵明诚无疑。

“守着窗儿独自，怎生得黑！”她一人静坐窗前，心绪烦乱，这样的一天，怎样才能挨到天黑啊！词人采用倒装手法，把“独自”二字后置，却更能吸引读者的注意力，“怎生得黑”乃是通俗口语，把词人的烦闷和微恼心态描摹得入木三分。

词人坐在窗前，隔着薄薄的窗纸听着细雨敲打梧桐的声音，一点一滴，就像敲打在心扉之上。“梧桐更兼细雨，到黄昏、点点滴滴”，此处又见双声叠韵，仍无斧凿痕，可见词人对这一手法的运用已臻化境。传说梧桐有雌雄之分，梧是雄树，桐是雌树，两树同长同老，同生同死，以这一意象入词，有“草木尚且有伴，人却‘独自’成愁”之意。

“这次第，怎一个愁字了得！”终篇以“愁”字作结，却明言非“一个愁字了得”，独辟蹊径，别具一格，可见词人实乃言愁之大家高手。“深妙稳雅，不落俗套，亦不落绝句，真此道本色当行第一人也。”清代刘体仁的评价切中实处。

叠字是本词最显著的艺术特点。明代茅映《词的》卷四曰：“连用十四叠字，后又四叠字，情景婉绝，真是绝唱。后人效颦，便觉不妥。”篇首绝唱与下阕中“点点滴滴”，俱自然流畅，如行云流水，又把词人心曲表达得婉转动人，凄怆欲绝，同时赋予全词以音乐美感。

此词旨在言愁，却只在结尾见一“愁”字，前文中一直在用丰富而生动的意象层层铺陈，见渲染、烘托之妙。

全词写景、抒情、叙述等表现手法运用得当，互相交错织就，显示出结构的起承转合、节奏的曲折变化，情感在此过程中逐步加深，直至尾句达到高潮。

## 点绛唇

**蹴[①]罢秋千，起来慵整[②]纤纤手。露浓花瘦[③]，薄汗轻衣透。**

**见客入来，袜刬[④]金钗溜。和羞走。倚门回首，却把青梅嗅。**

**【注释】**

①蹴（cù）：踩，踏。

②慵整：慵懒地收拾、整理。

③花瘦：指花瓣凋零稀少的样子。

④袜刬（chǎn）：即刬袜，指不穿鞋，只穿着袜子往来行走。

**【赏析】**

女子初见心上人，往往羞中带怯、怯中带痴，其微妙复杂的心情常常只可意会难以言传，《点绛唇》一词却把此境写活，道出了少女情窦初开的样子。

“蹴罢秋千，起来慵整纤纤手”，“罢”字直接点明女子此前一直在轻荡秋千，惬意随性至极；“蹴罢”将荡秋千的动景终止，转入静景描摹。女子坐在秋千上，随风忽上忽下，罗衣轻轻在风中飘荡，仅以“美”字难以描述。兴致告罄，女子起身轻拍素手。“慵整”一词极为考究，女子当时颇感疲惫，于是从秋千上走下，随意地收拾一下自己的衣装，抚平身上不整之处。“慵”字尽显她彼时慵懒随性。“纤纤手”承接，以“纤纤”状细指，添优美娇柔。仅此两句，将少女倦极后不愿动弹的形象刻画得惟妙惟肖。

“露浓花瘦，薄汗轻衣透。”此句直指时间：春季；地点：花园。早春时节，纤细的花朵上还沾着晶莹的露珠，女子从秋千而下，一身薄汗，连轻衣都被浸透了。这两句借景写人，“露浓花瘦”写花上露沾，“薄汗轻衣”指少女衣衫汗透。露如薄汗，花似少女，两景并置可相映生辉。此外“浓”既是对“露”的形容，也是对少女“薄汗”的喻指；“瘦”既写“花”之纤细，也比出女子娇柔。

上阕凝笔于女子“蹴罢秋千”，下阕转笔于女子“见客入来”。“见客入来，袜刬金钗溜。”突有客人进入花园，女子仓皇逃去，连鞋子都顾不上穿，松散着头发着袜溜去。“袜刬”指她仅穿了袜子；“金钗”写出她头发凌乱、金钗下坠的样子；“溜”字十分灵动，可爱逃匿之感顿生。“袜刬金钗溜”五字连用，既将女子仓乱逃去的形象勾勒出来，更暗暗传达出女子的青春洋溢——只有少女“见客入来”，才会如此仓皇，不知所措。下阕开篇以女子“溜”景引入，趣味横生，为抒情做铺垫。

“和羞走。倚门回首，却把青梅嗅。”“走”指疾步快走，少女“见客人来”后，面带羞涩疾步离去，但是她并非就此一去不回头，而是倚靠门扉，偷偷回首观望客人，假以嗅青梅来掩饰自己。“倚门”显其慵懒，“回首”有含羞但又渴望看见的微妙心理，一个“却”字转承，将女子借由“嗅青梅”来偷看客人的羞怯一笔晕开。就整个下阕统观，细摹女子“见客人来”后的形象，虽未直言客人何人何象，但是由女子“和羞走”的动作可以断定来客当是一位风度翩翩、衣冠楚楚的少年，女子见后有心动之感，才会在疾步走后仍“倚门回首”，一顾三盼。

上阕以静描景，下阕以动画人，动静结合，情景交融，描画出少女突遇心仪男子，怦然心动的反应，可爱而不失矜持，羞怯而不忘含情，具体生动，天真烂漫。明代沈际飞赞誉道：“片时意态，淫夷万变，美人则然，纸上何遽能尔？”

## 如梦令

**昨夜雨疏①风骤，浓睡不消残酒。试问卷帘人，却道海棠依旧。知否，知否？应是绿肥红瘦②！**

【注释】

①疏：稀疏。

② 绿肥红瘦：绿叶茂盛，红花凋残的样子。

【赏析】

“一问极有情，答以‘依旧’，答得极淡，跌出‘知否’二句来，而‘绿肥红瘦’无限凄婉却又妙在含蓄，短幅中藏无数曲折，自是圣于词者。”这是清代黄了翁在《蓼园词选》中对李清照这首词的评价，恰恰道出了其中妙处。李清照精造句，善遣词，巧用字，整首小令三十余言无一难字，平白浅近，却让人回味无穷。

“昨夜雨疏风骤”，首句回忆昨夜风雨大作的情况，也交代前情，“风雨”是本词缘起，引出后文词人与卷帘人的对话。后人对“雨疏风骤”四字向有争议，学者周汝昌认为“疏”字有疏放疏狂之意，也有人认为是雨点稀疏、狂风紧密之意，另有学者独辟蹊径，指出“疏”“骤”二字乃互文用法，写出了风雨时大时小、时疏时骤的情状，更贴合暮春时节风雨交加的实况。

起句恰如骤雨劈空而来，呈现出突兀而起的姿态，紧承而来的“浓睡不消残酒”一句又作收势，两句跌宕起伏，在节奏上取胜。另外，这句采用了倒装手法，词人之所以“浓睡”不醒，是因为“不消残酒”，将结果前置，正是为了突出睡梦沉沉，以致不知院中花草经风雨摧残后的情状。

早晨醒来后，醉意、睡意皆已消散，词人回想起昨晚的风雨，不由得担心庭院里的花草是否安好。于是“试问卷帘人”，一个“试”字格外动人，把她小心翼翼、惴惴不安的心态诉出。词人心知经过一夜风雨，海棠肯定不堪蹂损而残红狼藉，她不忍心亲眼见此景象，又怀着侥幸的期待，于是忐忑着“试问”，她害怕听到海棠凋零的消息，又关心花事，这种曲折心理因一“试”字得以再现，词人的神情口吻宛在眼前。

词人极为忐忑，但卷帘人却似不懂她的心事，“却道”二字写出了卷帘人的漫不经心。关于“卷帘人”的身份，一说是侍女，一说是词人的丈夫赵明诚，未有定论。面对词人的探询，卷帘人随口应答：“海棠依旧！”李清照微微嗔怒，连声道出：“知否，知否？应是绿肥红瘦！”卷帘人的浑然无觉与词人情急的纠正相映成趣，有鲜明的戏剧效果。

“绿肥红瘦”指院中海棠在风雨的摧残下，叶多花少、绿浓红浅。清人王士祯在《花草蒙拾》里评此句“人工天巧，可谓绝唱”。一般来说，“肥”“瘦”二字很难营造出诗情画意，但词人却在这四字上套用了多种辞格，包括通感、借代、对比、拟人、摹色、衬托等，以鲜明的颜色和形态给人以极大的视觉冲击，直把腐朽化为神奇。

后人对这首词评价极高，称它有人物，有情节，有对白，有情绪，鲜明的人物形象呼之欲出，情节连贯又时而跳脱，若非有生花妙笔，恐难驾驭。全词并无怪字险字，语淡情深，极尽传神之能事，把词人的惜花爱花之情、惜春伤春之意表露得丝丝入扣，写出了闺阁女子的细腻情怀，于淡淡忧愁之中，又有娴雅之态。

## 如梦令

常记溪亭日暮，沉醉不知归路。兴尽晚回舟[①]，误入藕花深处。争渡，争渡，惊起一滩鸥鹭[②]。

**【注释】**

① 回舟：乘船而回。

② 鸥鹭：泛指水鸟。

**【赏析】**

在南宋黄昇《花庵词选》中，此词题为“酒兴”。这是《漱玉词》中流传最广的小令之一，记叙了李清照年少时与好友一起泛舟游湖、流连忘返，又因酒醉迷途、误入荷塘的经历，鲜明地呈现出李清照少女时代的生活状态和情趣志向。

“常记溪亭日暮”，“常记”二字是时常记起的意思，说明这是一首忆昔词，且表明了词人对往昔生活的极度留恋。“溪亭”不是泛指某个临溪亭台，有人认为是指济南城西某地的地名，关于此有宋代苏辙的诗《题徐正权秀才城西溪亭》为证，此诗作于苏辙在济南任职期间，溪亭是名医徐正权的私人园林；也有人认为溪亭是济南名泉溪亭泉，词人原籍章丘明水，距济南不远，溪亭泉是济南七十二名泉之一，李清照年少时有可能曾去此地泛舟游湖。“日暮”二字点明具体时间，并照应下文的“晚”字。

“沉醉不知归路”，此句一语双关，既言明因酒而醉，以致迷途；又是指风景醉人，词人才会流连忘返，直至日暮时分还未归家。所以，“不知归路”既有因酒醉难辨方向之意，也表达出了词人不想离去的心情。

前两句并未写景，但通过词人的情状，已从侧面衬托出溪亭景色的迷人。

“兴尽晚回舟，误入藕花深处。”等到游兴渐尽，天色已晚，晚归的游人借着蔼蔼暮色准备划船回家，不知不觉中，竟然发现小舟早已闯入曲港横塘深处，红莲翠荷之中。一个“误”字，道出了词人发现走错路时诧异的心情，又含有一股掩饰不住的好奇与惊喜之意；一个“深”字，描摹出湖中荷叶茂密、莲花盛放的样子。

前文已言“兴尽”，后文中俨然又是一副兴致浓浓的情状。“争渡，争渡，惊起一滩鸥鹭。”发现误入歧路，舟中少女急于寻找出路，手忙脚乱地奋力摇桨，一时之间，摇橹声与嬉闹声响成一片，惊飞了在沙滩上栖息的水鸟。一连两个“争渡”，写出主人公紧张的动作，也表现出她焦急的心情，回应前文中的“晚”字；惊飞的水鸟把紧张氛围推至高潮，又自有一股舒畅淋漓之味；同时，词语连用还赋予这首小令明快的节奏感，使其更具感染力。

李清照没有刻意写景，只是选择了游玩过程中的几个片段，就勾勒出了一幕日暮晚归图：少女在溪亭轻歌高吟、皱眉浅笑，色调浅而静；在落日余晖中荡舟荷塘，色调浓而闹。整幅画面宛若水墨风景，起于“常记”二字，情调悠然平淡，如倾诉家常，止于满滩水鸟惊飞啼鸣、冲向夜空的喧闹景象，言辞到此为止，意境却无尽延伸。

整首词虽篇幅有限，但内容极为丰富；词人用明白如话、不事雕琢的语言，描写出了如画的风景；同时，这首词还蕴含着充沛的感情，刻画出了李清照早期的生活情趣，展现出词人健康、开朗、欢乐的心境，把她对自然的沉醉、对生活的热爱、对自由的向往悉数表达出来，毫无斧凿痕迹。

## 凤凰台上忆吹箫

香冷金猊[①]，被翻红浪[②]，起来慵自梳头。任宝奁[③]尘满，日上帘钩。生怕[④]离怀别苦，多少事、欲说还休。新来瘦，非干病酒，不是悲秋。

休休！这回去也，千万遍《阳关》[⑤]，也则难留。念武陵人远，烟锁秦楼。惟有楼前流水，应念我、终日凝眸。凝眸处，从今又添，一段新愁。

【注释】

① 金猊（ní）：狮子形状的铜香炉。

② 红浪：红色的被子散乱地摊放在床上，像波浪一样。

③ 宝奁（lián）：珍贵而精巧的梳妆镜匣。

④ 生怕：最怕。

⑤《阳关》：即《阳关三叠》，指送别曲。

【赏析】

“凤凰台上忆吹箫”，这一词牌最早见于北宋晁补之的《琴趣外篇》，但为人熟知，却是因为李清照这首作品。晁补之算得上是李清照在文学上的老师和忘年交，他们两人共同使这个词牌流传后世，更有趣的是，晁补之写男人的相思情意，李清照写思妇闺愁，可谓词坛一段佳话。

词人是个爱美之人，初婚时也有过“怕郎猜道，奴面不如花面好，云鬓斜簪，徒要教郎比并看”的娇俏和任性，但在《凤凰台上忆吹箫》一词中，与花争宠的姿态早已荡然无存，只做慵懒之态。

“香冷金猊，被翻红浪，起来慵自梳头。”首三句是说：狮子铜炉里的熏香早已燃尽，冷却的炉壁上缭绕着丝丝缕缕的香烟，红色的锦缎绣被乱作一团地堆在床上，词人也无心整理。后两句承接而来，更道出她百无聊赖却又无心拾掇的情状。

“任宝奁尘满，日上帘钩。”任凭尘埃爬满精致的梳妆镜匣，任凭日上三竿照在帘钩上，词人懒得梳头，懒得妆扮。“任”字有顺其自然之意，但这并非淡然闲适的心情写照，而是隐现“无所谓”的味道，满含愁绪。

之所以这样心灰意懒，是因为“生怕离怀别苦”。丈夫赵明诚远行在外，她思念心切，觉得独自一人不论做什么都缺乏兴致。分别是短暂的，本不应该对词人造成这么大的影响，所以，思念之外还另有隐情。这份隐秘心事不能明言，所以“多少事、欲说还休”。

“新来瘦，非干病酒，不是悲秋。”在丈夫离开之前，每过一日，李清照的忧虑就加重一层，人也逐渐憔悴。丈夫或许还以为她的消瘦是因为近来常常醉酒，或是秋愁使然。“非干”“不是”两词作为关联，只说造成“新来瘦”的原因不是什么，未言明是什么，呼应上文“欲说还休”之态。

下阕中词人未着笔墨写分离时的场景，而是直接跳跃到了分别之后。“休休！这回去也，千万遍《阳关》，也则难留。”这是丈夫离去之后，词人回思所感：既然他要离去，纵使唱上千万遍阳关调，又岂能把他留下？只会扰乱他的心神罢了。

“念武陵人远，烟锁秦楼。”一想到丈夫离去后只剩自己独守空楼，伤心的词人竟然生了些痴念：“惟有楼前流水，应念我、终日凝眸。”流水本是无情物，自然不会“念”人心事，正因如此，词人凭栏远眺、终日盼归的身影映在楼前流水里，才更显孤独，惹人怜惜。

此处两个典故，隐晦地表达了前文“多少事”引发的强烈愁绪。“武陵人”指陶渊明《桃花源记》中的故事：武陵渔人入桃花源后路径迷失，再无人寻见。这个典故隐含李清照心里的畏惧，她怕赵明诚这“武陵人”一去经年，另结新欢，以致留恋不归。

“秦楼”典故和词牌相和，出自《列仙传》，说的是春秋时萧史和弄玉的爱情故事。萧史和弄玉是一对神仙眷侣，赵李二人刚结婚时也像他们一样恩爱美满、琴瑟和鸣。此典隐含李清照心里的怨尤，萧史、弄玉能携手而去，赵明诚却不能携她同行。

赵明诚此次远行，当是离开青州赴莱州上任。他能脱离党争之困，再次出仕，本来值得高兴，但他未携家眷，直接导致了词人的不安。

“凝眸处，从今又添，一段新愁。”结拍顶真，前后蝉联，上递下接，把词人愁的情绪推到极致。此处又添的“新愁”仍然没有点破，当和前文“新来瘦”的原因，以及“欲说还休”的内容是一样的，更显全词结构紧凑。

## 醉花阴

**薄雾浓云愁永昼①，瑞脑消金兽②。佳节又重阳，玉枕纱厨③，半夜凉初透。东篱把酒黄昏后，有暗香盈袖。莫道不销魂，帘卷西风，人比黄花④瘦。**

**【注释】**

① 永昼：漫长的白天。

② 金兽：兽形的铜香炉。

③ 纱厨：纱帐。

④ 黄花：菊花

**【赏析】**

《古今女史》有言：“自古夫妇擅朋友之胜，从来未有如李易安与赵德甫者，才子佳人，千古绝唱。”李清照与赵明诚伉俪情深，除了相貌才华相互吸引，又是文学知己与金石痴人，相同的志趣把这对璧人紧紧牵系在一起。但是，成婚之后，赵明诚或出仕或远游，两人时常分别，细腻而敏感的女词人独守空闺，生发出了无限感慨。《醉花阴》写于婚后的某个重阳节，赵明诚远行在外，李清照独自在家，离情、相思、秋愁等多重情感涌上心头，令人不堪承受。

上阕首句就奠定了“愁”的基调。“薄雾浓云愁永昼，瑞脑消金兽。”这两句写白天情景，词人先写室外雾气弥漫，云层低垂，浓重的愁绪缭绕不去，整个白昼都被笼罩在这样的氛围里；接着写室内金兽香炉里的瑞脑香料一星一点地燃烧殆尽，意味着时间也在缓慢流逝。“薄雾浓云”既是对自然环境的客观再现，也交代词人被愁云罩满的心境。“永昼”二字点明白昼之长，对于独守空闺又百无聊赖的词人来说，悠长的白天是一种可怕的折磨，她无所事事，只能看着眼前缭绕不去的烟雾发呆，寂寞情状可见一斑。

其后三句写词人半夜辗转反侧，难以成眠的样子。“佳节又重阳”，此句交代时节，“佳节”与“重阳”之间嵌一“又”字相连，既为了节奏与音律的协调，也表明词人对这个节日略加抵触的心理。重阳节是团圆日，但丈夫在外，不能回来，作者一点过节的兴致也没有。“玉枕纱厨，半夜凉初透”，她看到玉白瓷枕轻纱罗帐，不由得想到往日团聚时的温馨场面，现在只恐夜半凉意透进心里。“凉初透”既指秋季天气转凉，更衬托出词人孤寂的心灵。

词人在上阕集中笔墨写秋凉场景，过片承续写景，继而言事，下阕实则是为了写重阳感怀。“东篱把酒黄昏后，有暗香盈袖。”时间、地点、事件再生转折，写词人于黄昏时分在东篱饮酒赏菊的情景。“东篱”出自晋代陶渊明的“采菊东篱下”，代指赏菊之处；“暗香盈袖”写菊花香气四溢，令人沉醉。

但是，即便有美酒、金菊相伴，还是无法驱散词人心头的愁绪。结尾“莫道不销魂，帘卷西风，人比黄花瘦”三句把愁写到了极厚重、极不堪的地步。这三句无一难字，无一涩语，却别出心裁地写出了闺中少妇因愁“销魂”，竟瘦“比黄花”的情态。花瘦成于天然，人瘦却因相思，此处隐约有人解花语、花通人性的意味，一时间词人与黄花影像叠加，生出同样的黯然。

清代谭莹《古今词辩》云：“绿肥红瘦语嫣然，人比黄花更可怜。若并诗中论位置，易安居士李青莲。”足见其对“人比黄花瘦”一句的赞誉。以菊花的细长花瓣摹状人的瘦弱，有以形绘神的效果，西风吹得黄花纷纷凋落，更显“瘦”貌，而令词人日益消瘦的，当然是无尽的相思情意。

相传李清照曾把这首《醉花阴》寄给远在外地的丈夫。赵明诚读罢，比试之心大起，“忘食废寝者三日夜”，作词五十首，然后把妻子的词夹杂其中，拿给朋友陆德夫品评。陆德夫把玩再三，说：“只三句绝佳。”赵明诚便问是哪三句，陆德夫回答：“莫道不销魂，帘卷西风，人比黄花瘦。”经此一番，赵明诚对妻子的才华心服口服。但是，王仲闻先生在《李清照集校注》中有按：“赵明诚喜金石刻，平生专力于此，不以词章名。”倘若赵明诚三天之内可作词五十阕，也算得上词中达人了，泱泱宋词中却未见他的作品存世，可见上述故事未必可靠。但《醉花阴》的艺术魅力，尤其结尾三句的深情苦调，却不容置喙。

“无一字不秀雅”，这是清代陈廷焯在《云韶集》中对本词的评价。在李清照以愁见长的婉约词中，本首乃其中典范，其风格柔婉，笔法含蓄，景物、形象皆能传情，营造出了幽细凄清的氛围。在时间、地点、情节的转换中把情感写得层层深入，最后以“人比黄花瘦”这一新奇而贴切的比喻做结，在把情感推向高潮之处又戛然而止，具有强烈的艺术魅力，令人读后留满口余香。

## 一剪梅

**红藕香残玉簟①秋。轻解罗裳②，独上兰舟。云中谁寄锦书来？雁字回时，月满西楼。**

**花自飘零水自流。一种相思，两处闲愁。此情无计可消除，才下眉头，却上心头。**

**【注释】**

① 玉簟（diàn）：像玉一样精致光滑的竹席。

② 裳（cháng）：古人穿的下衣，泛指衣服。

**【赏析】**

以成婚和南渡为界，李清照的生活呈现出三种迥异的状态，由此亦可将易安词分为三个阶段，分别表达了不同的情感和心境。婚前，少女李清照尽情释放着自然的天性，词风清丽活泼，娇俏可爱；婚后至南渡前，少妇李清照沉溺于爱情之中，诸多作品皆是从爱情中的喜怒哀乐、悲欢离合铺开，有甜蜜亦有幽怨，风格细腻真切，最能显其婉约词风；南渡之后，词人遭遇国破家亡的不幸，长期过着流离失所、颠沛坎坷的生活，作品风格更显深沉凝重，沉郁凄婉，多表达失望和愤慨之意。

《一剪梅》是李清照中期作品，也是她的代表作之一，结句“才下眉头，却上心头”更是千古名句，几乎家喻户晓。这首词写于婚后，赵明诚远行，李清照独居家中已久，思夫心切，所以移情入景，通过对景色的细致描写，表达相思之情和深厚爱意。

上阕中，开篇交代时节，“红藕香残玉簟秋”，红色的藕花已经凋谢，如玉般光滑的竹席冰凉似水，秋色浓重，让词人不禁生发出愁绪。清代梁绍壬说这七字“便有吞梅嚼雪，不食人间烟火气象”，并非过誉。由萧索秋意引发的离情别绪倾泻而出，让人无所适从，词人索性“轻解罗裳，独上兰舟”，她决定外出游玩聊以解闷，连侍女也没带，一人去了湖边，因怕沾湿衣裙，于是轻轻解去绫罗外裳，任木兰舟载着自己在湖面飘荡。“独上”二字，巧逗离思，暗示出丈夫不在身边的境况。关于“兰舟”，有人认为是床榻之意，有人则认为是用木兰树干制成的舟船，据全词意境以及后文“花自飘零水自流”一句，此处当取后者。

前文蓄势，奠出孤独愁苦的情绪，显见词人对丈夫十分思念。但她并未直言相思，而是宕开去说，反言丈夫思念自己，“云中谁寄锦书来？雁字回时，月满西楼。”等到天黑月满，李清照独上西楼，回雁穿云破月，传来几声长鸣，不知是替谁传递书信，替谁寄托相思。“谁”字有明知故问之意，指的自然是丈夫赵明诚。此处表面写赵明诚思念自己，故而托鸿雁传书，实际也是在说自己思念对方，正翘首等待他的书信，由此可见两人感情之深，此意在下阕中被词人加以深化。

过片“花自飘零水自流”一句既承上阕又启下文，既是即景又兼比兴。美好的年华如落花流水消逝，却不能与丈夫共度，真让人伤怀。“一种相思，两处闲愁”一句构思独特，她由自己推及对方，直言相思是双方面的，赵明诚也同样受着相思之苦，两人情爱之笃顿现，有默契十足、心心相印的况味。

“此情无计可消除，才下眉头，却上心头。”因离情逗起的感伤无处排遣，词人紧皱的眉头刚刚舒展，思绪就涌上了心头，实是“黯然销魂者，唯别而已矣”。结拍三句最为人称道，“才下”“却上”二字写出愁情挥之不去，词人黯然神伤的心理，以寻常语吐露出胸臆中的思夫情。清代王士禛《花草蒙拾》认为，“此情”三句是从范仲淹《御街行》中的“都来此事，眉间心上，无计相回避”一句脱胎而出，然“李特工耳”，指李清照造句更加工整凝练，浑然天成，情感也更细腻真挚，牵动人心。

把浓郁的离情化入对寻常生活、平淡景色的描写中，乃“运密入疏”的手法。上阕中并无明显字眼，却句句包孕离思，显得不落俗套；下阕坦言相思，又以独特的构思呈现出来，更见词人机杼之心。全词有情绪亦有情节，情感饱满，情节连贯，音律自然，朗朗上口，实是相思词中一首不可多得的佳作。

## 孤雁儿

世人作梅词，下笔便俗。予试作一篇，乃知前言不妄耳。

藤床纸帐朝眠起，说不尽、无佳思。沉香断续玉炉寒，伴我情怀如水。笛声三弄[①]，梅心惊破，多少游春意。

小风疏雨萧萧地，又催下、千行泪。吹箫人去玉楼[②]空，肠断与谁同倚？一枝折得，人间天上，没个人堪寄。

【注释】

① 笛声三弄：一说笛吹三遍，一说奏曲三支。

② 玉楼：即凤台，秦穆公为弄玉夫妇所建。

【赏析】

《满庭芳》中梅花疏朗风流，《玉楼春》中花苞包藏意蕴，《孤雁儿》则以梅花寄托悼亡苦情。李清照以梅寄情，梅且鲜活，情更动人。此词牌原名《御街行》，后变格为《孤雁儿》，常用来写离别、悼亡等伤心事。易安在序中直言这是一阕梅词，实则借写梅之名抒发悼亡心意。

“藤床纸帐朝眠起，说不尽、无佳思。”“藤床”指躺椅，“纸帐”是纸制的帘帐，俱为卧具。一日清晨，词人榻间醒来，无尽的忧思缠绕心头，难以消解。“藤床”“纸帐”本就显清凉孤寂，在此“朝起”之间，更添寒意；“说不尽”颇有难以言尽，又难以言明之味；“无佳思”直接点明她心情不畅、心绪不宁。全词以哀情起笔，情感基调即奠定于愁苦，为下文全面抒情做好铺垫。

“沉香断续玉炉寒，伴我情怀如水。”空寂的屋中仅有玉炉青烟袅袅升起，香气沉郁断续，此情此景下，词人心境凄清如水。“断续”既是对“玉炉”中“沉香”时断时续的真实刻画，又隐隐渗透着人物情愫的断续周折，似清似苦，难以顺续而出。“寒”字直言，更将词人春朝身寒、独自心寒的意境表白得淋漓尽致。“水”本清澈明净，“情怀如水”指轻冷透心，以“伴”字领起，更一语道出词人萧瑟孤独的情形。

“朝眠起”后，词人静看“玉炉”“沉香”，心情凝重愁苦，突闻清扬的笛声，一时间百感交集。“笛声三弄，梅心惊破，多少游春意。”《梅花落》起，划破梅心，更激荡起涟涟春意。李清照在《满庭芳》中曾有“更谁家横笛，吹动浓愁”的句子，此处同样横笛声响，《梅花落》响，曲动人惊，此“惊”既惊梅心，更惊词心，词人在笛声中心弦震动，怀念、思念、愁苦逐一而出。笛声带来“春意”，有暖意暗现，有春情溢出，但“浓愁”在此“春意”中却未彻底消释，积聚心底，终难排尽。

上阕抒“无佳思”情；下阕言情由何生。“小风疏雨萧萧地，又催下、千行泪。”风雨交加，萧萧而下，催动泪水涟涟，随心而流。“小风”加“疏雨”，虽量不大，但是皆生“萧萧”意味，萧瑟难耐，“催下千行泪”，过渡自然顺畅，情感生发顺理成章。“千行泪”语用而论颇显夸张，词意而言生动恰切，下文则交代词人为何会泪流满面。

“吹箫人去玉楼空，肠断与谁同倚？”汉代刘向《列仙传》有云：“萧史善吹箫，作凤鸣。秦穆公以女弄玉妻之，作凤楼，教弄玉吹箫，感凤来集，弄玉乘凤、萧史乘龙，夫妇同仙去。”“吹箫人”化用此典故而来，本指萧史，李清照在此处则喻指丈夫赵明诚，“吹箫人去”指丈夫去世，人去楼空，备感凄凉，肝肠寸断又有谁能依靠呢？“肠断”明指伤心肠断、思夫至情；“与谁同倚”问句出，无依无靠、无所依傍，怅然若失，更感苦情。

吹箫无人响应，折梅更无所寄，“一枝折得，人间天上，没个人堪寄。”此句同样化用典故而来，南朝刘宋盛弘的《荆州记》说：“陆凯与范晔相善，自江南寄梅花一枝诣长安与晔，并赠晔诗曰：‘折花（梅）逢驿使，寄与陇头人。江南无所有，聊赠一枝春。’”陆凯赠梅于范晔表深厚友情，此时词人也想折梅寄人，却发现天上人间搜寻一遍，却无人可以托寄。“人间天上”囊括天地一切，显见词人寻觅无休；“没个人堪寄”无人寄托，无人依靠。这几句写词人的怅惘悲伤，令人闻之不禁啜泣。

“藤床纸帐朝眠起”，起后仅伴“玉炉寒”，“笛声三弄”生春意，风雨萧萧，肠断愁情，折梅无人堪寄。一幅思夫念情之画，一首愁苦积蓄之词，一段挚爱怀想之情，一颗怅惘悲戚之心，且作且思且回味，脱俗清丽，婉转缠绵。

藤床、纸帐、沉香、玉炉，都是闺阁中常见的物什，梅花三弄、吹箫人去也是她多次用到的典故，正是这些老景旧情，勾起了她的伤心：人去楼空，文物丧尽；无所依靠，颠沛流离。李清照和丈夫赵明诚曾经相守二十多年，如今一个在人间，一个在天上，天和地的距离，生与死的界限，消不掉，打不破。云中没了锦书，相思再难相寄，正所谓“人间天上，没个人堪寄。”

## 王之道：倚竹不胜愁，暗想江头归路。

**词人名片**

生卒年月：1093—1169

字号：字彦猷

祖籍：濡须（今安徽省合肥市）

代表作：《如梦令》等

**词人小传：**宣和进士。靖康初，调和州历阳县丞，摄乌江令。绍兴二年（1132），进承奉郎，镇抚司参谋官。六年，知开州。八年，通判滁州。因反对和议，忤逆秦桧，坐废二十年，卜居相山之下，自号相山居士。二十三年，起通判安丰军。绍兴末，以湖南转运判官致仕。著有《相山居士词》。

## 如梦令

**一晌凝情无语，手撚[①]梅花何处。倚竹不胜愁，暗想江头归路。东去，东去，短艇[②]淡烟疏雨。**

**【注释】**

①手撚：折断，指女子手拿一枝折下来的梅花。

②短艇：小船。

**【赏析】**

作小令难在篇幅短小，不能有一个字用闲，必须字字有意，且意在言外。王之道这首《如梦令》深合小令语短意长的特点。词写闺中女子盼归情怀，不注重对女子形貌或情态的刻画，而注重心理描写，将她思念远人的心情写得极为细致。

“一晌凝情无语，手撚梅花何处”，起首描绘出一个这样的画面：一位女子手执一枝刚刚攀折下来的梅花，茫然痴望，沉浸在深深的伤感里，无语凝噎。短短一句里，包含着许多讯息。

女子之所以手执梅花，是因为她刚折下来；她之所以去折梅，或者是无意识攀折下来的，又或者是为了折梅寄给远方的人。她之所以“凝情无语”，是因为折梅一事触动了相思。“何处”二字，说明女子不知道应该将梅花寄往哪里。也许她折下梅花之后，才想起自己根本不知道远人在何方，所以茫然“无语”。十二个字里，情感已然一波三折，足见词人笔墨的简省和组织结构文字的功力。

杜甫《佳人》诗，写一位被丈夫抛弃的女子贞洁的操行。此处词人化用诗中

“天寒翠袖薄，日暮倚修竹”一句，用“倚竹不胜愁”来暗示词中女主人公对丈夫的痴情和专一。“不胜愁”是想念和盼归之心的体现。“暗想江头归路”则更加明确具体地指出妻子盼望丈夫归来的心情。她想起丈夫从水路离开家的情景，如今她多么希望他能沿着离开的路返回家中，以解自己的相思之苦。

然而，“归路”终究是不知何时才能实现的想象。于是，女子的思绪只能回到丈夫“东去，东去”的那一刻。连用两个“东去”，表现出女子对于丈夫离家远行一事刻骨铭心的痛苦。“淡烟疏雨”中那一艘渐行渐远的“短艇”，在女子脑海中刻下了极其深刻的印象，以至于她一直都忘不了。

因为至今为止丈夫仍未归来，所以那一场离别留下的伤痛也没有被治愈。这个场景一遍又一遍在女子脑中重现，她盼归之情不得实现的失望感和孤身一人被留下的凄凉感，都蕴含在这个烟雨迷蒙的画面和意境里面，这就是言外之意、言外之韵的体现。

## 张元幹：到得再相逢，恰经年离别。

**词人名片**

生卒年月：1091—约 1161

字号：字仲宗，号芦川居士、真隐山人

祖籍：芦川永福（今属福建省永泰县）

代表作：《石州慢》等

**词人小传：**向子諲之甥。靖康元年（1126），金兵围汴，入李纲行营使幕府。绍兴元年（1131），官至将作少监致仕。后胡铨得罪秦桧被除名编管，元幹为他送行，因此事而获罪，亦被除名削籍。之后漫游江浙等地，客死他乡。早期词风婉媚，南渡后因国事感怀，词风渐渐变得豪放粗沉，为辛派词人先驱。有《芦川归来集》《芦川词》。

## 石州慢

寒水依痕，春意渐回，沙际烟阔。溪梅晴照生香，冷蕊数枝争发①。天涯旧恨，试看几许消魂？长亭门外山重叠。不尽眼中青，是愁来时节。

情切。画楼深闭，想见东风，暗消肌雪。孤负枕前云雨，尊前花月。心期切处，更有多少凄凉，殷勤留与归时说。到得再相逢，恰经年离别。

【注释】

① 争发：生机勃勃，指含苞待放的梅花呈现一派盎然的春意。

【赏析】

张元幹的这首思乡怀人之作，含蓄真挚，情韵兼胜。上阕以设问接连，愁意绵绵，下阕实写思妇的“暗消肌雪”与词人的“凄凉”孤寂，实则前后呼应、浑然相成。全词脉络清晰，别情恨意铿锵有力。

“寒水依痕”四句勾勒了一幅春意盎然、生机勃勃的初春风景图。“寒水依痕，春意渐回”两句指出初春时节，寒意尚未完全退去，春意已渐归来。一个“渐”字凸显春意归来之势，更显初春生机之气。“沙际烟阔”再为初春图增添广阔辽远意境。后两句与杜甫《阆水歌》中“正怜日破浪花出，更复春从沙际归”诗意相同。

紧接着词人在广阔辽远的景象中给“溪梅”以特写，“溪梅晴照生香，冷蕊数枝争发”。“凌寒独自开”的梅花是报道春天归来的使者，枝条上一朵朵含苞待放的梅花，在和暖的阳光照耀下，散发出阵阵清香。词人从味觉、视觉的不同角度特写“溪梅”，配以一“争”字，写出一派生机盎然的春意。

然而美景未能得到词人的赞美，反而使其触乐景生哀情，发出“天涯旧恨，试看几许消魂”的慨叹，词人久久郁积在心中的离愁别恨又上心头。江淹《别赋》中“黯然销魂者，惟别而已矣”是这两句的注脚。

此处用设问引起“长亭门外山重叠。不尽眼中青，是愁来时节”的叙述。重重叠叠的山，使得词人眼前一片看不到尽头的青色。词人与所思之人隔着重重山脉，所见甚难，无尽的青色暗示着他心中无尽的愁绪，销魂的景象给他带来绵绵不绝的愁恨。

词人笔墨宕开，以“情切”起，生“离恨”情。“画楼深闭”三句，写词人想象闺人独居深闺，无时无刻都在盼望思人归来，却久久未见思人，以致形体渐渐消瘦。此处亦是借闺人表达词人思人、思乡的愁恨之情。

“枕前云雨，尊前花月”是对夫妻朝朝暮暮、甜蜜生活的描写。“孤负枕前云雨，尊前花月”的离愁别恨不同于秦观《鹊桥仙》中“两情若是久长时，又岂在朝朝暮暮”感天动地的爱情。“孤负”二字将词人的恨意表达得更浓烈。

“心期切处”三句诉说词人自己的“凄凉”。闺人的“暗消”与自己的“凄凉”前呼后应，融为一体。词人急切地盼望能与闺人相见，把分别时的无尽愁恨一一说予闺人听。结尾，词人想到再相逢时，已是“经年离别”。相逢本让人欢喜，此处虽是想象，但道尽恨意。全词清秀婉约，结构不落陈套，意旨深刻。

## 菩萨蛮

三月晦，送春有集，坐中偶书。

春来春去催人老，老夫争肯输年少。醉后少年狂，白髭殊未妨①。

插花还起舞，管领风光处。把酒共留春，莫教花笑人。

【注释】

①髭（zī）：嘴上边的胡子。

【赏析】

张元幹晚年命途困顿，多遭坎坷，但依然存有壮志雄心。他常寄情于山水之间，在醉饮风光中抚慰心中难以消解的创痛。二十余年的闲置自身，并没让他忘掉中原遗恨，心中的激烈慷慨未有丝毫消淡，但他的自嘲自劝，使这一时期的诗作增添了一抹旷达情怀，多见“心存自在天，脚踏安乐地”等道家气息。

如诗中“老夫争肯输年少”一句，词人虽然承认已经步入“老夫”的行列，但心中有的不是悲感，而是不输于青年人的大气与自信。这种不服老的气魄与襟怀，贯串于词作始终，形成一股内在的气韵，使得“插花起舞、把酒留春”没有丝毫的勉强和做作。

词的结构别具一格，词人未受限于传统的上景下情框架，而是字随意起，直言意气。上下阕一气呵成，直抒情怀，紧扣惜春留春的主旨。

垂老之人，最容易受到暮春的影响心情翻腾，起句“春来春去催人老”，直言其事，引领全篇，不着丝毫铺垫和修饰，显得率性自我。第二句“老夫争肯输年少”，话题倏然转向，直言自己未减青春之气，肯定而又决绝。

“醉后少年狂，白髭殊未妨”总领狂态，“插花还起舞”“把酒共留春”分说醉形，行文整饬而又层次井然。在讲完未输少年之后，词人还未过瘾，于是又与自然争抢风头，“管领风光处”是说自己要统领自然的风光，“莫教花笑人”表示自己能胜过春日的繁花锦簇，表现出浪漫的情感和旺盛的生命激情。

词序中的“坐中偶书”，轻描淡写而又真实质朴，显得诗作契点普通却感情深厚。词人情感酝酿积蓄已久，一直隐忍而未爆发，此时心血来潮，一经触碰就如同决堤之水，奔涌肆虐。“醉后少年狂”一句为词作中心语，化自苏轼《江城子》词“老夫聊发少年狂”，却更为直接，意趣更胜。

“管领风光处”一句脱胎于白居易《早春晚归》“金谷风光依旧在，无人管领石家春”，将“管领自然”的意愿和力量坐实于自己，霸道又显雅致，与“插花还起舞”相连接，将力量和童真相融合，尽展词人的真性情，旷达乐观之感跃然纸上。周颐《蕙风词话》卷一说：“真字是词骨。”盛赞词作洋溢着一种真实、自然之美，难得之处在于性灵的流露。

词作自抒情怀，语言朴质明白，语意显露，无矫揉造作之态。几处用典化语自然，未落前人窠臼，使词作内理一致，浑融一体。这种个性化语言，成于词人“坐中”

的瞬间真实感受，也得益于词人遣词造意的深厚功底，是生命砥砺和瞬间迸发相谐的结果，凝聚着自然风韵，又有爆破视听的力量。

唐宋时期，送春感怀题材的词作相当普遍，大都囿于男女情思、离愁别恨的窠臼，或写思妇暮春的哀怨情感，或表达对青春难再的无限伤感和眷恋，意旨多深沉忧愁、感伤悲悯。张元幹的这首《菩萨蛮》，在艺术构思上横扫晦涩，在格致上超拔清远，旷达跳脱，别具韵味。

## 兰陵王·春恨

卷珠箔。朝雨轻阴乍阁。阑干外、烟柳[1]弄晴，芳草侵阶映红药。东风妒花恶，吹落梢头嫩萼。屏山掩、沉水倦熏，中酒心情怕杯勺。

寻思旧京洛。正年少疏狂，歌笑迷著。障泥[2]油壁催梳掠。曾驰道同载，上林携手，灯夜初过早共约。又争信飘泊？

寂寞。念行乐。甚粉淡衣襟，音断弦索。琼枝璧月春如昨。怅别后华表，那回双鹤。相思除是，向醉里、暂忘却。

【注释】

①烟柳：指如烟的柳条摇曳在晴空中。

②障泥：指放在马腹两侧，用于遮挡尘土的东西。

【赏析】

张元幹慷慨悲愤的爱国形象为世人熟知，如《贺新郎》中“唤取谪仙平章看，过苕溪尚许垂纶否？风浩荡，欲飞举”显现了词人气冲云霄的壮志雄心。然评论家毛晋曾言“人称其长于悲愤，及读《花菴》《草堂》所选，又极妩秀之致，真堪与《片玉》《白石》并垂不朽。”张元幹的词作不但有慷慨豪放的一面，同时有婉约温柔的一面，其婉约词对于爱国思想的抒发亦不失真切。这首《兰陵王》

就是其中一首。

题词为“春恨”，表面上通过描写春景，抒发“春恨”，实则追忆昔日歌舞升平的汴京如今被金人占领，而自己无奈漂泊远方，寄托了词人心中的痛苦与愁恨。

上阕伊始“卷珠箔”，表明词人登上高楼，卷起珠帘，即要登高远望。“朝雨轻阴乍阁”是词人对整体景象的概括。“乍阁”是初停的意思。此句与王维《书事》中“轻阴阁小雨”意思相近，清晨春雨刚刚停止，和暖的阳光普照着大地，为即将描绘的生机盎然的春景做好了蓄势。

“阑干外、烟柳弄晴，芳草侵阶映红药”的美景映入词人眼帘。如烟的柳条摇曳在晴空中，绿油油的草色铺满台阶，把芍药花映衬得更加鲜红。如此生机盎然的春景叫人刚刚陶醉其中，就要梦断其间。“东风妒花恶，吹落梢头嫩萼。”强劲的东风羡妒花的美丽，把梢头刚长出的花吹落了，为春景增添一丝凄凉之感。

“屏山掩、沉水倦熏，中酒心情怕杯勺。”春光明媚中凸现“东风妒花恶”“吹落梢头嫩萼”的败景，引发词人的愁绪，本打算掩上屏风、熏着沉香，借酒消愁，但沉香已熏良久，杯中的酒却未下丝毫，只因词人“心情怕杯勺”。此两句将词人怕饮酒的复杂心情显露于外，感春恨、伤别离的情绪渐渐强烈。

从“寻思旧京洛”一句开始，词人从眼前的伤春之情开始追忆年少时的情景。想到自己“年少疏狂”，对歌舞乐事着迷。“旧”与“新”相对，叫人不免产生许多疑问，想象旧时的京洛是什么样子，现在的京洛又是怎样的境况，曾经词人的生活怎样，如今词人的生活又是怎样。一个“旧”字赋予时代之变迁，词人生活状况之变化，用词妙不可言。

“障泥油壁催梳掠。曾驰道同载，上林携手，灯夜初过早共约”四句是对出游前的准备情况及游赏过程的细致描写。“障泥”指垂于马腹两侧，用于遮挡尘土的东西。“油壁”即油壁车。如陈汝元《金莲记·捷报》中“脂香玉黛约裙衩，障泥油壁停梳掠。”出行的油壁车已经准备好了，催促着女子赶快梳妆，一起去御道和上林苑游玩，元宵佳节刚刚过完，就又约定好下次相会的时间。这些都是词人追忆的“年少疏狂”之事，热闹欢快。

词人想到曾经“同载”“携手”“共约”的欢乐情景，反衬如今自己的孤单痛苦，故有“又争信飘泊”的慨叹。“争”是“怎”的意思。当时如此欢快热闹，怎料到今日会有流离失所、漂泊远方的遭遇，对比之下，更显凄冷、痛苦。

“寂寞。念行乐”两句承接词人的追忆，开始转入下阕对旧人的想念，“甚粉淡衣襟，音断弦索。琼枝璧月春如昨。”昔日的片段历历在目，恍若昨天，词人思念旧人，亦思念与旧人一起游赏的汴京。

“怅别后华表，那回双鹤”两句借用典故，抒发时过境迁、物是人非的感慨。据《搜神后记》记载，辽东人丁令威，学道之后，化作仙鹤归辽，止于城门华表柱上。此处词人借这一典故，感叹自己不知何时能化为一只仙鹤，飞到日夜思念的汴京。一个“怅”字配以典故，清晰而又委婉地表达出词人对故都的思念。

“相思除是，向醉里、暂忘却。”思念之深，只有把它放在酒中，一饮而尽，才能暂且忘记。“暂忘却”后又记起，思念之情绵延不绝，即蕴涵着词人对故国的无尽思念之情以及逃难漂泊的无穷痛苦之感。

整首《兰陵王》以“恨”字贯穿始终，词人由眼前景追忆昔日事，由昔日事转入今日情，又以借酒忘情结尾，结构紧凑，层层深入，使得伤春伤别之情表达得委婉真挚。

## 贺新郎·送胡邦衡待制赴新州

梦绕神州路。怅秋风、连营画角，故宫离黍。底事昆仑倾砥柱，九地黄流[①]乱注？聚万落千村狐兔。天意从来高难问，况人情，老易悲难诉！更南浦，送君去。

凉生岸柳催残暑。耿斜河、疏星淡月，断云微度。万里江山知何处？回首对床夜语。雁不到、书成谁与？目尽青天怀今古，肯儿曹恩怨相尔汝？举大白，听《金缕》。

【注释】

①黄流：黄河水，词中指九州大地黄河四处乱流，千村万落狐狸、野兔到处乱窜，国破家亡的衰败情景。

【赏析】

古来以送别为题材的诗作数不胜数，如周邦彦《夜飞鹊·别情》中“相将散离会，探风前津鼓，树杪参旗。”柳永《雨霖铃》中“今宵酒醒何处？杨柳岸，晓风残月。”这些都是借景抒情，表达分别时的依依不舍，但张元幹这首《贺新郎·送胡邦衡待制赴新州》，围绕词题“送别”，不仅表现出词人与知己深厚的友谊，也表达了词人的爱国主义思想。

词作以“梦”入题，词人梦见自己绕着汴京的路打转。连做梦都梦见汴京，足以感知词人思念故乡之深。“怅秋风、连营画角，故宫离黍”是词人所梦之景。秋风瑟瑟，引起词人惆怅情怀。词人梦见金人已在汴京扎营驻寨，军号声绵延不绝，故都苍凉萧条，禾黍繁茂。

词人接下来提出疑问：“底事昆仑倾砥柱，九地黄流乱注？聚万落千村狐兔。”即说什么事导致昆仑山、砥柱山倾倒，为什么九州大地黄河水四处乱流，千村万落狐狸、野兔到处乱窜？

这一疑问，词人并没有直接回答，而是归结为“天意从来高难问，况人情，老易悲难诉”。天高高在上，难以询问；愈老愈容易悲愤，而悲愤之情愈难以诉说清楚，这是人之常情。与其相似，杜牧曾有诗句“天意高难问，人情老易悲”。如今，词人要在南浦与友人胡铨分别，想到从此少了一位知己，想到胡铨被流放的原因，词人不禁慨叹南宋统治者屈辱议和，无法收回失地，悲愤之情越发浓烈。

下阕描述与君别离后的情景。“凉生岸柳催残暑。耿斜河、疏星淡月，断云微度。”凉风吹动着岸柳，好像在催促着残暑赶快离去，银河明亮，稀稀疏疏的星星，淡淡的月光，时有时无的浮云轻轻飘过。词人看着此景，想到江山万里，然而知己能去向哪里？虽是“万里江山”，但国土沦丧，亦由于宋统治者主张屈辱和议，失地无法收复，只能在梦中实现这一愿望。

“回首对床夜语。雁不到、书成谁与？”词人想到以后再难重现今夜的“对床夜语”，更想到胡铨将要流落远方，连大雁都到达不了的地方，写好的书信，又有谁能够送到？“目尽青天怀今古，肯儿曹恩怨相尔汝？”怀想天下古往今来的英雄，他们关心的莫不是国家前途、黎民命运，作者发誓要效仿这些铮铮英雄，而不学小儿女为了私情感伤。

“举大白，听《金缕》”是词人感情到达制高点的抒发形式。“大白”是酒杯的意思。《金缕曲》是《贺新郎》的别名。词人高举酒杯，为即将远行的胡铨高歌一曲《金缕曲》，悲壮之音久久回荡。

《贺新郎·送胡邦衡待制赴新州》与张元幹的另一首《贺新郎·寄李伯纪丞相》，《四库全书提要》中称其“慷慨悲凉，数百年后，尚想其抑塞磊落之气”。

## 满江红

自豫章阻风吴城山①作。

春水迷天，桃花浪、几番风恶。云乍起、远山遮尽，晚风还作。绿卷芳洲生杜若，数帆带雨烟中落。傍向来沙嘴共停桡，伤飘泊。

寒犹在，衾偏薄。肠欲断，愁难著。倚篷窗无寐，引杯孤酌。寒食清明都过却，最怜轻负年时约。想小楼、终日望归舟，人如削。

【注释】

①吴城山：地名，在南昌东，临大江、风浪甚急，船只经常于此受阻。

【赏析】

提到羁旅行役词，人们不难想到具有“状难状之物，达难达之情”艺术魅力的柳永词。柳永的羁旅行役词长于叙事、白描。如传诵千古的《八声甘州》中：“渐霜风凄紧，关河冷落，残照当楼”，以及“想佳人，妆楼顒望，误几会，天际识归舟。争知我，倚阑干处，正恁凝愁”等句。张元幹的这首《满江红》延续了柳永用勾勒铺叙抒发旅思的手法。

词序点明作这首词的缘由，词人归乡途中被风阻于吴城山。开头两句与词序“阻风”相照应。“春水迷天，桃花浪、几番风恶。”原本平静的春水突然烟雾缭绕，大浪迭起。此时正值桃花繁盛，在大风的吹刮下，形成层层波浪，气势雄壮，更有险恶之势。

接下来，词人通过远景与近景的描写，由远及近，勾勒出一幅风卷云涌，江中行帆寥寥无几的画面。“云乍起、远山遮尽，晚风还作。”“云乍起”紧承上句，为险恶蓄势，“还”字表明风势未减。如此险恶的情景，词人固然不能继续赶路，只好“傍向来沙嘴共停桡，伤飘泊”。原本就已经延误的回乡归程，如今又被恶劣的天气耽误，归乡日期仍要推迟，词人自然产生了感伤情怀，遂有“伤飘泊”之语。

“寒犹在，衾偏薄。肠欲断，愁难著。”寒冷尚且还在，衣着单薄，归心似箭，却又无奈受阻。愁闷难解，词人“倚篷窗无寐”，想要借酒消愁，怎知“借酒浇愁愁更愁”。“孤酌”二字凸显出在恶劣环境中词人一人独酌的孤寂与痛苦。风雨交加，羁于异乡，词人回想寒食节、清明节都已经过去，归乡却尚无定期，早已辜负了与佳人的约期，无奈、痛苦之情更加强烈。

此词本是抒发词人的羁旅愁怨，却不写自己“人如削”，而通过想象佳人因盼望自己归乡，“终日望归舟”，已“人如削”，实则把词人盼望回乡的急切心情刻画得惟妙惟肖。如李白在《忆秦娥》中“箫声咽，秦娥梦断秦楼月”，不说自己如何思念秦娥，而想象秦娥梦断，表达诗人自己的孤单惆怅之情。此处词人以“人如削”描绘佳人的形态，生动传神。

从对恶劣环境的描写，转入羁旅愁思的抒发，词人因风恶而延误归乡的痛苦之情表达得深切真挚。以“想小楼、终日望归舟，人如削”结尾，巧妙的艺术构思，细致具体的描摹，具有极高的审美价值。

## 点绛唇

呈洛滨[①]、筠溪[②]二老。

**清夜沉沉，暗蛩[③]啼处檐花落。乍凉帘幕，香绕屏山角。堪恨归鸿，情似秋云薄。书难托，尽交寂寞，忘了前时约。**

【注释】

① 洛滨：指富支柔，北宋宰相富弼的孙子，因忤逆秦桧而被免职。

② 筠溪：指李弥逊。

③ 暗蛩：蟋蟀声幽咽。

【赏析】

词前小序中提及的洛滨、筠溪，皆为秦桧当权时被罢免的官员，晚年悠游山水，与张元幹交流颇深、意气相投。作者创作这首词，自然有深深的隐喻，仕途之忧、家国情怀尽皆深藏其中。

词作上阕勾勒出一幅清幽隽雅的图画；下阕则将“归鸿”“秋云”等悲凉的字眼一一呈上，形象地传达了作者心地的寂寞，表达出他憎恨险恶仕途与忧心中原未复的怅惘情怀。

“清夜沉沉”二句，化自杜甫《醉时歌》中的“清夜沉沉动春酌，灯前细雨檐花落”。作者下笔优雅、排字匠心，俭省而又深刻地描绘出一幅清幽的秋夜图景。“啼”“落”二字，静中有动，极大地扩张了词句的内涵和表现张力，动静结合的意趣奠定了通篇的深邃格致。秋夜之凉，檐滴之静，虫鸣之幽，让人读罢即会置身其中，淡忘掉现实生活中的喧嚣和浮躁，如同梁代王籍《入若耶溪》诗中的“蝉噪林逾静，鸟鸣山更幽”二句一样，宁静却又遐远。

“乍凉帘幕”二句，作者的笔触从户外内转，幽静之气到室内更浓。秋已深，天已寒，夜雨更助其势，以致靠近帘幕便感到寒气逼人。然而这一切丝毫没有打乱作者的生活，他依旧像往常一样，燃起香料，沉坐静思。只有香炉里散发的轻盈烟缕，曼妙地袅袅蒸腾，萦绕于屏风之上。词人通过听觉、感觉、视觉三种表现途径，将身前的氛围精确地再现于笔端，刻画生动，细致入微，使得词作有血有肉，立体饱满，富有生命力和感染力。

孤寂的心境，在上阕的铺垫下，已经不言自明，而其缘由，还待作者进一步地透露。“堪恨归鸿”二句，作者以“归鸿”作比，感慨心事难寄、忧愁难言。古有“鸿雁传书”的说法，用雁儿的长途跋涉抒发心语难通、交流极为困难的无奈，李清照《念奴娇》词中亦有“征鸿过尽，万千心事难寄”的直白表达。

“秋云薄”一语，化自杜甫《秋霁》中的“天际秋云薄，从西万里风”，朱敦儒的《西江月》中有“世事短如春梦，人情薄如秋云”的说法，使其明显地蕴含人情世态的深层含义。

“堪恨归鸿，情似秋云薄”两句系连，作者用一“恨”字，恨征鸿像薄凉的秋云一样，不肯帮自己传书，使得心灵深处难以直言的怨愤、悲伤只能抑郁在胸，愈积愈厚，无处抒发。这种“无理而怨”的写法，使词作的感情变得极为强烈。

词作末尾，作者伤感于“书难托”的无奈，落寞而又遗恨。“征鸿”不传书信，金兵占领中原，沟通瘫痪、国破人散，这种悲凉难以寄言，又怎期知己了解？既然诉求无望，就索性“尽交寂寞，忘了前时约”，忘掉过去的一切，独自过活，任自己寂寞无聊，用借酒消愁来打发剩下的时光吧。

词作清幽却意旨深刻，凝练又韵致疏远，从视、听、感等各方面给人以纯美感受和深沉忧思，却又不落痕迹，笔力委婉曲折，表现了作者高超的艺术表现力，叫人读罢不能不动情。

## 水调歌头·追和

举手钓鳌客，削迹种瓜侯。重来吴会，三伏行见五湖秋。耳畔风波摇荡，身外功名飘忽，何路射旄头[①]？孤负男儿志，怅望故园愁。

梦中原，挥老泪，遍南州。元龙湖海豪气，百尺卧高楼。短发霜粘两鬓，清夜盆倾一雨，喜听瓦鸣沟。犹有壮心在，付与百川流。

【注释】

①旄（máo）：古代用牦牛尾装饰的旗子。

【赏析】

“追和”是指根据前人所写的某一作品，或自己旧作的原韵句意写成的作品，如李贺有《追和何谢〈铜雀妓〉》一诗。据考察，张元幹的这首《水调歌头》与其旧作《水调歌头·同徐师川泛舟中作》一篇，句意相近，如其中“想元龙，犹高卧，百尺楼”及“莫道三伏热，便是五湖秋”，即与本词“元龙湖海豪气，百尺卧高楼”和“三伏行见五湖秋”句相似。本词很可能是追和词人自己的这首词作。

“举手钓鳌客，削迹种瓜侯”两句运用典故，一个放浪形骸的隐者形象凸现眼前。“钓鳌客”比喻有豪放的胸襟和远大的抱负。赵德麟《侯鲭录》中有“李白开元中谒宰相，封一版，上题曰‘海上钓鳌客李白’”的说法。“种瓜侯”借用“东门种瓜”的典故。《史记·萧相国世家》记载：“召平者，故秦东陵侯。秦破，为布衣，贫，种瓜于长安城东。”这里借指归隐。

“重来吴会”一句指出词人故地重游。“三伏行见五湖秋”点出时令。接着，词人宕开笔墨，抒写国事摇荡、功名未立、报国无路的悲愤。“耳畔风波摇荡，身外功名飘忽”两句，有关国事的消息萦绕于“耳畔”，自己想立的功名却远在“身外”，点出一个想要建功立业却不受重用的爱国志士的处境。

这两句与“举手钓鳌客，削迹种瓜侯”相照应，表达词人并不是真想做一位隐者，揭示出词人徒有“白首为功名”(岳飞《小重山》)之志，却只能究问“何路射旄头”。《史记·天官书》中说“旄头”为胡星，古人认为旄头跳跃即是胡兵大起。

报国无门的词人因而生发“孤负男儿志，怅望故园愁”的愤恨。词人报国不能，功名未立，其艰难叫人想到李白《行路难》中“欲渡黄河冰塞川，将登太行雪满山”的重重阻碍。“孤负”“怅望”直抒胸臆，描绘出一个报国无门、壮志难酬的形象。

“梦中原，挥老泪，遍南州。”下阕由“梦”领起，词人思念故国至深，以致连做梦都梦见故国。又因报国无门，而“挥老泪”，泪洒整个“南州”，此句运用夸张手法，突出悲愤之深。“元龙湖海豪气，百尺卧高楼”两句表现词人报国立功的壮志未泯，豪气冲天。

“短发霜粘两鬓”与“老”字呼应，“清夜盆倾一雨”与“泪”字呼应，词人听着夜雨倾泻的声音，感叹自己梦中事，故言“喜听瓦鸣沟”，夜雨倾泻到瓦沟的轰鸣声与其报国的豪气交相应和，使得词人有欢喜之感。“犹有壮心在，付与百川流”紧承“喜听瓦鸣沟”，表明词人壮心犹在，其壮心与百川相汇，水到渠成。

毛晋曾说“芦川词，人称其长于悲愤”。整首词以悲愤贯串，又把壮志、豪气与磅礴的河流汇成一体，叫人感到一股强劲的力量。

## 贺新郎·寄李伯纪丞相

曳杖危楼去。斗垂天，沧波万顷，月流烟渚。扫尽浮云风不定，未放扁舟夜渡。宿雁落、寒芦深处。怅望关河空吊影，正人间鼻息鸣鼍鼓①。谁伴我，醉中舞。

十年一梦扬州路，倚高寒、愁生故国，气吞骄虏。要斩楼兰三尺剑，遗恨琵琶旧语。谩暗涩铜华尘土。唤取谪仙平章看，过苕溪尚许垂纶否？风浩荡，欲飞举。

【注释】

①鼍（tuó）：即扬子鳄。鼍鼓，鼍皮所制的鼓。

【赏析】

北宋末年，张元干为李纲（李伯纪）属官，配合李纲主战抗金。但统治者偏安一隅，倾向主和一方。宋高宗绍兴八年，宋向金求和已经成为不可扭转的局势，主战的李纲仍上书反对秦桧议和，后罢居长乐。张元干的这首《贺新郎·寄李伯纪丞相》就是在听说李纲遭遇后写给他的，以表达词人对他的同情和抗金爱国的激情。

词作以“曳杖危楼去”开头，词人拖着拐杖登上高楼，站得高，望得远，“斗垂天，沧波万顷，月流烟渚。”词人所见之景为：北斗星悬挂在夜空，江面宽广，浩浩荡荡，月光流淌，蒙蒙烟雾中隐现一块小洲。大风把浮云一扫而尽，不停地狂吹，以至于江上无人夜渡。

在这寂静的深夜，词人见一群飞雁宿于“寒芦深处”，此情此景引发词人的无限感慨。“怅望关河空吊影，正人间鼻息鸣鼍鼓。谁伴我，醉中舞。”词人“怅望”山河，只有自己的影子相伴，表现出词人此时的孤寂。深夜熟睡人的“鼻息”声如“鸣鼍鼓”。“鼍鼓”指用猪婆龙（扬子鳄）的皮做成的鼓，加上“谁伴我”，叫人感到“众人皆醉，唯我独醒”的寂寞。

“谁伴我？醉中舞”两句，《晋书·祖逖传》中记载：“逖与司空刘琨俱为司州主簿，情好绸缪，共被同寝。中夜，闻荒鸡鸣，蹴琨觉曰：‘此非恶声也。’因起舞。”此处词人用祖逖与刘琨闻鸡鸣夜起、共同舞剑的典故，表达词人与李纲的志同道合。而此时的李纲又不在词人身边，没有志同道合的人陪伴，心事无人诉、无人懂，其孤独寂寞可想而知。

上阕登高望远，借深夜静谧之景，抒发孤独寂寥之感，慨叹“众人皆醉我独醒”，下阕则进一步表达词人壮志难酬的悲愤以及对李纲能继续抗金的祈望。

“十年一梦扬州路”，词人感叹十年以前的旧事，曾经繁华的扬州在被金兵占领后，已成一片废墟，令人顿生繁华如梦的感觉。“倚高寒、愁生故国，气吞骄虏”三句，直抒胸臆。词人倚着高楼，感觉到寒气袭人，他想起至今没有收复的失地，愁意油然而生，再也无法抑制悲愤情绪，迸发出“气吞骄虏”的激情。

紧接着，词人借典故暗示宋不应委曲求和，“要斩楼兰三尺剑，遗恨琵琶旧语。”“要斩楼兰三尺剑”是借用汉昭帝时使者傅介子因楼兰经常攻击使者而斩其王的故事，表达词人主张抗金的坚定决心。“遗恨琵琶旧语”借用杜甫《咏怀古迹》中“千载琵琶作胡语，分明怨恨曲中论”之句，表明宋向金求和的“怨恨”。

“谩暗涩、铜华尘土”，以物喻人，表面上描写宝剑因无用武之地，被弃置而生铜锈，实际上是指向李纲等主张抗战的爱国大臣被罢免被压制的现实。

“谪仙”原指李白，这里代指李纲。李纲曾说“太白乃吾祖，逸气薄青云”（《水调歌头》）。用“谪仙”比李纲，表达出词人对李纲的崇敬。词人“唤取”李纲，在国家临危的时候，“过苕溪尚许垂纶否”？爱国志士是不是应当从此隐居，不问世事？至结尾“风浩荡，欲飞举”，词人抗金热情愈发高涨。凭着浩荡的长风，飞上云霄，点明词人写《贺新郎》这首词的目的，即支持李纲继续抗金，深化了爱国主题。

## 朱敦儒：试倩悲风吹泪过扬州。

**词人名片**

生卒年月：1081—1159

字号：字希真，号岩壑

祖籍：洛阳（今属河南省）

代表作：《相见欢》等

**词人小传：**早岁隐居故里，志行高洁，有朝野之望。征召为学官，固辞不就。南渡初，流寓两广，居南雄州。绍兴三年（1133），补右迪功郎。绍兴五年（1135）赐进士出身，为秘书省正字，寻兼兵部郎官。后被劾罢官，退隐嘉禾。晚年依附秦桧，任鸿胪少卿，为时论所讥。桧死，亦罢废。著《岩壑老人诗文》一卷，已佚。词集有《樵歌》（一名《太平樵唱》）三卷。词风豪放旷达，语言清新晓畅，多写隐逸生活，南渡后的词也有感怀国事的作品。

### 相见欢

金陵城上西楼，倚清秋。万里夕阳垂地，大江流。

中原乱，簪缨[①]散，几时收？试倩[②]悲风吹泪，过扬州。

**【注释】**

①簪缨：古代达官贵人的头饰，这里代指贵族。

②倩：请、劳烦。

**【赏析】**

《相见欢》写词人登楼抒怀，非抒儿女情长缠绵悱恻之怀，更不是填英雄气短惋惜之膺，而是抒发词人心系国家命运的大爱无疆之情。

词人开篇交代时间地点，“金陵城上西楼，倚清秋。”一个清秋之日，词人登上了金陵城的西门楼。这两句平铺直叙，语言直白易懂，词人开门见山地叙述自己所处的环境和具体位置，一个“倚”字形象地写出词人居高临下、凭栏眺望的姿态。

“万里夕阳垂地，大江流。”这是词人登临所见。日薄西山，万丈红光垂直射在广袤的大地上，作者用夸张手法以“会当凌绝顶，一览众山小”之势，状眼前胜景，给人大气磅礴之感。滔滔而下的流水夹着泥沙、挟着石子滚滚东流，一去不复还。太阳、大地、江流这些都是盛大景象，词人又在这些景之前加上“万”“垂”“大”等形容词来修饰，营造出一种波澜壮阔、气魄宏伟的氛围，读来令人心潮澎湃。

“中原乱，簪缨散，几时收？”朱敦儒是一位爱国词人，在他后期的每一首词中，几乎都贯穿着爱国之心声。回首中原，仍是一片混乱的场面，战场厮杀、妇孺啼哭，人们纷纷向南逃生以求活命，这水深火热的中原何时才能收复？这是词人真正所关心的问题。他身在异乡，却日日思念自己的国土，对收复失地的渴望溢于言表。

大诗人杜甫早有言“万里悲秋常作客，百年多病独登台。”词人在开篇就已点名季节是秋季，这绝非虚笔，尾句“试倩悲风吹泪，过扬州”便与首句遥相呼应，构成首尾连贯的严谨结构。

词人在这句话里融入了强烈的主观色彩，因为“风”是自然界客观存在的，没有主观意识和感情，词人在“风”字前面加了“悲”字，寄托了自己的情绪感情，将风拟人化，含蓄而委婉地表达悲伤之情。扬州是当时北宋与金兵作战的前线，这表明词人心中时时刻刻挂念祖国，想把自己满腔热血抛向战场，真情实意，感人肺腑。

由登楼到抒悲情的过渡，非但不突兀，反而水到渠成，从整体来看，词人背井离乡、辞国去都，独自登上高楼，望着眼前夕阳的余晖洒在无垠的土地上，河面上泛起的点点苍茫，秋日里草木凋落的萧条模样，这一切都自然而然地使作者想起远方山河破碎的故国，抒发了词人强烈的亡国之痛和深切的爱国之情。

## 鹧鸪天·西都[①]作

我是清都[②]山水郎，天教分付与疏狂。曾批给雨支风券，累上留云借月章。诗万首，酒千觞，几曾着眼看侯王？玉楼金阙慵归去，且插梅花醉洛阳。

【注释】

①西都：宋时指洛阳。

②清都：道教传说中天帝居住的地方。

【赏析】

“我是清都山水郎，天教分付与疏狂。”词人开篇便直抒胸臆，简单明了地做了自我介绍。“清都”按《列子·周穆王》里的解释是天帝的居所，所以这句话按其字面意思是说：他原本是天宫里掌管山水的官员，每天的任务都很清闲，无非游历大好河山，生活惬意自在。掘其深层意义，此处表明了词人不与世俗同流合污的理想和志向。

下句恰似对上句的解释说明，表递进，前后连接紧密。“疏狂”二字是词人对自己性格的一个概括：天帝教导他不要受礼法的拘束，对人对生活都要豪放而真诚。词人用白描手法抒发对自然山水的向往，颇有几分陶潜文风，但难能可贵的是，词人并非原封不动地沿袭，而是写出了自己的风格，于清新自然之中更透露出几分调皮和洒脱。

词人的想象力很丰富，笔法浪漫飘逸，他说自己“曾批给雨支风券，累上留云借月章”。意思是说曾经在天宫里地位尊崇，能够呼风唤雨，这些优待都是天帝给予的赏识，更是自己不断努力上书言志的结果，真是妙笔生花，具足诙谐幽默。

“诗万首，酒千觞，几曾着眼看侯王？”“侯王”在这里亦有实指，激进地表明作者对王室贵族的睥睨和不齿，传达出作者不为官的志向。与其终日混在尔虞我诈的官场，词人宁愿每天有诗书美酒的陪伴。

“玉楼金阙慵归去，且插梅花醉洛阳。”最后两句宛如出自李白之口，浪漫飘逸。“玉楼金阙”大致与上阕的“清都”相同，“慵”则抒发满心的不情愿，和不屑一顾的姿态。这两句词的意思是说，金碧辉煌的天宫词人尚且懒得去，更别提人世间的朝廷官场，有这大好时光还不如赏赏梅花，陶醉于美丽的洛阳春景。“梅花”便是此句的点睛之笔，它寄托了词人高洁傲岸的志趣和傲霜斗雪的勇气。

因其明白晓畅、清新婉丽、朗朗上口，且文风幽默欢快、用词狂放不羁，尤其对权贵的不屑一顾读起来有人心大快之感，所以这首词在当时的汴京洛阳，风靡一时，人人口耳相传，拍手称快。

## 李纲：长江千里，烟淡水云阔。

**词人名片**

生卒年月：1083—1140

字号：字伯纪，号梁溪先生

祖籍：邵武（今属福建省）

代表作：《六幺令》等

**词人小传：**徽宗政和二年（1112）进士，历官太常少卿。钦宗时，授兵部侍郎，尚书右丞。高宗即位，拜右相，上十议，力主抗金，为黄潜善所沮，罢至鄂州居住。绍兴二年（1132），除湖广宣抚使兼知潭州，后又多次被罢黜。九年，除知潭州、荆湖南路安抚大使，次年卒，年五十八。有《梁溪集》、《梁溪词》（或作《李忠定公长短句》）等。刘克逊跋其词，谓“豪宕沉雄，风流蕴藉，所谓进则秉钧仗钺，旋转乾坤，不足为之泰；退则短褐幅巾，徜徉丘壑，不足为之高者”。

## 六幺令

次韵和贺方回金陵怀古，鄱阳席上作[1]。

长江千里，烟淡水云阔。歌沉玉树，古寺空有疏钟发。六代兴亡如梦，苒苒惊时月。兵戈凌灭，豪华销尽，几见银蟾[2]自圆缺。

潮落潮生波渺，江树森如发。谁念迁客归来，老大伤名节。纵使岁寒途远，此志应难夺。高楼谁设，倚阑凝望，独立渔翁满江雪。

【注释】

①鄱（pó）阳：临鄱阳湖，治所在今江西省鄱阳县东。

②银蟾：指月亮。因传说月中有蟾宫，故有此称。

【赏析】

金陵怀古词，后人多以王安石《桂枝香》为绝唱。李纲的《六幺令》在艺术上和思想深度上皆不如前者，但贵在直抒抱负，将自己磊落的怀抱和坚定的节操表现出来。虽是怀古，实则评点现实，呈现出一个政治家的坚决立场和高远志向。

词和贺铸韵，但贺铸原词不存，所以无从比较。词序谓“鄱阳席上作”，当指李纲在宋室南渡初期贬谪途中，路经鄱阳所作。“长江千里，烟淡水云阔。”先点出金陵古都所处地势。长江奔腾而下，烟波浩渺，水面宽阔无际，构成金陵城的一道天险，这一有利的地理条件使金陵成为六朝古都。

然而奔腾不息的江水也尽数带走了金陵历朝历代的繁华。“歌沉玉树，古寺空有疏钟发。”“玉树”指《玉树后庭花》曲，为南朝最后一位君主陈后主所制。王安石《桂枝香》词中即有“至今商女，时时犹唱，《后庭》遗曲”的句子，以《后庭》曲表亡国哀音。此处“歌沉玉树”与之同义。六朝的历史在这一曲亡国之音中消逝了，而金陵城的古寺仍在敲响疏宕浑成的钟声，仿佛在慨叹古今兴亡。

“六代兴亡如梦，苒苒惊时月。”当年的兴亡至今已苒苒数百年，一个“惊”字，表现出时光飞逝带给人的惊心之感。“兵戈凌灭，豪华销尽，几见银蟾自圆缺。”月圆了又缺，缺了又圆，亘古如此，而金陵城却在岁月中经历着无数战火，销尽了过往的繁华。

以上皆是对金陵历史的怀想和感叹，下阕转入描写眼前实景。“潮落潮生波渺，江树森如发。”鄱阳湖与长江相通，因此词的首句联想到“长江千里”，而此处的“潮生潮落”则写鄱阳湖水的起伏。看着眼前烟波渺茫无际，江边的树木森然繁茂的景致，作者不禁叹息“谁念迁客归来，老大伤名节”。作为一名遭到贬谪的“迁客”，他哀叹自己不被理解而遭受排挤的遭遇，以及老大之时尚未确立名节的命运。言辞之中，对当下处境的愤懑之情显露无遗。

尽管如此，作者仍然坚定不移地表明心迹：“纵使岁寒途远，此志应难夺。”即使身陷困顿，目标遥不可及，这份为国为民的抗战志向也永远不会更改。“高楼谁设，倚阑凝望，独立渔翁满江雪。”末尾写自己在高楼之上倚栏凝望，看到寒江之中，渔翁独钓。这一形象取自柳宗元的诗句“孤舟蓑笠翁，独钓寒江雪”（《江雪》），将一腔报国热血收结得高洁清远，寄寓了作者坚守节操、不改志向的怀抱，表明他不愿与奸佞者同流合污的追求。

## 喜迁莺·晋师胜淝上①

长江千里，限南北，雪浪云涛无际。天险难逾，人谋克壮，索虏②岂能吞噬！阿坚百万南牧③，倏忽长驱吾地。破强敌，在谢公④处画，从容颐指。

奇伟！淝水上，八千戈甲⑤，结阵当蛇豕⑥。鞭弭⑦周旋⑧，旌旗麾动，坐却北军风靡。夜闻数声鸣鹤，尽道王师将至。延晋祚，庇烝民，周雅何曾专美。

【注释】

①晋师胜淝上：指淝水之战。东晋孝武帝太远八年（383），东晋在淝水以少胜多，

大破前秦军队。

② 索虏：南北朝时，北朝人留有辫发，南人看不起北人，故以“索虏”称之。

③ 南牧：即攻打东晋。

④ 谢公：即东晋宰相谢安，他力主抗敌。

⑤ 八千戈甲：指晋将谢玄带精兵八千在淝水大破秦兵。

⑥ 蛇豕：这里喻指前秦的军队。

⑦ 鞭弭：马鞭和弓，这里指驾车前进。

⑧ 周旋：攻击。

**【赏析】**

从词题“晋师胜淝上”即可看出，此词是李纲依据淝水之战的历史本事而作的咏史词。所谓咏史词，一般都是借史寓今，以评点历史来寄寓作者对今日时事的思考，此词也不例外。李纲在当时的南宋朝廷，属于坚定的主战派，他所作咏史词，无不表达了他抗击金朝、恢复山河的主张，气势恢弘而沉雄。

淝水之战是历史上一场著名的以少胜多的战役，东晋军队以八万精兵胜前秦百万大军，这场胜利千百年后仍激动人心。因此，吟咏此次战役的诗词很多，尤其是南宋时期，在朝廷偏安一隅，任金兵侵占北方大片河山的情况下，淝水之战就更令有志于恢复大业的人闻之热血沸腾，跃跃欲试。叶梦得的《八声甘州》词就表现出他愿效法东晋谢家，挥师抗敌，谈笑间平定北方的豪情壮志。

李纲的这首《喜迁莺》写得波澜壮阔，起伏有致。首句“长江千里，限南北，雪浪云涛无际”描写战争环境。分隔南北的长江天堑，波涛滚滚，一望无际，是晋军阻挡外敌的天然屏障。“天险难逾，人谋克壮，索虏岂能吞噬”一句，概括地写出东晋军队胜利的客观和主观双方面原因。从客观上来看，长江天险，难以逾越；从主观上来讲，晋朝宰相谢安及指挥军队的谢家子侄有胆有识，有勇有谋，因此，北方的前秦无法成功侵吞东晋土地。

“阿坚百万南牧，倏忽长驱吾地”，“阿坚”指前秦皇帝苻坚，他率领百万雄军，挥师南下。“倏忽”二字，表现出前秦军队出兵之突然，以及来势之猛烈。这一句描写是为了突出下一句中谢安的从容镇定。“破强敌，在谢公处画，从容颐指。”据说，当时前线战场东晋胜利的消息传回朝廷时，谢安正在与人下棋，看完战报后，便将它扔到一边，不露声色地继续下棋，直到客人忍不住问他，他才轻描淡写地答了一句：“小儿辈遂已破贼。”由此足见他的镇定自若。

下阕先以“奇伟”开篇，既收结上阕对谢安的刻画，也开启下文对这场战役的奇伟之处的描写。“淝水上，八千戈甲，结阵当蛇豕。”在淝水之上，当时的东晋大将谢玄指挥八千精锐兵士，涉渡淝水，与前秦军队决一死战。“鞭弭周旋，旌旗麾动，坐却北军风靡。”只见将帅旌旗猎猎，指挥这八千勇士与强敌周旋，使前秦军队望风而逃。甚至“夜闻数声鸣鹤，尽道王师将至”，奔逃途中，众人风声鹤唳，丧魂失魄，据说连苻坚遥望淝水之畔的八公山，竟将山上的草木都看作了东晋整肃端容的军队。

“延晋祚，庇烝民，周雅何曾专美。”末句总结并赞美这场战役。作者认为，淝水之战延长了东晋的国运，庇护了广大的民众，就连《诗经·小雅》所颂扬的周宣王中兴周朝的功业都不能夺去它在历史上的伟大地位。

词中虽然只叙述淝水之战的过程和功绩，并没有追昔抚今的慨叹，但与李纲其人联系起来，便能从中读出词人对南宋皇帝赵构的期望，并希望自己能辅助君主以武力抗击金朝，完成复兴宋室的大业。

# 第四章

## 伤痛的慰藉·宋词的绚烂辉煌

## 辛弃疾：我见青山多妩媚，料青山见我应如是。

**词人名片**

生卒年月：1140—1207

字号：字幼安，号稼轩

祖籍：历城（今山东省济南市）

代表作：《贺新郎》等

**词人小传：**南宋豪放派词人，他出生时，中原已被金兵所占。绍兴三十一年（1161），金兵南侵，中原起义军烽起。辛弃疾聚众二千，参加抗金义军，隶耿京为掌书记，不久投归南宋。历任江阴签判，建康通判，江西提点刑狱，湖南、湖北转运使，湖南、江西安抚使等职。

辛弃疾一生力主抗金，曾上《美芹十论》《九议》，提出不少收复失地的建议，但却因此遭到朝廷内投降派的排挤和打击。四十二岁时遭谗落职，退隐江西上饶一带，长达二十年之久，中间虽一度短暂出仕，但不久便罢归。六十八岁病逝。

辛词激昂排宕，别开生面，不可一世。词中大多抒写力主抗金、收复中原的爱国热情，倾诉壮志未酬的愤懑，对当时的统治者亦有谴责之意，此外还有不少吟颂祖国河山的词作，题材广泛。

《宋史》有传。有《稼轩长短句》以及今人辑本《辛稼轩诗文钞存》。词存六百二十九首。

### 贺新郎

邑中园亭，仆皆为赋此词。一日，独坐停云，水声山色竞来相娱。意溪山欲援例者，遂作数语，庶几仿佛渊明思亲友之意云。

甚矣吾衰矣。怅平生、交游零落，只今余几！白发空垂三千丈，一笑人间万事。问何物、能令公喜？我见青山多妩媚，料青山见我应如是。情与貌，略相似。

**一尊搔首东窗里。想渊明《停云》诗就，此时风味。江左沉酣求名者，岂识浊醪妙理？回首叫、云飞风起。不恨古人吾不见，恨古人不见吾狂耳。知我者，二三子。**

【赏析】

辛弃疾被罢职停官后闲居在今江西铅山，正值期思渡新居落成，“新葺茅檐次第成，青山恰对小窗横”（《浣溪沙·瓢泉偶作》），词人便为新居“停云堂”题下此词。据邓广铭《稼轩词编年笺注》考证，约为宋宁宗庆元四年（1198）所作。

开篇三句即用典。《论语·述而》篇中记载，孔子云：“甚矣吾衰也，久矣吾不复梦见周公。”孔子很久没有梦见周公了，因为世道不行，而此时的辛弃疾感慨的则是自己郁郁不得志。

“白发空垂三千丈，一笑人间万事。问何物、能令公喜？”李白《秋浦歌十七首》其十五云：“白发三千丈，缘愁似个长。”此处用一“空”字，更显悲凉。岁月无限蹉跎，大半生已经过去，而自己却一事无成，怎能不哀伤？但是，自己能做的也只有对万事万物付之一笑而已。“问何物”一句再次用典。《世说新语·宠礼篇》：“王珣、郗超并有奇才，为大司马所眷拔。珣为主簿，超为记室参军。超为人多髯，珣状短小，于时荆州为之语曰：髯参军，短主簿，能令公喜，能令公怒。”

“我见青山多妩媚，料青山见我应如是。情与貌，略相似。”是词人的自答。词人可以和青山对话，与李白“相看两不厌，惟有敬亭山”有异曲同工之妙；《新唐书》卷九十七《魏征传》：“帝大笑曰：‘人言征举动疏慢，我但见其妩媚耳’。”在此也有与魏征相比之意。对青山的赞美，其实也是词人对自身能力的自信和激励。

辛弃疾的词中用典非常频繁，这也是其词的一大特色。词的下阕开头继续用典。“一尊搔首东窗里，想渊明《停云》诗就，此时风味。”这里的“停云”是指陶渊明的诗歌《停云》：“良朋悠邈，搔首延伫”，将自己和陶渊明相比较，表现出对陶渊明高风亮节的仰慕，也侧面烘托出自己不慕名利的心绪。而另外有些人则是“江左沉酣求名者，岂识浊醪妙理”，表面上是批判晋室南迁后的某些人，暗指南宋那些自命风流的官僚们昏庸无能，只图个人利益而置国家利益于不顾。

“不恨”二句，直接借用《南史》中的《张融传》：“不恨我不见古人，所恨古人又不见我。”词人在此还加入了一“狂”字，况周颐释“狂”有云：“狂者，所谓一肚皮不合时宜，发见于外者也”（《蕙风词话》卷二）。由此可见，此处的“狂”，必是悲愤异常。全词以“知我者，二三子”结尾，感叹世上鲜有知己者，一声叹息同前面疾风骤雨式的呐喊相呼应。

在罢官闲居的几年中，辛弃疾写了很多抒发英雄无用武之地的愤慨之作。岳珂《桯史》卷三云：“稼轩以词名，每燕必命侍妓歌其所作。特好歌《贺新郎》一词，自诵其警句曰：‘我见青山多妩媚，料青山见我应如是。’又曰：‘不恨古人吾不见，恨古人不见吾狂耳。’每至此，辄拊髀自笑，顾问坐客何如，皆叹誉如出一口。”即使在困境之中，词人依然能够通过作词这种方式寻求解脱，并且多有上乘之作。

## 清平乐

检校山园[①]，书所见。

**连云松竹，万事从今足。拄杖[②]东家分社[③]肉，白酒床头初熟。**

**西风梨枣山园，儿童偷把长竿。莫遣旁人惊去，老夫静处闲看。**

**【注释】**

① 山园：辛弃疾的闲居之地。

② 拄杖：拐棍，也叫拐杖，老人多用此物。

③ 社：指祭祀土地神的活动，《史记·陈丞相世家》：“里中社，平为宰，分肉甚均。”可知逢到“社”日，就要分肉，所以有“分社肉”之说。

**【赏析】**

词题中的“山园”即辛弃疾闲居带湖时的居所，“检校”即查核之意。词中作者既无刻意雕琢，也没有运用典故，而是通过白描的手法，展现生动有趣的农村生活。

开篇描写作者闲居时所看到的农村生活景象，营造出一种宁静祥和的生活氛围，也表现出他对闲居生活的满足。“连云松竹，万事从今足”描绘山园附近的景色。山园的四周生长着郁郁葱葱的松竹，在云雾的缭绕下，呈现出一幅舒适和谐的生活画面。在这样的环境下闲居，作者不禁发出“万事从今足”的感慨，从中也可看出他此刻的心情颇为轻松和愉悦。

“拄杖东家分社肉，白酒床头初熟”是对“万事从今足”的补充描写，字里行间皆透露出闲居生活的乐趣和温馨。从前句所写，可见词人与邻里之间关系之融洽。“拄杖”表明年老，此时的词人大约已年过半百。“社”即祭祀土地神的活动，《史记·陈丞相世家》中提到“里中社，平为宰，分肉甚均”。每到“社”日，就要分肉，所以有“分社肉”的说法。次句更增添此时的欢乐气氛。“白酒”在这里指田园佳酿，也可看出山园的富足。刚刚分到了社肉，又恰逢佳酿“初熟”，词人忍不住要美美地喝上一杯，好好惬意一番了。在古代，饮酒是高雅人士的一大嗜好，这一番描写既体现作者闲居时的惬意，也可看出他的闲情逸致。

下文词人开始“书所见”，从一个富有情趣的生活镜头入手，给整首词增添了浓浓的生活气息，表现出他闲适的心情。“西风梨枣山园，儿童偷把长竿。”“梨枣山园”说明此时正值梨树和枣树果实累累的时节，一群儿童拿着长长的竹竿在偷偷地扑打树上的果实。这一番描写，既透露出作者对丰收的喜悦，也可看出他对这些顽童的细致观察。一个“偷”字极富意味，把顽童们偷打梨、枣，却又时刻担心被人发现的顽皮写了出来。

“莫遣旁人惊去，老夫静处闲看。”显然，词人对顽童偷打梨、枣的这件事情是持宽容态度的，所以他才会“静处闲看”。杜甫在《又呈吴郎》中的“堂前扑枣任西邻，无食无儿一妇人”，表现出对“无食无儿一妇人”的仁慈之心；而辛弃疾在这首词中所体现的却是“万事从今足”后的“闲”情，笔调也较为轻快。

辛弃疾在这首乡情词中描绘其闲居带湖时的闲适生活，这种基调在他的众多作品中是难得一见的。不过词中表现出的安定祥和的农村生活，只是局部地区的现象。在当时的时代背景下，绝大部分的劳动人民生活得并不是很幸福、愉快。不过，并不是说作者的创作脱离实际，而是因为他接触下层劳动人民的机会比较少，所以对他们生活的认识才会比较局限。

## 青玉案·元夕

东风夜放花千树[①]。更吹落，星如雨。宝马雕车香满路。凤箫声动，玉壶光转，一夜鱼龙舞。

蛾儿雪柳黄金缕，笑语盈盈暗香去。众里寻他千百度，蓦然回首，那人却在，灯火阑珊处。

【注释】

①千树：指元宵节热闹的景象，烟花像千万棵梨树竞相比艳开放。

【赏析】

梁启超在《饮冰室评词》中评价这首词曰："自怜幽独，伤心人别有怀抱。"王国维则在《人间词话》中则说道："古今之成大事业、大学问者必经过三种境界：昨夜西风凋碧树，独上高楼，望尽天涯路；衣带渐宽终不悔，为伊消得人憔悴；众里寻他千百度，蓦然回首，那人却在，灯火阑珊处。"可见对其评价之高。

全篇营造和渲染出元宵节观灯的热闹气氛。上阕用夸张的手法描绘出灯火之盛和元宵节的盛况，反衬出下阕孤独凄凉的感伤。

"东风夜放花千树。更吹落，星如雨。"此二句的表现手法与岑参的"忽如一夜春风来，千树万树梨花开"颇为相似。东风吹放了夜晚的火树银花，更吹落了如雨般的彩星。"千树"显示出元宵灯节的热闹景象；"星如雨"则是作者天马行空的想象，在他的笔下，东风不但可以吹落"树叶""花瓣"，还可以吹落冲上云霄的烟火。

接下来四句，词人紧接着对元宵节的盛景进行描写。"宝马""雕车""暗香""凤箫""玉壶""鱼龙舞"都起到渲染气氛的作用，从视觉、听觉、嗅觉等方面呈现出元宵灯节闹花灯的热闹场面，为下阕写"那人"的孤独凄凉起到反衬的铺垫作用。

下阕首两句"蛾儿雪柳黄金缕，笑语盈盈暗香去"，词人从上阕的写景转而写人。

“蛾儿”“雪柳”“黄金缕”是元宵节时女子们头上佩戴的饰物，在此代指盛装出游的女子们。一群群盛装打扮的赏灯女子，花枝招展、笑意盈盈地从作者的眼前走过，衣袂飘飘，暗香浮动，可惜都不是他要找的人，内心不免有些失落。

“众里寻他千百度，蓦然回首，那人却在，灯火阑珊处。”在伤心之余，作者苦苦寻觅，蓦然回首，发现“那人却在，灯火阑珊处”。原来苦苦找寻的人儿，就在那清冷处，仍未归去。此处充分体现词人此刻复杂的情感，其中包含了他多少不易说出的悲感和对人生的领悟、感动。结尾处辛弃疾描绘出一个远离喧闹、甘于寂寞的女子形象，这其实只是他理想的一种寄托和化身。这首词大约作于作者被罢官闲居之时，词中的女子暗含着他的影子，是他理想和人格的化身。

通观全词，上阕只是单纯描绘元宵佳节的盛况，似无独到之处，然而这正好为下文的精彩之笔做足铺垫。辛弃疾通过描写置身于喧闹外的女子形象，表达自己政治失意、壮志未酬下，甘愿独守寂寞、清高，也决不愿与世俗同流合污的高尚情操。

## 满江红·江行和杨济翁韵

过眼溪山，怪都似、旧时曾识。还记得、梦中行遍，江南江北。佳处径须携杖去，能消几緉平生屐①？笑尘劳、三十九年非，长为客。

吴楚地，东南坼。英雄事，曹刘敌。被西风吹尽，了无尘迹。楼观才成人已去，旌旗未卷头先白。叹人间、哀乐转相寻，今犹昔。

**【注释】**

①屐：鞋子。

**【赏析】**

淳熙五年（1178），辛弃疾由临安赶赴湖北，途中以词代简为杨济翁和周显先先生作下此词。当时，作者正离开扬州溯江而上，看见沿江途中所见的河流山川都是自己旧时曾游，不免发出怀忆昔游，痛惜年华的感慨，故而作词向老友抒怀。

词的上阕以景观情。开篇写“过眼溪山，怪都似、旧时曾识。还记得、梦中行遍，江南江北。”“过眼溪山”皆是“旧时相识”，只因词人南归之初就一直在吴楚一带为官，数十年间足迹几乎踏遍吴楚，对于这一带的风景极为熟悉。一山一水都是曾见过千百遍的“亲人”，所以他说“皆是旧相识”。

然而，既是“旧时相识”，词人却又要说“怪都似”，当年易安居士的“物是人非事事休，未语泪先流”用在此情此景应是最为适宜：仕宦无常，细细算来告别此间山水已达十年之久，曾经的“旧相识”现在看来如同是梦中风景，模糊而不真切；所以，原本该是熟悉至极的景物，今日看在眼里却似是而非，让人不敢确信。词人在这里用一个“怪”字便将那种旧地重游，时光荏苒的恍惚感充分表达出来。

接着，作者由景写到情，由情来带动景。“还记得，梦中行遍，江南江北。”“梦中”一词虚实相生，人事恍惚之感透纸而出。这里的“梦中”既是恍惚如梦的迷茫，更是往事如烟，内心志向不得实现的无力和焦躁。紧接着他又用了一个反问句——“佳处径须携杖去，能消几緉平生屐”。《世说新语·雅量》记载阮孚好屐，说：“未知一生当着几量（緉）屐？”山川佳处常在险远之处，路远难至，所以才需要“携杖”而行，路险费屐，但是这些同访得名川的愉悦相比则显得微不足道了。况且正如阮孚所说，人生短暂无常，认真想来，一人一生又能穿掉几双鞋?

“笑尘劳，三十九年非，长为客。”“尘劳”，佛语里比喻俗世缠身的烦恼，也泛指因为事物而劳累。作者在此是以一种自嘲、戏谑的口吻感叹自己虚度年华，至今一无所成。“长为客”三字，饱含忧愤。时年作者已年近四十，南归已久，但是细想起来，昔日里所发下的那些宏愿，竟无一件实现。眼见半生已然蹉跎，让人如何能不感慨一声：命运弄人。

紧接着作者将整首词的情感又推进一层。他把视线从山川地形转向对古代英雄事迹的追忆，情感也从个人的命运沉浮转到整个历史的兴败衰亡。

“吴楚地，东南坼。英雄事，曹刘敌。”前六字借用杜甫的诗句“吴楚东南坼，乾坤日夜浮”，首先描画了一个苍茫广阔的环境；“英雄事，曹刘敌”写的乃是英雄人物的命运沉浮：当年的这些人和事是何等的煊赫风光，但是到如今也都不过是“被西风吹尽，了无尘迹”，情感由个人的不可捉摸上升到整个历史的无常变换，意境又是上升了一层。

下阕末几句，是词人由此生发出对人生的认识。“楼观才成人已去”承上怀古，苏轼《送郑户曹》中有云：“楼成君已去，人事固多乖”，乃是说吴国基业始成，可惜孙权却匆匆离开了人世，“旌旗未卷头先白”实在是借孙权之事自哀。

词人作为南宋著名的将领，面临着外忧内患，也曾有满腹的雄心，可惜几十年来，空在这吴楚大地上虚度光阴。北伐之愿遥遥无期，自己却已经空自消磨生命，作者不由心生愤恨。最后作者无奈作结：“叹人间、哀乐转相寻，今犹昔。”人生哀乐原本就是循环往复，古今相继，半点也不由人。这实在是词人对命运无常、人事多乖的感叹。

词人以写景起兴，借怀景而写人事，又借写人事而至写人生，虽结尾带些宿命论的色彩，但是通篇写得真挚而不失婉转，大气而不失精巧，情真意切。寥寥数语，便将词人对时光流逝，人生短暂，命运难测的无可奈何写得入木三分，读之令人动情，确有元好问所说“满心而发，肆口而成”的境界。

## 贺新郎

陈同甫自东阳来过余，留十日。与之同游鹅湖，且会朱晦庵于紫溪，不至，飘然东归。既别之明日，余意中殊恋恋，复欲追路。至鹭鸶林，则雪深泥滑，不得前矣。独饮方村，怅然久之，颇恨挽留之不遂也。夜半投宿吴氏泉湖四望楼，闻邻笛悲甚，为赋《乳燕飞》以见意。又五日，同甫书来索词，心所同然者如此，可发千里一笑。

把酒长亭说。看渊明、风流酷似，卧龙诸葛。何处飞来林间鹊，蹙踏松梢微雪。要破帽多添华发[①]。剩水残山无态度，被疏梅料理成风月。两三雁，也萧瑟[②]。

佳人[③]重约还轻别。怅清江、天寒不渡，水深冰合。路断车轮生四角，此地行人销骨。问谁使、君来愁绝？铸就而今相思错，料当初、费尽人间铁。长夜笛，莫吹裂。

【注释】

①华发：暮年，头发已花白。

②萧瑟：单薄、孤单、孤独。

③佳人：此处指老友陈亮。

【赏析】

公元1178年，三十九岁的辛弃疾与陈亮（字同甫）相识，此后成为终身好友。二人都始终主张抗金，恢复中原，而且一生都在为此而努力。朱熹虽然与他们在哲学观点上不同，但友谊却很深厚。公元1188年，陈亮从浙江来江西拜访辛弃疾，两人一起纵谈天下之事，共商抗金大计，极为投契。两人寄信朱熹让他来紫溪相见，但朱熹失约，未能前来，陈亮于是匆匆而去。次日，辛弃疾欲追回陈亮，挽留他多住几天，到鹭鸶林（在上饶东）因雪深泥滑不能再前进，只得作罢。于是，当日夜里，辛弃疾作此词，一则写二人友谊，二则抒发对陈亮的思念。

词人将这首《贺新郎》寄给陈亮后，二人后来又共唱和了五首同调《贺新郎》，成为千古佳话。在这五首词中，辛陈二人充分表达了立志恢复中原的气节和为国建功立业的抱负。词中的感情也非一般的离愁。

“把酒长亭说”是回忆二人在驿亭里饮酒话别的场面。“看渊明、风流酷似，卧龙诸葛。”这里作者将陈亮与陶潜和孔明作比，称赞他有陶渊明的超脱与儒雅，又有诸葛亮运筹帷幄的智慧，评价相当高。词人以英雄许人，亦以英雄自许。

“何处飞来林间鹊，蹙踏松梢微雪。要破帽多添华发。”这三句乍一看似乎如同横空飞来，与上文毫不相干。但联系上下文便知作者在此处乃是为了转移话题，将主题从个人转到家国天下。“破帽”乃是文人自许，“华发”则是表明二人都已近暮年。当时词人与陈亮都已年近五十，半生蹉跎，却仍壮志未酬、一事无成，怎能不感慨。

“剩水残山无态度，被疏梅料理成风月。两三雁，也萧瑟。”这几句表面写冬日里天地凄凉，仅依赖几朵梅花点缀风光，实际上是写南宋朝廷苟且偷安，最终只能落得个“剩水残山”。“疏梅”是作者自况，也是暗指抗金的义士们，可惜他们不过是三三两两，力量太过单薄，所以作者才会说“两三雁，也萧瑟”。

“佳人重约还轻别”，“佳人”当然是暗指陈亮。作者赞赏陈亮的“重约”，但又怨怪他的“轻别”，从侧面写出作者的依依不舍。“怅清江、天寒不渡，水深冰合”既是叙事，也是描写。作者当时追到鹭鸶林因为“天寒不渡，水深冰合”，所以才不得已怅恨而返。“路断车轮生四角，此地行人销骨。”这里接着上句继续描写当时的情景，雪深泥滑，车轮像长了角似的转动不了，所以作者只能留下，独自在此为这离愁所苦。

“铸就而今相思错，料当初、费尽人间铁”借用唐罗绍威的典故，借喻作者与友人分别是一个让人伤心的错误，用以说明彼此之间的相思，同时也暗寓着为国做前驱之想。“长夜笛，莫吹裂”写同友人分别后长夜里的思念，几乎都要将这天地吹裂了。此处的长夜当不仅限于表明冬夜之漫长，还应暗指当时的时局。在这样一个英雄无用武之地的时代，如辛弃疾、陈亮这般的爱国志士不由发出无奈的感慨。

作者在词中表达与友人别后的深切思念，显示出二人之间深厚的友谊，同时抒发二人徒有抱负而不能施展的惺惺相惜。

## 摸鱼儿

淳熙己亥，自湖北漕①移湖南，同官王正之置酒小山亭，为赋。

更能消、几番风雨？匆匆春又归去。惜春长怕花开早，何况落红无数。春且住。见说道、天涯芳草无归路。怨春不语。算只有殷勤，画檐蛛网，尽日惹飞絮。

长门②事，准拟佳期又误。蛾眉曾有人妒。千金纵买相如赋，脉脉此情谁诉？君莫舞，君不见、玉环飞燕皆尘土！闲愁最苦。休去倚危栏，斜阳正在、烟柳断肠处。

【注释】

①漕：漕司的简称，指转运史。

②长门：汉代宫殿名。

**【赏析】**

作为南宋爱国词人和豪放派的主要代表人物，辛弃疾的作品中充满强烈的爱国主义精神和对祖国河山的热爱。他的词作题材广泛，词中善用典故，词风雄伟豪迈又不乏细腻柔和之处，因而给后人留下了不少的佳作名篇。这首《摸鱼儿》就是辛弃疾的抒情名篇之一。

小序中交代了作者在作此词时的境况。从湖北平调到湖南，而不是被召回作者朝思暮想的京城，因而他把满腹的怨尤全部倾泻在这首晚春词中。此时的辛弃疾已经四十岁，距离他渡淮水投奔南宋已有十七年，但他力主抗金、恢复中原的主张却一直未得到南宋朝廷的认可和采纳，因此不由得叹惜。

起句“更能消、几番风雨？匆匆春又归去”，作者感慨：如今已是晚春时节，曾经姹紫嫣红的满园春色如今已禁不起再来的几番风雨，都将要离我而去。作为一个忧国忧民的爱国词人，在此辛弃疾显然并不是单纯在感伤眼前万物的萧条，而是另有所指。

“惜春长怕花开早，何况落红无数。”看到这样惨淡的春色，作者开始抒发自己的惜春情怀：花儿作为春天的象征，春天的离去也意味着花朵的凋零，我不忍看到这样的伤感景象，而希望花儿能晚些开放，这样就能多在这世间停留几天了。这显然是辛弃疾一厢情愿的想法，虽然他也意识到这只是一个幻想，但是仍然怀着一丝不甘喊出“春且住”，希望春天能停下脚步。

因为“见说道、天涯芳草无归路”，作者认为遍地已是芳草，春的归路早已被阻断，借此希望能留住春天。“只可惜，怨春不语。算只有殷勤，画檐蛛网，尽日惹飞絮。”尽管他百般挽留，缄默的春天还是悄然离去，只留下画檐蛛网上沾着些的柳絮，作为它曾经来过的痕迹。

“长门事，准拟佳期又误。蛾眉曾有人妒。千金纵买相如赋，脉脉此情谁诉？”从这一段描写中可见，自古以来，“蛾眉遭人妒”的例子数不胜数。陈皇后因招人妒忌而被打入冷宫——长门宫。“千金纵买相如赋”，为了重新受宠，陈皇后以黄金换来司马相如的一篇《长门赋》，献给汉武帝，以期获得他的欢心。只可惜，“脉脉此情谁诉”，陈皇后还是没有等到她想要的结局。

辛弃疾在这里引用陈皇后的典故，用以抒发自己的愤懑。“君莫舞，君不见、玉环飞燕皆尘土！”这里的“君”，作者应该是暗指那些因忌妒而进谗言得宠的人；对于这一类人，辛弃疾的厌恶溢于言表，“玉环飞燕皆尘土！”他正是想告诫这些小人：你们不要太过忘形，不然你们的下场只会与杨玉环和赵飞燕一样，死于非命！

词末三句，作者惆怅郁闷的心情一览无遗。“危栏”，即高处的栏杆。词人说不要去“倚危栏”，原因在于，站在高处眺望，不但不能排解自己心中的苦闷，反而会因为看到远处落日残阳的景象和被雾霭笼罩的杨柳儿更加感伤。这一番迷蒙的景象，多么像南宋现在江河日下的危弱形势，此景使词人心肠断裂。

单从内容来看，上阕的主题是“春去”，而下阕则描写古代的史实。看似二者毫无关系，但辛弃疾正是透过这两个主题来表达对自己境遇的感慨和对南宋朝廷前途的担忧。所以说，上下阕之间相辅相成，相得益彰，从中也可看出作者填词的艺术技巧。在这首词中，辛弃疾一改往日的豪放，转而用委婉曲折的手法来表达自己的心绪，言语间伤时伤国的情怀触手可及，读来不禁让人感慨万千，潸然泪下。

## 水调歌头

壬子三山被召，陈端仁给事饮饯席上作。

长恨复长恨，裁作短歌行[1]。何人为我楚舞，听我楚狂声？余既滋兰九畹，又树蕙之百亩，秋菊更餐英。门外沧浪水，可以濯吾缨。

一杯酒，问何似，身后名？人间万事，毫发常重泰山轻。悲莫悲生离别，乐莫乐新相识，儿女古今情。富贵非吾事，归与白鸥盟。

**【注释】**

①短歌行：古乐府《平调曲》中的曲调名，多于饮宴席上演唱。

【赏析】

宋光宗绍熙三年（公元 1192 年）年初，辛弃疾应召入朝，出任福建提点刑狱。是年年底，他由三山（今福建福州）奉召赴临安。当时被罢官的好友陈岘（字端仁）设酒为他送行，情谊深厚的两人在酒酣之时，大发感慨，辛弃疾即席借《楚辞》抒怀以答友人，写下这首词。

辛弃疾曾多次自比屈原，同样在仕途中沉浮的屈原给了他在黑暗时的光亮和指引，即使备受打击和排挤，词人也从未放弃过立功报国的信念。

词人直接以“长恨复长恨，裁作短歌行”开篇，直抒胸臆，对现实的不满和担忧溢于言表。当时，金人不断南侵，战火连连，而南宋小朝廷却偏安一隅。作为有着强烈爱国情怀的词人，此时怎能不伤悲？无法排解的“长恨”不能尽言，最终“裁作短歌行”，无法尽言却又不能不言的心境在“长恨歌”与“短歌行”的选择中得以显现。

“何人为我楚舞，听我楚狂声”是词人采取用典的手法来表明心迹。“楚歌”，据《史记・留侯世家》中记载，汉高祖刘邦“欲废太子，立戚夫人子赵王如意”，但是最终因为张良等人的劝说而作罢，刘邦对哭诉的戚夫人说：“为我楚舞，吾为若楚歌。”歌中显示出他的无可奈何。据晋人作《高士传》，“楚狂”指楚人陆通，字接舆，躬耕不仕，曾当面讽刺孔子执迷不悟，在政治道路上疲于奔走。不论是楚歌、楚舞，还是楚狂人，词人一咏三叹所要表达的是他不愿趋炎附势，却世事难料的无奈。

接着，词人直接引用屈原《离骚》诗句：“余既滋兰九畹，又树蕙之百亩，秋菊更餐英。”屈原喜用香草美人来抒发情感。诗中的兰、蕙都是香草，词人在此表明自己拥有美好的品德。“饮露”“餐英”，同样是以饮食的清洁来自喻品格纯洁。

上阕末两句，词人仍用典故来表达自己的操守。《楚辞・渔父》中，当屈原被放逐，浪迹天涯，形容枯槁之时在江潭遇到了一渔父，便向他诉说自己的遭遇，“举世皆浊我独清，众人皆醉我独醒，是以见放”。屈原不愿意“与世推移”，“以皓皓之白，而蒙世俗之尘埃”，渔父听罢，摇船而去，唱道：“沧浪之水清兮，可以濯我缨；沧浪之水浊兮，可以濯我足。”再次劝说屈原放弃自己的执念，审时度势，而屈原最终选择了坚守自己的情操。词人选用屈原的例子进一步表明自己的志气。

“一杯酒，问何似，身后名。” 此处辛弃疾同样用典。《世说新语·任诞》载，西晋张翰，为人“纵任不拘”。有人问他：“卿乃可纵适一时，独不为身后名耶？”他说：“使我有身后名，不如即时一杯酒。”张翰就是那位因为思念吴中莼羹鲈脍而弃官归隐的“楚狂”，此句反用张翰的说法，说明自己想要建功立业的志向，同时抒发理想无从实现的感慨。

但是作为有坚定志节情操的爱国志士，辛弃疾不会因为一时的低谷而轻易放弃。因此，他后面紧接着用“人间万事，毫发常重泰山轻。悲莫悲生别离，乐莫乐新相识” 再次表明其心志。“富贵非吾事，归与白鸥盟”一句，又引用两个典故。陶渊明《归去来兮辞》云：“富贵非吾愿，帝乡不可期。”这里词人引用不慕名利的陶渊明的诗句，表明此次自己奉召赴临安也同样不是为了追求个人的私利。“归与白鸥盟”，在辛弃疾的《柳梢青》中也同样提到白鸥：“白鸟相迎，相怜相笑，满面尘埃。华发苍颜，去时曾劝，闻早归来。”

顾随先生曾经这样评价辛弃疾：“辛有英雄的手段，有诗人的感觉，二者难得兼……中国诗史上只有曹（指曹操）、辛二人如此”（《驼庵诗话》），从此词中可见一斑。全词运用比兴手法，并多处用典，在抒发离别不舍的同时，也表明词人立志报国的情操。整首词哀而不伤，沉郁中见豪放。

## 永遇乐·京口北固亭怀古

千古江山，英雄无觅、孙仲谋①处。舞榭歌台，风流总被、雨打风吹去。斜阳草树，寻常巷陌，人道寄奴②曾住。想当年，金戈铁马，气吞万里如虎。

元嘉草草，封狼居胥③，赢得仓皇北顾。四十三年，望中犹记、烽火扬州路。可堪回首、佛狸④祠下，一片神鸦社鼓。凭谁问，廉颇老矣，尚能饭否？

【注释】

① 孙仲谋：孙权，字仲谋，三国时吴国皇帝。

② 寄奴：南朝宋武帝刘裕的小名。

③ 封狼居胥：汉朝霍去病追击匈奴至狼居胥山（现内蒙古自治区西北部），封山而还。

④ 佛狸：北魏太武帝拓跋焘小名佛狸。450年，他攻打刘宋，在长江北岸瓜步山建立行宫，即后来的佛狸祠。

【赏析】

宋宁宗开禧元年（1205），辛弃疾以六十六岁的高龄担任镇江知府，这是他登上京口北固亭后触景生情写下的一首感怀词，悲愤忧虑的情感跃然纸上。

明代杨慎在《词品》中对《永遇乐（千古江山）》给予很高的评价："辛词当以京口北固亭怀古《永遇乐》为第一。"

"千古江山，英雄无觅、孙仲谋处。舞榭歌台，风流总被、雨打风吹去。"登上京口北固亭的作者不由想起镇江的风流人物孙权。三国时吴国的皇帝孙权，凭借着仅有的江东之地，不仅成功抵御了北方的曹魏，还积极开疆拓土，最终形成了三国鼎立之势。可如今江山依旧，像孙仲谋这样的英雄人物却早已无处可寻。昔日繁华的歌舞台榭，英雄的风流事业也在历史风雨的洗练中消失殆尽。

"斜阳草树，寻常巷陌，人道寄奴曾住。想当年，金戈铁马，气吞万里如虎。""寄奴"是南朝宋武帝刘裕的小字。刘裕曾于势单力薄的情况下不断壮大队伍，并以京口为基地，起兵讨伐桓玄，最终平定叛乱，取代了东晋政权。对于这样的杰出人物，人们往往记忆深刻，因而传说中他的故居也一直受到人们的瞻仰和追怀。

作者此时的思绪由眼前的历史遗迹转向对英雄事迹的感慨。"想当年"三字，让人不禁想起刘裕当年创下的辉煌事迹。他曾率领兵强马壮的队伍，两度北伐，驰骋中原，收复了大片故土。孙权、刘裕这些振奋人心的事迹与此时南宋的萎靡形成了强烈的反差，词人不由感慨万千。他在这里既是抒发自己的怀古情怀，也表达出抗敌救国的心情。

下阕，词人通过典故，以古鉴今，把自己的思想感情融入历史人物和事件中，表达了自己力主抗金、恢复中原的强烈愿望和雄心。

首先，作者用典影射现实。“元嘉草草，封狼居胥，赢得仓皇北顾。”元嘉年间，刘裕的儿子即宋文帝刘义隆，好大喜功，在未做足准备的情况下就草草北伐中原，还曾想封坛祭天于狼居胥，以此纪念自己的全胜事迹。只可惜，不但没有收到预期的胜利，反而落得个惊慌败北、狼狈逃窜的下场。辛弃疾用这个典故，借以告诫南宋朝廷：要吸取刘宋北伐的教训，万事须慎重。他的这一番话不无道理。开禧二年，韩侂胄北伐战败，次年被诛，这正是“赢得仓皇北顾”的真实写照。

其次，词人由今忆昔。“四十三年，望中犹记、烽火扬州路。”从辛弃疾绍兴三十二年（1162）率众南归，到这时他写下这首词（1205 年），正好是四十三年。站在京口北固亭北望的词人，不由想起当时自己在烽火弥漫的扬州以北地区抗金，南归后本以为能凭借国力，尽快收复中原，却不曾想南宋朝廷却一味软弱退让，自己也因此英雄无用武之地。壮志未酬、报国无门的悲愤，让作者百感交集，思绪万千。

“可堪回首、佛狸祠下，一片神鸦社鼓。”环顾四周，词人顿生往事不堪回首的感慨。佛狸祠位于长江北岸的瓜步山上，是北魏太武帝拓跋焘南侵时留下的痕迹。“烽火扬州”和“佛狸祠下”的今昔对比，形成了强烈的反差。曾经烽火弥漫的扬州一带，如今却是一片安静祥和的景象。神鸦鸣噪、社鼓喧闹，全然没有抗敌复国的气氛，作者的伤心和失望可想而知。

伤感之余，词人借廉颇自况，抒发自己无法实现壮志的怅然和感慨。据传廉颇虽老，但仍想为赵王贡献一己之力。为了表示自己仍有余力，廉颇在赵王派去的使者面前吃了一斗米、十斤肉，并且还披甲上马。在这里，辛弃疾以廉颇自比，也正是想表达自己仍不服老，还想为国效力的决心和忠心。朝廷昏庸，软弱无能，自己空有一腔热情，却无力施展，一句“凭谁问”写出了作者此时壮志难酬老而无为的悲愤。

辛词多用典，此间却没有出现生硬现象，反而增添了词作的说服力和感染力，融裁有方，浑然一体。词中既包含了辛弃疾抗敌复国的宏伟大志，也表达了他对恢复大业的深切担忧和为国效力的忠心，可谓怀古、忧世、抒志三者兼具。

## 姜夔：念桥边红药，年年知为谁生。

**词人名片**

生卒年月：1154—1221

字号：字尧章，号白石道人

祖籍：鄱阳（今属江西省）

代表作：《扬州慢》等

**词人小传：**他生逢南宋时局动荡的时代，一生清贫自守，少随父宦游汉阳，父死后，流寓湘、鄂间。后往来于苏、杭一带，与杨万里、范成大、辛弃疾等交游。

屡试不第，终身不仕，虽为布衣，名声却震耀一世。著有《白石诗集》一卷，《诗说》一卷，《白石道人歌曲》六卷，别集一卷，《续书谱》一卷，《绛帖平》二十卷等。

词存八十七首，其词情意真挚，格律严密，语言华美，风格清幽冷隽。不仅如此，他还精通音律，其自度曲，并缀音谱，为研求宋词乐谱之主要资料。

### 扬州慢

淳熙丙申至日，予过维扬，夜雪初霁，荠麦弥望。入其城则四顾萧条，寒水自碧，暮色渐起，戍角悲吟。予怀怆然，感慨今昔，因自度此曲，千岩老人以为有《黍离》之悲也。

淮左名都，竹西佳处，解鞍少驻初程。过春风十里，尽荠麦青青。自胡马[1]窥江去后，废池乔木，犹厌言兵。渐黄昏，清角吹寒，都在空城。

杜郎俊赏，算而今、重到须惊。纵豆蔻词工，青楼梦好，难赋深情。二十四桥仍在，波心荡、冷月无声。念桥边红药，年年知为谁生。

**【注释】**

①胡马：金兵，也称胡人。

【赏析】

姜夔在文学艺术上具有多方面的才能，既是诗人、词人，又是音乐家，而以词的成就为最高。南宋有好几个词人写过扬州遭金兵南侵后的残破景象，其中以姜夔的这首《扬州慢》最为出名。

宋孝宗淳熙三年（1176）的冬至时分，姜夔因事路过扬州，彼时南宋已是千疮百孔，在外族铁蹄的践踏下体无完肤。而扬州本是座清如霜水的城市，水墨淡彩氤氲出一座如梦似幻的灵秀之地，却在战争的洗劫之后萧条异常。追忆起昔日的繁华，再看今朝的荒凉，姜夔发出叹咏，写下这首《扬州慢》，从此千古传唱。

词为伤情而作，令人感怀。当过去的一切已风流云散的时候，面对今日的萧条又该做何反应？姜夔看到桥边绽放正艳的红药花，鲜艳欲滴，那刺目的红色就像是这个朝代淡灰色主色调上不协调的一笔，突兀地在那里，时刻提醒人们，花开依旧，人事全无，待到明年这个时分，再来看花的人又会是谁，而这里又是何种景象？

王国维曾说姜夔的作品格调虽高，“终虽隔一层”，批评他的诗词“有格而无情”，然每当读到“青楼梦好，难赋深情”，不禁便觉姜夔之词不但有情，还是有情之大义在其中。

上阕由“名都”“佳处”起笔，却以“空城”作结，运用今昔对比的反衬手法来写景抒情。昔日的“春风十里扬州路”和如今的“尽荠麦青青”一对比，今昔盛衰的感觉极其强烈。杜牧的《题扬州禅智寺》中有“谁知竹西路，歌吹是扬州 ”的诗句，词人首句提到“淮左名都，竹西佳处，解鞍少驻初程”，交代了自己的行踪。下句的“过春风十里，尽荠麦青青”中，“春风十里”并非指一路春风拂面，而是用杜牧的诗意和如今的“尽荠麦青青”做对比，凸显出如今扬州的荒芜和凄凉。

“自胡马窥江去后，废池乔木，犹厌言兵。”金兵的南侵虽已过去多时，但其造成的后果十分严重。“犹厌言兵”，词人运用拟人的手法，赋予“废池乔木”以生命，表现出对金兵南侵的强烈不满和痛恨。“渐黄昏，清角吹寒，都在空城。”黄昏渐近，凄清的号角吹送着寒冷，传遍了整座空城。词人通过描写扬州城的萧索之景，渲染了一种悲凉的气氛。吟唱之余，莫不为姜夔的悲伤情感动容。

下阕首五句运用了虚拟的手法，词人设想：即使是风流俊赏的杜郎如今重游扬州，纵有赞美“豆蔻”芳华的精妙丽词，纵有歌咏青楼一梦的绝妙才能，当年的兴致和情思也早已荡然无存。作者将杜牧笔下的诗境与如今的扬州作对比，表达出内心的沉痛和伤感。

“二十四桥仍在”至“年年知为谁生”几句写当年的二十四桥仍在，却只有一轮冷清的月亮寂寞相伴。桥边的芍药花依然花开正艳，却无人欣赏，难免落寞和伤感。结尾处充满了物是人非、时过境迁的凝重和悲痛，不禁让人有无语凝噎之哀伤和对软弱无能的南宋朝廷的愤懑。

纵观全词，可以清楚地解读姜夔内心浓烈的家国意识。他少年孤贫，屡试不第，终生未仕，只好四处漂泊。其词作多为个人情怀的抒发，表现其爱国情操的词作较为少见，不过这首《扬州慢》却是其爱国词作难得的代表，为后世所传唱。

## 点绛唇·丁未冬过吴松作

**燕雁①无心②，太湖西畔随云去③。数峰清苦，商略黄昏雨。**
**第四桥边，拟共天随住。今何许？凭栏怀古，残柳参差舞。**

【注释】

① 燕雁：燕，在此念平声（yān），即北地；燕雁即北方之燕。

② 无心：即无机心，也象征着纯任自然。

③ 随云去：即燕雁随西畔之云悠悠去状。

【赏析】

吴松（在今江苏苏州市吴江区），曾是晚唐隐逸诗人陆龟蒙的隐居之地，姜夔对他推崇已久。南宋淳熙十四年丁未（1187）冬，姜夔途经吴松，遂写下这首词。

这是姜夔词中为数不多的大气象作品，包容自然，人生和时代历程，将他与整个时代的融合浑然一体。

上阕所写，是姜夔俯仰天地的感受。“燕雁无心，太湖西畔随云去。”开篇即写空中燕雁，意喻人生之漂泊，写出词人的心性就如同天地间翱翔的大雁一般，自由无依，随着太湖湖畔的流云四处云游，随云开云散，无心之举。读来一股苍凉之感油然而生，透露出作者心中的孤寂与萧瑟。

燕雁已飞去，词人只好将自己的目光收回到眼前。“数峰清苦，商略黄昏雨。”“商略”有商量和酝酿之意，但在此应取酝酿之意。时值萧瑟的冬季，山峰本就有寂寥愁苦之态，黄昏时节天空偏又酝酿出一场冬雨，令冬意更浓。这两句写出了雨意朦胧下的江南景致，“数峰”清苦和无奈的情态，衬托出词人此刻心中的愁苦和凄怆，意蕴十足。

下阕的词境，姜夔由俯仰天地，转而俯视古今，由眼前之境，感怀古今。“第四桥边，拟共天随住。”这是作者的怀古之思。“第四桥”即郑文焯《绝妙好词校录》中所记的“吴江城外之甘泉桥”，“以泉品居第四”故名（乾隆《苏州府志》），这里正是陆龟蒙的旧地。“天随”，即天随子，为龟蒙之自号。陆龟蒙身处晚唐末期，进士不第，只好隐居江湖；姜夔本人也屡试不第，四处漂泊，因此二人之境遇有相似之处，词人也以他为知音。只可惜，第四桥边，如今物是人非，作者顿时心生伤感。“拟共”，拉近了古今之距离，一个“住”字更突出了词人对古人的推崇。

“今何许？凭栏怀古，残柳参差舞。”作者长叹一声“今何许”，情感也由怀古转为伤今。“残柳参差舞”，柳本已纤弱，却还要舞之不已，可见其执着和坚毅。“残柳”这一意象，其实是南宋微微欲坠的象征；“残柳参差舞”表明词人希冀如“残柳”似的南宋还有中兴的可能。

只可惜，作者空有一腔报国热情，却无处施展。词中所透露出的自由心性想来是不甘寂寞的，看过了太多的世事纷飞，他也只能凭栏怀古，在柳絮纷飞的时候聊以自慰。

姜夔的创作极具托物起兴、意境清空的特色。对于这首词，陈廷焯在《白雨斋词话》中给予了很高的评价：“《点绛唇·丁未冬过吴松作》一阕，通首只写眼前景物，至结处云‘今何许，凭栏怀古，残柳参差舞’，感时伤事，只用今何许三字提唱，凭栏怀古下仅以残柳五字咏叹了之，无穷哀感，都在虚处，令读者吊古伤今，不能自止，洵推绝调。”既高度概括整首词的内容，又对它的价值予以了充分的肯定。

## 念奴娇

余客武陵，湖北宪治在焉。古城野水，乔木参天。余与二三友日荡舟其间，薄荷花而饮。意象幽闲，不类人境。秋水且涸，荷叶出地寻丈。因列坐其下，上不见日，清风徐来，绿云自动。间于疏处窥见游人画船，亦一乐也。朅来吴兴，数得相羊荷花中。又夜泛西湖，光景奇绝。故以此句写之。

闹红一舸①，记来时尝与鸳鸯为侣。三十六陂人未到，水佩风裳②无数。翠叶吹凉，玉容销酒，更洒菰蒲雨。嫣然摇动，冷香飞上诗句。

日暮青盖亭亭，情人不见，争忍凌波去？只恐舞衣③寒易落，愁入西风南浦。高柳垂阴，老鱼吹浪，留我花间住。田田多少，几回沙际归路。

【注释】

① 舸：船、舟。

② 风裳：把风比喻为衣裳。

③ 舞衣：此处指荷花的叶子。

【赏析】

本词当是姜夔最为脍炙人口的词作之一。词人首先在小序中介绍他的这次赏荷经历，交代了写作这首词的缘由。读这首词，能分明感受到作者是真心爱荷，因为唯有以自己的真情入笔，才能将这荷花写得如此之美，写得如此神韵动人。

“闹红一舸，记来时尝与鸳鸯为侣。”荷花开得正盛的时节，伴着鸳鸯，乘舟荡漾在这水绿花红之中。词一开篇就把人带入了一个美好的情境之中。下一句开始具体描述这个人迹罕至的荷花池中的景色：这是一个尚未受到人的喧嚣沾染的净地，在望不到边的荷塘里，荷叶翻飞，绿波荡漾。“水佩风裳”以水作为配饰，以风作为衣裳，原本是写美人的配饰，这里，姜夔用它来描写荷叶娉娉婷婷的美态，其效果与周邦彦“一一风荷举”颇为相似。

从翠绿的荷叶间吹过阵阵舒爽的凉风，赶走了秋日里的憋闷气息；而那潋滟的荷花，恰似饮酒之后美人脸上未来得及消褪的残红。然后一阵秋雨落过，荷花嫣然吐出幽幽的冷香，惹得作者诗兴大发。“冷香飞上诗句”，似乎这诗也因为沾染了这一份幽香而显得愈发动人。这里，完全将荷花拟人化，似乎这荷花真的就是一个美女，倩影娉婷地立在那里，婀娜多姿，惹人怜爱。上阕最后的这句“冷香飞上诗句”构思奇特，为人所称道。

日暮时分，翠绿的荷叶如同是一个个碧绿的车盖一般，又似乎是亭亭玉立在此等待情人相见的凌波仙子，只因情人还未得相见，故流连此处，迟迟不忍离去。“只恐舞衣寒易落，愁入西风南浦。”如此美好的景象，让词人只想将它们常留在人间。怕只怕，当秋风起时，这舞衣般的叶子经不起秋寒的肆虐而最终凋残，更怕这无情的秋风，让原本生机盎然的南浦徒留一片萧条。

“高柳垂阴，老鱼吹浪，留我花间住。”这样美丽的景色，作者心中十分喜爱，不愿离去：这些原本没有生命的高柳老鱼，都似乎是在为他的离去而伤心不舍，要留他在这花间住下。这里用如此写法，与其说是这些鱼柳不让“我”走，倒不如说是自己舍不得这里纯纯净净的美好。

姜夔的这首词不是仅描摹其形态，而是真正画出荷花的风骨，将荷花的神韵充分地表现出来。词人是真正把荷花看作了自己，以自己为参照物，将自己的个性与荷花的姿态结合在一起。写荷花也是在写人，荷花的“出淤泥而不染”同样也是词人洁身自好、不与污秽同行的品格的写照。

姜夔将自己对超凡脱俗的生活理想的追求，尽数寄托在对荷花的爱恋之上。整首词清丽静逸、空寂传神，极具想象力和启发性。

## 琵琶仙

《吴都赋》云："户藏烟浦，家具画船。"[①]唯吴兴为然。春游之盛，西湖未能过也。己酉岁，予与萧时父[②]载酒南郭，感遇成歌。

**双桨来时，有人似、旧曲桃根桃叶。歌扇轻约飞花，蛾眉正奇绝。春渐远，汀洲自绿，更添了、几声啼鴂。十里扬州，三生杜牧，前事休说。**

**又还是、宫烛分烟，奈愁里、匆匆换时节。都把一襟芳思，与空阶榆荚。千万缕、藏鸦细柳，为玉尊、起舞回雪。想见西出阳关，故人初别。**

**【注释】**

① 清顾广圻《思适斋集》卷十五云："此《唐文粹》李庾《西都赋》文，作《吴都赋》，误。李《赋》云：'其近也，方塘含春，曲沼澄秋。户闭烟浦，家藏画舟。'白石作'具''藏'，二字均误。又误'舟'作'船'，致失原韵。且移唐之西都于吴都，地理尤错。"

② 萧时父：萧德藻子侄辈，白石妻党。

**【赏析】**

这首词作于淳熙十六年己酉（1189），当时姜夔在吴兴载酒游春时，因见画船歌女酷似自己往日的情侣，引发怀人情感，故作此词。

"双桨来时，有人似、旧曲桃根桃叶。""曲"指坊曲，郑文焯《清真集校》曾经说"倡家谓之曲，其选入教坊者，居处则曰坊"；桃叶，晋代王献之妾，桃根是她的妹妹。作者在此以曲告知对方身份，再以桃根桃叶代指那些坊间的歌女姐妹们。河面上突地划来一对双桨，船上之人，作者猛然一见，竟以为是自己旧日里相识的坊间知己，心中正在惊喜不已，谁知道仔细一看才发现此人非彼人，相似而已。"双桨来时，有人似"短短七个字，写出词人见面、惊喜、失落、释然一系列的心理活动，那种乍见时的惊喜和随后的失落似乎都尽付与这一个“似”字。

接下来两句，“歌扇”指歌女手上拿着的团扇。此处紧接上文，词人回忆两人初见时的那一刻惊艳。作者在此描绘出一个唯美的场面：漫天花舞之间，有一姣姣女子，以扇遮面，浅吟轻笑；因被这漫天花朵所惑，忍不住就伸出了手中的团扇去追逐这飘舞的花瓣，这个时候，原本遮住的面容展露人前，眉眼清绝，端的是一个绝世美人。看到此处的描写，似乎都可以想见作者当时的那种瞬间惊艳呆愕的神情。

“春渐远，汀洲自绿，更添了、几声啼鴂”以自然喻人事，语意双关。春意渐远，河洲上的草都已经溢满了绿意，更能时常听见几声鹈鴂凄切的叫声，整个就是一幅春意凋零的画面。在古人心中，一向把鹈鴂的啼叫声看作百花凋零、春光逝去的象征。这里，“春渐远”“几声鹈鴂”表面上看是写春天的逝去，实际上是在感慨时光流逝，那些美好的往事都已经渐渐远去，同时隐喻着美人迟暮的感伤。

正是有了前面的一系列铺垫，这里词人在此才猛然道出“十里扬州，三生杜牧，前事休说”的感慨。用十里扬州比喻美好的时光风景，这种用法在许多词句中都经常出现，比如杜牧的“春风十里扬州路，卷上珠帘总不如”。“三生”乃是指过去、现在、未来三世人生，黄庭坚的《广陵早春》诗有“春风十里珠帘卷，仿佛三生杜牧之”。三生杜牧，这里是写作者的一种时空恍惚之感，似乎想起那些旧日里的时光来，如今都已如同隔世一般。接着一句“前事休说”蕴含词人的无限心痛。

下阕重在写柳，柳在古人眼里是离别的象征，词人接连化用前人之诗词入句，将自己想要借柳所表达的别离都给写了出来。“又还是、宫烛分烟，奈愁里、匆匆换时节”化用韩翃《寒食》“春城无处不飞花，寒食东风御柳斜。日暮汉宫传蜡烛，轻烟散入五侯家”，借此表达自己对春光消散的惋惜，而那份悲慨今昔变迁的怀人情感，已在此句中出现端倪。

“都把一襟芳思，与空阶榆荚”二句化用韩愈《晚春》：“杨花榆荚无才思，唯解漫天作雪飞。”草木无情而人有情，杨花榆荚不懂相思，而人为情思所累。“千万缕、藏鸦细柳，为玉尊、起舞回雪。”这里的描写，妙处在于虚实之景的变换，作者前一刻还在写眼前之柳“千万缕”，却紧接着时空转换到当日两人离别之时的情景。时空的转换自然而意境空灵清远，这也是白石词的一大特色。

“想见西出阳关，故人初别。”结尾处的描写是整个词情的高潮部分，但却只是提笔一点，就戛然而止，让人如有所感如有所悟，但是作者却又偏偏不把它明指出来，而是都蕴在话中，含蕴深远，当真是深得“意在言外”的妙谛。

这首词词境虚实相生，时空变换无端，却写得空灵清刚，且极尽缠绵悱恻之能事，深得宋词“发舒灵心秀怀之思”的神韵。

## 陈亮：闹花深处层楼，画帘半卷东风软。

**词人名片**

生卒年月：1143—1194

字号：字同甫，号龙川

祖籍：婺州永康（今属浙江省）

代表作：《水龙吟·春恨》等

**词人小传：**他力主抗金，曾多次上书孝宗，反对偏安一隅，倡言收复中原，完成祖国统一大业，后遭忌被诬入狱。绍熙四年（1193），进士第一，授签书建康府判官厅公事，未赴而病逝，年五十二。

其为人才气超迈，慷慨激昂。其词作风格豪放，议论纵横，与辛弃疾相唱和。有《龙川文集》《龙川词》。词存七十四首。

### 水龙吟·春恨

闹花深处层楼，画帘半卷东风软①。春归翠陌，平莎茸嫩，垂杨金浅。迟日催花，淡云阁雨，轻寒轻暖。恨芳菲世界，游人未赏，都付与、莺和燕。

**寂寞凭高念远，向南楼、一声归雁。金钗斗草，青丝勒马，风流云散。罗绶分香，翠绡封泪，几多幽怨！正销魂，又是疏烟淡月，子规声断。**

**【注释】**

① 软：形容春风的温暖和煦。

**【赏析】**

此词虽题作“春恨”，却与同类题材的作品有很大不同，陈亮并没有写寻常的闺怨和离愁，而是借“春恨”抒发家国之思。全词意境看似清丽凄婉，其中却自有一股刚劲之气，

“闹花深处层楼，画帘半卷东风软。”开篇首句一个“闹”字可谓神来之笔，让人想到宋祁的名句“红杏枝头春意闹”；而第二句一个“软”字则形象生动地写出春风的温暖和煦。作者用简单的两句词即把一幅阳光明媚、春色宜人的美丽景象呈现出来。

接下来几句写春归大地，田野一片翠绿，刚探出头的嫩草平铺在地上，垂杨枝头冒出鹅黄色的新叶。春日渐长，百花纷纷盛放，争奇斗艳。此时云层淡薄，细雨渐渐止住，天气不冷不热，气候非常宜人。

之后，词人的描写陡然发生了变化，“恨芳菲世界，游人未赏，都付与、莺和燕。”遗憾的是如此美丽的春色只有莺、燕在赏玩，游人却未能领略其美妙。词人之所以“恨”是由于莺、燕虽有机会赏玩，却不能领会春色的美妙，而游人虽能感受体悟其美妙却不得赏玩，气氛陡然由姹紫嫣红、百花竞放的喧闹转入一片凄冷寥落。

上阕，词人极力渲染明媚的春光，是为了给后面的春恨增添气势。春景愈是美好，他内心的春恨就愈是强烈，这种矛盾的产生就在于作者的个人境遇以及现实对其产生的影响。陈亮空有收复中原之志，却不得朝廷重用，故而内心郁积着苦闷和愤激。写的是“恨芳菲世界，游人未赏，都付与、莺和燕”，实际是其借此来表达对中原大好河山都丧失于敌手的愤慨，以及对朝廷苟且偷安的不满。

下阕，词人假托闺怨来抒发胸中的感慨。“寂寞凭高念远，向南楼、一声归雁。”主人公内心的寂寞无法排遣，无心游赏喧闹芳菲的世界，只好独自伫立于高楼之上，向南楼探问归雁远方征人的消息。这两句其实暗寓着词人处境的孤独和无助。“金钗斗草，青丝勒马，风流云散。”主人公回忆往昔团圆和乐之时，拔金钗作斗草游戏，用青色的丝绳做马络头，而如今一切都已消散，曾经在一起的人不知何时才会归来。

“罗绶分香，翠绡封泪，几多幽怨。”临别时双方互赠香罗带留念，分别之后，难禁思念之泪，思念和幽怨随分别时间的增长而越来越多。“翠绡封泪”典出《丽情集》。据记载，唐代御史裴质与成都一名叫灼灼的官妓相恋。后来，裴质被召回朝，为解思念，灼灼用软绡收集了自己的眼泪寄给他。词人化用这一典故，借以突出主人公内心对归人的思念。

末尾三句以景结情。疏烟淡月，子规声声啼鸣，与昔年离别时一模一样的情景，触发了等待归人的女子心中无尽的愁绪和幽怨。“子规”，即杜鹃，它的叫声非常凄厉，极易触发人们内心深处的怀乡思归情感。陈亮一生为了复国大业而四处奔波，内心充满了别恨乡愁和对国事的担忧，结尾三句的闺怨，实则是其内心的真实写照。

这首词的描写虚实相交，曲折有致。上阕极言春色之美好，下阕则另出机杼，抒写离愁别恨。词人把自己的家国之思隐藏在闺阁春怨的外衣之下，把一腔壮怀激烈埋在淡淡的景物之中，言近而旨远，耐人寻味。

## 念奴娇·登多景楼

危楼还望，叹此意、今古几人曾会？鬼设神施，浑认作、天限南疆北界。一水横陈，连岗三面①，做出争雄势。六朝何事，只成门户私计？

因笑王谢诸人②，登高怀远，也学英雄涕。凭却长江，管不到、河洛腥膻无际。正好长驱，不须反顾，寻取中流誓。小儿破贼，势成宁问强对！

**【注释】**

①三面：指长江的东西南。

②王谢诸人：指东晋以王谢家族为代表的士大夫阶层。

**【赏析】**

南宋王朝积贫积弱，金军铁蹄一路南下，陈亮力主抗金，反对议和，奈何朝廷苟安，他一腔报国之志无处释放。这首词，作者借古喻今，通过对六朝旧事的回顾，表达其北伐的主张。

多景楼在今镇江北固山后峰甘露寺内，甘露寺相传为孙刘联姻之处，多景楼被宋朝大书法家米芾誉为“天下江山第一楼”。它北临长江，视野非常开阔，是观景的极佳地点。

开篇两句大笔挥洒，凌空而起。登上高楼，极目四望，千百种复杂滋味在心底翻滚，作者感叹自己的这番心意，古今又有几个人真正能够理解呢？“今古”点明此词借古喻今的主题。“此意”百感交集，在此并没有指明到底是什么样的心意，但通读全篇后，就不难理解作者的抗金意图。

“鬼设神施，浑认作、天限南疆北界。”眼前的天险鬼斧神工，不少人却把它当作划分南北疆界的自然屏障。“浑认作”三个字讽刺意味浓重，词人固然无法改变统治者的决定，能做的只是把内心的愤慨诉诸笔端。

“一水横陈，连岗三面，做出争雄势。六朝何事，只成门户私计？”镇江是当时宋金对峙的前沿，它的北面是波涛汹涌的长江，东、西、南三面都是连绵起伏的青山。这样的地理形势进可攻，退可守。陈亮认为如果把这样险要的地势作为北上争雄的凭借，北伐定能马到成功，而当时六朝统治者却偏安江左，这么做无非都是为了一己之利。此处借六朝旧事，讽刺南宋的统治者出于自私的打算，苟且偷安。“做出”一词，使山河仿佛有了生命，瞬间变得灵动。

下阕开头“因笑”二字承接上阕对六朝统治者偏安江左的批判。“王谢诸人”指东晋以王谢家族为代表的士大夫阶层。“也学英雄涕”一句尖刻、辛辣地讽刺、嘲笑这些人虽然学英雄洒泪，感叹山河变易，却没有任何实际行动，只知道漫谈空论。词人在此鞭辟入里地讥讽南宋统治阶级中有些人只知道慷慨陈词，却不肯付诸行动，领兵北伐。

“凭却长江，管不到、河洛腥膻无际。”统治者们依仗长江天险，偏安一隅，哪里会顾及生活在被异族势力控制的中原地区，长期呻吟、辗转于金兵铁蹄之下的广大劳动人民呢？这两句，作者对统治者只顾一己私利的行为做了进一步的批判，“管不到”实为不想管。

“正好长驱，不须反顾，寻取中流誓。”这几句词情骤转，词人一扫前面的抑郁，变得豪迈爽朗。他认为凭借这样有利的地形，正好可以领兵北上，长驱直入，实在没有必要前怕狼后怕虎，畏首畏尾，而应该像祖逖那样，统兵北伐，一举收复中原。

末两句，“小儿破贼”源于淝水之战中谢安之侄谢玄等大败苻坚大军的典故。陈亮认为南方既不缺可以领兵打仗的统帅，也不缺披坚执锐的猛士，朝廷无须过多顾虑对手的强大，应该像谢安一样对北伐充满信心。至此，他在开篇之初提出的“此意”，即破敌复国之意，已经全部展露出来。全词收尾之处势如破竹。

词人把一腔豪情诉诸笔端，字里行间，尽是爱国情感，全词慷慨豪放，大气磅礴。陈亮词和稼轩词的风格比较相似，但是从艺术造诣和作品的情味上来讲，稼轩词还是略胜一筹。

## 陆游：零落成泥碾作尘，只有香如故。

**词人名片**

生卒年月：1125—1210

字号：字务观，号放翁

祖籍：越州山阴（今浙江省绍兴市）

代表作：《卜算子·咏梅》等

**词人小传：**高宗时应礼部试，为秦桧所黜；孝宗时赐进士出身；中年入蜀，投身军旅，官至宝章阁待制；晚年归隐家乡。一生有收复中原的信念，矢志不渝。今存诗九千多首，内容丰富，风格多样；词作中的爱国情感贯穿始终，明代杨慎评价其词“纤丽处似秦观，雄慨处似苏轼”。著有《剑南诗稿》《渭南文集》《南唐书》《老学庵笔记》等。

## 卜算子·咏梅

驿外断桥边，寂寞开无主。已是黄昏独自愁，更著风和雨。

无意苦争春，一任群芳妒。零落成泥碾作尘，只有香如故。

【赏析】

梅花位列“岁寒三友”之一，因其寒冬时节仍能保持顽强的生命力，在中国传统文化中，常被用来象征高洁的人格、坚贞的品质。陆游以“咏梅”为题，实是借梅花自喻，与周敦颐以“出淤泥而不染，濯清涟而不妖”的莲花形象自喻乃是同旨。

“驿外断桥边，寂寞开无主。”开篇便点明词人所咏之梅并非身处名园，而是开于驿所外，断桥旁。“驿”即驿站，是长途跋涉者休息住宿的地方，所以往来皆是过客。梅花开于此处，加重了“开无主”的“寂寞”。这株梅花得不到主人悉心照料，只遵循自然规律，年复一年荣枯交替，即便是在盛放的时候，也无人欣赏，只等寂寞凋谢。这两句中所述梅花的境况非常凄惨：不受关注，独自病老。以上状态与词人自身的遭遇十分相似，所以本词表面写梅，实是自况。

“已是黄昏独自愁，更著风和雨。”于荒郊野岭之地，日暮时分，寒夜即将来临，这株梅花本已十分愁苦，偏又遭遇风雨，正应“屋漏偏逢连夜雨”的俗语。春雨极寒，若再被风裹挟，简直冰凉刺骨，此处写尽梅花所受的摧残。“更”字有递进之意。

上阕写梅花的处境遭遇，实是词人痛陈自己不得志的现实遭际，其孤苦、凄惨，与梅花别无二致。下阕将梅花拟人化，着重描写梅花的可贵精神，升华并赞颂梅花的高洁自守、坚贞傲岸。

“无意苦争春，一任群芳妒。”梅花开放的时节，冰雪尚未消融，唐人张谓《早梅》有“不知近水花先发，疑是经冬雪未消”，可见梅花凌寒而发的情状。而“群芳”皆是春暖才放，争奇斗艳。与“群芳”相比，梅花显得不趋时流，特立独行。词人将其人格化，用梅花之口申明自己根本就不是为了“争春”才开放的，至于“群芳”的妒忌，也只好由它们去了。这两句生动轻巧，内涵却丰富，摆出的处世态度，引人深思。言外或许还包含词人对自己曾因言获罪一事的辩驳。

“零落成泥碾作尘”与上文“风雨”相承，继续描述梅花的悲剧命运，它们敌不过凄风苦雨的一再摧残，最终零落满地，而且被吹到驿道上，经马踏车碾，与泥水合在一处。无论从词义，抑或是观感上，这样的结果都是不幸的。但词人以“只有香如故”一句力挽狂澜，振奋人心，说唯有它们的香气才会依旧。尾句不仅将梅花的孤高形象升华，还为其悲剧遭遇增添了壮丽的色彩。词人更像在阐明自己的心志：无论此生遭际如何坎坷，结局多么落寞，但贵在精神不死，人格永恒。

这首词写梅花，又是词人用梅花意象自喻，梅花的意象恰恰是词人形象的真实写照。故本作以咏叹为主，状物次之。词人对梅花的描绘十分传神，使这篇佳作也如梅花的淡香，于千年词史中缭绕不去。

## 水调歌头·多景楼

江左[①]占形胜[②]，最数古徐州。连山如画，佳处缥缈著危楼。鼓角临风悲壮，烽火连空明灭，往事忆孙刘[③]。千里曜戈甲，万灶宿貔貅[④]。

露沾草，风落木，岁方秋。使君[⑤]宏放，谈笑洗尽古今愁。不见襄阳登览，磨灭游人无数，遗恨黯难收。叔子独千载，名与汉江流。

【注释】

①江左：即江东，包括江苏等地。

②形胜：指地理位置优越的交通枢纽之地。

③孙刘：孙权和刘备。

④貔貅：一种猛兽，这里用来比喻骁勇善战的军队。

⑤ 使君：古时对州长官的敬称。此处指词人好友镇江知府方滋。

【赏析】

多景楼在今镇江北固山后峰甘露寺内，始建于唐代，因中唐李德裕“多景悬窗牖”诗句而得名。斯楼临江而建，若在楼上极目远眺，千里吴楚可尽收眼底，故宋人米芾诗曰“天下江山第一楼”，此七字匾额至今尚见于多景楼门首。而镇江又与三国吴蜀关系密切，尤其北固山甘露寺，相传为孙刘联姻之处，因此，陆游登楼并联想到三国事也属自然。

这是陆游唯一一篇吟咏三国旧事的作品。宋孝宗隆兴二年（1164），词人时任镇江通判，陪同镇江知府方滋游宴北固山，即兴赋成此作。

上阕以“江左占形胜，最数古徐州”的大场面开篇。“江左”为旧时“江东”称谓，“古徐州”指镇江，起首即气势恢宏地点出了镇江重要的地理位置。同时，词人不言镇江，而曰“古徐州”，亦有怀古之意。东晋时王室南渡，曾以镇江为徐州治所，故后世称镇江为“南徐州”。词人在此将历史与现实相系，东晋与南宋皆是偏安江左，不思恢复失地，从中可窥陆游一生不变的复国之志。

“连山如画，佳处缥缈著危楼。”此两句将宏阔的视角移至多景楼。登高临远，极目吴楚，在这占尽江左形胜之地，又下临滔滔江水，气势雄浑。在江水的声势之下，词人想起了当年三国孙刘联兵抗曹的战斗场面，于是便有“鼓角临风悲壮，烽火连空明灭，往事忆孙刘。千里曜戈甲，万灶宿貔貅”。“貔貅”，原意为一种猛兽，似虎，或曰似熊，此处代指联军兵士。这几句展开了战争的画幅，继上文的气势一贯而下，场面壮阔，声势磅礴。词人对孙权与刘备的敬佩倾溢而出，流于笔端的还有作者本身的壮志豪情。

下阕笔锋忽转，词人用“露沾草，风落木，岁方秋”三个短句凸显了秋日的萧条与局促，为后文写“愁”埋下伏笔，也为“使君宏放”的飞扬抑下笔调。“使君宏放，谈笑洗尽古今愁。”“使君”指方滋，“古今愁”中“古”是指下文引出的“襄阳登览”这一故事，“今”则意指眼前，即南宋偏安江东的现状。“谈笑洗尽”是写方滋携宾朋登楼的言笑场景，亦与后文引羊祜典故相关联。

“不见襄阳登览，磨灭游人无数，遗恨黯难收。叔子独千载，名与汉江流。”“叔子”是西晋初年名将羊祜，此人镇守襄阳十年，常常登览岘山（位于湖北襄阳境内），作诗饮酒。十年间，他领军屯田、储粮，力主伐吴，虽未成功，却为灭吴做了大量准备工作。而且，羊祜为官清廉，政绩斐然，深受百姓爱戴，《晋书》本传曰：“襄阳百姓于岘山祜平生游憩之所，建碑立庙，岁时飨祭焉。”词人在此处引这一旧人旧事，是想用羊祜的高洁人格来称赞方滋。宋人韩元吉《南涧甲乙稿》中有载：方滋其人，以荫入仕，历知秀、楚、静江、广、福、明、庐、镇江、鄂、建康、荆南、绍兴、平江等州军府，所至务尽其职，发奸擿伏，严而不苛，经理财赋，缓而不弛，颇著政绩。由此，以羊祜比方滋虽有溢美之嫌，却也实至名归。同时，此处还种下了词人北定中原的希望。

《水调歌头·多景楼》甫一问世，就博得了张孝祥的大加赞赏，他是与陆游同时期的著名词人，其为本词题序，并“书而刻之崖石”。这是一篇吊古鉴今的佳作，把壮景、壮怀付诸同一首壮歌，且心事多于景事，引人感慨喟叹。

## 鹧鸪天

家住苍烟落照间，丝毫尘事不相关。斟残玉瀣①行穿竹，卷罢黄庭②卧看山。

贪啸傲，任衰残，不妨随处一开颜。元③知造物心肠别，老却英雄似等闲！

【注释】

①玉瀣（xiè）：美酒。

②黄庭：道家经典著作。

③元：同“原”。

【赏析】

宋孝宗隆兴元年（1163），张浚主持抗金军事，陆游为主战派，向其表示庆贺。

不料张浚渡江受挫，兵败而归，随后宋金议和。陆游则因“交结台谏，鼓唱是非，力说张浚用兵”的罪名，于乾道二年（1166）被免官归乡，回到山阴乡里。在家乡赋闲的这段时间，陆游有三首《鹧鸪天》词流传于世，此乃其中之一，另两首首句分别为“插脚红尘已是颠”“懒向青门学种瓜”。

上阕是词人对山居情况的描述。“苍烟落照”描绘的是日暮时分的山村景色，所谓“苍烟”可能是暮霭，也可能是炊烟，画面恬静柔美，缥缈如同仙境，家在此处，自与尘世相隔。词人如此直白道出，也有对尘世的厌恶情绪。这两句开篇，可见词人对自己的居所环境非常满意，尤其强调了与尘世的关系，可以看出他有意避世的主观意愿。

“斟残玉瀣行穿竹，卷罢黄庭卧看山。”这两句是对山居生活的细节描述。美酒是词人的良伴，无论何时何地，面临何种境遇遭际，在美好的时刻闲居，美酒便是消遣；苦恼时如羁旅异乡，美酒还能借以浇愁。在这里，词人饮罢玉瀣美酒，漫步穿行在竹林里，惬意而随性。后句提到的《黄庭经》是道家关于养生的著作，从侧面反映了词人的生活志趣。另据史料记载，陆游对中草药有一定的研究，在养生方面也颇有造诣。词人选取了两件日常小事，从中表达对“尘世”的厌弃，而令他醉心的乃是隐居的闲适生活。

下阕是对词人心理活动的刻画。“贪啸傲”，“啸”是一种独特的发泄方式，流行于魏晋，从中可窥词人所具有的魏晋风度；“傲”字指词人的神态情状，他睥睨一切俗物，无拘无束，从中隐约可见“阮籍猖狂”之态，应有词人自比“竹林七贤”的意思。“任衰残”即岁月不饶人，令人无可奈何，只好任由它去。词人流露出随遇而安的处世态度，若能如是，便无处不能自得，“不妨随处一开颜”。

词人虽言“开颜”，但他因不受重用而生的怨愤依然缭绕未去，所以词人的上述表达，恐怕只是聊以自慰，其愤恨不平终于在收官处迸发出来——“元知造物心肠别，老却英雄似等闲”。原本以为大自然冥冥中的主宰该与凡人是有所区别的，不想竟是一样铁石心肠，只教英雄年华虚度、心力消磨而无动于衷，视若等闲！此处与“造物”相比较的当是南宋朝廷，词人表达了对免官遭遇的不满，且被罢职的理由竟是“主战”，何等荒唐。

## 鹊桥仙

一竿风月，一蓑烟雨，家在钓台西住。卖鱼生怕近城门，况肯到红尘深处？潮生理棹，潮平系缆，潮落浩歌归去。时人错把比严光，我自是无名渔父。

【赏析】

同词牌《鹊桥仙》（华灯纵博）是陆游归隐山阴镜湖故乡后所作，本篇《鹊桥仙》则作于陆游出任严州知州时，两者相较，词人其时的身份、处境都大为不同，却同样表达了归隐的情志。

“一竿风月，一蓑烟雨”，起笔轻快但意境开阔。词人只有一支钓鱼竿，也只有一件蓑衣，两个“一”字都表现出他的形单影只。但加上眼前烟波浩渺的江水，渔钓生活虽然简单平淡，却有了着落。词人的生活俨然如画卷得意铺展，缥缈而富有诗意。“家在钓台西住”，“钓台”二字引东汉隐士严光之典。陆游于此处提及隐士，可影射其内心闲居归隐的志趣，同时为下文提及严光做了铺叙。至于“家在”何处，则不必深究，总之是滨水之地，表明与山水亲近的心意。

“卖鱼生怕近城门，况肯到红尘深处？”这两句写渔父远离尘嚣的避世态度。此处“怕”字并不是指因恐惧而避之不及，是嫌弃尘世喧嚣、世事繁杂的意思。但是，渔父迫于生计，不得不到人多处卖鱼。此处影射出任严州并非陆游本意，而是迫于无奈。

下阕“潮生理棹，潮平系缆，潮落浩歌归去”三句以“潮”为线索，节奏韵致和谐，又是渔父生活的写照，将渔父规律的作息，用规则性的言语道出，平易质朴，音律上也悦人耳目，读来琅琅。“浩歌”二字写出了渔父开朗旷达的心境，也为画面增添了声音与活力。

“时人错把比严光，我自是无名渔父”为全词妙笔，呼应上阕提及的“钓台”，引出严光作比。南朝范晔《后汉书·严光传》记载，严光是汉光武帝刘秀的同学，刘秀称帝之后，严光隐姓埋名隐居山中。后来刘秀命人四处寻访，找到严光并请他出山任职。严光居宫中数日，刘秀礼贤下士，但最后严光还是没有留下，再度回山隐居。现代文人聂绀弩《钓台》诗云：“三月羊裘一钓竿，扁舟容与下江滩。昔时朋友今时帝，你占朝廷我占山。”在陆游眼中，严光虽最终归隐，但之前居于宫中是在做仕与隐的计较，有沽名钓誉之嫌，为词人所不取。所以词人说“时人”不该把“无名渔父”与严光对比，表达出词人的淡泊明志，不求闻达。

结篇处将自己与严光相比，虽显苛责，却表明了词人只愿纵情山水，不求虚名于世的心志。这与上阕中提及的不得已而出仕的行为相矛盾，联系词人半生仕途波折，可知这般心意实是出于无奈。

## 临江仙·离果州作

鸠雨催成新绿，燕泥收尽残红。春光还与美人同。论心空眷眷，分袂[①]却匆匆。
只道真情易写，那知怨句难工。水流云散各西东。半廊花院月，一帽柳桥风。

**【注释】**

①分袂：分别，分离。

**【赏析】**

乾道八年（1172），陆游从夔州奔赴四川宣抚使王炎帐下任职，途中在嘉陵江西岸的果州暂作停留。离开之际，面对眼前的“新绿”“残红”，欣赏着“与美人同”的“春光”，有感而发，赋成此作。

“鸠雨催成新绿，燕泥收尽残红。”鸠鸟鸣叫时，往往有雨，故把多雨时节称为“鸠雨”。这两句是说，鸠鸣唤雨，润出新春的绿意，而转眼间花落成泥，又被燕子衔去筑巢，将残红收尽。词人用语艳丽，对仗工巧，上句写春来，下句言春去。“催成”“收尽”两词最有韵味，点出春光来去匆匆，并隐喻着词人也只是途经的过客。

“春光还与美人同”是对前两句的总括，紧承前两文而来。此句比喻巧妙，用美人比喻明媚的春光。美人乃泛指，虽不是一个十分清晰的意象，却能给人美好的感受，用来喻指春光，十分贴切。在这里，词人并没有工于描绘美人之妖冶风姿，而是将笔墨转开，以“论心空眷眷”明说再多的眷恋爱怜都不能长久，“眷眷”表明词人对春色的极度喜爱，但着一“空”字，引出“分袂却匆匆”一句，说明人生聚散如浮萍，来去匆匆。

下阕从写景转入议论，写出词人独特的人生体验。“只道真情易写，那知怨句难工。”词人想把伤春惜春的真实情感付诸笔端，本以为“易写”，一旦真的动笔，却发现无论如何也无法把心中的怨情写得工整。“只道”却“那只”这一句式富有口语化特点，写出设想与现实间的差距，说明陆游心怀真情却词不达意。略带急切的语气中，更委婉道出惜春情意之“真”之“深”，虽未直写，但曲折回环处更见真谛。

“水流云散各西东”，以“水流云散”指代春之归去，人也离别，将前句酝酿渐浓的愁思再次淡开。既然水流难返，云散不归，与其暗自嗟叹不如把握眼前。于是引出下文“半廊花院月，一帽柳桥风”，词人在院中观望，皎洁的月光照耀在花院里的半架游廊上，风吹桥柳，似乎也拂动了词人的头巾。这两句虽没写出春之艳丽妖娆，月只照“半廊”，风只拂“一帽”，似乎有不足之遗憾，但因构思之新奇，也显得词境多姿，可以娱情。

陆游到达果州时，还曾作诗一首：“驿前官路堠累累，叹息何时送我归。池馆莺花春渐老，窗扉灯火夜相依。孤鸾怯舞愁窥镜，老马贪行强受鞿。到处风尘常扑面，岂惟京洛化人衣。”（《果州驿》）诗中有对仕途波折的感叹，由此来看，《临江仙》一词虽弥漫着浓浓的伤春情绪，亦不乏感时伤事之语。

## 秋波媚

七月十六晚，登高兴亭[①]，望长安南山。

秋到边城角声哀，烽火照高台。悲歌击筑，凭高酹酒[②]，此兴悠哉！

多情谁似南山月，特地暮云开。灞桥烟柳，曲江池馆，应待人来。

【注释】

① 高兴亭：见陆游《重九无菊有感》诗注：“高兴亭在南郑子城西北，正对南山。”

② 酹酒：起誓或祭祀时将酒泼洒于地，此处有祝愿收复失地之意。

【赏析】

陆游刚到南郑前线时，想到自己终于能在疆场建功立业，心中洋溢着得偿所愿的兴奋。另一方面，他终觉被朝廷委以重任，慷慨之情昂扬激荡。高兴亭位于南郑的西北，与题序中的“长安南山”遥遥相望。词人登高临远，戎装戈马，北宋旧土近在眼前，收复失地的愿望愈发迫切强烈。

上阕以“秋到”两句开篇，写号角之声与连天的烽火，分别从听觉与视觉角度将画面展开，把场面写得空旷宏阔，将边塞之地的苍茫雄浑表现出来。从“烽火照高台”中的“照”字，可知词人是在晚上抵达了高兴亭。因为“烽火”是传递军情所用，白天时用狼烟传信，夜晚才会有火光。

“悲歌击筑，凭高酹酒，此兴悠哉！”这三句以极其奔放的形式，表达出词人心中的畅快与豁达。“悲歌击筑”用典，取自壮士荆轲的旧事。词人在这里，既于实处写自己击节高歌的豪放举止，同时暗用壮士之豪气为自己的从戎生涯壮行；“凭高酹酒”一句，“高”者在乎气势，“酒”者在乎心情，与上句相同，皆是豪爽昂扬之辞，共同构成“兴”字的内涵。末句中的“悠”字无悠游之意，而是状其悠远。词人外表洒脱，但内心从未真正释然，他日夜盼望能收复失地，北定中原，此志终生不移，“悠”远坚定。

下阕中词人神往长安。虽是在晚上，即使有烽火之光，也不可能望见南山，更无法望见长安。词人在七月十六晚登上高兴亭，举头所见的南山月虽然“多情”，还是无法照亮词人北望的视线。“多情谁似南山月，特地暮云开。”这两句描写月光冲淡流云、倾泻而下的美景，表面言明月“多情”，实是词人多情，他遥望故国，难掩对旧土遗民的牵念。另外，此处写拨云见月，也影射词人豁亮的心境，他终于踏上了从戎报国、收复失地的正途。

“灞桥烟柳，曲江池馆”两句均描绘长安城内著名的风物。上句所言“灞桥”坐落在长安城东的灞水上，岸边多垂柳，自唐以来，灞桥折柳赠别成为送别的时尚；

“曲江池”位于长安城东南，周边楼苑荟萃，烟水明媚，同样是名重一时的游览胜地。词人用这两处地点代指长安，进而代指沦于金人手中的旧土。词人特选择这两处声名在外的地点入词，暗含对华夏文明中心重地沦于夷狄的痛惜，隐藏着迫不及待收复失地的心愿。“应待人来”表达的正是这种心情，看似平静，实则暗涌翻滚。此处“人”指词人，又可代指南宋军队。“应”字一方面说明征战的正当性和必然性，另一方面表达了词人建功疆场，收复旧土的决心。

由于这是陆游初到南郑时所作，故乐观情绪占了上风，所表尽是慷慨大义，昂扬情怀。其中赤子之情发自肺腑，可观可感。

## 渔家傲·寄仲高

**东望山阴何处是？往来一万三千里。写得家书空满纸。流清泪，书回已是明年事。**

**寄语红桥桥下水，扁舟何日寻兄弟？行遍天涯真老矣。愁无寐，鬓丝几缕茶烟里。**

**【赏析】**

“仲高”，是陆游同曾祖从兄弟陆升之的字，较陆游年长十二岁。这首词是词人宦游四川期间寄予兄长陆升之的，表达了对故乡的思恋。词旨虽不新鲜，但妙在造意新颖，真情流溢。

上阕写词人对家乡的怀念。“东望山阴何处是？往来一万三千里。”“山阴”，今浙江省绍兴市，即陆游家乡。此时他身在成都，遥望故乡，大方向应在东方。这两句一问一答，将蜀中与故乡的遥远距离用直观的数字呈现出来，词人对故乡与兄长的思念也由此发端，为后文做了铺垫。

“写得家书空满纸”，家信虽字满纸笺，仍不能诉尽词人胸中况味，千言万语都道不尽这思乡之情，充分表现了词人对故乡、故人难以言表的牵挂之情，悱恻缠绵。

“流清泪”一句，则是写词人思乡之情不能自持，其中酸楚、感伤只能借泪水挥洒。“清”字暗含流泪时的神情，词人没有痛哭，也没有哽咽，只是默默地不作声，更见悲不自胜、苦不堪言。

“书回已是明年事”与前文“往来一万三千里”相呼应，再次强调路途遥远，以此突出了词人思乡情切，却又无可奈何。

上阕的表达方式十分新颖，不过这非工于精巧，实是词人心境的真实写照，所以情真意切，感人至深。下阕由思乡进而表达对兄长的思念。

“寄语红桥桥下水，扁舟何日寻兄弟？”“红桥”一作“虹桥”，指山阴城西七里迎恩门外，是词人与兄长当年共同出入之地。词人思旧物，念旧人，“寄语”“红桥”之下的流水来表达对兄长的思念，别有情致。同时词人也直言，希望乘着“扁舟”沿流水至“红桥”与兄长相见，但这种愿望却是用疑问句表达出来的，又见归期难定，蕴含的感情真挚饱满。

“行遍天涯真老矣”一句是词人对自己当下情况的概括。自离京赴任南郑，再入蜀以来，词人几经辗转，虽未“行遍天涯”，却饱经风霜，送走了时光。“真老矣”是此句要旨，宦海漂泊不定，最后却只落得病老他乡，陈述的语气中，还沉淀了几十年的唏嘘哀叹，虽只一个“老”字，却饱含辛酸故事。

唐代诗人杜牧有《题禅院》云：“觥船一棹百分空，十岁青春不负公，今日鬓丝禅榻畔，茶烟轻飏落花风。”本词的最后两句“愁无寐，鬓丝几缕茶烟里”即脱胎于杜诗，将词人夜不成寐的纷乱愁绪以“鬓丝”道出，且浮荡于“茶烟”之中，给缥缈的意象增添了几分情致，同时还把愁绪如丝如缕般萦绕心头，弥漫难散的状态形象地表述出来。

故乡之思、兄弟之情、羁旅之情、叹老之情，都在这首词里。语言虽浅白易懂，情感却纯真质朴，更于平易中见巧思，显得妙趣横生。

## 钗头凤

**红酥手，黄縢酒，满城春色宫墙柳[①]。东风恶，欢情薄，一怀愁绪，几年离索。错，错，错！**

**春如旧，人空瘦，泪痕红浥鲛绡透。桃花落，闲池阁，山盟虽在，锦书难托。莫，莫，莫！**

**【注释】**

①宫墙柳：绍兴为南宋陪都，故词人称绍兴的某一段围墙为“宫墙”，而以柳比喻自己的前妻唐琬。

**【赏析】**

陆游20岁左右时，娶表妹唐琬为妻。妻子美丽多情，且通文能诗，他们夫妻二人琴瑟和鸣，感情笃厚。但是，陆游的母亲并不喜欢这个儿媳，唐琬屡受责难。成婚两年之后，陆游受迫于母命，一封休书与爱妻仳离。后来，唐琬再适赵士程，而陆游亦再娶王氏女。几年之后，陆游于山阴禹迹寺南的沈园游玩，恰巧遇到相携游玩的唐琬和赵士程。这次邂逅，令陆唐两人都百感交集，但又苦不堪言。告别之后，赵士程与唐琬遣侍女把携带的酒肴给陆游送去了一份。后陆游在园壁上题此《钗头凤》，表达悲痛欲绝的心情。这是陆游现存词篇中最早的作品，体现了青年时期的这场爱情悲剧带给他的巨大创伤，其凄婉动人的故事更是被多番演绎，广泛流传于民间。

上阕以“红酥手，黄縢酒，满城春色宫墙柳”开篇，一气贯下，韵脚紧紧相连，还原了词人与唐、赵二人邂逅于沈园的情景。“红酥手”谓女子之手红润而柔滑，当指唐琬之手；“黄藤酒”亦名“黄封酒”，用黄纸、黄绢封住坛口，此处用来指代唐、赵二人遣侍女送来的酒肴。这三句饱含诸多意象，既写明事由，也道明地点，又以“宫墙柳”代指唐琬。这些意象色彩鲜明，有“红”有“黄”，更有隐藏的“柳”色，言尽春之烂漫。

但是在词人眼中，春色却并非明媚多姿。“东风恶，欢情薄”六字点出悲剧氛围，并交代了悲剧成因。春风本是和煦的，送来温暖雨露的，表面看来并无“恶”意；但春风一旦变得狂暴，也可吹折花木，此处暗指陆游母亲无理干涉他和唐琬的婚姻。因为封建礼法的约束，词人不能明言对母亲的不满，只能借“春风”道出，也属巧妙。陆游与唐琬之间的“欢情”不能算“薄”，但在词人看来，不能长久地相守，空有点滴回忆，仍是卑弱而可怜的。他心里只剩“一怀愁绪，几年离索”，还有“错，错，错”的哀婉叹息。“错”字有两种解释，一则指其本意，是错误的意思；二则把“错莫”一词分开理解，上阕用“错”，下阕用“莫”，两者是叠韵连绵词，各取一字表达落寞忧伤的意味。

下阕转为唐琬的视角，代唐氏而言，是词人对唐氏回到赵府之后情形的设想。“春如旧，人空瘦，泪痕红浥鲛绡透”三句依然一气呵成，“浥”是沾湿的意思，“鲛绡”指手帕，借用了神话传说中南海“鲛人”潜于海底织纱的故事。春光依旧，人即便突然消瘦憔悴也于事无补，纵使终日以泪洗面，泪水湿透巾帕也改变不了现实。这三句流露出无可奈何的哀怨，既是唐琬的哀怨，也是陆游的哀怨。

“桃花落，闲池阁，山盟虽在，锦书难托。”前两句言春色匆匆褪去，亭台池阁尚在，但不足以寄情；后两句引前秦窦滔之妻苏若兰“织锦回文”的典故，传苏若兰所织之锦为璇玑图，其上文字为回文诗，旋转往复读之成文，以寄其思念丈夫的心意。在这篇词里，指纵有山盟海誓，也不过是无影无踪，不可兑现的空言。那么，还是不要再提了，于是“莫，莫，莫”的嗟叹自然而出。

据民间演绎，陆游此作为好事者抄录并广为传诵，终于传到唐琬眼前。她感念其情，心中又百味难陈，也曾和词一阕，表达悲苦之情：

世情薄，人情恶，雨送黄昏花易落。晓风干，泪痕残，欲笺心事，独语斜阑。难，难，难！

人成各，今非昨，病魂常似秋千索。角声寒，夜阑珊，怕人寻问，咽泪装欢。瞒，瞒，瞒！

陆游《钗头凤》一词被评为“无一字不天成”，唐琬和词亦有这个特点，盖因这两篇作品出于自己的经历，故而情感自然流露毫不矫饰，千百年来广为流传。

## 南乡子

归梦寄吴①樯②，水驿③江程去路长。想见芳洲④初系缆，斜阳，烟树参差认武昌。

愁鬓点新霜⑤，曾是朝衣染御香。重到故乡交旧少，凄凉，却恐他乡胜故乡。

【注释】

①吴：泛指南方。

②樯：桅杆。此处泛指舟船。

③驿：古时传送文书者休息、换马的处所。此处泛指行程。

④芳洲：指鹦鹉洲，在武昌黄鹤楼东北的长江中。

⑤霜：指白发。

【赏析】

从乾道六年（1170）入蜀任夔州通判，眨眼八年光景过去，淳熙五年（1178）春，词人陆游奉召归京。在离开成都之际，他作本词，以表达自己内心复杂的感受。

上阕写词人对归程图景的想象。“归梦寄吴樯”一句直言“归梦”，流露出迫切的心情。“吴樯”意象在陆游诗词作品中屡次出现，如“吴樯楚柁动归思，陇月巴云空复情”（《秋思》），“楚柁吴樯又远游，浣花行乐梦西州”（《叙州》）两句，意指归吴的船只，把目的地嵌入对船只的称谓，更显其归吴心切。“水驿江程去路长”一句则言明路途遥远。但是词人仿佛看到了武昌城：“想见芳洲初系缆，斜阳，烟树参差认武昌。”此乃作者的幻想：在一个傍晚，于烟波浩渺之处隐约可见树木参差，停船系缆，便是武昌了。他直言对归吴水程的憧憬，感情直白真挚。既有“水驿江程”的大环境，又有“芳洲”“斜阳”“烟树参差”的具体细节，画面开阔而唯美，词人归吴的心情之切跃然纸上。

下阕所表心境与上阕大相径庭。“愁鬓点新霜”，一则词人时年已经54岁，日渐苍老，故而“新霜”已点染于发间；再则，言发白主要也是为了衬托内心之“愁”。“曾是朝衣染御香”，“朝衣”指他曾为朝官，“染御香”三字真切地体现了词人身处京城的情状。“重到故乡交旧少，凄凉，却恐他乡胜故乡。”这三句即明写前面提到的“愁”字。

词人离京八年，在蜀地也历经坎坷。在夔州通判任上一年后，他又转至川陕宣抚使王炎帐下，任四川宣抚使司干办公事兼检法官，最后终于投身军旅。他觉得自己终于获得了一生中唯一接近目标的机会，此间亦写出如“草间鼠辈何劳磔，要挽天河洗洛嵩”一般豪情万丈的诗句。可惜好景不长，仅一年之后，即乾道八年（1172），王炎被调回临安，词人也从前线退回后方，先后于蜀州、嘉州等地主政，但北进之策被束之高阁，故而愤懑不已。至淳熙三年（1176），词人以“恃酒颓放”之名被劾免官，政治失意，孤苦漂泊，因此取“放翁”为号。

在这样的情形下受召归京，词人心中忐忑不难想象，思乡之情也理所当然。尾句中“却恐”二字旨趣横生，当词人随着自己的幻想乘船回到临安，却只见门巷依然，而故交零落，顿起“凄凉”之感。

词人上阕写喜，喜不自胜；下阕写悲，悲不堪言，既表达出归乡的迫切，也流露出对成都的留恋，如此悲喜交加糅合在一起，贴切地刻画出人物复杂的心境，也隐约透露出对前途难卜的彷徨。近人俞陛云评析此词曰：“入手处仅写舟行，已含有客中愁思。‘料阳’二句秀逸入画。继言满拟以还乡之乐，偿恋阙之怀，而门巷依然，故交零落，转不若寂寞他乡，尚无睹物怀人之感，乃透进一层写法。”

## 诉衷情

当年万里觅封侯，匹马戍梁州。关河梦断何处？尘暗旧貂裘。

胡未灭，鬓先秋，泪空流。此生谁料，心在天山，身老沧洲①。

**【注释】**

①沧洲：水边，古时常用来指代隐士的居处。此处指闲居之处。

【赏析】

此乃陆游的名篇，为其晚年退隐故乡时所作，具体创作时间尚无定论，但并不影响后人品鉴。词人追怀当年川陕前线的从戎岁月，慨叹时下隐退后的蹉跎时光，“烈士暮年，壮心不已”恰是其心境的最佳写照。

上阕以“当年”二字开启回忆笔触，追怀之感顿起。“万里觅封侯”写乾道八年（1172）词人至王炎帐下开始军旅生涯的事情，“万里”指赋闲的故乡至南郑（今陕西省汉中市）前线的遥远距离，“觅封侯”取《后汉书·班超传》中“当封侯万里之外”的典故，表现出陆游建功疆场的雄心壮志。“梁州”指南郑，是王炎驻兵之地。“匹马”意象则将词人傲然伟岸的英雄形象横陈纸上，与上文“万里”相呼应，再次表现出投身复国大业的决绝之心，壮怀激烈，振奋人心。

“关河梦断何处”用了一个没有答案的疑问，表现出词人梦想破灭后的恍惚迷茫和无奈落寞。“关河”，即关塞、河流，意指边疆地区，是抗金战场的前线。“梦断”指词人的杀敌报国之梦已经破灭，将前句的封侯壮志戛然收住，跌入愤懑忧伤的笔调。“尘暗旧貂裘”一句看似平静，写征衣落尘，颜色暗淡，而“暗”字是形容词用作动词，不仅指陈旧衣物没了光彩，还映衬着词人“梦断”之后的黯然心境，有心灰意冷之意。

下阕直抒胸臆：“胡未灭，鬓先秋，泪空流”。“胡未灭”指宋室南渡后的国家大计，“鬓先秋”写词人形容衰老的个人际遇，“泪空流”则是他徒然挥泪的失落形象。此三句音阶紧凑，语调急促，斩钉截铁一般将其事业未竟、岁月苍老、空余悲愤的既定现实陈于眼前，同时，其中的坎坷蹉跎也值得体味。词人一生的遭遇最终只落于一个“空”字，并且只能默默地独自垂泪，更显伤感况味。

“此生谁料，心在天山，身老沧洲。”“谁料”指自己没有料到，“天山”位于新疆境内，意指边塞地区，“沧洲”是水滨之地，此处指词人的故乡，即浙江山阴镜湖之滨。这三句以“此生”领出，附加着深沉的总结意味。陆游半生的经历，已然于上文交代清楚，其最后的境遇，又在此处展露：“心在天山，身老沧洲。”结尾两句前者言志，后者写实，将壮志凌云与现实遭遇的巨大落差直接剖明，简单直白，不留余地，可堪回味，富于哲理。

陆游着眼于一生之弘旷，将自己对身世家国的感慨融于“匹马”“关河”“貂裘”“天山”“沧洲”之中，情感深沉，意境苍凉，更显形象而深刻，笔调雄劲，又有悲恸之情缓缓流溢，悲壮中蕴藏沉郁，哀痛却不消沉，十分感人。

## 程垓：月挂霜林寒欲坠。正门外，催人起。

**词人名片**

生卒年月：不详

字号：字正伯，号书舟

祖籍：眉山（今属四川省）

代表作：《酷相思》等

**词人小传：**苏轼中表程之才（字正辅）之孙。淳熙十三年（1186）游临安，陆游为其所藏山谷帖作跋，未几归蜀，光宗时尚未宦达。

工诗文，词风凄婉绵丽，其词作涉及内容较窄，多写羁旅行役、离愁别绪。冯煦《蒿庵论词》：“程正伯凄婉绵丽，与草窗所录《绝妙好词》家法相近。”有《书舟词》，存一百五十七首。

### 酷相思

月挂霜林寒欲坠。正门外、催人起。奈离别如今真个是。欲住也、留无计。欲去也、来无计。

马上离魂衣上泪。各自个、供憔悴。问江路梅花开也未？春到也、须频寄。人到也、须频寄。

**【赏析】**

据《词苑丛谈》记载，《酷相思》是程垓在与和他感情甚笃的锦江某妓分别时所作。整首词清新挚婉，别致绵丽。

天将明而未明，月亮挂在被霜打过的枝头，冻得仿佛要坠落下来。起句是这首词中仅有的一句写景句，但仅此就描绘出黎明前夕寒气袭人的景象。这时，本应在甜美的梦乡中流连，可是，“正门外、催人起”，正门外却开始传来催促行人启程的声音。

“奈离别如今真个是”，词人对即将面临的离别真是无可奈何。这句运用了倒装的手法，原应为“奈如今真个是离别”。这种倒装突出强调了词人心中萦绕的离愁别绪，面对离别，既无可奈何，又无计可施。此外，倒装的利用，既符合词律要求，又使整首词显得更加清新脱俗。

“欲住也、留无计。欲去也、来无计。”简单的两句话，道尽了天下离人的所思所感。想留下，却没有留下的理由；想离开，又找不到再来的办法。这两句直笔抒写，毫不掩饰地抒发出内心缠绵悱恻的炽烈感情。即将面临的分离无法逃避，再次见面又遥遥无期，这种情况之下，离人怎能不黯然神伤，内心充满愁绪?

分别的时刻终于到来，词人上马准备离开，因不舍而流下的泪水沾湿了衣袍。终要在两地相思之中，各自憔悴。虽衣带渐宽而无悔，“问江路梅花开也未？春到也、须频寄。人到也、须频寄。”春天到来，江路梅花开放之时，还是要折梅频寄，以表相思。这三句化用了“折梅寄江北”和“折梅逢驿使，寄与陇头人”的诗意，以回环复沓的语调写出了双方的感情之深、离别之痛和别后相思之苦。

程垓用平实的语言，娓娓道出缠绵悱恻的离别情感。虽不事夸张，却自有一种打动人心的力量。词中采用民歌回环复沓的形式，书写离别之苦和相思之深。全篇仅一句写景，其余都是直接地叙述离别，其间虽然用了较多虚词，但因感情之实，故使人感觉不到语势之虚。

## 卜算子

独自上层楼，楼外青山远①。望到斜阳欲尽时，不见西飞雁②。

独自下层楼，楼下蛩声怨。待到黄昏月上时，依旧柔肠断。

【注释】

①远：这里是说青山遥远，更是说主人公放眼所望之远。

②西飞雁：从西边飞回之雁（相传雁能传书）。

【赏析】

程垓的这首《卜算子》描写柔肠寸断的相思情感，词的主人公应该是个翘首企盼丈夫归来的少妇。

开篇两句写主人公独自登上高楼，极目远眺，只看见连绵不绝的青山。目之所及的遥远青山，只怕她的思念比青山更远。这两句与“独上高楼，望尽天涯路”句意相似。

“望到斜阳欲尽时，不见西飞雁。”直至夕阳西下，阳光逐渐褪去，远方的青山变得模糊，归人依旧未归，甚至连一点音信都没有传来。离家之人当归而未归，主人公在等待中焦急徘徊，望眼欲穿，种种情绪，虽未着一词，却尽显眼底。尽管等了很久，盼了很久，但是她并没有心灰意冷，依旧深信那人很快就会出现在自己面前。

主人公独自走下层楼，夜色凉如水，安静的庭院，只能听到如泣如诉的蛩声。这蛩声让她心有所感，幽怨情感油然而生。高楼上的望眼欲穿，夜色中的独自徘徊，所爱之人却始终没有归来，她心中怎会毫无怨气？

“待到黄昏月上时，依旧柔肠断。”黄昏月上，本是与恋人相会的最好时刻，可直到此时等待的人还未归来。主人公独自一人在庭院中徘徊、游走，形影相吊，心中不禁生发出浓重的悲哀。“依旧”二字足见这样的等待、徘徊和失望已不是第一次，由此可见其相思之苦、盼望之切。

作者在此词里没有提到任何前因，他仿佛信手拈来一般，只写了主人公在楼上楼下的一些活动。可就是这样语不雕琢，看似漫不经心的描述，却拥有感人至深的力量。词人对等待时的心理状态非常了解：白天盼归人，为了望得更远，自然会登上高楼；夜晚，由于视线所限，登高也不能望远，所以晚上盼人，只能在庭院中独自徘徊。这首词虽然只提到了主人公在楼上楼下的一些活动，却因为写出了生活中最真实的场景而让人觉得真切感人。

## 戴复古：万骑临江貔虎噪，千艘列炬鱼龙怒。

**词人名片**

生卒年月：1167—约1248

字号：字式之，自号石屏、石屏樵隐

祖籍：黄岩（今属浙江省台州市）

代表作：《满江红·赤壁怀古》等

**词人小传：**一生不仕，浪游江湖，后归家隐居，卒年八十余。其以诗名江湖间，为江湖诗人之重要作家。因常居南塘石屏山，故自号石屏，有《石屏诗集》《石屏词》，词存四十六首。

### 满江红·赤壁怀古

赤壁矶头，一番过、一番怀古。想当时，周郎年少，气吞区宇。万骑临江貔虎①噪，千艘列炬鱼龙②怒。卷长波、一鼓困曹瞒，今如许？

江上渡，江边路。形胜地，兴亡处。览遗踪，胜读史书言语。几度东风吹世换，千年往事随潮去。问道傍、杨柳为谁春，摇金缕。

**【注释】**

① 貔虎：原意是凶猛的野兽，这里喻指军队。

② 鱼龙：一种水族动物，生活在江中。杜甫有诗："鱼龙寂寞秋江冷"（《秋兴》）。

**【赏析】**

戴复古因终生仕途失意而浪迹天涯。作为陆游的学生，他像陆游一样也有"一片忧国丹心"（《大江西上曲》）。戴复古的词作仅存四十余首，多是歌唱自己仕途的不如意和表达自己无法为国效力的悲情。这首赤壁怀古正是他此种悲情的写照。

赤壁矶在湖北黄州城外，又叫赤鼻矶。这里并非赤壁之战的战场，但历代文人都在此地缅怀历史，比如此前苏轼之《念奴娇·赤壁怀古》。当时词人过此，引发出他的吊古伤今情感。

上阕以“赤壁矶头，一番过、一番怀古”开头，叙写词人过此而怀古的实情，词人通过“想当时”三字把视角转入历史。作者在此同苏轼一样盛赞周瑜，只用“气吞区宇”一句即凸显周瑜的英雄气魄。

但词人并未像苏轼一样对周瑜进行过多的描写，而是将重点放在激荡壮烈的战场场面的描写上。“万骑临江貔虎噪，千艘列炬鱼龙怒。”“万骑临江”“千艘列炬”浓墨重彩地描绘出了战争场面，从描写中可见参战人数、战船之多，渲染出紧张激烈的氛围。“貔虎”本指猛兽，这里用来比喻勇猛的军队；而“鱼龙”指潜蛰江中的水族动物，这些动物也为这战争而变得躁动不安，似乎也有参战的冲动。此两句对偶精工，将战争场面的宏大充分地表现出来，凸显出吴蜀联军的英勇气势，以及火攻曹军惊心动魄的形势。

“卷长波、一鼓困曹瞒”精简地刻画出在吴蜀联军势不可挡的磅礴气势下，曹军迅速崩溃的情景。然而词人写到这里，一扫之前历史之战的壮烈感，转而用“今如许”三字表达自己的看法。他并不欣赏这历史上的辉煌，因为在南渡之后，南宋的国势日渐衰微，历史上赤壁的胜利已经无法洗去词人心内之伤痛。这一问句中包含着他对现实的感慨，显得意味深长。

“江上渡，江边路”以几处遗址总括了整个赤壁遗迹。“形胜地，兴亡处”这些有着历史厚重感的胜地在词人眼里有着深刻意义，因为它们承载了王朝的兴亡史事，记录了历史风云变化的轨迹。“览遗踪，胜读史书言语。”亲临遗址，其实更能感受到历史的千变万化，真胜过从历史书籍上去体察。赤壁之战的胜与败，赤壁之战后历史的几经改写，不能不引起词人对自己所处时代的担忧。“几度东风吹世换，千年往事随潮去。”滚滚东流的大江淘尽了千古风流人物、千年往事，历史的命运难以捉摸，词人不禁感慨：如今谁又能来改变眼前残破的现实和拯救国家的衰危命运?

词人本希望道旁的杨柳能解答心中的疑问，但这只是徒劳的询问。杨柳只会摇动自己金色缕线一样的枝条，不会关心人事，只能带给词人无限的喟叹。杨柳再美丽，也不知道是为谁展现美丽，词人更是无心去欣赏它的美丽。词末几句与姜夔《扬州慢》里的“念桥边红药，年年知为谁生”为同一种写法，都是通过对美丽景物的不在意来凸显自己内心的伤痛。

这首词以苍劲有力的笔法，豪迈磅礴的风格，自然朴素的描写，于平淡之中显现奇伟，得到清人纪昀（纪晓岚）的赞赏，认为它可以和苏东坡的《念奴娇·赤壁怀古》相媲美。

## 洞仙歌

卖花担上，菊蕊金初破。说着重阳怎虚过。看画城①簇簇，酒肆歌楼，奈没个巧处、安排着我。

家乡煞远②哩，抵死③思量，枉把眉头万千锁。一笑且开怀，小阁团栾④，旋簇着⑤、几般蔬果。把三杯两盏记时光，问有甚曲儿，好唱一个。

【注释】

① 画城：形容城市繁华，美丽如画。

② 煞远：即很远，当时口语。

③ 抵死：极度，尽量。当时口语。

④ 小阁团栾：小阁，酒店中的雅座或阁楼，也指设有帷幔的单间。团栾，本意为圆，在此指圆桌。

⑤ 旋簇着：很快地铺陈着。当时口语。

【赏析】

戴复古一生不仕，浪迹江湖。其著有词集《石屏词》，明代大家毛晋辑录《宋六十家词》时，将其收入其中，并在《石屏词跋》中评价戴复古：“性好游，南适瓯闽，北窥吴越，上会稽，绝重江，浮彭蠡，泛洞庭，望匡庐、五老、九嶷诸峰，然后放于淮泗，归老委羽之下。”可见其四处浪游之时间极为漫长，因而其词作多抒发四处漂泊、居无定所的乡愁客怨。

这首词写的正是作者在深重的漂泊哀愁下，流露出孤独寂寞的思乡情怀。全词情景与深情衔接得恰到好处，从中还可体会到酒肆的风光。作者在构思上颇为灵活，把他在异乡的生活、思想、情感曲折地呈现出来，显示出其一定的思力。

上阕开头三句，作者仅仅用几个字便将菊花的特点与卖花人的形象展现出来，同时也正好点明“重阳”这一时节。“卖花担上，菊蕊金初破。说着重阳怎虚过。”繁华热闹的街市上，卖花人担着刚刚绽放的金色菊花，沿街叫卖着：在这样的良辰美景下，可不要 “虚过”了重阳节啊。虽然这是卖花人为了吸引更多的人来买他的花，然而却引起了词人内心的感慨。

接着，词的描写从卖花人转向更多的人物图景。街市热闹非凡，人人都在准备过重阳节——“看画城簇簇，酒肆歌楼”，城楼雕梁画栋，美丽夺目，处处都有歌楼酒店，高楼鳞次栉比。词人用一个“看”字写尽了街市的繁华，下笔非常自然流畅。然而，这样的繁华只属于别人，却与自己无关，自己不但无法融入其中，甚至连一个容身之处也没有，所以词人不禁沉痛地哀叹道：“奈没个巧处、安排着我。”此处直白地道出词人内心那份漂泊而又无法排解的寂寞心酸。

下阕，词人紧接上阕继续写自己的思情。词人此时不禁想到自己的家乡，“家乡煞远哩”，他直白淋漓地呼喊出内心对家的想念；又感叹“抵死思量，枉把眉头万千锁”，就算思量到极点，也只有枉自紧紧皱着眉头，内心的难过却无法得到发泄。然而词人并没有一味颓丧下去，“一笑且开怀，小阁团栾，旋簇着、几般蔬果。”为度过眼前这个寂寞冷清的重阳节，词人走进酒店，选个小阁，不一会儿桌上便摆满了几盘水果和菜蔬。其中的“旋簇”一词形容桌上酒菜的摆放情景。

此外，词人还想听支曲儿，“问有甚曲儿，好唱一个。”正是他对歌女或店小二的询问。到此处，作者似乎现出欢快，其实不然，这“笑且开怀”的背后，蕴含着他借酒消愁的无可奈何。结尾处对寻欢作乐情景的描写，反衬出词人此刻内心的浓厚乡愁和深切哀伤，这也是以乐景反衬哀愁的艺术手法。

这首词语言直白俚俗，充满活泼之感，生动别致，亲切有味，富有生活气息。其中对酒肆风光的描写显得生动活泼，让人犹如置身其中，如见其景，如闻其声，亦可真切感受到词人那份欲饮酒听曲、排解思乡愁绪的心情。

## 刘克庄：不消提岳与知宫，唤作山翁，唤作溪翁。

**词人名片**

生卒年月：1187—1269

字号：字潜夫，号后村居士

祖籍：莆田（今属福建省）

代表作：《一剪梅·袁州解印》等

**词人小传：**以荫入仕，淳祐六年（1246）赐进士出身。官至工部尚书兼侍读。任建阳令时，曾因咏落梅诗得罪朝廷，闲废十年。

早年与四灵派翁卷、赵师秀等人交往，诗歌创作受他们影响，学晚唐，刻琢精丽，为江湖派大家；亦是辛派词人的重要代表，词风豪迈慷慨，有明显的散文化、议论化倾向。代表作有《沁园春·梦孚若》《玉楼春·戏呈林节推乡兄》等。著有《后村先生大全集》《后村别调》，词存二百六十四首。

### 一剪梅·袁州解印

陌上行人怪府公，还是诗穷，还是文穷？下车上马太匆匆，来是春风，去是秋风。

阶衔免得带兵农，嬉到昏钟，睡到斋钟。不消提岳与知宫，唤作山翁，唤作溪翁。

**【赏析】**

南宋嘉熙元年（1237）春，刘克庄赴江西任改知袁州。在袁州，刘克庄关心民生疾苦，打击腐败行为，政绩显著，受到当地百姓的欢迎和拥戴。但上任不足八个月，刘克庄便因境内火灾一事被弹劾。他在离开袁州之时写下这首词，对“莫须有”

的罪名表示抗议。

“陌上行人怪府公，还是诗穷，还是文穷？” 陌上行人指袁州的百姓。百姓们对于罢任刘克庄一事向官府提出质问：“还是诗穷，还是文穷？”诗穷和文穷都与词人被罢官没有关系，而朝廷却以类似的“莫须有”罪名将词人革职。质问的内容反衬出官府认定词人失职的原因毫无依据。

接下来两句是词人自身境遇的感慨。“上车下马”，指上任和解职。刘克庄一生宦途坎坷，此次上任不足八月即被罢免，还是因为遭人误解，其心中不平可想而知，因而他自嘲来去匆匆。作者用“春风”和“秋风”具体写出了从上任到罢官的时间之短暂，同时，“春风”和“秋风”分别寓意得意和失意，表现了词人从得意转为失意的失落心情。

“阶衔免得带兵农”至“唤作溪翁”几句，是作者对自己的安慰：无官一身轻，也正好免去我带兵带农之职，可以嬉戏玩耍到黄昏，安然入睡到吃饭之时。还可不用提及政事，做一个游山玩水、尽享田园之乐的老翁，这样岂不更好。这样的安慰看来更像是作者的反语。对一个欲建功立业的爱国志士来说，归隐山林并不是他最终的梦想，因而结尾几句实际上是词人用来发泄对朝廷的不满和愤恨。

刘克庄这首申诉词风格独特，语言诙谐，极富反讽意味。上阕词人借袁州百姓之口辩诉清白，表达不平，具有极强的说服力；下阕从归隐田园的打算说开去，暗含讽刺，以乐写哀，情感真切。纵观全词，行文逻辑明晰，各部分之间衔转自然流畅，语言通俗而不失考究，体现了作者较高的写作水平。

## 贺新郎·送陈真州子华

北望神州路，试平章①、这场公事，怎生分付②？记得太行山百万，曾入宗爷驾驭。今把作握蛇骑虎。君去京东豪杰喜，想投戈下拜真吾父。谈笑里，定齐鲁。

两淮萧瑟惟狐兔。问当年、祖生③去后，有人来否？多少新亭挥泪客，谁梦中原块土？算事业须由人做。应笑书生心胆怯，向车中、闭置如新妇。空目送，塞鸿去。

【注释】

① 平章：评论、评价。

② 分付：处理、安排。

③ 祖生：即东晋名将祖逖，他曾率兵北伐，收复豫州。

【赏析】

南宋理宗宝庆三年（1227），刘克庄任建阳县令，遇好友陈子华出知真州，特作此词与之话别。陈子华，名铧，字子华，曾知真州。真州，在今江苏仪征市。

与其他送别词不同，此词开篇就提出一个严肃问题：如何才能打败金国，收复北方的失地？这场公事，指子华此次赴真州前线督办军务，组织抗金之事。分付，即处理、安排。“记得太行山百万，曾入宗爷驾驭。”太行山百万，指太行山一带（今河北山西等地）集结起来的众多起义军。熊克《中兴小纪》载：“自靖康以来，中原之民不从金者，于太行山相保聚。”宗爷，即北宋末抗金名将宗泽。宗泽在南宋初年任东京留守，将太行山一带的王善等百万义军收编指挥，屡败金兵。

“今把作握蛇骑虎”，典出《北史·彭城王勰传》“勰（字彦和）答咸阳王禧曰：‘兄识高年长，故知有夷险。彦和握蛇骑虎，不觉艰难。’”作者用此典故形容今日朝廷对待失地义军的态度：今日朝廷对待义军就好比手持毒蛇骑在虎背上一般，对义军既不敢舍弃，又不愿信任加以重用。作者将昔日宗泽的英雄事迹和今日之政治环境作正反对比，意在提醒友人，不能像当今朝廷某些当权者一样软弱犹豫，而要效仿宗泽联合义军，壮大抗金力量，才能有所作为。

“君去京东豪杰喜，想投戈下拜真吾父。”词人希望好友此去能将义军收于麾下，前线的义军将会对子华这样的贤主的到来感到欢欣鼓舞，纷纷放下武器投靠他，拜他为义父。京东，指今山东、河南东及江苏北一带。真吾父，语出《新唐书·郭子仪传》：郭子仪免胄见回乡纥大酋，“回纥捨兵下马拜曰：‘果吾父也。’”随誓好如初。“谈笑里，定齐鲁”是词人对友人寄予的美好期望：凭子华你的才干，定能安然自若地收复齐鲁失地。只言片语中既表达出词人对友人的期望，也流露出对故土的深深眷恋和对将收复祖国山河的欣喜自豪。

“两淮萧瑟惟狐兔”至“有人来否”几句，词人问：如今南宋国势衰微，境内一片萧条，只有孤狐野兔出没于荒草间。问当年祖逖去世后，南宋是否还出过这样的有志之士？“多少新亭挥泪客，谁梦中原块土？”词人再次发问：有多少官宦文人效仿东晋王导、谢安在新亭挥洒泪水，但他们之中又有谁真正想去收复故土呢？这一连串的反问颇具气势，揭示南宋朝中无英雄的无奈局面，讽刺统治者的软弱无能，发人深省。

接下来几句，词人并没有一味悲观，而是鼓励友人：收复故土始终要由有才之士去完成，你从今就要肩负此重任。而我只是一介文弱书生，无法与你一起奔赴战场，此时心情是多么的忧郁苦闷，就像闭置在车中的新婚妇女一样。“向车中、闭置如新妇”出自《梁书·曹景宗传》中景宗说扬州贵人：“闭置车中，如三日新妇。遭此邑邑，使人无气。”“应笑书生心胆怯”是自嘲的写法，表现出词人对不能亲自抗金杀敌的惋惜和无奈，同时也表达其对友人的信任。

末两句“空目送，塞鸿去”化用嵇康《赠秀才入军》中“目送飞鸿，手挥五弦”的诗句，点明送别的主题。词人只能远远望着友人，犹如归家的鸿雁般前往边塞。全词至此结尾，意境悠远。

虽为送别之作，词人并未浓墨重彩地诉说离愁别绪，而是用劝解的口吻嘱咐好友，此去真州的责任重大，鼓励他效仿先人，团结民间势力共同抗金救国，收复失地。作者心系国家，高瞻远瞩，满怀热情，足见其忧国忧民的侠义心肠。

## 昭君怨·牡丹

曾看洛阳旧谱，只许姚黄①独步。若比广陵花②，太亏他。

旧日王侯园圃，今日荆榛狐兔。君莫说中州③，怕花愁。

**【注释】**

①姚黄：出自欧阳修《洛阳牡丹记》一文：“姚黄者，千叶黄花，出于民姚氏家。”

②广陵花：即芍药和琼花。

③ 中州：古时称河南省为中州，此处指代洛阳。

【赏析】

咏物词多是有所寄情，刘克庄此词亦是托物言志。但与其他咏物词的伤春悲秋和感怀身世不同，此词既没有赞美牡丹的华美艳丽，也没有感叹季节变迁、人生无常，而是借咏牡丹来寄予忧国伤时情感，给人以浑厚悲怆的感觉。

词的上阕先写昔日的洛阳牡丹独步天下，风姿绰约。“曾看洛阳旧谱，只许姚黄独步。”“洛阳旧谱”即北宋欧阳修所撰《洛阳牡丹记》，其中记载：“牡丹出丹州、延州，东出青州，南亦出越州。而出洛阳者，今为天下第一。”姚黄，为牡丹名贵品种之一，《洛阳牡丹记》载：“姚黄者，千叶黄花，出于民姚氏家。”一个“曾”字，将洛阳牡丹的名贵优雅定格于记忆中，作者对其的惋惜也自然而然地流露出来。

接着词人将洛阳之牡丹与扬州之“广陵花”作对比。“若比广陵花，太亏他。”广陵花，指芍药和琼花。若是比起芍药、琼花，命运多舛的牡丹就显得太委屈了。词人之所以这么说，皆是因为洛阳目前已沦为金国之土，而扬州虽近边城，也经历过战争洗劫，但至少还是在南宋境内，仍能看见芍药和琼花的盛放景象，而牡丹却只能花落异乡无人知。词人对牡丹的怀念正是对故土的怀念，对牡丹命运的不平也正是对南宋朝廷偏安软弱的不满。

“旧日王侯园圃”，今日却是“荆榛狐兔”。荆榛，亦作“荆蓁”，泛指丛生灌木，多用以形容荒芜之景。词人用曾经王侯园圃的雍容华贵、繁花盛开以反衬今日的牡丹凋落、萧瑟荒凉之状，物换时移，词人的心情亦如这荒园一般，泛着层层叠叠的悲凉和凄苦。“君莫说中州，怕花愁。”中州是河南省别称，在此指洛阳。词人劝君莫说洛阳，因为怕勾起牡丹的愁绪。但细细品味即可知，这里的“怕花愁”实际上是词人不堪愁苦。面对金兵入侵和朝廷的腐败无能，词人请缨无路、壮志难酬，心中满是愁绪。

刘克庄生于南宋末，当时中原的大好河山早已为金国所占，他一生的梦想就是抗金成功，收复南宋失地。怎奈仕途坎坷，空有报国之志而无法实现。词人遂用比兴的手法，将这种愤懑和悲慨融入到对故土牡丹的赞誉和怀念之中，抒发其浓烈而深沉的爱国情思。

## 长相思·惜梅

寒相催，暖相催，催了开时催谢时。丁宁花放迟。

角声吹，笛声吹，吹了南枝吹北枝。明朝成雪飞。

【赏析】

本词题为“惜梅”，实则伤时，是豪放派词人比较罕见的委婉心曲。

词的上阕侧重述说词人关注梅开梅落的矛盾心理。“寒相催，暖相催，催了开时催谢时。”此处暗示气候的变更左右着梅花的命运：寒气降临，梅花开放；春暖时分，梅花便匆匆飞坠。词人在此着一“催”字，颇具动感与张力，尽显气候环境的步步紧逼以及梅花不能自主的命运，烘托“惜梅”情感。

为了延续花期，词人发出“丁宁花放迟”的感喟。“丁宁”即“叮咛”，词人对梅花痴语，期望梅花迟放，这样便能晚落，其伤感与怜惜便也可姗姗迟至。此般心绪，颇能引人联想。倘若梅花不开，便也不会凋零，那么词人也大可不必伤于花落。这种心境与佛教中“无得亦无失”的“了达”之意颇为相通，却与词人乃至世人的爱花、赏花之心不相符合，这样的矛盾心理愈发突出词人的“惜梅”情怀。

词的下阕转写伤时。“角声吹，笛声吹”中的角声与笛声暗指关于梅花的曲调。《大梅花》《小梅花》是唐大角曲中的经典曲目，而《梅花落》则是汉代军乐中著名的笛子曲。笛与角，皆为军中常见吹器，战事中“鸣角”往往又有“收兵”的寓意，故而这两句表面上写与梅花相关的曲调散入枝间梢头，实则影射南宋王朝积贫积弱，战事接连失意的颓败形势。

“吹了南枝吹北枝”，既切合当地北寒南暖的气候特征以及梅花南枝先落、北枝犹在的物候事实；又隐喻南宋朝廷偏安一隅、岌岌可危的现状。末句“明朝成雪飞”是词人的想象，也是客观事物发展的必然。梅落如雪的情景跃然纸上，词人挽留不成的惜梅感伤也极易引发读者的共鸣。南宋江山于风雨中飘摇动荡的命运又与这落梅何异，词人感时伤事的愁恨溢于言表。

刘克庄在短短的三十六字间，集中笔墨写惜梅之情、闻曲之愁，将满腔忧思隐于字里行间。作者以花期喻国运，以气候喻时事，以曲调喻兵戈，一改豪放派大开大合、直抒胸臆的风格，较为委婉地表达出对国家命运的忧虑。

## 沁园春·梦孚若

何处相逢？登宝钗楼，访铜雀台。唤厨人斫就，东溟鲸脍；圉人呈罢，西极龙媒。天下英雄，使君与操，馀子谁堪共酒杯？车千乘，载燕南赵北，剑客奇才。

饮酣画鼓如雷，谁信被晨鸡轻唤回。叹年光过尽，功名未立；书生老去，机会方来。使李将军，遇高皇帝，万户侯何足道哉！披衣起，但凄凉感旧，慷慨生哀。

【赏析】

词题中“孚若”，即方信孺，是作者好友。《宋史·方信孺传》记载：方信孺，字孚若，兴化军人。有隽材，未冠能文，周必大、杨万里见而异之。方信孺年少有为，宋宁宗开禧三年（1207），南宋北伐失败，年仅 30 岁的方信儒临危受命，担任使节赴金谈判“和议”之事。在和金国的谈判中，方信孺胸有谋略，据理力争，金以“莫非谓我刀不利么”威胁之，他仍无所畏惧，显示出崇高的气节。刘克庄作此词，既是表达对友人的怀念，也是对方孚若爱国举动的褒扬和赞美。

词的上阕写词人的梦境，描绘刘克庄与孚若“相逢”，二人把酒言欢、指点江山的豪壮场面。“何处相逢？登宝钗楼，访铜雀台。”词人以设问开篇，引起读者注意。“宝钗楼”，在今陕西咸阳市，为汉武帝时所建；“铜雀台”，位于今河北省临漳县西南，为三国曹操所建，这两个地方当时都已被金兵占领。词人在此写与友人携手共游宝钗楼和铜雀台，实际是借梦怀念北方沦陷故土，表达收复祖国山河的渴望。

接下来，词人吩咐厨师用东海的鲸鱼做成菜肴，命养马人呈上产自西北地区的骏马。斫，指大锄，这里引申为用刀、斧等切砍；龙媒，马之名称。这四句借享美食和驭佳骑，表现作者与友人的豪情逸兴和英雄气概。

不仅如此，作者还将孚若和曹操、刘备等英雄相提并论，以褒扬其在政治上的雄才伟略。据《宋史》记载，方孚若为人豪爽，视金帛如粪土，尤好士，闭户累年，家无儋石，而食客常满门。“车千乘，载燕南赵北，剑客奇才”几句正是其广开才路的真实写照，此处虚实结合，实在高明。无奈“饮酣画鼓如雷，谁信被晨鸡轻唤回”，不管梦中多么激情澎湃、豪气干云，梦醒之后，还是要回到现实，因此词人“叹年光过尽，功名未立；书生老去，机会方来”。刘克庄仕途坎坷，怀才不遇，只能将一腔报国热情深藏于心中，感慨壮志未酬，年华已逝。

“使李将军，遇高皇帝，万户侯何足道哉！”“李将军”即西汉大将李广。一代飞将军为国尽忠，和匈奴作战四十余年，最终却不得封侯。作者不由感慨：如果李广遇到了明君，被封为万户侯自不在话下。仔细想来，词人和方孚若，又何尝不是如此？此时友人已逝，刘克庄也郁郁不得志，朝中无才的南宋前途将更加迷茫。“披衣起，但凄凉感旧，慷慨生哀。”词人披衣起床，仍旧感到凄凉万分，为好友而感伤、为国家而忧心。

刘克庄与方孚若，才思兼备，意气风发，同怀报国志向，却终究无法实现。面对好友的离世和南宋的日益衰亡，词人只能将自己的苦闷和激愤寄于词作中。他将梦境和现实融合在一起，以抒发自己的爱国情怀。此词构思巧妙，对比鲜明，贯穿各种典故，处处流露着作者忧国忧民的真切情感。

## 忆秦娥

梅谢了，塞垣①冻解鸿归早。鸿归早，凭伊问讯，大梁②遗老。

浙河西面③边声悄，淮河北去炊烟少。炊烟少，宣和宫殿，冷烟衰草。

【注释】

① 塞垣：指北部边塞地势险要的地方。

② 大梁：今河南开封市的古称。此处指宋都汴京和沦陷的地区。

③ 浙河西面：指浙江西路，包括镇江一带，紧挨宋、金分界（淮河）的前线。

【赏析】

北宋末年，异族入侵，帝后遭掳，山河破碎，王室南迁。这一连串的惨痛变迁给南宋的文人骚客造成巨大的心理阴影，因而动荡兵戈的岁月怀想和收复失地的强烈愿望也成为南宋时期反复出现的诗词题材。刘克庄此词正是凭借对北方山河的追怀与遥想，传达自己渴望收复中原、王师北定的心愿与期冀。

词的上阕，意境极其哀婉凄凉。“梅谢了，塞垣冻解鸿归早。”江南的春暖时分，正是梅花凋谢的季节。而此时，北方的边塞地区正是冰消雪解、万物复苏的景象。冬来春迁的鸿雁按照季候的规律，也要飞回北方了。可是，南宋上至王公下至子民，却不能像鸿雁一般北上。

于是词人只好凭鸿雁传语。“鸿归早，凭伊问讯，大梁遗老。”“鸿雁”，是古诗词中常见的传递书信或口讯的物象。“大梁”，即北宋都城汴京。“遗老”，即年事已高的遗民。刘克庄身处江南，却心系在北方失地生活、挣扎的同胞子民。

词的下阕，词人似以鸿雁的视角在俯瞰中原的衰败凄凉，实则抒发自己对北方故土的想象与感喟。“浙河西面边声悄，淮河北去炊烟少”两句极言中原地区萧条荒凉、满目疮痍、人户稀少的惨淡现实。

浙河西面，即浙江西路，包括镇江一带，临近宋、金两国的淮河分界线，属于边防之地。但是如此险要的战略之地此时却悄然无声，足可洞见南宋朝廷苟且偷安、疏于防务的心态与现状，这着实让积极主张收复失地的壮士扼腕叹息。淮河以北，则是金人铁蹄践踏下的国土。此地炊烟稀少，正是因为战争过后，民不聊生，百姓纷纷背井离乡，无心生产生活，再加上宋室朝廷积贫积弱，无暇兼顾黎民苍生的生息。

“宣和宫殿，冷烟衰草。”“宣和”是北宋徽宗的年号。徽宗在位时期，朝纲废弛，挥霍无度，宫廷建筑与收藏都达到穷奢极欲的程度，结果招致百姓的不满与怨恨，最终落得丧师失地、国祚衰微、沦为金人阶下之囚的下场。如今，昔日金碧辉煌、气象万千的宫殿只有“冷烟衰草”相伴。今昔的强烈对比令人不由生出人物皆非的感慨。

然而南宋却偏安一隅，不思进取，统治者在临安再次过起纸醉金迷、莺歌燕舞的生活。词人在慨叹故国宫殿的同时，也流露出对南宋朝廷危急现状的担忧。

## 虞美人·席上闻歌有感

妾出于微贱。少年时、朱弦弹绝，玉笙吹遍。粗识《国风·关雎》乱[①]，羞学流莺百啭。总不涉、闺情春怨。谁向西邻公子说，要珠鞍、迎入梨花院。身未动，意先懒。

主家十二楼连苑。那人人、靓妆按曲，绣帘初卷。道是华堂箫管唱，笑杀街坊拍衮[②]。回首望、侯门天远。我有平生《离鸾操》，颇哀而不愠[③]微而婉。聊一奏，更三叹[④]。

【注释】

①《国风·关雎》乱：《国风·关雎》是《诗经》的首章，在此指温柔敦厚的传统诗教。乱，乐章的尾声，在此泛指乐曲。

② 街坊拍衮：指流行时曲小调。

③ 哀而不愠：《论语·学而》：“人不知而不愠。”在此指温柔敦厚、美刺比兴的传统诗教。

④ 三叹：《荀子·礼论》：“《清庙》之歌，一倡而三叹也。”杨倞注：“伊人倡，三人叹，言和之者寡也。”

【赏析】

南宋时期，朝廷积贫积弱，政治昏暗动荡，刘克庄因受到党争牵连，一生遭四次罢黜。此词正是他借歌女之口，慨叹怀才不遇的明志之作。

词的上阕写歌女的飘零身世和坚定志向。“妾出于微贱。少年时、朱弦弹绝，玉笙吹遍。粗识《国风·关雎》乱，乱羞学流莺百啭。总不涉、闺情春怨。”贫贱微寒的出身并未促成歌女曲意逢迎的低下姿态，多年来她苦学精练丝竹技艺，也略识《诗经》中《国风·关雎》的大意，感受到雅乐正声的魅力，不愿再像其他歌女那样终日弹唱些俗词艳曲。可见这位歌女虽然因命运使然沦落风尘，却立志坚定，不肯同流合污。

接下来两句，歌女讲述自己被“西邻公子”大摆排场、盛情邀约演唱，可是她却“身未动，意先懒”，心底丝毫不为奢华所慑。作者用“西邻公子”财势凌人的嚣张衬托出歌女的清高气质。

下阕紧承邀约，开始描绘宴会的具体情形。“主家十二楼连苑。那人人、靓妆按曲，绣帘初卷。道是华堂箫管唱，笑杀街坊拍衮。回首望、侯门天远。”这几句极言豪门贵族家中楼阁相属、绫罗满目之气派，以及一众女伶盛装出演的场面。只可惜宴会上所吟唱的尽是些低俗不堪入耳的俗词艳曲，相比之下，歌女的国风正声自然没有讨好公子，还落得被逐出华堂、唯有恨恨回望的下场。

“我有平生《离鸾操》，颇哀而不愠微而婉”是歌女的真心道白。《离鸾操》，代指典雅正音，因其继承《国风》“哀而不愠，微而婉”的风格，在此与街坊俚曲形成全词的第三次对比。“聊一奏，更三叹”两句将全词从往事中带回到现实，以歌女不肯献媚于权贵、长恨知音难觅的复杂心理收束全词，颇具余音绕梁、引人深省之意。

全词以歌女口吻写就，让人在怜惜这位风尘女子的凄凉遭际、感喟她高洁气质的同时，也对词人的人生际遇有所感悟。词人似为歌女鸣不平，实则是在抒发心中不忍目睹奸臣媚上的现状，以及在刚直劝谏后反被罢官的痛楚，也借此明志：自己和词中歌女一样，立志坚定，绝不与世俗合污，至死坚守自己的志节。

## 吴文英：听风听雨过清明，愁草瘗花铭。

**词人名片**

生卒年月：1200？—1260？

字号：字君特，号梦窗，晚年又号觉翁，本姓翁，入继吴氏

祖籍：四明（今浙江省宁波市）

代表作：《风入松》等

**词人小传：**绍定中入苏州仓幕。曾任浙东安抚使吴潜幕僚，复为荣王府门客。与贾似道友善。懂音律，能自度曲。其词作数量丰沃，风格雅致，多酬答、伤时与

忆悼之作，号“词中李商隐”。而后世品评却甚有争论。

《宋史》无传。有《梦窗甲乙丙丁稿》传世。词存三百四十余首。

## 风入松

听风听雨过清明，愁草瘗花铭[1]。楼前绿暗分携路，一丝柳，一寸柔情。料峭春寒中酒，交加晓梦啼莺。

西园日日扫林亭，依旧赏新晴。黄蜂频扑秋千索，有当时、纤手香凝。惆怅双鸳不到，幽阶一夜苔生。

【注释】

①铭：一种文体。南北朝时庾信曾作《瘗花铭》。

【赏析】

这首词为清明西园怀人之作。西园在吴地，既是作者与情人的居所，也是二人的分别之地，这里承载了太多的悲欢离合。

“听风听雨过清明”中开篇既点出了时间，又充分表现出此时的凄凉和词人内心的愁绪。清明时的寒食、冷风冷雨，都给这个时节增添了凄凉的气氛。李煜《相见欢》中有“林花谢了春红，太匆匆，无奈朝来寒雨晚来风”，写出了白天花儿凋落的凄凉；孟浩然《春晓》中的“夜来风雨声，花落知多少”则写出晚上花儿在风雨摧残下的凋落。作者在这里化用其意，连用两个“听”字，意味深长。不写“见”而写“听”，表达了词人日夜不忍看到花儿在风雨中飘落的孤凄之况，所以只能听风听雨，愁风愁雨。

接下来一句，“瘗花铭”是北周时期著名文人庾信的一篇作品，作者在这里借用之，代指葬花词。“草”为动词，即起草、书写。看到落花满地的凄凉之景，词人不仅想要葬花，更想为其草铭，伤春惜花的他不禁愁绪万千。

楼前绿荫路下是当年依依惜别的地方，杨柳自古就是多情之物，承载着人们太多的柔情与衷肠。作者虽用了“一丝”“一寸”，实则想表达内心的万千柔情。柳丝仍在而伊人不归，怎能不让他伤心和痛苦。“料峭春寒中酒，交加晓梦啼莺。”春寒料峭的日子里，词人想借酒消愁，以期在梦中得以和情人相会，无奈却被莺啼惊梦，更觉愁思难言、伊人难觅。

上阕，词人由伤春写到伤别，将清明时节的凄冷与自己内心的哀伤恰到好处地融合在一起，情景交融，感人至深。

“西园日日扫林亭，依旧赏新晴”抒发了作者的一片痴情。清明已过，天也已放晴，词人扫林观赏，不由触景生情。对于常人而言，为了不增添自己的痛苦，往往都会远离和情人相处的伤心之地。而词人却恰恰相反，“依旧赏新晴”，他虽不忍去那伤心之地，可对情人的思念又让他不忍不去。一个“依旧”写出他的痴情和对情人的深深思念。

“黄蜂频扑秋千索，有当时、纤手香凝。”怀着一丝幻想，词人旧地重游，见到秋千而想到纤手，见到“黄蜂频扑”则想到情人身上所特有的香气，仿佛伊人仍在。这一句是吴文英词中的绝妙佳句，它不从正面描写，而是通过侧面烘托的方式展现伊人的美好形象。然而，这只是作者伤感之时的一番幻想，离别已久，香气也早已消散，黄蜂“频扑”只不过是他的幻觉。

末两句，“双鸳”即一双绣有鸳鸯的鞋子，意喻词人日夜思念的情人。柳荫路上，望而不见伊人的身影，只有那满阶的青青苔藓，内心顿生无限惆怅。对情人的思念越多，词人此刻的失望也就越大。“一夜”，语含夸张，突出青苔生长的速度之快；一个“幽”字更渲染了此刻的愁情。结尾句借景抒情，表达了内心深深的惆怅和思念。

这首词清雅素淡，不加雕琢，感情细腻委婉，颇具特色，陈廷焯就在《白雨斋词话》中评价它“情深而语极纯雅，语中高境也”，实为难得之作。

## 高阳台·落梅

宫粉雕痕，仙云堕影，无人野水荒湾。古石埋香[①]，金沙锁骨连环。南楼不恨吹横笛，恨晓风、千里关山。半飘零，庭上黄昏，月冷阑干。

**寿阳空理愁鸾[②]。问谁调玉髓，暗补香瘢？细雨归鸿，孤山无限春寒。离魂难倩招清些，梦缟衣、解珮溪边。最愁人，啼鸟晴明，叶底青圆。**

【注释】

① 古石埋香：鲍照《芜城赋》中有："莫不埋荒幽石，委骨穷尘"句，词人化用之。

② 鸾：指"鸾镜"，古时妇女的梳妆镜。

【赏析】

文人雅士喜梅，故作诗填词赋梅的佳作不在少数，但吴文英这首《高阳台》所赋为"落梅"，与一般文人所吟咏的梅花诗词有别，是其颇具代表性的精品之一。

"宫粉雕痕，仙云堕影"，此处"宫粉""仙云"指代落梅，前者描写梅花的颜色，后者刻画梅花的资质。宛如地面飘洒着后宫佳丽的脂粉秀痕，仿似云间仙子坠落在地上的翩翩倩影。"无人野水荒湾"，一树梅花在空寂无人的野水荒湾独自飘零。上阕的这三句话，没有出现一个"梅"字，却把仙姿绰约、香魂冷放的落梅刻画得栩栩如生。

"古石埋香，金沙锁骨连环"化用了《续玄怪录之锁骨菩萨》中关于锁骨菩萨的传说，据说锁骨菩萨"来度世上淫欲之辈归于正道"，其死后"众人即开墓，视遍身之骨，钩结如锁状"。另外黄庭坚亦有诗曰："金沙滩头锁子骨，不妨随俗暂婵娟。"这两句话的意思是，古石掩埋了落梅的香魂，就好像金沙滩头埋葬着那位化身艳美妇人入世悦人的锁骨菩萨的清净化身，借以说明落梅本质高洁，污泥不染。

"南楼不恨吹横笛，恨晓风、千里关山。"意为：我不恨南楼横笛吹奏那幽怨哀伤的《梅花落》的笛曲，只是恨那无情的晨风越过千山万水，把一树梅花吹得四散飘落。"半飘零，庭上黄昏，月冷阑干。"这三句化用林逋《山园小梅》"暗香浮动月黄昏"诗句，梅花落尽，庭院里残阳映照，天色已近黄昏，因为无人观赏残梅，所以夜色下的栏杆显得格外清冷。

"寿阳空理愁鸾"中的"寿阳"指寿阳公主，《太平御览》卷三十《时序部》引

《杂五行书》中的记载："宋武帝女寿阳公主人日卧于含章殿檐下，梅花落公主额上，成五出花，拂之不去，皇后留之，看得几时，经三日，洗之乃落。宫女奇其异，竞效之，今梅花妆是也。""鸾"，指古时女子梳妆所照的鸾镜。"问谁调玉髓，暗补香瘢"，这两句也化用了三国吴孙和与邓夫人的故事，孙和因为醉酒误伤邓夫人，大夫建议用白獭髓、杂玉与琥珀屑敷之，可灭斑痕。寿阳公主顾镜自叹，对着额头残缺的梅花妆暗自伤神，又有谁能借来邓夫人的杂玉琥珀屑，悄悄将梅花妆无法遮掩的斑痕修补呢？

"细雨归鸿，孤山无限春寒。""孤山"位于杭州西湖，宋代词人林逋曾于此隐居，植梅养鹤，人称"梅妻鹤子"。这两句化用旧典，翻陈出新。空蒙细雨中大雁已展翅远飞北归，而那没有边际的春寒，还笼罩着那种满梅花的孤山。这里说大雁北归，也强调了寒冬将尽、春之将至，而梅花也即将走过花期、飘零而去。

"离魂难倩招清些，梦缟衣、解珮溪边。""缟衣"意白绢衣裳，这里指白衣仙女。苏轼《松风亭下梅花盛开》诗曰："海南仙云娇堕砌，月下缟衣来叩门。""解珮"指解下玉佩，这里也化用典故，汉刘向《列仙传·江妃二女》："江妃二女者，不知何所人也，出游於江汉之湄，逢郑交甫。见而悦之，不知其神人也，谓其仆曰：'我欲下请其佩。'……遂手解佩与交甫 。"这三句话的意思是说：芳魂已飘逝，我又能请谁将她招还呢，只能与她相见于梦中，她化身白衣仙子，解下身上的玉佩相赠。这里既有对梅魂化仙的想象，也有对往日情事的回忆，寄予了对亡妾芳魂难招的怅惘。

"最愁人，啼鸟晴明，叶底青圆。"这里借用了杜牧《叹花》诗中"自恨寻芳到已迟，往年曾见未开时；如今风摆花狼藉，绿叶成阴子满枝"的诗意。最让我忧愁的是，当梅雨天化阴转晴，鸟儿在梅树间跳跃飞穿、婉转啼鸣时，浓密的梅叶下已结满了又青又圆的梅子。这里包含了词人对花草枯荣、物转星移的无奈与惆怅。

吴文英的这首吊梅词化用了许多传说与典故，将自己深沉的伤逝追思采用了一种比较隐潜的表述，后人对此褒贬不一。这首词虽题为"落梅"，但通篇没有出现过"梅"字，作者刻画了落梅清丽高洁、冷香孤魂的形象，并借咏物怀人，填词手法实在妙绝。

## 八声甘州

渺空烟四远，是何年、青天坠长星？幻苍厓云树，名娃金屋，残霸宫城。箭径酸风射眼，腻水染花腥。时靸双鸳响，廊①叶秋声。

宫里吴王沉醉，倩五湖倦客，独钓醒醒。问苍波无语，华发奈山青。水涵空、阑干高处，送乱鸦斜日落渔汀。连呼酒，上琴台去，秋与云平。

【注释】

①廊：此处指响廊。据《吴越春秋》和《越绝书》载，吴王夫差在灵岩山为西施修建了“馆娃宫”，宫内有一条别致长廊，凿于廊下岩石，放一排陶瓷，上铺有弹性的梓木板。西施与宫女们漫舞其上，发出木琴般的音乐，故名“响廊”。

【赏析】

此词笔致空灵而托意高远，是吴文英的怀古名篇，原有小题，为“陪庾幕诸公游灵岩”。庾幕即幕府僚属之美称，时梦窗为苏州仓台幕僚；灵岩，即灵岩山，位于苏州西面，上有春秋时吴国遗迹馆娃宫、琴台等。吴文英与同僚游览至此，见吴国遗迹而生怀古情感，又联想到南宋国事，不禁有感而发，遂作此词。

“渺空烟四远，是何年、青天坠长星？”起句劈空而起，展现灵岩长空浩渺、烟空阔远之景象。继而紧贴灵岩之“灵”，惊异地设问此山莫非由青天坠落之巨星遂成？这番奇特想象，也给灵岩增添了一层奇异色彩。

沿着起句之想象，词人继续展开其幻化思路。“幻苍厓云树，名娃金屋，残霸宫城。”“幻”字为这几句之总领，为幻化而生之意，也使作者由现实之奇想转入对古事之怀想。“长星”坠地，幻化出灵岩山之“苍厓云树”“名娃金屋”“残霸宫城”。“名娃”，指西施，为越王勾践献给吴王夫差之美女；“金屋”，化用汉武帝金屋藏娇之故事，《汉武故事》载汉武帝为胶东王时，曾对其姑母说：“若得阿娇，当作金屋贮之也。”在此借指灵岩山上吴王特为西施修建的馆娃宫。在作者看来，吴王只不过是后起之“残霸”，却过着如此荒淫奢华的生活，不禁对其产生讽刺之意。

“箭径酸风射眼，腻水染花腥。时靸双鸳响，廊叶秋声。”此处承前做具体的描述。“箭径”，又名“采香径”，因灵岩山前，一水如箭，故曰“箭径”，为吴宫嫔妃濯妆处；“酸风”即冷风，李贺《金铜仙人辞汉歌》中有“关东酸风射眸子”；箭径冷风吹来，不禁让人眼酸。“腻水”，宫女濯妆之脂粉水，语出杜牧《阿房宫赋》：“渭水涨腻，弃脂粉矣。”脂粉水之浓，使沿岸的花朵也沾染上腥味。“腥”字用得奇佳，可见腻水之浓，也透露出词人的感情色彩。

灵岩山上有响屧廊，《吴郡志·古迹》中载“响屧廊在灵岩山寺，相传吴王令西施辈步屧，廊虚而响，故名。”词人置身于此，当年的“时靸双鸳”已不复存在，空余下萧瑟的“廊叶秋声”。今昔对比，不由得感叹世事变迁，极大渲染了浓厚的怀古气息。

“宫里吴王沉醉，倩五湖倦客，独钓醒醒。”以“醉”与“醒”形成鲜明对比，感慨吴王沉迷于西施之美貌，而使其国为勾践所灭，独有“五湖倦客”范蠡，清醒自明，急流勇退。而在词人看来，范蠡之所以能悠然垂钓，乃是吴王昏庸所致。他以“倦客”自况，既表达出对江山兴亡的愤恨，又抒发对时政的深深担忧。

南宋国事不堪，词人不由怅然生悲，欲问苍天，而苍天无语，水无情如此，山又如何，山青青依旧而华发已生，词人的内心交织着报国无门的愤慨和忧愁。接下来两句，“送”字为点睛之笔，具全幅之精神。浩浩渺渺的太湖涵溶万里碧空，作者倚危阑、眺望远景，目送乱鸦在夕阳的斜照下落在渔汀上。面对此情此景，词人的思绪由幻境回归现实，不禁百感交集。

结尾处“连呼酒，上琴台去，秋与云平”，词人郁结的愤懑暂时得以解脱。“连呼酒”，复振势兴情，透露出词人之豪旷气概。“秋与云平”，词人把“秋”化虚为实，使秋气与秋云齐高，内心的沉郁也在秋高气爽中得以舒展。

全词起句盘空，结句豪放，由登灵岩之所见抒发怀古伤今之慨。词中意境深远，清新流畅，格调高雅，既有雄浑气魄，又有低回婉转之音调，可谓上乘之作。

# 第五章

# 冷月无声的寂寥之美·宋词的落寞

## 文天祥：君臣义缺，谁负刚肠。

**词人名片**

生卒年月：1236—1283

字号：字宋瑞，一字履善，号文山

祖籍：吉州庐陵（今江西省吉安市）

代表作：《沁园春·题潮阳张许二公庙》等

**词人小传：**宝祐四年（1256）进士第一。度宗朝，累迁直学士院，知赣州。德祐初，除右丞相，兼枢密使，奉使元营，被拘留，后脱逃，由海道南下。益王立，召至福州，拜右相，亦辞未拜。以枢密使、同都督诸路军马出江西。帝昺即位，授少保、信国公，是年年底于广东海丰兵败被俘，囚于燕京四年，不屈而死。与陆秀夫、张世杰被称为“宋末三杰”。《宋史》有传。

能作诗文，其诗词多抒写宁死不屈的决心。著有《文山集》《文山乐府》。词存八首。陈廷焯《云韶集》卷九：“气极雄深，语极苍秀。其人绝世，词亦非他人所能到。”

### 沁园春·题潮阳张许二公庙

为子死孝，为臣死忠，死又何妨。自光岳气分，士无全节；君臣义缺，谁负刚肠。骂贼张巡，爱君许远，留取声名万古香。后来者，无二公①之操，百炼之钢。

人生翕歘云亡。好烈烈轰轰做一场。使当时卖国，甘心降虏，受人唾骂，安得流芳。古庙幽沉，仪容俨雅，枯木寒鸦几夕阳。邮亭下，有奸雄过此，仔细思量。

**【注释】**

①二公庙：指张巡、许远二人，当地人在潮州东山麓为二人建立的祠庙。作者对二人的气节和忠义无比崇敬，同时表达了自身的爱国情感。

【赏析】

元和十四年（819），韩愈被贬往潮州任刺史。潮州人感念韩愈治理本地有方，建书院和庙祀纪念他，因他写了《张中丞传后叙》，称颂张巡、许远二人抗击安禄山叛乱的壮举，因此当地人也在潮州东山山麓为张巡、许远建立祠庙。

南宋时期文天祥驻兵潮阳，此词是他在拜谒张巡、许远二人庙后所作。词中充满对古人气节和忠义精神的崇敬，也表达了词人自身的爱国情感。

起笔“为子死孝，为臣死忠，死又何妨”三句，蕴含丰富的儒家思想本源。《易·序卦》中有言：“有天地然后有万物，有万物然后有男女，有男女然后有夫妇，有夫妇然后有父子，有父子然后有君臣。”儒家认为孝悌的意义在于不忘记生命的本源，这是道德的根本所在。忠是孝的延伸，是大孝。德祐二年（1276）正月二十日，文天祥出使元营被扣压。第二天谢太后派宰相贾余庆等向元朝投降，文天祥却宁死不屈，对民族国家始终忠贞不贰。从这三句中，便可看出文天祥心中所存的民族大义和视死如归的精神。

接下来词人对当今气节短缺的现实进行嘲讽，“自光岳气分，士无全节；君臣义缺，谁负刚肠。”自安史之乱后，投降的君臣不计其数，文天祥对此行为痛恨不已，认为他们气节全无。这几句的意思，恰可与他的《正气歌》中“天地有正气，杂然赋流形。在地为河岳，在天为日星”几句进行参照。词人心中的正气与当朝投降者的行为形成鲜明对比。

由现实的令人愤恨联想到古人的气节和精神，文天祥不禁在庙堂前盛赞二人。“骂贼张巡，爱君许远，留取声名万古香。”张巡在苦守睢阳时，每每与叛军交战便与之对骂，眦裂血面，嚼齿皆碎，即使被俘仍大骂不止，被叛军用刀抉其口。许远宽厚善良，人如其心，最终也从容就义。张许二人性格不同却气节相同，此处刻画简练有力。两人虽然已不在人世，但其取义成仁的精神却千古流传、万古留香，这几句表达出文天祥对两人的无比敬仰。

“后来者”将描写的角度从唐代转至今日，将今人与古代二人气节相比，词人感慨今人再无“二公之操，百炼之钢”的深沉爱国情感和坚韧品格。这两句运用对仗歇拍，笔力深沉而精锐。

下阕开头“人生翕歘云亡。好烈烈轰轰做一场”紧密承接上文，以议论表达人生哲学态度。“翕歘”是短促之意。人生转瞬即逝，词人认为就应当轰轰烈烈活得痛快，这也是儒家重视生命自强不息的一种态度体现。

“使当时卖国，甘心降虏，受人唾骂，安得流芳。”词人在此是在对张巡、许远二人的行为进行反向联想：假如他们当时甘心投降的话，只能是被世人唾弃，而不能万古流芳。这是文天祥采用另一种方式对二人精神进行肯定。

“古庙幽沉，仪容俨雅，枯木寒鸦几夕阳。”词人的心情由感慨转为肃穆，这几句营造出一种深沉幽眇的意境。庙堂幽静古雅，二公塑像庄严肃穆。夕阳西下，寒鸦啼叫，读来让人心中顿生人生短暂的感慨。词人认为二人永远活在世人心中，其精神永恒，正是对其坚持气节的肯定。

结尾处“邮亭下，有奸雄过此，仔细思量”，词人暗想：如果有奸佞之臣路过二人之庙，他们就该思量自己的人生，有所愧疚。这几句寓意深远，暗含作者对卖国贼、投降派的痛恨。

文天祥的词受儒家正统文化思想影响，一贯赞咏古人忠义情怀和英雄气节，他自己也在一生经历中不断实践，最终从容就义，坚守了气节，令人敬佩。此词以议论为主，兼有抒情和写景，刚健与从容风格交融，境界颇高。王国维在《人间词话》中评价：“风骨甚高，亦有境界，远在圣与、叔复、公谨诸公之上。”这是很精当的。

## 张炎：铜驼烟雨栖芳草，休向江南问故家。

**词人名片**

生卒年月：1248—约1320

字号：字叔夏，号玉田、乐笑翁

祖籍：先世成纪（今甘肃省天水市）人，寓居临安（今浙江省杭州市）

代表作：《思佳客·题周草窗〈武林旧事〉》等

**词人小传：**张俊后裔，张枢之子。宋亡后，家道中落，元至元二十七年（1290）北游元都，后失意南归。晚年落魄纵游于金陵、苏杭一带，与周密、王沂孙为词友。

其词用字工巧，追求典雅。早期作品多为描写其贵族的舒适生活，后期则多追怀往昔。曾从事词学研究，对词的音律、技巧等皆有论述，著有《词源》《山中白云词》（又名《玉田词》）。词存三百零二首。其与宋末著名词人蒋捷、王沂孙、周密并称“宋末四大家”。

## 思佳客·题周草窗《武林旧事》

**梦里瞢腾说梦华，莺莺燕燕已天涯。蕉中覆处应无鹿，汉上从来不见花。今古事，古今嗟，西湖流水响琵琶。铜驼①烟雨栖芳草，休向江南问故家。**

【注释】

① 铜驼：此句用典，据《晋书·索靖传》记载，索靖能预知世事，知道天下就要大乱，便指着洛阳宫门前的铜驼感叹道：“会见汝在荆棘中耳。”

【赏析】

张炎凡写及临安、西湖的词作，多用长调来铺叙，这首小令却是个例外。词人用简短闲淡的笔调，抒发哀怨沉痛的情感。

词题中的“周草窗”，即周密，他和张炎同属宋末四大词家之列，两人是很好的朋友。周密为了抒发“盛衰无常，年运既往”的感慨，曾著《武林旧事》一书。该书记载了南宋百余年间都城临安的风貌和掌故。书中有一卷记载绍兴二十一年，张炎六世祖张俊在其府邸接驾宋高宗的盛事。张炎读了这一卷，想起旧日朱门盛景，对比今日流离失所的不堪境遇，万千感慨顿时涌上心头，遂作此词。

“梦里瞢腾说梦华，莺莺燕燕已天涯。”昔日的盛景早已不在，今日读《武林旧事》，词人恍然如梦中说梦，往日的莺莺燕燕如今都已散落天涯。“梦华”直接用南宋初年孟元老为记录北宋都城汴梁旧闻而作的《东京梦华录》，来代指《武林旧事》，也间接引用黄帝梦中游历华胥国的典故。《武林旧事》中所述盛景虽历历在目，然而如今早已物换星移，繁华不再，作者只能将对故国、家园的深切情思托之于梦。一个“梦”字表现出词人内心百转千回的无奈和哀思。

“莺莺燕燕”化用苏轼“诗人老去莺莺在，公子归来燕燕忙”的诗句，以“莺莺燕燕”代指歌伎、舞伎。往日歌舞升平的盛世景象不再，歌伎、舞伎都已各奔东西，散落天涯。寥寥数笔，却饱含深刻的今昔对比之感。

“蕉中”两句写旧欢难拾，盛景难再，昔日的一切已一去不返，寻找往昔的痕迹就像蕉中寻鹿，注定是无果的。汉上本来就无花，若寻花，当然也是不可寻得。上句用典，据《列子·周穆王》记载，“郑人有薪于野者，遇骇鹿，御而击之，毙之。恐人之见之也，遽而藏诸隍中，覆之以蕉，不胜其喜；俄而遗其所藏之处，遂以为梦焉。”“汉上花”亦化用典故，据《韩诗外传》载：周人郑交甫在汉皋路遇江水神女，相谈甚欢，江水神女解珮相赠，郑交甫非常高兴，却不料刚走数十步，玉珮忽然不见，江水神女也消失了。此处词人用“蕉中鹿”“汉上花”来比喻临安旧日的繁华景象，表达书中所记的盛景犹如美梦般不可触碰。“蕉中”两句虽语气清淡，却情意无穷。

“今古事，古今嗟”两句以互文手法说古今盛衰兴亡之事。古今均难以逃脱，面对世易时移，词人所能做的只有哀叹。西湖之上传来阵阵琵琶声，让人不禁想起杜牧“商女不知亡国恨，隔江犹唱后庭花”的诗句。

国破家亡，往事不堪回首。末两句语气虽极淡，感情却极深，家国之愁，亡国之思都蕴含在字里行间。“铜驼”一句用典，据《晋书·索靖传》记载：索靖能预知世事，知道天下就要大乱，便指着洛阳宫门前的铜驼感叹道：“会见汝在荆棘中耳。”世事难料，经历国破家亡的巨变后，词人已不忍心再想起江南的故国旧家。

全词用典较多，词人借古人之事抒今日之情，但却丝毫不见斧凿之迹，足见其功力之深厚。

## 长亭怨·旧居有感

望花外、小桥流水，门巷愔愔，玉箫声绝。鹤去台空，佩环何处弄明月？十年前事，愁千折、心情顿别。露粉风香谁为主？都成消歇[①]。

**凄咽。晓窗分袂处，同把带鸳亲结。江空岁晚，便忘了、尊前曾说。恨西风不庇寒蝉，便扫尽、一林残叶。谢杨柳多情，还有绿阴时节。**

【注释】

① 消歇：凋落、败落，此处指园中的花木因失去主人的悉心呵护，已变得衰颓不堪，芳香美丽俱已消失。表现出作者借故园抒发自己的感慨。

【赏析】

张炎故居临安，自幼家世显赫，其六世祖张俊在南渡中立下汗马功劳，是南宋中兴的四大名将之一。其祖父张濡曾为独松关守将，因部下误杀元使，致元主震怒。据《元史·世祖本纪》至元十三年记载：恭宗德佑二年（1276）三月，元军举兵南下，攻破临安，张濡被元军磔杀，张家万贯家财均被籍没，从此家道中落。南宋灭亡后，旧时贵公子张炎浪迹江湖，以“遗民”自居，不事新主。此词是他重回临安后，面对破碎的山河，回忆往昔所作。

开篇三句笔调哀婉，词人从远处悄悄望着旧居，虽然外面依然花团锦簇，小桥流水仍在，但门巷间已是一片凄清衰落之景，旧时的箫声再也听不到。从旧时的车水马龙、繁花似锦，到今日的箫绝门愔、杳无人烟，今昔盛衰的强烈对比不禁令人唏嘘。

“鹤去台空，佩环何处弄明月？”上句用“鹤去台空”形容故居的盛衰变化，下句化用杜甫《咏怀古迹》中“环佩空归月夜魂”的诗句，表达词人对别后生死不明的爱妻的思念。

回忆起故居被籍没时的情景，词人不禁愁肠百结。“十年前事，愁千折、心情顿别。”故地重游，距家破人亡之时已十年之久，物非人亦非，作者望着旧日的庭院，心情起伏，万般愁绪涌上心头。“露粉风香谁为主？都成消歇。”故园中的花木因失去旧时主人的悉心呵护，如今都已变得衰颓不堪，芳香美丽俱已消失。此处表面写花木，实则暗含作者对如花一般的故园佳丽香消玉殒的怜惜。

“凄咽。晓窗分袂处，同把带鸳亲结。”面对满目衰颓的旧日庭院，词人想起离开故居前的清晨，与心爱的女子诀别时，两人同结“带鸳”的情景。谁料那日一别竟再未能相见，想起曾经一起快乐生活过的女子，词人愁绪满怀。“江空岁晚，便忘了、尊前曾说。”直到十年后“江空岁晚”的今日，对于昔日共同生活的点点滴滴，词人依然无法忘怀。“便忘了”实为反话，若真能忘了，倒也能消减几分愁绪，奈何昔情昔人已镌刻在词人的内心深处，令他无法轻易抹去。

怀念故人之后，词人开始以比兴手法，写元朝统治者的凶残和暴烈。“恨西风不庇寒蝉，便扫尽、一林残叶。”词人用“西风”比喻元朝统治者，以寒蝉自喻，用西风横扫落叶比喻元朝统治者对汉人残酷的屠杀。“谢杨柳多情，还有绿阴时节。”江边的杨柳随风飘荡，似在表达对游子的依依惜别。杨柳逢春到夏，尚能重成绿荫，而人一经离散，就只能各自天涯，再也没有重聚的机会，词人由此更添一份感伤。

此词暗含了张炎一生最为痛苦的一段经历。国破家亡，实属灭顶之灾，词人故地重游，需要面对的不仅是今昔截然不同的家园，更是尘封于内心深处最为痛苦的记忆。全词情真意切，婉转缠绵，读之不禁令人潸然泪下。

## 蒋捷：悲欢离合总无情，一任阶前，点滴到天明。

**词人名片**

生卒年月：约 1245—约 1305

字号：字胜欲，号竹山

祖籍：阳羡（今江苏省宜兴市）

代表作：《虞美人·听雨》等

**词人小传：**咸淳十年（1274）进士。南宋亡，深感亡国之痛，隐居不仕，人称“竹山先生”“樱桃进士”。工词，与周密、王沂孙、张炎并称“宋末四大家”。其词多抒发追昔伤今的情怀，词语尖新动人，在宋末词坛上独树一帜。有《竹山词》，存词九十余首。

## 虞美人·听雨

少年听雨歌楼上，红烛昏罗帐。壮年听雨客舟中，江阔云低，断雁叫西风。而今听雨僧庐下，鬓[1]已星星也。悲欢离合总无情，一任阶前，点滴到天明。

【注释】

①断雁：失群孤雁。

【赏析】

蒋捷的《虞美人·听雨》历来为人所称道，韵律优美，词人仅用六十六个字就如实地反映了他一生不同时期的心境。这首词以“听雨”贯穿全词，脉络清晰，情感恳切。

开篇“少年听雨阁楼上，红烛昏罗帐”用鲜艳活泼的“红烛”“罗帐”构筑欢愉无忧的少年时期。当年就算是潮湿的雨季，词人在楼阁内也并未感到一丝不快。少年时期是人生中最美好最值得回味和铭记的时期，然而也是短暂的。

词人“壮年听雨客舟中，江阔云低，断雁叫西风”。蒋捷壮年之时正是南宋即将灭亡之际。当时，他流离失所，生活困顿窘迫。当他在漂泊江湖的客船上听雨时，只觉得宽阔的江面，乌云低压，逼人的压抑感扑面而来。一只离群的孤雁凄厉的叫声，更衬托出词人在这一时期内心的凄凉和悲愤感。

下阕“而今”二字承接了上阕中的“少年”和“壮年”，点明了词人此时已进入暮年期，“鬓已星星”进一步说明年事已高。此时南宋已亡，词人不愿仕元，生活清苦。他寄寓在僧庐下，追忆往昔时光，心中感慨万千。最后他感悟道：“悲欢离合总无情，一任阶前，点滴到天明”。“无情”总括词人对人世离合的感想。“一任阶前，点滴到天明”正是感受人世“无情”后的麻木表现，同时也间接表现了他身处困窘处境的无奈，在冷漠和决绝中透出深化的痛苦。

全词意蕴深远，感情深挚而动人。既有时间顺序也有空间顺序，在层层递进中，表达出词人对国家灭亡后的悲痛，以及对人生遭际的感慨。

## 女冠子·元夕

**蕙花香也，雪晴池馆如画。春风飞到，宝钗楼上，一片笙箫，琉璃光射。而今灯漫挂。不是暗尘明月，那时元夜。况年来、心懒意怯，羞与蛾儿争耍。**

**江城人悄初更打。问繁华谁解，再向天公借。剔残红灺[①]。但梦里隐隐，钿车罗帕。吴笺银粉砑。待把旧家风景，写成闲话。笑绿鬟邻女，倚窗犹唱，夕阳西下。**

**【注释】**

① 灺（xiè）：蜡烛的余烬。

**【赏析】**

农历正月十五为元宵节，即大地苏醒的第一个月圆之夜，人们为了表达对春之气息持续蔓延的喜悦而举行庆祝活动。元宵节也被称为“上元节”，人们在这一天张灯结彩，游街赏月，观灯猜谜，吃元宵。辛弃疾《青玉案·元夕》中便有“凤箫声动，玉壶光转，一夜鱼龙舞”的词句。辛弃疾为我们描写了一个流光溢彩的元宵佳节。同样写“元夕”，蒋捷笔下的元宵节则充满了凄清悲凉意味。

这首词如实再现了宋亡后民间活动的萧条，在艺术风格上不追求华丽绮靡，而是流露出本质特色。全篇语词流畅，毫无停滞感。

“蕙花香也，雪晴池馆如画”写雪后初晴之景。蕙花开于暮春，与兰花相类。春色初到，蕙花开放，林立的各式楼阁在残雪和暖阳的交互映衬下，如画般迷人。

词人把视线收到楼阁内，“春风飞到，宝钗楼上，一片笙箫，琉璃光射。”伴着春风的吹拂，楼阁内都是一片莺歌燕舞，笙箫合奏着动人的乐曲，琉璃灯散发着迷人的光彩。承接而来的“而今灯漫挂”表明，以上所写均为词人追忆往年元宵之景。当年的元宵节，欢情处处，在“而今”一词的转折中，全词怀念转入当下。

昔日的元夕节张灯结彩，“而今灯漫挂”，“不是暗尘明月”。本句化自“暗尘随马去，明月逐人来”（唐苏味道《上元》）。在当年种种与“而今”的对比中，昨是今非之感弥散于字里行间。随着物是人非，词人也“心懒意怯”。宋亡后，这样的心情一直伴随着他，以至于“羞与蛾儿争耍”，对过去在元宵节喜爱玩耍的闹蛾儿游戏都变得意兴阑珊了。

下阕进一步书写今日元夕的冷清。“江城人悄初更打”，才只打了初更，整个城市就已陷入了寂寥中。初更，即为晚上七点到九点，本是热闹之时，但却“人悄”。这照应了上文中所描述的惨淡景况。

面对节日的萧条，词人不免一“问”，“问繁华谁解，再向天公借。”即谁能够再向天公把繁华借来呢？愤然和酸楚感油然而生。向天公借繁华自然无望，于是词人“剔残红灺。但梦里隐隐，钿车罗帕”，他将烛台的残烬清理，进入梦乡。梦境中，他隐隐约约地听到钿车驰来的声响，看到携带飘香手帕的女子们。句中“但”字，透露了往事不堪回首的无奈心情。

繁华不再，心绪已失，词人对道：“吴笺银粉砑。待把旧家风景，写成闲话。”即用吴地出产的银笺信纸，把宋朝的盛世传说，都写成茶余饭后的闲话。此语看似散漫，信手拈来，但其中蕴藏着词人对故国的深深眷恋，心中酸楚尽在其中。

结拍“笑绿鬟邻女，倚窗犹唱，夕阳西下”写倚窗而立的邻家少女，还在唱着范周的《宝鼎现》。它是南宋时的元夕曲，描绘当时的元宵景况。这支曲无疑再一次勾起词人对故国已逝的哀伤感。其中“笑”字含意微妙，它是词人听到故国之音的一点慰藉，但在家国已亡、繁华不再的情况下听得此曲，“笑”中又带着无限酸楚。

本词细处刻画意象精细，笔法细致，体现了词人对往日元夕之留恋。全词贯穿以亡国之思，回忆与现实转折自然，音韵细腻婉转，情意深沉。